U0051682

吾輩は猫である。

EX-LIBRIS

世人的評價，就像我的眼珠一樣
變化多端，因時因地不同。
我的眼珠也不過就是忽大忽小，
但世人的評價卻能黑白顛倒。
而即使如此也無妨，事物本來就
有正反兩面、前後兩端。

——夏目漱石《我是貓》

吾輩は猫である。

# 我是猫。

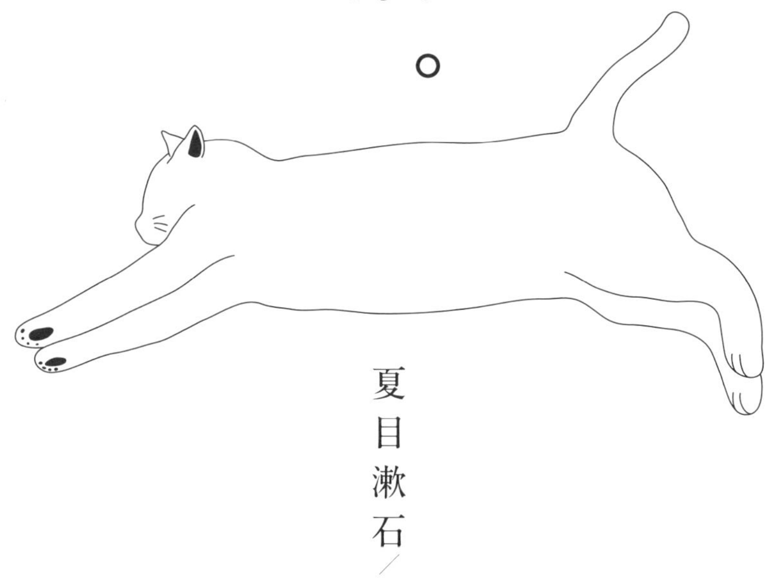

夏目漱石／著

笛藤出版

目次

坦白說身為一隻貓，我的長相絕非上乘，論及背脊、毛紋肌里，還是臉型等等各方面，我絕不敢奢想能贏過其他貓。但就算我長得再不好看，也絕對不是像主人筆下的那副德行。

我是貓，還沒有名字。

問我是在哪出生的，我也沒個頭緒，只依稀記得在某個昏暗潮濕的地方喵喵低泣。而我就是在這裡第一次見到「人類」這種生物。後來才聽說我當時遇到的傢伙叫作「書生[1]」，是人類裡面最兇惡的一種。這種叫書生的人類有時候還會把我們抓去煮來吃。但當時的我什麼也不曉得，所以沒有感到特別恐懼，只是當他用手掌一把拎起我時，心裡不知道為什麼覺得輕飄飄的。

在他掌心稍定神後，我看到那書生的臉，這也是我初次見識到所謂的「人類」。當時的我覺得「好奇怪的東西！」，那種感覺至今都還記得呢！那張本該長些毛來裝飾的臉竟是光溜溜的，活像只茶壺。後來我也遇過不少貓，可是從來沒見過像那樣毛沒長全的臉。他的臉中央有些突起，還會從那邊的洞裡不時呼嚕嚕地吐出煙來，看起來明明會嗆到但其實不會。最近我才總算知道，原來那是人類在抽的菸。

正當我鬆懈下來在那書生的手掌上歇坐時，瞬間自己竟急速旋轉起來，搞不清是那書生在動，還是只有我在動，轉得我頭暈目眩，覺得噁心想吐。正想這下沒救了的時候，砰咚一聲，

只覺眼前一黑。我的記憶只到這裡，後來的事怎麼都想不起來了。

驀然定神一看，那書生不見了，本來還在一起的兄弟姊妹們也都不見了，連我最重要的媽媽也不知去向。而且跟之前待的地方比起來，這裡實在太亮了，亮得我眼睛幾乎睜不開。這一切都好奇怪，我試著緩步向外爬，但真的好痛。原來我被人從稻草堆扔進竹林裡了。

好不容易爬出竹林，看到前面有個大池塘。我在池塘前坐下，想想接下來該如何是好，但也無法做出什麼結論。

我心想：「如果我稍微哭叫一下，那書生會不會又跑過來找我？」，就試著喵嗚、喵嗚地哼了兩聲，可是沒有半個人來。沒多久後池面上微風徐徐，天色漸漸昏黃了。

我肚子餓得發昏，欲哭無淚。沒辦法了，我下定決心，只要有得吃什麼都好，就先去有食物的地方吧！我靜靜地沿著池塘左邊繞行，這麼做真的很痛苦，我忍耐著奮力地爬，總算來到有人煙的地方。

「從這裡進去，好歹是條出路」邊這樣想著，我從竹籬笆的破洞鑽進了一戶人家。緣分這玩意兒還真是很不可思議，若不是這竹籬笆破了個洞，我可能就這樣在路邊餓死了。這就是人家常說的「同宿一樹之蔭，皆前世因緣」吧！這竹籬笆的破洞，如今倒成了我拜訪鄰家三毛時

1 書生：代為照料他人家務，以求寄食之便的求學者。

的通道。

話說，我雖然悄悄溜進人家院子裡，卻不知下一步該如何是好。轉眼間天黑了，肚子餓了，天氣又冷，偏偏又下起雨來，情勢已容不得我再猶豫不定，只得朝著那看起來明亮溫暖的地方走去再說了。現在回想起來，其實那時我已經踏進那戶人家裡了。

在這裡，我有了和書生以外的人謀面的機會。

我首先遇上的是個女傭，她比剛才那書生更蠻橫，一見到我就不分青紅皂白地把我往脖子一拎摔出門外。我心想這下完了，乾脆兩眼一閉，將命運交給老天吧！

但畢竟還是難耐飢寒交迫之苦，於是我又趁她沒注意的時候溜進廚房，結果馬上又被丟了出來！我就這樣被摔出來、再爬進去、又被摔出來，我記得同樣的過程重複四、五次之多。當時我對那女傭可真是恨之入骨，前不久偷了她的秋刀魚，才算是報了這個仇，消了心中這股怨氣。

就在我最後一次被捉住，正要被往外扔的時候，這個家的主人一邊說著「什麼事吵成這樣？」走了出來。那女傭拎著我，朝那主人說：「這小野貓啦！三番兩次跑進廚房，趕又趕不開，煩死人了。」

主人摸著鼻下那撇黑鬍，朝我端詳了一番後說：「既然這樣，就讓牠待下來吧！」說完人就走進屋裡了。主人看起來是個不多話的人，女傭很不情願地把我扔進廚房。

就這樣，我決定把這個地方當作自己家了。

我的主人跟我很少能碰得上面。聽說他是個老師，一從學校回來後就鎮日待在書房裡，幾乎足不出戶。家裡的人都覺得他是個用功的讀書人，他本人也做出一副勤學的模樣，但事實上根本不是家裡人認為的那麼回事。我不時會躡足溜進他的書房瞧瞧，他常在白天打起盹來，甚至還滴口水在讀到一半的書本上！主人由於胃腸差，所以皮膚泛黃、肌肉鬆弛，看來就是不太有活力的模樣，但偏偏他食量奇大，常大吃大喝後再來吃消化劑。吃完藥後拿本書出來，翻個兩、三頁就打瞌睡，睡到口水滴到書上。這才是他每個晚上不斷在做的例行公事。

雖然我是隻貓，卻也常思考。我覺得當「老師」實在是很輕鬆愉快。若生為人，我非當老師不可，像這樣忙著睡覺就行的工作連貓也做得來嘛！儘管如此，主人總說再也沒有比當老師更辛苦的事了，每當朋友來時，他總要藉此發上一頓牢騷。

剛住進這個家時，除了主人以外，我在這個家裡算是很不得人緣。不管走到哪兒，都會被一腳踢開，也沒人理睬。光看他們至今連個名字都不肯幫我取，就知道我有多不被看重了。

沒有別的辦法，我只能盡量爭取待在讓我進這家門的主人身邊。早上主人看報時，我一定趴在他的膝蓋上，他睡午覺時我也一定會跑去他背上窩著。倒不是我有多喜歡他，是因為沒有其他人會理我了，我不得已才這樣做的。後來經驗多了，我決定早晨睡在飯桶上，夜裡窩睡暖爐旁，天氣晴朗的白天就趴在廊邊；但最舒服的莫過於在夜裡鑽進這家孩子的被窩裡，跟他們

一起入夢。

說到這家的孩子，一個五歲、一個三歲，晚上兩個人睡在同一間房間的一張床上。我總在他們倆中間找尋可以容身的空隙，然後往裡面鑽。要是運氣不好，把其中一個孩子吵醒就大事不妙了。

這兩個孩子，尤其是那個小的，脾氣很差。也不管夜深了，就大聲哭叫著：「貓來了！貓來了！」。這麼一來，老為神經性胃痛所苦的主人就會被吵醒，從隔壁房間趕過來，前不久我的屁股還被板尺給狠狠揍了一頓。

我跟人類同居這一路觀察下來，實在不得不說，他們都是自私任性的傢伙！就拿我常同床而眠的那兩個小孩來說好了，真的是不可理喻。只要他們興致一來，一下把我倒著提、一下用袋子罩住我的頭丟到外面，或把我塞進爐灶裡。但只要我稍微還手，他們就會全家出動一起追著我迫害我。

前陣子我只不過在榻榻米上磨了幾下爪子，女主人就氣得不得了，從那以後她就不再輕易讓我進客廳；即使我在廚房地板上冷得直打哆嗦，她也視若無睹。

斜對面有位我很尊敬的白大嫂，每次見面時她總說，再也沒有像人類這麼不講情理的了。白大嫂前幾天生下四隻如玉般的小貓，可是她那戶人家的書生，第三天就把小貓們帶到後院池塘邊，把四隻小貓都丟進池塘裡。白大嫂泣訴這整件事之後說，為了表現我們貓族的親子之情，

也為了我們美滿的家庭生活，無論如何都要和人類抗戰，將他們徹底消滅不可。在我看來，字字句句都非常有道理。

隔壁的三毛也因為人類不懂得「所有權」這回事很生氣。本來我們貓族之間，沙丁魚頭也好、鯔魚的肚臍部分也罷，都是最先找到的人擁有享用的權力。要是對方不守規矩，甚至可以訴諸武力來解決。但是他們人類看起來似乎完全沒有這種觀念。我們發現的美味東西，一定都會被他們搶去。他們就憑著力氣大，把理應是我們的食物搶光光。

白大嫂待的是軍人的家，而三毛的主人是個律師，我則住在當老師的家裡，光憑這點，對於這類的事件來說，我的看法要比他們倆來得樂觀。只要過一天算一天，順勢而行就好了。就算他們是人類，也不會一直都這麼好過的。我們就耐著性子，等待貓時代的來臨吧！

既然提到任性，就來談一談我家主人因這「任性」而失敗的事情吧！

本來呢，這主人我實在說不上有何過人之處，但偏偏他什麼都想嚐試看看。包括寫俳句投稿到《杜鵑》雜誌、寫新詩送到《明星》雜誌、寫些錯誤百出的英文……有時沉迷於射箭、學謠曲、還曾把小提琴拉得嘎嘎作響。但可憐的是，這些東西他沒一樣學得好。他只要一犯這種癮頭，儘管胃腸不好，也仍樂此不疲。他還會在茅房裡唱謠曲，因此在鄰里間得了一個「茅房先生」的綽號，即便如此他也毫不介意，依然反覆吟唱著「吾乃平家將宗盛是也」。聽他這麼唱，大家無不嘲笑地說：「瞧呀，原來宗盛將軍駕到了！」

不知道我這位主人是在想什麼，我住進這裡大概一個月後，在他發薪水那天，他拎了個大包包，慌慌張張地回到家。我正猜想著他買了什麼，結果看到了一些水彩畫具、毛筆和圖畫紙，看來他似乎決定打從今日起要放棄謠曲和俳句，決心習畫了。

果然第二天起，他長時間都待在書房裡，午覺也不睡了，整天只顧畫畫。然而他畫好的那些東西，誰也看不出來究竟是什麼。

也許他本人也覺得畫得不怎麼樣。在某天一位從事美學相關領域的朋友來拜訪他時，聽見了以下這番話：「我怎麼也畫不好耶！看別人畫畫，好像沒什麼了不起，如今試著自己動筆，才深感其中的難度啊！」這是主人的感慨。的確，此話不假。

他的朋友透過金框眼鏡瞧著主人說道：「當然啊！總不可能一開始就畫得好嘛！首先，光坐在屋裡憑空想像著是無法做畫的。從前義大利畫家安得列．得爾．薩魯多曾說過，想畫畫的話就描繪大自然。天有星辰，地有露華；禽鳥飛舞，野獸奔馳；池塘有金魚，枯木有寒鴉。大自然就是一個巨幅畫冊！怎麼樣？如果你也想畫出些像樣的畫，不妨寫生吧？」

「咦，安得列．得爾．薩魯多有說過這樣的話嗎？我完全不知道！原來如此啊……說得對！的確如此！」主人由衷佩服這段話，而那副金框眼鏡背後，卻流露出嘲弄的笑意。

隔天，我照例在廊下舒舒服服地睡我的午覺，主人卻反常地走出書房，在我身後不知在做些什麼。我醒來睜開眼睛一絲細縫查看，原來他正依循著安得列．得爾．薩魯多的建議呢！看他這個模樣，我不禁失聲大笑。在被朋友奚落一番後，他竟然先拿我當試驗品，畫起我來了。

我睡飽了，忍不住想打個呵欠、伸個腰。不過念在主人好不容易認真作畫，這時我動了的話就太對不起他了！於是就強忍著呵欠。現在他畫出了我的輪廓，正在塗我臉上的顏色。坦白說身為一隻貓，我的長相絕非上乘，論及背脊、毛紋肌里，還是臉型等等各方面，我絕不敢奢想能贏過其他貓。但就算我長得再不好看，也絕對不是像主人筆下的那副德行。

首先顏色就不對了。我的毛是像波斯貓那樣，淺灰中帶點黃，有一身漆也似的帶斑毛皮。我想這點無論誰來看，都是不容置疑的事實。然而主人畫的顏色說黃不黃說黑不黑，既不算灰，也不是褐色，也不算是混合色，只能說是一種顏色。

更不可思議的是，他竟然沒畫眼睛！雖然說這是畫在睡覺的樣子，沒畫眼睛倒也不是那麼不合理，但連該有眼睛的地方都沒看到眼睛，讓人搞不清他畫的究竟是隻瞎貓還是在睡覺的貓。

我暗想：憑主人這樣的畫技，即使請出安得列．得爾．薩魯多親自教授也徒勞無功。但他那股熱忱，卻叫人不得不佩服。我本來想盡量不要動，可是從剛剛開始就有一陣尿意，整個身體漸漸緊繃起來，已經到了刻不容緩的地步。不得已的情況下，我失禮地雙腿用力朝前一撐，脖子低低一伸，「哈……」地打了個大呵欠。這麼一來，反正已經打亂了主人作畫的思緒，也不用再裝文靜了，就趁機到外面方便一下吧！於是我就慢條斯理地走出去了。接著聽到主人用

失望中夾雜著憤怒的聲音，從內堂罵道：「混帳東西！」

我家主人有個習慣，就是罵人時一定會罵「混帳東西。」

或許是因為他不知道還有哪些罵人的詞，不過他不懂那些被罵的人的心情，生氣起來就狂罵「混帳東西」，我覺得真的是蠻失禮的。

如果平常我爬上他的背時，他能給我一點好臉色看的話，這番罵我倒也情願接受。但凡是那些讓我能方便一點的事，他沒一次爽快順從的。現在連我起身撒尿他也要罵混蛋，真的很過分！

所謂的人類，一直以來都是仗勢著自己力量，越來越狂妄自大。要是沒有比人類更強大的動物出現，給他們一點顏色瞧瞧，今後還真不知道他們的氣焰會高漲到什麼地步！

人類的恣意妄為如果只是像這種程度的話，那也還可以忍受，但是我還聽說過很多比這些淒慘好幾倍的缺德事！

我家後面有個十坪大的茶園，雖然不大，卻是個幽靜宜人、日照充沛的舒適地方。每當家裡的孩子太吵，讓我難以好好睡個午覺的時候；或是太過無聊、心緒不寧時，我總是習慣去那裡，修養自身的浩然之氣。

在某個十月溫煦的小陽春、下午兩點左右，我用完午餐痛快睡了一覺之後，正想要做些運動，便走到這茶園。我一路嗅著一棵棵的茶樹根，來到西側的杉樹籬笆牆時，看到被壓倒的枯

菊上有一隻睡得不省人事的大黑貓。他似乎沒發現我走近，又或是有察覺只是毫不在乎，就這樣吐著重重的鼾聲，把身軀拉地偌長安然地睡著。

擅自闖進別人家的院子，居然還睡得那麼安穩？這使我不得不對他的膽識感到吃驚。他是一隻純黑貓。剛過午後的陽光，將明亮的光線打落在他的毛皮上，那閃閃發亮的絨毛裡頭，彷彿會燃起肉眼看不見的火焰。他有一副堪稱貓中大王的魁偉體魄，塊頭足足大了我一倍。帶著讚賞及好奇的心，我竟忘情地佇足在他面前，認真地打量著他。

十月小陽春靜謐的風，吹得杉樹籬笆上方探出的梧桐枝梗輕輕搖動，兩三片葉子零落在枯菊花叢上，貓大王突然睜開圓圓的眼睛。我到現在還記得，那眼睛遠比人類珍愛的琥珀還要更加美麗地閃耀著。他就這樣身子動也不動地，用雙眸深處映出的炯炯光彩，對準我窄小的腦門說「你到底是什麼東西。」

雖然稱呼他為大王，可是他在用字遣詞上有點沒品！他的語氣裡充滿連狗也會嚇破膽的力量，讓我有點害怕。但是如果不回話的話，恐怕小命難保。因此我盡力故作鎮靜，冷冷地回答他：「我是貓，還沒有名字。」不過此刻我的心臟比平時跳動得更劇烈。

貓大王以極輕蔑的口氣說：「什麼？是貓？聽你說你是貓可真讓我吃驚啊……你究竟住在哪？」他說話簡直旁若無人。

「我住在這裡一位老師的家中。」

「我就知道是這樣。喂！你不會太瘦了嗎？」他出口就是大王才有的那種凌人氣焰，聽他的口氣怎麼樣也不像是好人家的貓。不過看那一身油亮肥滿的毛皮，好像平常都吃很好，過得優裕的生活。我忍不住問了：「那麼你又是誰呢？」

他傲慢地說：「我是車夫家的大黑！」

車夫家的大黑是附近這一帶家喻戶曉的兇暴份子。不過因為他住在車夫家，所以強壯歸強壯卻毫無教養，因此不太和別人往來，甚至還連成一氣地對他敬而遠之。我聽到他的名字之後有點坐立難安，但同時也萌生了幾絲輕蔑。我想先測驗一下他到底有多無知，於是就開始進行了以下的問答：「車夫和教師到底誰比較厲害？」

「還用說！當然是車夫呀！瞧你家主人，簡直瘦得皮包骨。」

「大概就是因為你是車夫家的貓，才長得這麼壯哪！看樣子你在車夫家口福不淺喔？」

「什麼啊！我不論到哪個國家吃吃喝喝都是不用愁的啦！像你這種貨色也不要只在茶園裡傻轉，何不跟著我看看？用不著一個月，我讓你胖到別人把你認成我！」

「那麼以後就全靠您成全啦！不過我覺得論房子的話，住在教師家可比住在車夫家大多了！」

「混帳東西！房子再怎麼大能填飽肚子嗎？」

他看起來十分惱火不耐，帶著像紫竹削成的耳朵大搖大擺地走了。我和車夫家的大黑就是

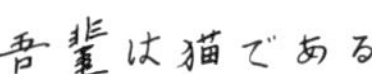


在這之後變成知己的。

後來我經常遇到大黑，每次見面他都大肆吹捧車夫家。我前面提到的「人類的缺德事」其實就是聽大黑講的。

有一天我和大黑照例躺在暖和的茶園裡天南地北地閒聊，他把自己老掉牙的光榮史當做是新的故事一樣反覆地說著，然後對我提出了這個問題：「你到目前為止抓過幾隻老鼠？」

論知識我遠比大黑懂得多，但比力氣比膽量我還是差他很多。我心裡雖然明白這點，可是要回答這個問題真的是有點難以啟齒。不過事實就是事實，沒什麼好假裝的，於是我回答：「我一直都想去抓……但是還沒動手。」

大黑哈哈大笑，從鼻尖上翹起的長鬚抖得非常厲害。大黑除了自大之外還有些弱點，只要在他面前表現出臣服，喉嚨裡呼嚕地做出洗耳恭聽的模樣，他就任人擺佈了。自從和他認識之後，我很快就掌握了這訣竅。像這種狀況下，如果拚命為自己辯護，形勢反而會更不利，不如讓他大說特說自己的當年勇，然後敷衍他幾句。

於是我一臉老實地說：「您一定捉過不少老鼠吧？」

他果然中計，得意忘形地回答：「不算多，大概三、四十隻吧！」。

他接著說：「我一個人就可以抓一、二百隻老鼠，不過鼬鼠可就不好對付了，我和鼬鼠較量過一次結果很慘。」

「原來如此啊。」我附和道。

大黑瞪大眼睛說：「那是去年大掃除的時候，我家主人搬著一袋石灰，一跨進走廊地板就竄出一隻驚慌失措的大鼬鼠。」

「哦？」我表現出一副佩服的樣子。

「鼬鼠這東西，其實只比老鼠大一點。我一路追著把牠趕進水溝裡去了。」

「幹得好啊！」我稱讚了他一聲。

「可是最後一刻那傢伙居然放了屁，臭得不得了。從此之後我一見鼬鼠就想吐！」

說到這兒，他彷彿又聞到去年的臭味一樣，舉起前腳搓了鼻尖兩三遍。

我有點同情他，想為他打打氣，便說：「但如果是老鼠的話，只要被您瞪一眼牠就完了。您可是個捕鼠行家，就是因為吃了老鼠您身形才會這麼有份量，氣色又好。」

本是為了奉承大黑，不料卻適得其反，大黑喟然而嘆：「唉，想來也怪無趣的，再怎麼努力捉老鼠，也沒有一隻貓能吃得像人類那樣肥嘟嘟！人類把捉到的老鼠都送去給警察，警察也不知道是誰抓的，一隻老鼠不是可以換五毛錢嗎？我家主人靠我已經賺了差不多一塊五毛了，卻不給我吃些好東西。唉，人類啊根本是變相的小偷！」

沒想到連才疏學淺的大黑，都懂得這些道理，看他滿臉怒色、脊毛倒豎。我覺得有點害怕，隨便敷衍個幾句就回家去了。從此以後我決心不捉老鼠，但也沒變成大黑的嘍囉，為得到老鼠以外的美食而誤入迷途。與其吃得好，不如睡得香。住在老師家裡，貓似乎也沾染了老師的習氣，要是不小心一點，早晚也會患上腸胃病。

說到教師，我家主人最近似乎終於覺悟到，自己在水彩畫方面是沒希望了。十二月一日的日記就這麼寫著：

今天在會議上第一次遇見○○，這個人雖放蕩不羈，卻有十足風采。這樣子的人很受女人的青睞，所以與其說他放蕩，不如說他是被迫放蕩更貼切。

聽說他的妻子是個藝妓，真叫人羨慕。通常罵浪子放蕩的人，大多都是那些沒有資格風流的人。自命風流的人，也大多沒有風流的資格。因為這些人並不是非風流不可，卻硬要勉強自己繼續下去。就像我畫水彩畫一樣，沒注意到自己終究難有所成績。但其實也沒關係，只要認為自己很厲害就好了。如果在有藝妓的飯店茶館喝酒閒晃，就能成為行家，那麼我也可以成為了不起的畫家。但就像我水彩畫畫不好不如棄筆一樣，當個鄉巴佬還比愚蠢的行家高尚多了。

這番行家論，我不敢苟同。而且羨慕別人老婆是藝妓這種話，對一位教師來說是不該說出口的卑劣思想。不過他對自己水彩畫的批評，確實有道理。主人儘管有此自知之明，卻還是沒有完全脫離自我感覺良好的心態。兩天之後，十二月四日的日記上又寫著：

昨夜做了一個夢，我覺得畫水彩畫畢竟難有所成，便將畫丟棄在一旁。但不知道是誰把那幅畫鑲上精美框架，掛上橫梁。看著這框架裡的畫，突然覺得那幅畫畫得真好。我非常高興，於是獨自望著這幅精美的繪畫。不知不覺天已破曉，醒來睜眼一看，那幅畫跟原本一樣拙劣的事實，與朝陽一同變得清晰。

看來主人連作夢都對水彩畫念念不忘。即使如此，水彩畫家也不是任誰都可以變成所謂的行家。

主人夢見水彩畫的第二天，以前常來的那位戴金框眼鏡的美學家，事隔多時又來訪了。他一就座劈頭便問：「畫得怎麼樣了？」

主人神色自若地說：「我聽從您的勸告，正努力畫寫生畫。果然一畫寫生，以前未曾留意的物體、形狀，以及色彩的細微變化，似乎都能清晰地分辨了。令人想到，西方自古便強調寫生，所以才有今日的成就。真不愧是安得列．得爾．薩魯多！」他若無其事地說著，日記裡的話隻字不提，卻再次讚美安得列．得爾．薩魯多。

美學家搔頭笑道：「老實說，那是我胡說的。」

「什麼？」主人還沒發覺自己被捉弄了。

「我是說，你一再推崇的安得列．得爾．薩魯多的那番話，是我一時胡謅的。沒想到你竟然會信以為真哈哈哈……」美學家笑得東倒西歪。

我在走廊下聽到這段對話，不禁猜想主人今天的日記會寫些什麼事。

這位美學家就是這麼一位以胡說八道捉弄人為唯一樂趣的人。

他絲毫不顧慮安得列事件會對主人的情緒有什麼樣的影響，竟然得意地說：「常常說幾句玩笑話，人們就信以為真了，這真是能激發出滑稽的美感，太有趣了。前幾天我對一個學生說，尼古拉斯．尼克拉比勸告吉朋不要用法文撰寫他的畢生巨著《法國革命史》，叫他要用英文出版。那個學生記憶力非常好，結果他竟然在日本文學研討會的演講上，正正經經地將我說過的這段話又說了一遍，真是滑稽。當時的聽眾大約有一百多人，每個人都凝神細聽。還有更好笑的！不久之前，在一個有某文學家蒞臨的會議上，談到哈里遜的歷史小說《塞奧法諾》，我說：『這部作品可說是首屈一指的歷史小說，尤其是女主角死去那一段，寫得真是靈氣逼人。』坐在我對面的一位學識淵博的先生說：『是呀！是呀！那一段的確是經典。』於是我就知道，那位先生和我一樣根本沒讀過這小說！」

胃腸不好又神經質的主人，瞪大了眼睛問道：「你這樣胡說八道，要是對方真的讀過了，你怎麼辦？」

這段話彷彿在說：騙人倒也無妨，只是萬一被揭穿了，豈不糗大？

笑。

那位美學家毫無動搖地說：「這時候只要說是和別的書搞混不就得了！」說罷，他哈哈大

這位美學家雖然戴著一副金框眼鏡，但性情卻與車夫家的大黑頗為相似。主人默默噴吐煙圈，表情彷彿是說：我可沒那麼大的膽量。而美學家那眼神似乎在說：所以你就算畫畫也不會有成就的啊。

他說：「笑話歸笑話，不過畫畫的確不是件容易的事。據說達文西曾經叫他的學生摹畫寺廟牆上的斑痕。假如走進茅房之類的地方，仔細觀察漏雨的牆壁，會發現許多大自然中的美麗圖案呢！你不妨多留心，寫生一幅看看，一定會畫出有趣的畫來。」

「你又在騙人了吧？」

「不，這可是真的！你不覺得很精闢嗎？達文西的確說得好。」

「不錯，的確很精闢。」主人已經投降了一半，但他似乎無意在茅房裡寫生。

車夫家的大黑，後來跛了腿。他那光澤明亮的毛，也逐漸掉色脫落。我曾讚美過是比琥珀還美的那一對眼睛，如今已經積滿了眼屎。

特別引起我注意的是，他意氣消沉，體態羸弱。和他在那常去的茶園最後一次見面的時候，我問他：「怎麼啦？」他說：「鼬鼠的臭屁和魚販的扁擔，我再也不敢惹了。」

松林間掩映著兩、三層楓紅，宛如古老幻夢般消逝；在石頭洗手缽旁，紅、白山茶花落英

繽紛，飄零殆盡。兩丈長的面南走廊，冬陽轉瞬西斜。日日寒風吹颳，午睡的時間也愈來愈短了。

主人天天去學校，回來便坐進書房，閉門不出。若有人上門來，教師總會說：「煩死了！真是夠了！」水彩畫已經不太畫了，說著胃腸藥毫無功效，也不再吃了。孩子們倒令人敬佩，日日無休地上幼稚園，回家後就唱歌踢球，偶爾也揪著我的尾巴，把我倒提起來。

我吃不到美食，所以也沒怎麼發胖，還算健康，也沒跛腿，平平安安日復一日。老鼠我是絕對不捉的。女傭還是那麼討厭。

雖然還是沒給我取個名字，但欲望本來就是無止盡的。我打算就在這教師家，以無名之貓度我一生。

三毛子可是這附近有名的美女，我雖是貓，但也懂得男女之情。心裡不快的時候，我一定會去找這位紅粉知己傾訴一番，不知不覺間心情便開朗了起來，一切煩憂皆拋到九霄雲外，彷如重生一般。女性的影響實在無與倫比。

## 2

打從新年以來，我變得稍微有點名氣。身為一隻貓能逞點神氣，也是挺感激的！

元旦一早，主人收到一張彩繪明信片，是他的好友某畫家寄來的。

那張明信片，上抹朱紅、下塗墨綠，中間用蠟筆畫了一隻動物蹲坐的模樣。主人在往常待的書房裡，將這張畫橫瞧豎看，嘴裡稱讚著顏色用得好。本想他既已讚賞過了，這事也就告一段落了吧，但他仍橫看看、豎瞧瞧；一下子將身子扭過去、一下子又把手伸得長長的，活像個老翁在看天書。忽而又面對窗櫺，將畫拿到鼻尖下細看。

不快點停下來的話，看他膝蓋這麼直亂晃真的很危險。才剛覺得他晃得沒那麼厲害，就聽見他低聲說：「這畫的究竟是什麼呀？」

看來儘管主人對那張彩繪明信片的色彩大加讚賞，但因為不清楚上面那隻動物究竟是什麼，才會從剛才一直陷入苦思。

難道真的有那麼難懂嗎？我慢條斯理地半睜開睡眼，不慌不忙地一瞧。錯不了的，那是我的畫像啊。

畫者不像主人那樣追求什麼安得列．得爾．薩魯多，但是人家不愧是一位畫家，不論形體或色彩，無不畫得端端正正，任何人看了都知道這是一隻貓。若是稍有眼力的人，還可以清清楚楚地看得出，這隻貓不是別的貓，正是我啊。

連這麼明顯的事都看不出來，這麼費心地思考，我不禁覺得人類真是有點可憐。如果可以的話，我真想告訴他這畫的就是我啊！即使認不出是我，至少也要讓他知道這畫的是隻貓。不過人類畢竟還是未蒙天賜靈慧的動物，不懂我們貓族的語言。雖然遺憾，但只能就這麼算了。

我想先向讀者聲明一下：人類有個毛病，動不動就喊什麼貓呀貓的，平白無故就以輕蔑的口吻評論我們，這樣實在很不好。彷彿以為人類的渣滓裡生出了牛馬，而牛馬的糞便裡產出了貓。即便是不在意自身的無知，並擺出一臉傲慢的教師之流，也常有這種想法吧！從旁看來，那副嘴臉真是不怎麼好看。其實即使是貓，也不能這麼粗糙簡便地概歸為一類。旁人看來似乎天下的貓都長得一樣，沒有什麼差別，每一隻貓都沒有其獨特的個性。然而如果到貓的社會裡看看的話，會發現其實是非常複雜的，人類所謂的「十人十色」這句話，在這裡也適用。不論眼神、鼻子、毛髮、腳，全都不同。從鬍鬚揚翹的角度、耳朵豎立的樣子、甚至是尾巴下垂的弧度，全都無一相同。

美與醜、好與壞、單純不單純，一切的一切可說是天差地遠。但儘管差異如此明顯，人類眼皮只往上翻，兩眼只朝著天空看。連我們的相貌都辨認不清了，更何況是性格，說來也實在可憐。「物以類聚」這麼一句自古流傳的話，正是如此。賣年糕的懂得賣年糕，貓了解貓，貓

的事果然還是只有貓才能了解。即使人類社會進步發達，但這一點就是怎麼也搞不懂。而且說句實在話，人類並不像他們自以為的那麼了不起，於是要改正就更難上加難了。

更何況是像我家主人這種沒有同情心的人，哪懂得「彼此了解是愛的首義」這種道理？他像個品質低劣的牡蠣似的，一直吸附在書房裡，從不對外界開個口，卻又裝出一副只有他最了然世情的模樣，真有點滑稽。

如今我的肖像明明擺在他眼前，他卻毫無一絲了悟，還裝模作樣胡扯地說：「今年是征俄第二年，這大概是一幅熊的畫吧！」單從這點就可知道他有多不通世事。

我趴在主人膝上瞇眼沉思，不久後女傭又送來第二張彩繪明信片。原來是活版畫成的四、五隻洋貓排成一排，有的握筆，有的在翻書用功。其中一隻貓離開座位，在桌角跳著西洋舞。明信片上面用日本墨寫了「我是貓」幾個大字，右邊還寫了一首俳句：「偶爾讀書，偶爾跳舞，貓兒的一日之春。」這是主人以前的學生寄來的，其中的含意不論是誰都能一目了然，可是愚鈍的主人似乎還是不懂，歪著頭自言自語地說：「咦？難道今年是貓年？」看來他似乎還是沒發覺我已經這麼出名了。

這時女傭又送來第三張明信片，這次沒有畫圖，上面寫著「恭賀新禧」，並在旁附上「煩請代向貴貓問候」。主人就算再怎麼迂腐，寫得如此一清二楚，似乎也終於懂了，便哼了一聲，一邊望向我的臉。那眼神似乎與過去不同，感覺略帶了點敬意。一向不被世人認可的主人，會

突然這麼受到注意，全都是多虧了我，他用那眼神看我，倒也理所當然。

這時，拉門吱吱響起，大概是有客人來了。每逢有客人來訪，女傭總會前去接待。除非是魚鋪的梅公登門造訪，否則我是不會去迎接的，因此我依然泰然自若地趴在主人膝上。沒想到主人好像債主找上門似的，一臉憂慮地往正門望去。他似乎很討厭客人來拜年喝酒，實在不懂怎麼會有人能古怪成這樣。既然如此，儘早出門不就好了，但他又沒那股勇氣，更展現出了他牡蠣般的天性。

沒多久後女傭前來通報，寒月先生來訪了。

寒月這個男人據說也是主人以前的學生，如今畢了業，各方面都混得比主人更有成就。不知為什麼，他常到主人家來玩。每次來不是說好像有女人喜歡上他、沒人愛他，就是說這世間多有趣又多無聊，總是講一堆聽來很了不起又文采斐然的句子才回去。他找我家主人這種無趣之人，特地來傾訴那些廢話，本來就令人匪夷所思，而這位牡蠣般的主人還不時附和那些話，更是令人好笑。

「好久沒來問候您了。因為我自去年年底以來就忙個不停，就算我一直想來，雙腳卻終究無法往這方向走。」他邊擺弄外褂的衣帶邊說出謎樣的鬼話。

「那你都走到什麼方向去了？」主人一臉嚴肅，扯著黑棉外褂的袖口。這件外褂是棉製的，袖子很短，內部的綢裡左右各露了半寸。

「哈哈哈，有點不同的方向。」寒月心虛地笑著說。

主人一瞧，發現寒月缺了一顆門牙，便話鋒一轉問道：「你的牙怎麼啦？」

「因為在某個地方吃了點蕈菇。」

「吃了什麼？」

「吃了點蕈菇。我用門牙咬蕈菇的傘蓋時，門牙突然掉下來。」

「什麼？吃蕈菇掉門牙？真像個老頭。說不定可以寫出一首俳句，但戀愛就很難成功囉！」主人說著，用手掌輕拍我的頭。

「啊，這是以前那隻貓嗎？是不是胖了很多啊！好像不輸車夫家的大黑喔！真漂亮啊！」寒月大大地誇讚了我一番。

「嗯，最近長大了不少啊。」主人自豪地啪啪拍著我的頭。被人誇讚雖然得意，但頭有點疼呢！

「前天晚上，我參加了合奏音樂會呢。」寒月又將話題拉了回來。

「在哪裡？」

「在哪裡不重要您就別問了吧。總之是三把小提琴加上鋼琴伴奏，相當有趣。小提琴這種樂器就算有三把一起合奏，拉不好也還是會被發現。另外兩位樂手是女的，我雖然夾在她們之中演奏，但連我自己也覺得拉得滿好的！」

「嗯？那女人是誰？」主人十分羨慕似地問道。

主人平時雖然老擺出一張枯木寒岩般的臉，但他並不是個不近女色的人。他以前曾經讀過一部西洋小說，作者用諷刺的筆法描述書中一位登場的人物：他對大多數的女人都能有所動情，估計街上七成的女人，他都能愛得入迷。

主人讀後，竟然感動地說：「就是這樣沒錯。」

這般輕浮之人，為什麼會過著牡蠣般的生活呢？這實在不是我這貓族所能理解的。有人說是因為失戀，有人歸因於他胃腸不好，也有人說是因為他沒錢又膽小。不管是什麼原因，反正他這個人也不是什麼跟明治歷史有關係的重要人物，也就無關緊要了。不過他以羨慕的口吻問起寒月的女伴，這可是事實。

寒月用筷子夾了一塊碟子裡的魚糕，津津有味地用門牙咬成兩半。我擔心他的門牙又會掉下來，但這次卻安然無恙。

「這兩位都是某戶人家的小姐，是您不認識的人。」寒月冷冷地回答。

「原來……」主人拖長了語調，略去了「如此」二字。

寒月也許覺得正是時機，便試探地問道：「今天天氣真好啊！閣下如果有空的話，一同出去散散步如何呢？日軍已經攻下旅順，街上很熱鬧呢！」

但主人的表情似乎訴說著，比起攻下旅順，他對寒月女伴的身世更有興趣。

他沉思一會兒，終於下定了決心。「好，那就走吧！」他毅然起身。

主人依舊穿上那件黑棉外褂，裡面的結城綢襖據說是他哥哥留給他的遺物，二十年來已經穿舊了。結城綢再怎麼耐穿，也禁不住這麼長久的歲月。很多地方都已經變薄了，對著陽光可以清楚地看見裡面補丁的針腳。主人的服裝沒有年末與歲初之分，也沒有家常服與禮服之別。他把兩手放進袖中，散漫地出去了。是因為沒有別件外衣呢？還是即使有也嫌麻煩不肯換，這我就不得而知了。不過這就不能說是因為失戀了吧。

兩人出門之後，我便毫不客氣地將寒月吃剩的魚糕全吃掉了。最近我覺得自己已經不再是隻普通的貓。至少已有資格和桃川如燕所述之貓、或是葛雷筆下的「偷金魚之貓」相提並論了。車夫家的大黑早已不在我眼中。即使我吃光了魚糕，也不會有誰囉唆什麼。更何況背著別人偷吃零食這種事，並非是只有我們貓族才會做。主人家的女傭也常常趁夫人不在就偷吃。不只女傭，就連夫人吹噓的那些家教良好的孩子們，也有這種傾向。

四、五天前，兩個小孩早早就起床，主人夫人還在睡，他們就已經在餐桌上相對而坐。他們每天早上都會把主人的麵包分出一些，撒上糖吃。這天糖罐正巧放在餐桌上，連匙子都附上了。由於沒有人像往常那樣給他們分糖，大的那個立刻就從糖罐裡舀出一匙糖來，撒在自己的盤子上，小的也學了起來，把等量的糖撒進自己的盤子裡。姐妹對視片刻後，大的那個又舀了

滿滿一匙加進自己的盤裡，小的那個也立刻動匙，舀了和姐姐等量的糖。姐姐又立刻舀了一大匙，妹妹也不甘示弱地再舀一大匙。姐姐又伸手進糖罐，妹妹又拿起匙來。眼看著一匙一匙又一匙，終於二人盤中的砂糖已堆積如山，罐子裡似乎要連一匙糖也不剩了。此時，主人揉著惺忪睡眼從臥房走出來，她們才把好不容易舀出來的糖，原原本本地倒回罐中。

由此可見，人類從利己主義中推展出來的「公平原則」也許比貓卓越也不一定，但論及智慧卻比貓還拙劣。趁白糖還沒堆積如山就先舔光它，這樣不就好了嗎？但是就跟往常一樣，因為我說的話他們聽不懂，也只能遺憾地趴在飯桶上默默觀看。

和寒月一起出門的主人到底去了哪裡散步呢？那天晚上他很晚才回來，隔天早上九點鐘才坐上餐桌。我照例趴在飯桶上，只見主人默默吃著煮年糕。吃了一塊，又吃一塊。雖然年糕塊切得很小，但他也一連吃了六、七塊。把最後一塊剩在碗裡之後，他便放下了筷子。要是別人這麼我行我素，他是絕不寬待的。

他極其得意地展現一家之主的威風，看著混濁菜湯裡焦糊的年糕渣，竟也不以為意。夫人從壁櫥裡拿出胃藥放在桌上，主人說：「這藥沒效我不吃。」

「但是對消化澱粉方面好像很有幫助，還是吃比較好吧！」夫人勸他。

「不管是澱粉還是什麼，反正都沒用。」主人頑固地說。

「你真沒毅力。」夫人喃喃地說。

「不是我沒毅力，是這藥沒效。」

「可是前幾天你不是說很有效，要天天吃嗎？」

「那個時候很有效，可最近又沒效了啊！」他像在對詩般回答。

「這樣吃吃停停，再怎麼有效的藥也沒效了。有耐心一點，胃病可不像其他的病，沒那麼容易好啊！」夫人說著，回頭望著一旁端盤伺候的女傭。

「這倒是真的。如果不再繼續吃吃看，就沒辦法知道這到底是極好的藥還是沒用的藥。」女傭全力為夫人幫腔。

「管它的，我說不吃就是不吃。女人家懂什麼，別再說了！」

「我是女人啊。」夫人將胃藥推到主人面前，彷彿要逼他切腹一樣。

主人一言不發地站起來走進書房。夫人和女傭相視而笑。

這種時候我如果跟著進去，爬到主人膝上，一定會倒大楣。所以我悄悄從院子繞到書房，從紙門縫往裡面偷看，主人正翻開愛比克泰的書閱讀，如果能像平時一樣讀得懂，還真是了不起。果然不消五、六分鐘，他便發狠地將書摔在桌上。接下來他又拿出日記本，寫了下面一段話：

同寒月至根津、上野、池之端、神田等地散步。在池之端的酒館門前，有一名藝妓，身穿帶花春裝，在玩羽毛毽子。衣著雖美，面容卻醜，總覺得有點像家裡的貓。

要舉長得醜的例子，大可不必特地說我啊。要是我也能到喜多理髮廳去刮刮臉的話，並不會比人類遜色的，人類如此自負真受不了。

拐過寶丹藥房的路口，又有一名藝妓走來。她是一位身姿窈窕，雙肩削瘦的女子，一身淡紫色的衣裳，看起來端正而高雅大方。她露出潔白的牙齒邊笑邊說：「源哥，因為昨晚太忙了嘛……」。沒想到她的聲音就像烏鴉一般沙啞，使她那嬌豔的風采大為失色，甚至令人懶得回頭瞧瞧她所謂的源哥是何許人，我也繼續把手放在袖中逛向御成道去。

而寒月卻不知怎地，看似有些心神不寧。

再也沒有比人心更難理解的東西了。主人此刻的心情，到底是憤怒還是興奮？還是想在哲人的著述中尋求一絲慰藉呢？我完全不知道。他是在嘲笑人世，還是想要涉足人世？是因無聊之事而大動肝火，還是以超然的態度看待？我完全猜不著。

貓族可就單純多了。想吃就吃，想睡就睡，憤怒時盡情發怒，想哭時就放聲大哭。絕對不寫日記之類的沒用東西，因為沒必要寫。

像我家主人這種表裡不一的人也許是有必要寫寫日記，好讓自己見不得人的真面目在暗室裡發洩一番。至於我們貓族，行住坐臥、拉屎撒尿，就是我們真正的日記，根本沒必要經過那麼繁瑣的過程來掩蓋自己的真面目。如果有寫日記的閒工夫，還不如在走廊下大睡一覺！

我們在神田某亭吃晚餐，喝了兩三杯久未沾唇的正宗酒，今早胃的狀況很好，我想夜飲對胃病的幫助是最大的。胃腸藥就是沒用，不管是誰說了什麼都一樣，反正無效就是無效。

主人無端地攻擊胃腸藥，彷彿在跟自己吵架似的。早上那股怒氣竟然在這時露了出來，人類寫日記的本質或許就在此吧！

前幾天聽○○說，不吃早餐胃就會好起來。我便嚐試兩三天不吃早餐，結果只是肚子餓得咕嚕咕嚕叫，毫無功效。

△△則勸告說必須禁食醬菜。依他所言，胃病的一切根源就是醃漬過的菜，

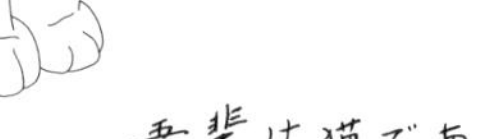



只要禁食醬鹹菜胃病就會根除，身體必能康復。後來我一周沒吃醬菜，但不見其效，所以最近又開始吃了。

又聽到ＸＸ說，只有按摩腹部才見功效。但是普通的按法沒用，必須用皆川流的古法按摩一、兩次，如此一來一般的胃病都能根治。安井息軒十分喜歡這種按摩法，連坂本龍馬那樣的豪傑也常常去做這種按摩治療，我便趕緊到根岸去試試看。但是說得要按揉到骨頭才會好，不然就是說不把五臟六腑顛倒一番就無法根治，想來實在殘酷。按摩之後身子變得像一團棉花似的，如得了昏睡症一般，所以只按過一次就放棄了。

Ａ君說，必須要禁食固體食物，於是我試著天天只喝牛奶度日。結果腹內呼嚕嚕地響，有如河川水漲一般，不得安眠。

Ｂ君說，透過腹部呼吸使內臟運動的話，胃部功能必能強健，不妨試一試。這我也試過，但總覺得肚子難受得很。而且偶爾想起要聚精會神地用腹部呼吸，但過了五、六分鐘又忘得一乾二淨了。若想不忘記，就得要時時注意橫膈膜，弄得無法專心讀書，文章也寫不成。

美學家迷亭見我這樣，嘲笑地說：又不是懷孕的男人，你還是算了吧！於是最近也已經作罷。

C君說：吃蕎麥麵或許會比較好。於是我便輪流吃著湯麵乾麵，卻只是拉肚子而已，其它一點用也沒有。多年來為了治胃病，我試過一切可能的方法，卻全都徒勞無功。只有昨晚與寒月喝下的三杯正宗酒，才真正奏效。今後就每晚喝個兩、三杯吧！

這項決定大概也維持不了多久。主人的心就如我眼珠一樣，瞬息萬變。是個不論做什麼都不長久的男子。

他在日記裡明明那麼擔心自己的胃病，在外頭卻又打腫臉充胖子，真是可笑。前些天，他的某某學者朋友來訪，說從某種觀點來看，一切疾病都是祖先和自己的罪惡的結果。聽來條理清晰、邏輯井然，彷彿是經過一番研究才得到的卓越學說。可憐的我家主人，並不具備反駁此套說法的腦袋與學問。但他似乎覺得應該為自己的胃病辯解一番，以維護自己的面子：

「你的說法很有趣。不過卡萊爾胃也不好喔！」好像在說，既然卡萊爾患過胃病，那麼自己患胃病自然也很光榮，完全是牛頭不對馬嘴的回應。

那位朋友回他：「就算卡萊爾患過胃病，也不代表患過胃病的必定都能成為卡萊爾。」主人啞口無言。

明明有那麼強烈的虛榮心，但還是巴不得胃病可以好起來。他說什麼今晚開始喝夜酒，還真是有點滑稽。想來他今早吃了那麼多年糕，說不定正是因為昨夜與寒月喝正宗酒的關係。我也有點想吃看看年糕了。

我雖然是貓，但不挑食。因為我不像車夫家的大黑那麼有力氣，能遠征小巷裡的魚鋪，也不像新街二弦琴師傅家的三毛子那麼闊氣，有資格奢侈。我是隻不大挑食的貓，小孩剩的麵包渣也吃，糕點的餡也舔幾口。醬菜很難吃，但為了嚐嚐看，也曾吃過兩片鹹蘿蔔，很怪的味道。總之，差不多什麼東西都能吃。這個不愛吃、那也不愛吃，這是奢侈又任性的貓才說的話，不是住在教師家的貓該說出口的。

據主人說，法國有一個名叫巴爾札克的小說家，是個極為奢侈之人。但不是飲食上的奢侈，而是他身為小說家，寫文章時極盡奢侈的事。

有一天巴爾札克想給自己的小說人物起個名字，想了好多個，就是沒有中意的。剛好有朋友來訪，便一起出門去散步。朋友完全不知道是怎麼回事就被帶出來，巴爾札克為了找出那個讓他費盡心思的名字，在大街上什麼也不做，專注地望著商店門口的招牌閒晃著，但依然找不到中意的名字。他帶著朋友亂走，朋友也不知情地跟著亂走。他們就這樣從早上開始在巴黎探險到晚上。歸途中，巴爾札克突然看見一家裁縫鋪的招牌，上面寫著店名「馬卡斯」。

他拍手叫道：「就是這個！就是這個！非它莫屬了！馬卡斯，多好的名字啊！馬卡斯的前面再加上大寫Z的話，就是個無可挑剔的名字了。非是Z不可。Z·馬卡斯，這個名字實在太

太完美了。每次都想著自己取的名字要取得好一點，但總是會覺得做作又無趣。這下總算有個中意的名字了。」

他完全忘了自己給朋友添的麻煩，獨自欣喜若狂。只為了給小說人物取名字，竟得這麼麻煩地在巴黎探險一整天。不過能夠奢侈到這種程度，倒也不錯。只是像我這樣有一個牡蠣般主人的貓，可就不敢如此了。什麼都好、能填飽肚子就行，這恐怕就是環境使然吧。所以現在想吃年糕，也絕非是奢侈嘴饞的結果，而是從「有得吃就吃」的念頭出發的，猜想或許會有主人吃剩的年糕放在廚房裡……於是我向廚房走去。

今天早上見過的那塊年糕，還是黏在那個花色的碗底。我至今未曾吃過這白色的餅，它看起來似乎很好吃，但又怕會黏人。我用前腳把那上面的菜葉撥到一邊。一瞧，爪上沾了一層黏乎乎的年糕皮，聞起來就像把鍋裡的飯裝進飯桶時那種香味。

該吃呢？還是不吃呢？我向四周張望了一下。

不知是幸還是不幸，四周一個人影都沒有。女傭不論歲末還是新春，總是同樣一副表情踢著羽毛毽子。小孩在屋裡唱著：「小兔子你在說什麼。」

要吃就要趁現在，如果錯失了良機，就要繼續過著不知道年糕是什麼滋味的生活，直到明年的到來。剎那之間，我雖是貓，倒也悟出一個真理：「難得的機會，會驅使所有的動物做出平常不那麼喜歡的事。」其實我並沒有那麼想吃年糕。相反地，我越是看它在碗底的樣子越覺

得不舒服，也越來越不想吃。如果這時女傭拉開廚房門，或是聽見屋裡孩子們的腳步聲向這兒接近，我會毫不吝惜地放棄那只碗，而且直到明年也不會再想那年糕的事。可是沒有人走過來，無論怎麼遲疑徘徊，還是一個人也沒有。

在心裡催促著自己：「快吃啊！快吃啊！」我一邊盯著碗底，心中卻希望誰快點過來，但終究還是沒人來。終於還是非吃年糕不可了。於是我將全身重量落向碗底，緊咬住年糕的一角，拉出一寸多長。照理說使出這麼大的力氣，大部分的東西都會被咬斷的啊，怪了！當我以為已經咬斷而要拔出牙來時，卻張不開牙。想再重新咬一下好了，但是牙齒完全動彈不得。當我意識到這年糕原來是個妖怪時，已經太遲了。我就像陷進泥沼的人，越是急著把腳拔出來，就陷得更深。越咬嘴巴越沉重，牙齒完全無法動，那東西雖然很有嚼勁，但只憑嚼勁卻解決不了問題。

美學家迷亭先生過去曾評論我家主人是個「剪不斷、理還亂」的男人，說得真貼切啊。這年糕就像主人一樣，怎麼也剪不斷。不管怎麼咬，都像十除以三永遠除不盡一樣地看不見盡頭。就在這煩悶之際，我忽然想到了第二個真理：「所有的動物，都能憑直覺預先知道事物是否恰當。」雖然悟出了兩個真理，但因為年糕黏在牙上，我絲毫不覺得高興。牙被年糕的肉牢牢地黏住，就像拔牙似的疼痛，再不快點咬斷它逃走，女傭就要來了。孩子們的歌聲也已經停止，他們一定會到廚房來。我煩躁至極，試著搖了搖尾巴，但一點用也沒有。將耳朵豎起又垂下，

也是沒任何作用，想想耳朵和尾巴本來就都與年糕無關。發現搖尾巴豎耳朵都沒用之後，我決定放棄了。

突然想到可以借助前爪撥掉年糕。於是我先舉起右爪，在嘴邊來回摩挲，但光靠這樣也不能拿掉它。接著我舉起左爪，以嘴巴為中心，試著快速地畫個圓，但單靠這種符咒還是擺脫不掉妖怪。我心想著：「最重要的是耐心。」便左右爪交替出動，然而牙齒依然陷在年糕裡頭。

唉，真麻煩，乾脆兩隻爪子一起來吧！這下我居然靠兩隻後腳站立了起來，真有一股不是貓的感覺。管它是不是貓，到了這種地步，也不重要了。不論如何要努力把年糕這個妖怪打倒才行，於是我用兩爪在臉上胡亂地抓著。由於前爪用力過猛，我失去重心就快要摔跤，所以不得不用後腳維持平衡，也無法好好地站在原地，只好在廚房裡到處跑跳，沒想到我居然能這麼靈巧地站立啊。於是第三個真理驀然閃現：「臨危之際，能做到平時做不到的事，此可謂天佑。」當有幸得蒙天佑的我正拼命與年糕妖怪搏鬥之際，忽然聽到腳步聲，好像有人從屋裡走來。要是有人過來可就糟了！我益發拼命地在廚房裡繞圈跑跳，腳步聲愈來愈近。唉，可惜天佑不足，終究還是被小孩發現，她高聲大叫：「哎呀，小貓吃著年糕在跳舞耶！」最先聽見這話的是女傭。她扔下羽毛毽和拍子，從廚房後門跳了進來。

夫人穿著縐綢和服說：「真是討人厭的貓啊。」

連主人也從書房走出來說：「這個混帳東西！」

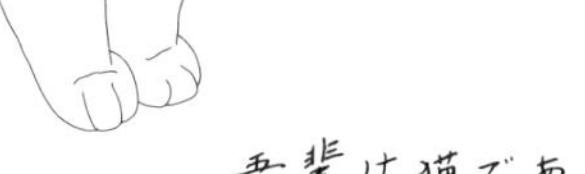



只有小孩們叫著：「好好玩喔！好好笑！」

於是大家異口同聲地哈哈大笑起來。我又氣憤、又痛苦卻無法停止跳舞，快累死了。接下來總算笑聲漸歇，但那五歲小女孩又說了一句：「媽媽，這貓也太不像話了啊！」大家又以狂瀾之勢大笑起來。

人類缺乏同情心的事例我也見得多了，但從未像此時此刻這樣恨火中燒。這時天佑也不知消逝何方，我一直撐到四條腿都已經趴在地上，還上演直翻白眼的醜態才認輸。

主人似乎覺得見死不救怪可憐的，便命令女傭：「去把年糕拿下來！」女傭瞧了主人一眼，眼神彷彿在說：「何不讓牠再跳一會兒？」夫人雖然還想看看貓跳舞，但也無意看我一直跳到死，便不做聲。

「再不拿下來牠就要死了！快點！」主人又望了女傭一眼。

女傭好像在夢中吃美食吃到一半卻被驚醒似的，滿臉不悅地揪住年糕用力拉開。我雖然不是寒月，但也擔心門牙會不會全掉了。

她嘴裡唸著：「痛不痛？痛不痛？」然後毫不留情地將我牢牢深陷在年糕當中的牙齒狠狠一拉，我快受不了了。

此時我又體會到第四個真理：「一切安樂，都必先經歷困苦。」

我環顧一下四周，家人都已進內廳去了。

在經過這番慘敗之後，還要被裡頭的女傭看見我的表情，實在很難為情。於是我索性從廚房溜到後院，打算去拜訪新街二弦琴師傅家的三毛子來散散心！

三毛子可是這附近有名的美女，我雖是貓，但也懂得男女之情。每當在家裡見到主人哭喪的臉，或是挨女傭責罵而心裡不快的時候，我一定會去找這位紅粉知己傾訴一番，不知不覺間心情便開朗了起來，一切煩憂皆拋到九霄雲外，彷如重生一般。女性的影響實在無與倫比。

為了確認她在不在，我從杉木籬笆的空隙中望去。因為是正月，所以三毛子戴著新的頸鏈，在走廊下端莊地坐著。她後背曲線之美，真是難以言喻，漂亮得不得了。她尾巴彎曲的弧度、兩腳盤疊的姿態、輕輕扇動耳朵的神情，美得實在無法形容。尤其當她高雅地坐在陽光充足而溫暖的地方時，身姿端莊肅穆，那光滑如天鵝絨的毛髮，反射著春日陽光，彷彿沒有風也在擺動一樣。我看得入迷，好一陣子才清醒過來。

「三毛子小姐！三毛子小姐！」我邊喊邊擺動前爪向她打招呼。

「啊，是老師！」她步下走廊，紅頸鏈上的鈴鐺叮鈴作響。

到正月，鈴鐺都掛上了呢，正覺得那聲音真是好聽時，三毛子來到我身旁，將尾巴向左一搖說：「老師，新年恭喜！」我們貓族之間互相問候時，都會把尾巴豎成一根棒子，再向左方晃一圈。在這條街上只有三毛子會稱我為「老師」正如前面聲明過的，我還沒有名字。但因住在教師家，所以三毛子總會尊敬地老師老師地稱呼我。

我被尊稱為「老師」心情自然好囉，便滿口回應：「是、是……新年恭喜！妳打扮得真漂亮啊！」

「這是去年年底師傅買給我的，漂亮吧？」她將鈴鐺叮叮噹噹響地搖給我看。

「原來如此，聲音真美啊！我有生以來還沒見過這麼漂亮的鈴鐺呢！」

「唉，哪裡，大家不都有戴。」她再度叮叮噹噹地將鈴鐺搖響。

「不過聲音很好聽吧！我很喜歡呢！」她喜孜孜地說。

「看來妳家師傅非常疼愛妳喔！」相形之下我不禁心生羨慕。

三毛子的個性很天真，她像個孩子一樣笑著說「對呀！就像親生女兒一樣對我呢！」。

貓並不是不會笑，人類總是認為除了他們之外就沒有會笑的動物了，真是大錯特錯。我們的笑法是把鼻孔弄成三角形，然後震動喉結，人類當然不懂。

「你家主人到底是做什麼的？」

「我家主人很特別，是一位師傅，二弦琴師傅。」

「這我知道。我是問她的身世如何。應該是名門閨秀出身吧？」

「是的。」

「五針松下待君時……」紙門後奏起了二弦琴。

「琴聲很美吧？」三毛子炫耀地說。

「好像很美，可是我聽不懂。是什麼樣的曲子呢？」

「嗯？那首曲子叫什麼啊？師傅很喜歡那首曲子。師傅已經六十二歲了啊，還很硬朗呢！」已經活了六十二歲，不得不說是硬朗啊。

我回了一聲「是啊。」有點敷衍，但既然想不出什麼好回答，也只好這樣。

「據說她從前的身分很高貴呢！」

「哦？是什麼身分？」

「據說是天璋院的秘書的妹妹的丈夫的母親的外甥的女兒……」

「妳說什麼？」

「天璋院的秘書的妹妹的丈夫……」

「喔，原來是這樣，等等，是天璋院的妹妹的秘書……」

「不是啦，天璋院的秘書的妹妹的……」

「啊我懂了，是天璋院對吧！」

「對。」

「的秘書！」

「對。」

「的丈夫。」

「是妹妹的丈夫啦！」

「對，對，我錯了，是妹妹的丈夫。」

「的母親的外甥的女兒。是母親的外甥的女兒嗎？」

「對！你懂了吧？」

「不，這麼混亂我摸不著頭緒啊！總之就是天璋院的什麼人對吧？」

「你是還搞不懂啊！是天璋院的秘書的妹妹的丈夫的母親的外甥的女兒。剛才不是說過了嗎？」

「這麼說我就懂啦！」

「懂了就好。」

「嗯！」無可奈何我只能投降。我們有些時候也是不得不說點謊的。

紙門後的二弦琴聲戛然而止，傳來了師傅的呼喚「三毛子，開飯啦！」。

三毛子很高興地說：「啊，師傅叫我了，我要回去了。」她看似有點抱歉但無可奈何地說。

「那歡迎你下次再來玩唷！」她叮叮噹噹地響起一串鈴聲跑到院子前，但又折了回來。她擔心地問道：「你臉色很難看，怎麼啦？」我不好意思說吃年糕跳舞的事，便回答她說：「沒什麼，只是想了點心事有點頭痛。我覺得或許跟妳說說話就會好，才到妳這裡來的。」

「這樣呀，那要多保重喔！再見！」她似乎有點留戀。

於是年糕事件消耗的元氣都回來了，心情也變得舒坦。歸途上我踏著正融化著的霜，打算穿過那座茶園回家去。才從籬笆破洞探出頭，就見到車夫家的大黑正彎著腰在枯菊上打呵欠，如今我見到大黑也不覺得害怕了，但想到要寒暄就覺得很麻煩，於是我打算裝作沒看見地走過去。但是以大黑的脾氣，只要他覺得別人瞧不起自己，就絕不會善罷甘休。

「喂，那個沒名字的鄉巴佬，你最近神氣起來啦！就算吃了老師家的飯，也不能這麼傲慢無禮呀！這樣瞧不起人可不有趣啊？」

大黑好像還不知道我已經變得很有名了，想解釋給他聽，但畢竟他是不懂這些的人，不如隨便客套幾句，盡可能地快點離開才是上上策。

「喔！是大黑兄呀！恭喜恭喜！看起來精神還是很好呢！」我豎起尾巴，向左繞了一圈，大黑只豎起尾巴沒有還禮。

「恭喜什麼？人家都是新年才會恭喜，你其他日子也隨便恭喜。給我小心一點！你這個風箱臉的傢伙！」這應該是一句罵人話，但是我不懂它的意思。

「我想請問一下，風箱臉是什麼意思？」

「什麼？你都被罵了還要問是什麼意思，真有你的。總之就是新年傢伙！」

新年傢伙感覺挺有詩意的，但它的含意可比風箱臉更令人匪夷所思了。本來想再問一問的，又覺得即使問了，也一定不會得到明確的答案，便不發一語地站在原地經歷一陣尷尬。

這時忽然聽見大黑家的老闆娘大聲怒喝：「哎呀！放在架上的鮭魚不見了。糟了！又是大黑那個畜牲叼走的，真是隻可惡的貓！回來後看我怎麼收拾你！」

這聲音毫不留情地破壞了初春恬靜閒適的氣氛，把國泰民安的太平盛世也徹底庸俗化了。大黑露出一副狡猾神色，心裡彷彿暗想著：「愛生氣，就讓她生氣個夠吧！」他將方正的下巴往前一伸向我示意：「你聽見了吧？」。

剛剛一直和大黑說話沒注意到，這才發現大黑腳下有塊約值二錢三分的鮭魚骨，沾滿了泥巴掉在那。

「您還是不減當年勇呢！」我忘了剛剛的不愉快，奉上一句讚美。但僅僅這麼一句，是無法讓大黑消氣的。

「說什麼啊你這小子！不過是叼了一兩塊鮭魚罷了，就說什麼不減當年勇！別小看人啦！我好歹也是車夫家的大黑啊！」他用前爪搔了搔肩頭。

「我一直都知道您是大黑啦！」

「既然知道還說什麼不減當年勇，你什麼意思啊！」他依舊怒火中燒。如果我是人類，這時候一定已經被揪住領子舉起來甩了。

我有點煩躁覺得大事不好，這時又傳來了老闆娘的大嗓門兒：「西川先生！喂！是西川先生嗎？麻煩你一下，請立刻送一斤牛肉過來。喂，聽到了嗎？要一斤不硬的牛肉喔！」她訂購

牛肉的聲音打破了四周的寧靜。

「哼！一年就訂這麼一次牛肉，還故意那麼大聲，一斤牛肉也要向左鄰右舍炫耀一番，真令人受不了！」大黑一邊嘲笑一邊展開四隻腳。我沒打算要回話就默默看著。

「才一斤好少啊！沒辦法了，只好將就一下！」他說得彷彿那一斤牛肉是專為他訂購的。我想催他快點回去，便說：「這可真是一頓大餐呢！真好，真好！」

「你懂什麼啊？少囉嗦！給我閉嘴！」說著他突然用後爪刨散了冰霜撒到我頭上，我嚇了一跳。在我抖落身上泥土的時候，大黑已經鑽過籬下不知去向了。大概去盯那西川家的牛肉了吧！

回到家裡，客廳不知何時已經春意盎然，就連主人的笑聲聽來也十分開朗。我從敞開的走廊湊近主人身旁一看，原來是來了一位陌生客人。此人頭髮分得很整齊，穿著帶有家徽的褂袍以及小倉布的褲子，是個看來十分規矩的學生。

主人的手爐旁，一個漆紅的菸盒和一張名片並排放著，上面寫著：「茲介紹越智東風君拜謁，水島寒月」由此可知，他是寒月先生的朋友。因為半路聽起，對話的前因後果不甚清楚，好像與前面介紹過的那位美學家迷亭先生有關。

客人從容地說道：「他說會有很有趣事情，所以請我一定要隨他一同前往。」

「什麼？陪他去西餐館吃午餐有什麼有趣的嗎？」主人說著，斟滿了茶放到客人面前。

「這……所謂有趣嘛，當時我也不大明白。不過，他那個人嘛，總會有什麼新花樣……」

「你跟他一起去了啊？原來如此。」

「不過，我很意外。」

主人聽到這話，啪地一聲敲了蹲在他膝上的我的頭，有點痛。

「想必是惡作劇吧？迷亭最愛幹那種些事了。」主人立刻想起了安德列·得爾·薩魯多的事。

「是啊！他說，你想吃點什麼奇怪的東西嗎？」

「結果吃了什麼？」主人問。

「他先一邊看菜單，一邊講各道料理的事。」

「是在點菜之前？」

「是的。」

「後來呢？」

「接著他回頭看著侍者說『怎麼沒有新奇一點的菜？』侍者不服氣地問『鴨里脊或小牛排如何？』迷亭先生說『何必為了吃那平庸無奇的東西特地來到這裡！』侍者不懂平庸無奇是什麼意思，便帶著奇怪的表情沉默不語。」

「果然如此啊。」

「後來迷亭先生對我說，你若到了法國或英國，可以大吃『天明菜』、『萬葉菜』，可是在日本不管到哪都是老套，真叫人不想踏進西餐廳……但他可曾去過外國？」

「什麼？迷亭哪裡去過外國！要是有錢又有閒，什麼時候想去都可以。不過他大概是把今後想去的說成已經去過，尋人開心吧？」主人似乎自以為妙語如珠，自己先笑了出來，但客人卻無動於衷。

「是嗎？我還以為他曾經去過國外，才洗耳恭聽哪！何況他談起什麼蛞蝓湯呀，燉青蛙呀，形容地彷彿真的吃過似的。」

「他也許是聽別人說得吧？他可是說謊胡謅的高手呢！」

「看來真是如此。」客人邊說邊觀賞花瓶裡的水仙，臉上浮現淡淡失落。

「那麼他所謂的有趣情節，就是指這個吧？」主人問道

「不不，這只是個開頭，好戲還在後面！」

「喔？」主人好奇應道。

「後來迷亭先生說『蛞蝓湯啦、燉青蛙啦，就算想吃也吃不到，那不如就委屈點吃托奇門波如何？』我沒其它想法，便附和地說『好吧』」

「托奇門波？好奇怪啊！」

「是啊！不過雖然很奇怪，迷亭先生說得認真，我一時還沒發現呢！」客人彷彿在向主人

為自己的粗心道歉。

「後來怎麼樣了？」主人漫不經心地問，對於客人的歉意絲毫不表同情。

「接著他對侍者說『拿兩份托奇門波來！』侍者問道『是門奇波[2]嗎？』迷亭正經地糾正他說不是門奇波，是托奇門波。」

「托奇門波到底是什麼樣的料理？」

「當時我也覺得有點奇怪，但迷亭先生十分正經，何況我相信他是位西洋通，完全相信他去過西洋，便為他幫腔告訴侍者『就是托奇門波！托奇門波』。」

「侍者怎麼樣？」

「侍者嘛，現在想來也真是可笑。他想了一會兒之後說『非常對不起，今天不巧沒有托奇門波，若是門奇波的話倒有兩份。』迷亭露非常遺憾地樣子說『那麼特地跑到這兒來就太沒意義了』於是他交給那侍者兩角銀幣說：『無論如何，可以麻煩讓我們品嚐到托奇門波嗎？』侍者於是進到內場去跟主廚討論了。」

「看來他非常想吃托奇門波啊？」

「沒多久侍者走來說『很不巧地您點的這道菜需要花比較多時間』迷亭先生沉著地說『反正新年有的是時間，稍候片刻再吃也無妨』他邊說邊從懷裡取出香菸抽了起來。我沒辦法也只

2 門奇波：牛肉洋蔥丸子。

好從懷裡掏出《日本新聞》來讀。這時侍者又進裡頭商量去了。」

「真是麻煩啊！」主人彷彿在關心戰爭消息地往前湊了湊。

「後來侍者又走了出來，很可憐地說『最近托奇門波材料缺貨，不管去龜屋、還是橫濱山下町十五街的外國食材店都買不到，實在不湊巧。』迷亭先生望著我不斷地說『真是的，我特地來這的啊。』我也無法不回應，便附和著說『真遺憾，實在遺憾之至！』。」

「誠然如此。」主人也贊同地說。但我不懂什麼叫「誠然如此」。

「這時侍者也起了同情之心，便說『改天材料到了，一定請各位先生賞光。』迷亭就問他『用哪些材料做？』侍者嘿嘿地笑著默不作答。迷亭追問『材料是日本派的俳句詩人吧？』侍者就說了『是的是的，最近去橫濱都買不到，實在對不起！』非常抱歉地說。」

「啊！哈哈！原來謎底在這兒。真妙！」主人不由地大笑，他的雙膝搖晃我差點兒摔了下去。看來主人是因為知道深受安德列之害的不止他一人，所以突然變得開心了起來。

「後來，我們兩個人走出門，先生得意地說『怎麼樣，以橡面坊為材料，還算有趣吧？』我說『佩服之至。』於是我就告辭了。其實是因為早已過了午飯時間，我肚子餓到快發昏了。」

「真難為你啦！」主人這才開始表示同情，對此我也抱持贊同的意見。談話一時中斷，我喉頭的聲響傳進了主客二人的耳朵。

東風君將變冷的茶一飲而盡，接著鄭重地說：「老實說今日登門造訪，是對老師有事相求。」

「喔，何事？」主人也一本正經。

「如您所之，我很喜歡文學和美術……」

「很好哇！」主人附和。

「前幾天和一些同好組織了朗誦會，打算每月聚會一次，進行這方面的研究。第一次聚會已經在去年年末舉行過了。」

「請問一下，所謂朗誦會，想必是有節奏地朗讀詩文之類的對吧？那究竟如何進行的呢？」

「這個嘛，我們是先從古詩開始，接下來還想朗誦同人作品。」

「所謂古詩是白樂天的《琵琶行》那類的嗎？」

「沒有。」

「是與謝蕪村的《春風馬堤曲》那類的嗎？」

「不是。」

「那麼你們都朗誦些什麼？」

「上一次朗誦了近松的殉情物。」

「近松？是那個唱淨琉璃的近松嗎？」

近松就只要那麼一位，只要提到近松，說的一定就是那位戲曲家，主人這樣確認地問，聽起來愚蠢透頂。但他毫不了解我的想法，還輕輕地撫摸我的頭呢！不過這世間都有因為不同眼光受敬佩之後、自己還洋洋自得的人存在了，那麼主人這一點謬誤，也就不足為怪。我享受著撫摸，毫不在意地任他們去說。

「是的。」東風君應了一聲，觀察著主人臉色。

「那麼，是由一個人負責朗誦呢？還是分出一些角色來朗誦？」

「是分配角色輪流朗讀。我們的首要重點是，必須要投入劇中人物的心情、發揮人物個性。此外還要配上手勢和身段，傳神地演繹出那個時代的人物，不論小姐或伙計都要活靈活現地表演。」

「那麼不就像是在看戲一樣嗎？」

「是的，只差沒有戲服和布景。」

「恕我直言，這樣能演得好嗎？」

「這……我想以第一次來說，是挺成功的。」

「就是你前面說的殉情物嗎？」

「是船老大載著乘客去芳原那一段。」

「你們選了個大場面哪！」教師歪了一下頭，從鼻孔裡噴出的日出牌香菸的煙霧掠過耳

朵，向臉頰飄去。

「不，場面也不太大。登場人物只有客人、船夫、花魁、女侍、老鴇和總管。」東風君講的一派輕鬆。主人聽了「花魁」二字不禁面色一沉。看來他對女侍、老鴇、總管這些術語似乎不太了解。便詢問道：「所謂女侍，是妓院的婢女嗎？」

「我還沒有仔細研究過，不過女侍指的是茶館下女；而老鴇，大概可以看做是妓女臥房裡的助手吧！」東風君剛才還說什麼要演得活靈活現，可他對什麼是女侍、什麼是老鴇好像也還不甚了解。

「原來如此，女侍是寄身於茶館的紅顏，而老鴇是起居於妓院的女子。那麼總管指的是人？還是特定場所？如果是人的話是男還是女呢？」

「總管我想指的是男人。」

「那他掌管什麼呢？」

「這，還沒研究到那裏，很快就會研究到了。」

像這樣的對白繼續下去，八成會出現牛頭不對馬嘴的情況。我看了主人一眼，發現他意外的一臉嚴肅。

「那麼朗讀者除了你之外，還有些什麼人？」

「各種人都有。法學士K君扮花魁，他留著鬍子，唸的都是女人嬌滴滴的對白，真是一

絕。而且其中一段花魁突然胸痛……」

「朗讀中也要重現才行嗎？」主人擔心地問。

「是的，總之表情很重要。」東風君說著。他總是很有文人氣質的樣子。

「那麼他表演得真實嗎？」主人問得妙。

「第一次就要演好，確實要求過高。」東風也回得很好。

「話說回來，你扮演什麼角色？」主人問道。

「我扮演船夫。」

「咦？你扮演船夫？」主人的語氣似乎是說你能扮船夫，那我也能扮總管了。

一會兒又直接挑明著說「演船夫太勉強了吧？」

東風君看起來似乎沒怎麼生氣，仍以平靜的口吻說：「就因為扮演船夫，讓這特地舉辦的活動，最後虎頭蛇尾地告吹。會場隔壁住了四、五個女學生，她們不知道從哪探聽到消息，知道當天有朗誦會，就從窗外偷聽。我模仿船夫的聲音演著，正得意著已經漸入佳境，這樣下去一定沒問題。唉，大概是身段太誇張了吧，女學生們突然嘩然大笑。我又吃驚、又不好意思。台詞一被打斷，就再也接不上了，最後只好就這樣散場。」

聲稱成功的第一次朗誦會竟然如此，那麼怎樣才算失敗呢？想像那慘狀，我忍不住覺得好笑，不知不覺喉頭又呼嚕作響。主人更加輕柔地撫摸我的頭。嘲笑別人卻還能被疼愛還真好，

不過也有點害怕。

「這可真是不幸啊！」主人大過年地竟說起喪氣話。

「從第二次開始我們想更加努力、更加盛大地舉行。今天正是為了這件事而來的。坦白說，我們想邀請先生入會給予指導。」

「但我不會演什麼胸痛之類的啊！」消極的主人立刻婉拒。

「不，您不會也沒關係，這是贊助者的名冊……」說著他解開紫包巾，小心翼翼地拿出一冊小本子攤開在主人面前「請在這上面簽名蓋章。」我一看，全是當今學界知名文學博士、文學士的名字，端端正正地排在一起。

「啊，我也不是不想當贊助人，只是不知道有什麼要做的事嗎？」牡蠣先生顯得有些擔心。

「其實也沒什麼義務，只要簽上大名表示贊助，就可以了。」

「既然如此，我就加入吧。」一聽到沒什麼要做的事，主人立刻變得輕鬆起來。那副神色似乎在說「只要不用負什麼責任，就算要在造反的聯名書上簽字也可以」更何況是在這些著名學者的名單中列上自己的名字！這對於不曾有過這般際遇的主人來說，真是無上光榮，難怪他答應得那麼乾脆。

「請稍後一下。」主人說著進書房去取印章，我噗咚一聲摔了下來。

東風迅速拿起點心盤裡的蜂蜜蛋糕塞了滿口，嚼啊嚼啊地，看起來有些痛苦。讓我想起了

早上的年糕事件。

主人從書房拿印章出來的時候，蛋糕已經躺在東風君的肚子裡了。主人似乎並未發現盤裡的蛋糕少了一塊。如果發現的話，第一個被懷疑的對象一定是我。

東風君回家之後主人走進書房，看見迷亭先生寄來了書信，上頭寫著「恭賀新禧……」主人心想「好正經的開頭」，迷亭先生寫的信從來沒有一封是正經的啊。前些時候來信甚至寫道：「從那之後沒有新歡，更無任何情書，暫且先平安度日，敬請安心。」相形之下，這一封賀年卡還真是體面得多。

「本想登門拜謁，與仁兄之消極主義背相反地，我極力以積極態度迎接此千古未有之新春，因此終日出外拜年，十分忙碌，尚祈見諒。」

不錯，正是如此，那人一到正月定會忙於四處遊樂。主人心底暗暗同意迷亭先生所言。

「昨天恰得片刻閒暇，想宴請東風君品嘗托奇門波，不料材料短缺，事與願違，遺憾之至。」

主人默默地微笑，心想：「又露出本性了。」

「明天有牌局，後天有美學學會之新年酒會，大後天有鳥部教授歡迎會，大大後天……」好煩啊！主人略過往下看。

「如上所述，因連連召開謠曲會、俳句會、短歌會、新體詩會等，必須日日出席，遂以賀

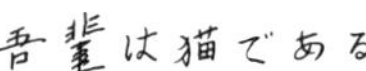



年書信代替登門拜年，尚望海涵。」也不至於如此吧！主人對著信回話。

「若能承蒙大駕光臨，敬請共進晚餐。寒舍雖無珍饈，但還能品嚐托奇門波……」又是托奇門波，真失禮！主人有些惱火。

「但托奇門波因近日材料售罄，來不及烹調，只好請您一嚐孔雀舌。」希望別兩頭落空的主人開始想知道下文了。

「如仁兄所知，孔雀之舌，不過小指之半。為了填飽仁兄之胃囊……」

主人鄙夷地說：「胡說八道！」

「必須捕二、三十隻孔雀。雖在動物園、淺草花園等處零星地見過孔雀，但在一般鳥店卻甚難尋，實在費神。」是你自討苦吃吧？主人心中毫無謝意。

「昔日羅馬鼎盛時期，孔雀舌的美味曾風靡一時，極風雅奢華，吾不時垂涎三尺，尚望見諒。」見諒什麼？混蛋！主人十分冷漠。

「直至十六、七世紀，孔雀已成為歐洲各地宴席中不可或缺之珍饈。記得雷斯特伯爵於凱尼沃思宴請伊麗莎白女皇之時，就用過孔雀。著名畫家林布蘭畫《宴客圖》時，亦將孔雀屏置於桌上……」還有時間書寫孔雀烹飪史的話，我看他也沒多忙啊！主人忿忿不平地抱怨。

「總之，像近日這樣宴會頻繁的日子再繼續下去的話，愚弟不久必將如仁兄一般患上胃病的。」什麼如仁兄一般？別把我當成胃病患者的標準啊！

「據史家所言，羅馬人每日宴席二、三次。若一日二、三餐盡是豐饒之饌，恐怕再好的腸胃都會消化不良，一如仁兄……」又是一如仁兄！真無禮。

「然而為了讓奢華與衛生兼具，我們努力研究在大量攝取美味的同時，亦能保持腸胃之健康，於是鑽研出一套密法……」真的？主人頓時興意盎然。

「他們飯後必入浴。然後用某種方法嘔盡入浴之前吃下的食物，以清乾淨胃囊。胃囊乾淨後再度進餐，飽嚐美味之後再度入浴，然後再度嘔出。如此一來既貪享美味，又無損內臟，可說是一舉兩得。」原來如此，真的是一舉兩得。主人已心嚮往之。

「二十世紀之今日，交通發達，宴席也與日俱增。值此帝國多事之秋、征俄二年之際，吾等戰勝國應當效法羅馬人，研究其入浴嘔吐之術。否則雖有幸身為大國之民，不久亦必一如仁兄，淪為胃病患者，實令人痛心。」又是一如仁兄，這傢伙實在氣人！

「吾等精通西洋文明者，考證西方古史傳說，發現失傳已久之秘方，用於明治之世，可收防患於未然之功，平素恣意享樂，當聊以報答……」真奇妙啊，主人沉思。

「近來雖涉獵吉朋、蒙森、史密斯諸家之作，卻未發現所需，遺憾之至。但如仁兄所悉，愚弟一旦立志，不成功則決不放棄。嘔吐妙法，復興在即。一旦發現，必即時報告仁兄，敬請安心。另，前此所述托奇門波與孔雀舌，必在上述發現事成之後，再請移樽就席。如此不僅於弟方便，對苦於胃病之仁兄亦將大有助益。匆匆草箋，不盡欲言。」還是被他捉弄了啊，看他

寫得嚴肅，才正經地讀完。大過年的開這種玩笑，這傢伙實在太閒了，主人笑著說。

其後風平浪靜地過了四、五天。白瓷瓶裡的水仙花日漸凋零，綠萼梅卻陸續綻放。整天賞花度日，實在很無趣，便去拜訪了三毛子兩次，但都沒見到她。起初以為她是外出了，第二次去，才知道三毛子臥病在床。我躲在洗手缽旁的葉蘭下，偷聽師傅和女傭在紙門後對話：

「三毛吃東西了嗎？」

「沒有。從早晨到現在滴水未進。已經讓她躺在火爐旁暖暖身子了。」

這哪裡是貓，簡直把她當人對待了。雖然和自己的境遇相比之下讓我心生羨慕，但想到心愛的三毛子受到如此厚待，也感到高興。

「該怎麼辦啊，不吃飯的話，身體會很累的。」

「是呀，我一天不吃飯，第二天就幹不了活了。」

聽女傭回答的口氣，彷彿跟她比起來，貓是更高級的動物。但說不定在這戶人家裡，貓真的比女傭更重要呢！

「帶她去看過醫生了嗎？」

「是的，但那位醫生可真怪！我抱著三毛到診所，他問我是否受了風寒？說著就要給我把脈。我說『生病的不是我，是她。』然後把三毛放在膝上，醫生卻笑瞇瞇地說『貓的病我也看不懂，別理它自然就會好了。』這也太殘忍了吧。我生氣說『那我們不看了！她可是一隻珍貴

的貓呀！』我把貓抱在懷裡，趕快回來了。」

「誠然。」

「誠然」這個字，是不是會出現在我們家的。畢竟他們是天璋院的什麼人的什麼人，才會說得這樣高雅，令人欽佩。

「她好像在抽泣？」

「是呀，一定是受了風寒喉嚨疼。感冒了總是會咳嗽啊……」畢竟是天璋院的什麼人的什麼人的女傭，用語也真文雅。

「聽說最近又流行起什麼肺病了。」

「是啊，近來什麼肺病啦、瘟疫啦、新的病愈來愈多。這種時候可不能大意啊。」

「從前幕府時代沒有過的，實在不尋常，妳也要當心點。」

「是的。」女傭十分感動。

「說是受了風寒，但她也不大出門的呀！」

「哪裡，她最近交了壞朋友啦！」女傭就像談起國家機密似地，洋洋得意。

「壞朋友？」

「是呀！就是大街上教師家那隻髒兮兮的公貓呀！」

「妳說的教師，就是每天早晨發出怪叫的那一位嗎？」

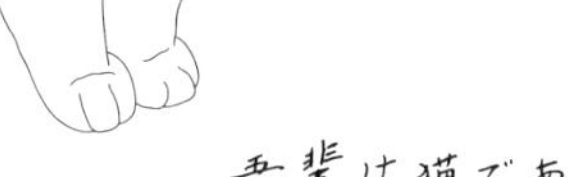
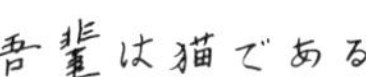

「對，就是他。每次一洗臉就亂叫，活像鵝被勒死似的。」

像鵝被勒死似的，這可是很正確的形容。我家主人有個毛病，每天早晨在浴室刷牙時，總是拿牙刷刺喉嚨，發出奇怪的聲音。心情不好時，聒聒大聲響著；心情好時，更是有活力地聒聒大聲響。總之不論高興不高興，他總是無休止地大聲聒聒響。

據夫人說，還沒搬到這兒來以前，並沒有這個毛病。

有一天他忽然怪叫起來，後來直到今天都不曾間斷過。真是糟糕的習慣，但為什麼會對這件事如此堅持不懈，吾等貓輩怎麼也想不透。這倒就算了，但是說什麼髒兮兮的貓，就實在過分了。我豎起耳朵傾聽下文。

「真不懂那樣鬼吼鬼叫是什麼咒語嗎？明治以前，不管是武士的侍從，或是侍候穿鞋的僕人，都懂得怎樣做才算得體，在我們這個住宅區沒有一個人像他那樣洗臉的！」

「可不是嘛！」女傭贊同稱是。

「有那種主人，那貓也跟野貓沒兩樣了。下次再來要好好教訓教訓！」

「一定照辦！三毛之所以生病一定是因為牠！要好好揍牠一頓！」

真是天外飛來的不白之冤啊！這下可不能隨便接近了。於是，我終究沒能見到三毛子便回家了。

回家一看，主人正在書房裡握筆沉吟。假如讓他知道在二弦琴師傅家聽到的對話，他一定會勃然大怒。果然耳不聞心不煩，還能沉吟做個神聖的大詩人。

這時，聲稱近來忙碌不克造訪、特地寫了賀年卡的迷亭先生，竟飄然登門。

「什麼啊？你也會寫新體詩嗎？有做出什麼佳作的話可以讓我看嗎？」

「噢，我覺得這是一篇好文章，正想試著翻譯出來。」主人鄭重地說。

「文章？誰的文章？」

「不知道是誰的呀！」

「無名氏嗎？無名氏的作品佳作為數不少啊，登在哪兒呢？」他問

「第二讀本。」主人若無其事地說。

「第二讀本？第二讀本是什麼？」

「就是我要翻譯的名作就登在第二讀本裡呀！」

「你在開玩笑吧！你是打算報孔雀舌的仇吧？」

主人捻著鬍子泰然自若地說「我可不像你那樣愛吹噓。」

「有一段故事，從前曾有人問山陽先生，近來有什麼好文章？山陽先生拿出馬夫寫的討債信說『這是近期讀過最好的文章』，說不定你的審美觀很準確也不一定，哪一篇？你念一念，我來評鑑一下。」迷亭說的彷彿自己是審美專家似的。

主人以禪師讀大燈國師遺訓的口吻般開始唸道：

「巨人，引力……」

「什麼？巨人引力？」

「標題是巨人引力。」

「這標題可真奇怪，我不懂。」

「意思是說有個巨人名叫引力。」

「聽來有點勉強，不過只是個標題就先不管吧！快開始唸正文吧。你的嗓音很好聽起來很有意思。」

「別打岔喔！」主人事先叮嚀後，便又讀了下去。

歌德從窗口向外眺望，小孩正在扔球玩耍，他們將球高高地拋向天空。那球愈飛愈高，過了一會兒又落了下來。他們又再度將球高高地拋了上去，然後又拋了第三次，每次拋球都會落下來。歌德問：「為什麼會掉下來呢？為什麼不會一直往上升呢？」他的母親回答：「因為有巨人住在地下啊。他叫巨人引力，很強壯，會將萬物拉向自己。他也把房屋拉在地面上，不拉的話房子就會飛走，小孩也會飛走的。你看過葉子掉落吧？那也是因為巨人引力的召喚。有時書本會掉下，那也是因為巨人引力的關係。皮球一升空，巨人引力就呼喚，

他一呼喚，皮球就落下。」

「就這樣？」

「嗯，很不錯吧？」

「唉真不好意思！你居然用這來報托奇門波的仇。」

「什麼報復不報復？我是因為覺得寫得很好才想翻譯，你不覺得嗎？」主人說著邊望著對方金框眼鏡後的雙眼。

「真是令我驚訝啊，你竟然有這麼兩下子。這一回算是被你騙慘了，認輸，我認輸。」迷亭自說自答，主人卻一臉不解。

「我並沒有要你認輸的意思啊！只是覺得文章有趣才試著翻譯一下罷了啊！」

「不不，真的很有趣，不這樣就翻不出原味來了。了不起啊！佩服佩服！」

「也沒什麼，用不著這麼客氣。我近來也已經不畫水彩畫了，所以才想說改成來寫寫文章好了。」

「那可不是遠近無別、黑白不分的水彩畫所能比擬的，佩服之至！」

「你這樣稱讚我，我會更起勁的！」主人又誤會他的意思了。

這時寒月先生走進門來說：「上次真是抱歉！」

「喔不，失禮了！剛才正洗耳恭聽蓋世名文，以驅除托奇門波的幽靈。」迷亭開始打起莫名其妙的啞謎。

「啊，是嗎？」寒月也莫名其妙地打招呼，只有主人不為所動。

「前些天你介紹的越智東風君來過了呢。」

「來過啦？越智東風君是一位非常正直的人，不過有點兒怪，我想他一定給您添麻煩了吧！可是他說一定要我幫他介紹……」

「沒有什麼麻煩的啦……」

「他到這兒來，有對自己的名字做個解釋嗎？」

「沒有，好像沒有談到這些。」

「是嗎？他有一個習慣，就是不論到哪兒都要向新認識的人解釋一番自己的名字呢！」

「解釋什麼呢？」唯恐天下不亂的迷亭先生插嘴說。

「他十分在意東風二字被讀成音讀的讀法。」

「真怪！」迷亭從金皮菸盒中取出一支菸。

「他會說，我的名字不是越智東風（TOFU），是越智東風（KOCHI）。」

「真妙！」迷亭把雲井牌香菸的煙霧吸進腹中。

寒月說：「這完全來自於對文學的熱愛。把東風唸成 KOCHI 的話，就會變成成語 OCHI

KOCHI。不只如此，這樣念來名字還有押韻，讓他對此非常得意呢！因此他常常發牢騷說：『如果把東風二字用音讀來念，我的一片苦心就付諸流水了。』」

「這還真是古怪！」迷亭先生得意忘形，從肚裡把煙吐向鼻孔。那煙半路哽住了喉嚨，他握著煙管咳個不停。

主人笑著說：「前些天他來時說道，他在朗誦會上扮演船夫被女學生們嘲笑的事呢。」

「喔，是嗎……」迷亭用煙管敲著膝蓋。

我覺得危險，便稍微離開主人一些。

迷亭說：「那個朗誦會啊，前幾天請他吃托奇門波時他曾提到過。說第二次聚會時也要邀請知名文人來參加，還說無論如何希望我務必光臨。我問他下次還打算演出近松的時代劇嗎？他說要選個更新的劇本，叫《金色夜叉》。我問他扮演什麼角色，他說他扮演女主角阿宮。東風扮演阿宮多有意思啊！我想去參加為他喝彩呢。」

寒月微妙地笑著說：「真有趣呢！」

主人說：「不過，東風君總是那麼老實，做人也不輕浮，我很喜歡。與迷亭大不相同呢！」他擺明是對安德列、孔雀舌，以及托奇門波再報了一次仇。

迷亭卻毫不介意地笑道：「反正我是『行德之俎』的性格嘛！」

「說得沒錯。」主人說。其實他根本不了解行德之俎是什麼意思，但他不愧是做了多年的

教師，懂得怎麼蒙混過關，在這樣的緊急關頭，他將教壇上的經驗運用於社交。

寒月先生率直地問道：「行德之俎是什麼意思？」

主人卻望著壁龕說：「那枝水仙，是我去年末從澡堂回來時順道買來插在花瓶裡，是不是維持得很好！」硬是避開了行德之俎這個話題。

迷亭像要雜技似的，在指尖上旋轉著煙桿說：「說到去年末，我遇到了一段非常神奇的經歷呢！」

「喔？什麼經驗啊？」主人覺得「行德之俎」已被拋到九霄雲外，這才鬆了口氣。迷亭先生所謂的神奇經歷是這樣的：

「記得是去年底二十七日的時候，那位東風君曾通知要過來拜訪，請教一些有關文學藝術方面的事，請我在家等他。我從一早就殷切恭候，他卻遲遲未到。午飯過後，當我正在爐邊讀巴里·龐因幽默滑稽的作品時，住在靜岡的家母正好來了封家書。老人家嘛，總把我當孩子看，老是提醒一些天寒地凍就別出門啦，洗冷水澡是可以，但是房內要生火爐否則會感冒喔！等等諸如此類叮嚀的話。只有父母才會這樣關心，外人是不會說這些的，悠哉度日的我此時也深受感動。此外也覺得自己這麼遊手好閒太不像樣，一定要寫出偉大著作，光宗耀祖不可。我希望在老母親有生之年，能讓天下人都知道明治文壇上有我這麼一位迷亭先生。

我又接著讀下去，信上說：你們這些人太幸福了。自從開始和俄國打仗後，年輕人都辛苦

賣命地為國效力，而你們卻是在這歲末年關將近時，也過得像新年似地遊樂度日——我哪有像母親想像中那樣玩樂呀！再往下看，信中開始列舉了這次出征的我的一些小學同學的名字，有的陣亡、有的負傷。我一一念著那些名字時，不知怎麼突然覺得這世界很沒意義，人類真無聊。她最後寫道：我年紀也大了，新春年糕也許是最後一次吃了……。這家書寫得多麼淒涼啊！

我心中更加鬱悶，巴不得東風君快點來，但卻怎麼等也等不到。終於到了吃晚飯時候，我打算給家母寫封回信，只寫了十二、三行。家母來信總是長達六尺以上，但我實在沒有那麼大的本事，一向只能寫個十行左右。

一整天坐著不動胃很難受，於是決定先出去寄信順便散步，要是東風來了就讓他在家等候一下。結果我並沒有去富士見町的郵局，而是不知不覺向河堤三番町走去。剛好那天晚上有點陰涼，寒風從護城河撲面吹來，非常地冷。從神樂坂開來的火車轟隆隆地從堤下駛過，令人覺得十分淒涼。歲末、陣亡、衰老、無常，這些字眼在我腦中不斷飛快閃過。常聽說有人上吊，大概就是在這種心情下忽然浮現尋死念頭的吧！我抬起頭，往堤上一瞧，不知不覺間已經來到了那棵松樹下。」

「那棵松樹？哪棵？」主人插嘴。

「就是那棵吊頸松呀！」迷亭說著脖子一縮。

「吊頸松不是在鴻台嗎？」寒月也來推波助瀾。

「鴻台那棵是懸鐘松，河堤三番町那棵是吊頸松。若說到為什麼稱為吊頸松，那是因為自古相傳，無論是誰走到這棵松樹下，都會想要上吊。堤上雖然有十幾棵松樹，可一旦有人上吊，準是吊在這棵松樹上。每年總有兩、三個人在這兒上吊，其他松樹卻怎麼也無法引人有尋死的念頭。

但見那棵吊頸松，枝枒優雅地伸展到大馬路上。哎呀如此美麗的枝枒，那麼空著在那怪可惜的，突然很想看看如果有個人吊在那裡會是什麼樣子。

有沒有人要來上吊呢？我環顧四周但偏偏沒半個人影。沒辦法了，難道要自己來？不不，我若真的上吊，可是會沒命的！太危險了。但聽說古希臘的宴席上，曾用模擬上吊來助酒興。一人上台將頭部伸進繩套，這時另一人將吊臺踢倒。吊臺倒的同時，被套住脖子的人便鬆綁跳下臺。假如這是真的，那好像一點都不可怕，讓我也想試一試看看。於是我將手搭在松枝上，那松枝柔軟地彎曲了，那彎曲的樣子真美，我想像著吊緊脖子後，身子婆娑搖曳的樣子，不禁欣喜若狂了起來。我想著一定要試試看，可是又想到如果東風君來了空等，也叫人過意不去。還是先回去見東風君，赴約談完後再來吧！於是我便回家了。」

「就這樣？」主人問。

「真有意思啊。」寒月笑著說。

「回家一看，東風沒有來，卻送來一張明信片寫著：『今日有事，不克赴約，望它日得以

奉陪。』我這才放下心，可以毫無後顧之憂地去上吊了。我連忙穿上木屐，快步返回原處。一瞧……」他朝主人和寒月的臉上煞有介事地看了一眼，突然停住。

「一瞧後怎麼樣？」主人有些焦急起來。

「漸入佳境了呢。」寒月擺弄著他的外衣衣帶說。

「我一瞧呀，已經有人搶先上吊了。你看，一步之差呀！真的是很可惜啊。現在回想起來，當時大概是被死神迷住了。詹姆斯說過，那是潛意識裡的幽冥世界與我生存的現實世界，經由某種因果關係交互感應的結果。這豈不是件奇妙的事？」迷亭先生正經起來。

主人心想，又被他捉弄了。但他什麼也沒說，將糕餅塞了滿嘴，不停嚼著。

寒月先生則小心翼翼撥弄著火盆裡的灰，低著頭，嗤嗤笑著。

不久，他以極平靜的口吻說：「的確，聽來是很奇妙，令人難以置信。不過我最近也有過類似的經驗，所以不足為奇。」

「咦？你也想上吊嗎？」

「不，不是上吊。這也是去年年末，和迷亭先生幾乎同時發生的事情，因此覺得很不可思議。」

「這就有意思了。」迷亭說著，也將糕餅塞進嘴裡。

寒月說：「那一天，向島的一位朋友家中舉辦年末茶會和演奏會，我也帶著小提琴參加。

大約有十五、六位小姐和夫人出席，是十分隆重的盛會，可謂近來一大盛事。在晚餐和演奏會都結束時，大家天南地北地閒聊著，後來我看時間也很晚了，正想告辭回家之際，某博士夫人突然走到我身旁，小聲問我是否知道〇〇小姐生病了。我兩、三天前和她見面時，她還一如往常毫無生病的跡象，我很吃驚，詳細詢問情形之後，才知道原來就在我和她見面後的那天晚上，她突然發燒，不停囈語。如果只是這樣倒沒什麼，可是據說不時地出現我的名字。」

別說是主人了，就連迷亭先生也沒說什麼「真是艷福不淺啊」之類的陳腔濫調，反倒嚴肅地洗耳恭聽。

「據說請了醫生，也弄不清是什麼病。只說什麼燒得太厲害，傷到腦子。如果安眠藥不能奏效，會非常危險。我聽到這種診斷結果，不由得一陣鬱悶，好像惡夢纏身般，四周空氣驟然凝結，從四面八方壓在我身上。歸途中，我滿腦子想的全是這件事，痛苦萬分。那樣一位美麗、開朗、健康的〇〇小姐……」

「不好意思請等一下！從剛剛就聽你說〇〇小姐，已經聽過了兩遍啦！若沒什麼不便的話，倒想請教芳名！」迷亭先生回頭看了主人一眼，主人也含糊應了一聲。

「不！這樣會給當事人帶來麻煩，還是不要吧！」

「你是想將一切矇混過去嗎？」

「你們不要笑，這可是非常嚴肅的故事。總之，一想到那位小姐突然得了這種病，內心著

實滿腹花飛葉落之嘆。我渾身活力都一起罷工似的，變得有氣無力，踉踉蹌蹌地來到吾妻橋。我倚著欄杆望著橋下，看不出是漲潮還是退潮，只見一灘黑水擺盪。一輛來自花川戶方向的人力車，從橋上馳過。我目送著那車燈，燈光漸行漸微，終於消失在札幌啤酒廠那邊。

我又向水面望去，這時突然從遠遠的上游處傳來呼喚我名字的聲音。奇怪，這個時候怎麼會有人喊我？是誰呢？我凝視著水面，除了一片漆黑，什麼也看不見。想著一定是心理作用想趕快回去，可是才邁出一兩步，又聽到那微弱的聲音在遠方呼喚我。我再度停下腳步，側耳傾聽。當我的名字被呼喚第三次時，我抓著欄杆，兩膝哆嗦直發抖。

那呼喚不是來自遠方，就是來自河底，那無疑地正是〇〇小姐的聲音。我不禁應了聲：「是！」。那聲音太大，竟在靜靜的水面上發出回響，我被自己的聲音嚇到，趕緊望向四周一瞧，不管是人、狗、月亮都不見蹤影，我已被吞噬進這夜晚。我忽然興起一個念頭，想朝發出聲音的地方去。〇〇小姐的聲音聽起來很痛苦，彷彿想訴說什麼，在求救一般地刺痛我的耳膜。我回答『馬上就去！』便從欄杆上探出半個身子，望著漆黑的河水。呼喚我的聲音就在波濤底下，一定是在水裡！我邊想邊跨上了欄杆，盯著河水下了決心。她如果再度呼喚我，我就跳下去。這時，那柔絲般的聲音再度出現。『就是現在！』我縱身一跳，像一塊小石頭似的，毫不猶豫地墜落下去了。」

主人眨眼問道：「真的跳下去了？」

迷亭先生擰著自己的鼻尖說：「我沒想到會走到這步。」

「跳下以後我不省人事，昏迷了一陣子。醒來後雖然覺得冷，但全身沒有弄濕任何地方，也沒嗆到水。可是我真的跳下去了呀，實在太不可思議了。正覺得奇怪的時候，仔細向四周一瞧後大吃了一驚。我本想跳下水，可是弄錯了方向竟然跳到橋中央，當下覺得很遺憾，因為前後顛倒而到不了聲聲呼喚的地方。」寒月嗤嗤笑著，如往常一樣擺弄著外褂衣帶。

「哈哈，真有意思。和我的經驗這麼相似，真是奇怪，可以拿來當詹姆斯的教材了。假如以『人類感應』為題寫一篇紀實文章，一定會震驚文壇吧……那位小姐的病後來怎麼樣了？」迷亭先生追問。

「兩、三天前我去拜年，看到她正在院子裡和女傭打羽毛球呢！她的病想必是痊癒了吧。」

主人從一開始便一副沉思的表情，這時他終於開口說「我也有！」流露出不甘示弱的表情。

「有？有什麼？」在迷亭先生眼中，主人這類的人應該不會有這種經驗。

「我的也是發生在去年年底。」

「大家都在去年年底發生，這麼巧啊，真妙！」寒月笑道。他缺牙的嘴邊還沾著糕餅渣。

「恐怕也是同一時間發生的吧？」迷亭先生又在瞎攪和。

「不，日子不同，大約在二十日左右。內人說可不可以帶她去聽攝津大椽[3]做為年末的禮

3 攝津大椽：本名二見金助，以說唱演述日本民間戲劇聞名。

物，我不是不想帶她去，只是問了她當天演的劇目為何，內人查看了報紙後說演的是《鰻谷》，我不喜歡《鰻谷》所以那天就不去了。

隔天內人又拿報紙過來說『今天是唱《堀川》，可以看了吧？』我說『《堀川》用的是三弦琴，只是熱鬧罷了沒什麼意思，不要去。』內人滿臉不高興地走開。

到了第三天內人說『今天唱《三十三間堂》，我真的很想看攝津的這齣戲！我不知道你是否連《三十三間堂》也不喜歡，不過既然是要讓我看戲，就該陪我一起去看吧！』陷入了談判的僵局。

我說『既然妳那麼想去就去吧！不過聽說這是他告別演出中最出名的作品，一定會大客滿，不見得擠得進去。想去那種地方本來就要先和茶館聯繫後，訂好座位才是正常手續。如果不按這規矩，做出走後門的事不太好。很可惜，今天就算了吧！』

說罷，內人露出淒厲的眼神瞪著我，帶著哭腔說：『我一個女人家，哪裡懂那麼複雜的手續。大原的媽媽、鈴木家的君代，也都沒有辦什麼手續，還不是順順利利聽完戲回來啦！就算你是個教師，也可以不必經過那麼繁瑣的手續才看戲吧！你真的太過分了。』

這下不去也得去了，我只好求饒說，吃過晚飯搭電車去吧！這一來，內人立刻興致高昂著急地說『要去的話要四點前到，拖拖拉拉可不行！』我追問『為什麼一定要四點鐘前到？』內人說，鈴木夫人告訴她，若不早點去會沒座位，就進不去了。我又問『所以過了四點就不行？』

『對，不行！』她回答。就在這時候發生了奇怪的事情，我突然感到一陣惡寒。」

「是夫人嗎？」寒月問。

「哪裡，她活蹦亂跳——是我呀！不知道為什麼像氣球被戳了一個洞似的，身體一下子就萎靡不振，兩眼昏花，動彈不得。」

「是急病呢！」迷亭加了一句註解。

「唉，這下真的糟糕了，內人一年也才提出這麼一次要求，無論如何都想讓她如願。我平時對她只有斥責與冷落，要她操持家務、照顧孩子，自己從未灑掃做飯，稍助內人的辛勞。今天剛好有空，口袋裡也還有四、五枚銅板，是可以帶她去的。內人想去，我也想帶她去。想著一定要帶她去的，可是我這麼冷得打顫，兩眼也昏花，不要說走去搭電車的地方了，連走到穿鞋的地方都做不到。

想著太可惜了太可惜了，越想越感到惡寒，眼前發黑。如果快點去給醫生看看、吃點藥，也許四點鐘以前會好吧？於是我和內人商量，去請來甘木醫學士，不巧他昨晚在大學值班還沒有回來。他的家人回話說『甘木先生兩點鐘到家，他如果回家就立刻過來。』

真糟糕啊，若現在能喝到杏仁水的話，四點鐘以前一定會好的。可是人倒楣的時候，任何事情都不會照預計走。本以為可以看到內人笑臉滿面，這下子全落空了。她怒氣沖沖地問我到底能不能去，我說『去啊，一定去！這病四點鐘以前一定會好的，妳放心好了，最好快點洗臉、

換好衣服等我。』我嘴上這麼說，心裡卻滿腹憂悶。冷顫愈打愈厲害，眼前更加昏黑。

假如四點鐘以前不能痊癒，然後履行諾言，內人這個小心眼的女人，說不定會做出什麼事。竟然弄成這番局面，真不知如何是好。為防萬一，身為丈夫，應該趁現在對她曉以大義，讓她了解世事無常、生久必亡之理，告誡她要有心理準備，一旦出事，且莫驚慌失措。

我立刻將內人叫到書房問她『妳雖然是個女人，但是應該知道 many a slip twixt the cup and the lip[4]吧？』

她氣極敗壞地說『那種橫寫文字誰懂啊？你明知我不懂英文，偏拿英文來嘲笑我。好哇！反正我就是不會英文，你既然那麼愛英文，怎麼不去娶個教會學校畢業的女人當老婆？怎麼會有像你這麼冷酷的人啊！』她氣勢洶洶，將我的精心計畫攔腰斬斷。

不過我要解釋一下，我提到英文絕非是惡意，完全是出於憐愛妻子的一片真情，但內人竟誤解了，真是令我進退兩難。而且我一直打冷顫又頭暈目眩，腦子也亂了，想早點讓她了解世事無常、生久必亡之理，一時性急下忘了她不懂英文，不自覺說出來。仔細想想都怪我不好，這完全是我的錯。這個失誤讓我冷顫更厲害，眼前愈是發黑。

內人已經照我的話在浴室化妝，從衣櫃裡拿出衣服換上。她整裝以待，一副隨時可以出發的姿態在等著。我心急如焚，心想著要是甘木君能早點來就好了，一邊看手錶，已經三點鐘了，距離四點鐘僅剩一小時。內人拉開書房的門，露出臉來說『差不多可以出發了吧！』

稱讚自己的老婆美麗或許可笑，不過我真的從來沒有覺得妻子這麼漂亮過。她用肥皂擦洗過的皮膚柔潤發亮，與黑綢褂交互輝映；她臉上的光輝來自肥皂以及想聽攝津大椽唱戲的心，這兩個有形無形的原因在閃閃發亮著。看著她臉上的光彩，我想無論如何也要滿足她的希望，振作一下出發吧！

我抽了一支菸，甘木醫生終於駕到，真是太剛好了。甘木醫生看看我的舌頭、握握我的手、敲敲前胸、搓搓後背、翻翻眼皮、摸摸頭骨後沉思片刻。我問『是否很危急呢？』醫生冷靜地說『不，沒什麼要緊。』

內人說『請問，如果只是出門一下，應該不至於有問題吧？』

『是的』醫生再次沉思『如果他不會煩躁的話……』

我說『我很煩躁啊』

『那麼，我給你開點鎮靜劑和藥水。』

『咦？怎麼似乎變得有點危急了？』

他說『不不，絕對不是需要掛心的事，神經不要太緊張就行了。』說完醫生就走了。已經過三點半了，我叫女傭去取藥，女傭遵夫人之命快去快回。回來時差十五分就四點了。離四點還有十五分鐘哪，本來都沒怎樣的，但就在這時候我突然覺得想吐了起來。內人已

4　嘴唇與杯子距離雖近，卻仍有許多缺漏之處。意指即便成功在望，也有失敗而功虧一簣的時候。

經把藥水斟在碗裡，放到我的面前。我本想端起碗來喝下去，可是胃裡咯的一聲，不得已之下我又放下碗。內人逼我快點喝，是呀，不快點喝，快點動身，那就說不過去了。

我決心一飲而盡，再度將藥碗送到唇邊，但胃裡卻又咯咯地叫，就這樣拿起又放下，放下又拿起，不知不覺客室裡的掛鐘噹噹噹噹地敲了四下。

啊，四點了，不能再拖拖拉拉了，我又端起了碗。真神奇！真是太神奇了！隨著時鐘敲響四下，我已經絲毫不再想吐，那藥水也一點都不痛苦地喝下去了。

到了四點十分，我這才了解甘木先生確實是個名醫，喝過藥，後背不發冷了，兩眼也不發黑了，一切如夢般消失了。原以為會使我連站都站不起來的病竟頓時痊愈，多麼令人高興！」

「那麼後來有帶夫人一起去歌舞伎院嗎？」迷亭不知趣地問道。

「是想去啊，可是內人之前說過了四點鐘就進不了門啦！沒辦法，只好作罷。假如甘木醫生再早來十五分鐘，我也就可以表達情意，妻子也會心滿意足。唉，只差十五分鐘，實在是太可惜了。回想起來，至今仍覺得當時真是千驚萬險呢。」

主人說罷，露出一副總算盡了義務的神情，以為在兩人面前扳回面子了呢！

寒月先生依然露著缺牙，笑著說：「那太遺憾了。」

迷亭先生用裝傻的表情喃喃自語般地說：「尊夫人有你這樣一位體貼的丈夫，實在是幸福啊。」這時門後傳來了夫人故意清嗓的咳嗽聲。

我乖乖地依序聽了三個人的故事，既不覺得有什麼好笑，也沒什麼難過的。我想，所謂的人類就是會為了打發時間，勉強運動運動嘴巴，沒什麼特別的事也會笑，無趣的事也會開心得不得了，除此之外一無是處。我早知道主人的任性與狹隘氣量，但他平常很少開口，有些方面我還真是不太了解，正因為有那些不解之處，所以才對他稍稍尚有敬畏之心。

但剛才聽完他的談話，突然覺得很看不起他。

為什麼他就不能靜靜地聽那兩人的談話呢？偏偏要不甘示弱地胡說八道，醜態畢露，結果得到了什麼好處？難道是依比克提托斯在書裡教他這麼做的嗎？

總而言之，不論是主人、寒月還是迷亭，都是太平盛世的隱士。儘管他們像絲瓜般隨風搖曳，裝作一副超然物外的樣子，但其實他們既有俗念，也有貪欲，不時在日常談笑中可見其爭勝之意、競爭之心。

更進一步地說，他們和那些自己平時痛罵的庸人並無差別。從貓的眼裡看來，真是可悲極了。他們的言行舉止看起來和那些一知半解的人一樣，唯一的可取之處大概就是他們語中沒有帶著那些老套的挖苦言語吧！

想到這裡，頓時覺得三人的對話無聊至極，倒不如去看看三毛子。於是來到二弦琴師傅家門口。

門前懸掛的松枝和稻草繩已經撤下，都正月初十了啊。此時萬里晴空，溫暖的春陽普照大

地，那三丈見方的庭院，比元旦那天更顯生氣盎然。長廊下擺了一張坐墊，但卻不見半個人影，紙門也緊閉著，說不定師傅去澡堂了吧。師傅不在也無妨，我擔心的是三毛子的病好些沒？院裡悄無人聲。我滿腳是泥地踩上長廊，往坐墊上一躺，真舒服啊。迷迷糊糊間竟忘了探問三毛子的事，昏昏沉沉地打起盹來。突然紙門後有人說話了。

「辛苦啦！做好了嗎？」原來師傅沒有外出啊。

「是的，回來晚了。我到喪葬店的時候他們正好剛完成。」

「讓我看看。啊，做得真棒！這一來，三毛總算可以瞑目了。金色漆面不會脫落吧？」

「是的，我問過了，他們說用的是上等材料，比人類的牌位還耐用。然後還說『貓譽信女』的『譽』字稍微掉色會比較好看，所以改了一點筆劃。」

「那就快供在佛壇前上香吧！」

三毛子怎麼啦？情形有點不大對，我從坐墊上站起身。聽見「叮」的一聲。

「南無貓譽信女，南無阿彌陀佛，南無阿彌陀佛……」那是師傅的聲音。

「你也燒一炷香吧！」

「噹，南無貓譽信女，南無阿彌陀佛，南無阿彌陀佛……」這回是女傭的聲音。我頓時心一震，站在坐墊上像尊木雕，定睛不動。

「真的是太遺憾了，起初只是稍受了點風寒而已啊。」

「甘木醫生若是肯給一點藥，說不定會好起來。」

「都怪甘木醫生不好，他太看不起三毛啦！」

「不該怪別人，這都是命中注定呀！」

看來，他們也請甘木醫生為三毛子看過病。

「追根究柢，我覺得都是因為大街教師家的那隻野貓把她帶壞。」

「對。那畜牲才是三毛的仇敵！」

我很想為自己辯白幾句，但又覺得這時還是忍住好了，便嚥了口水繼續聽下去。

「這世界真是半點不由人哪！像三毛這樣漂亮的貓竟然如此早逝，而那隻醜陋的野貓卻還健在，到處胡鬧……」

「可不是嘛！像三毛這樣可愛的貓，打著燈籠也找不到第二人！」

不說第二隻貓，卻說第二人。女傭似乎把貓和人看成同類。這麼一說，這女傭的臉還真和貓臉很相像呢！

「如果可能，真想有其他人代替三毛……」

「真希望教師家的野貓代她死。」

她這麼說，我可為難了。死亡究竟是怎麼回事，我還未曾體驗，很難說好或不好。不過前些天太冷，我鑽進滅火罐，女傭不知道我在裡邊，就扣上了罐蓋。當時的那種痛苦，如今想來

還真覺得可怕。白大嫂說，如果再遲一點，可會沒命的。

代替三毛子死，我毫無怨言，但如果非要受那種痛苦才能死的話，不論要替誰死我都辦不到。

「不過，三毛雖說是貓，我卻給她誦了經、取了法名，三毛應該也沒有遺憾了。」

「可不是嘛，真是一隻幸福的貓。只是覺得那和尚給貓兒誦的經太短了些。」女傭說。

「我也覺得太短了，但詢問月桂寺的和尚，他卻說這樣剛好，一隻貓嘛，只念這些就足以送牠上西方極樂世界了。」

「但如果是那隻野貓的話……」

我雖一再聲明自己至今還沒有名字，但那女傭一再地「野貓、野貓」地叫，真是個無禮的傢伙。

「他罪孽深重，再靈驗的經文也不能超渡他啦。」

不知道她接下來又叫了幾百遍野貓，但我放棄繼續聽那些無止盡的對話。我離開坐墊從長廊跳下，此時我那八萬八千八百八十根毛全豎了起來，渾身打顫。

從此以後，我不曾再去二弦琴師傅家。如今，大概輪到師傅自己接受月桂寺和尚來為她念經了吧？

最近我連出門的勇氣都沒有，總覺得世間索然無趣。我已變成與主人不相上下的懶貓了。

人們都說主人一直悶在書房裡是因為失戀的緣故，現在想來也不無道理。

我仍沒捉過老鼠，女傭一度要將我趕走，但因主人了解我不是一隻普通貓，我才能依然悠哉在這個家虛度晨昏。對這點，我深深地感謝主人的恩惠，毫無猶豫地對他的眼光深表敬佩。

對於女傭的有眼無珠，甚至是虐待，我並不生氣。假如今天有個左甚五郎，把我的肖像刻在門樓柱上，或者有一位日本的史坦倫[5]高高興興地將我的肖像畫在畫布上，那些有眼無珠的瞎子們應該會為自己的愚昧感到羞愧吧！

5 史坦倫：Theophile Alexandre Steinlen，法國畫家，作品常有貓的素描。

正因這突兀的鼻子，這女人說起話來，不像是用嘴巴在說話，更令人覺得好像是鼻子在發言。我為了向這偉大的鼻子表示敬意，打算從此稱她為「鼻子夫人」。

三毛子死了，大黑又不好相處，我覺得有點落寞。但幸虧我已在人類之中交到了朋友，倒也不覺得太過煩悶。

前些日子有個男人寫信要求主人將我的玉照寄去，近來還有人指名給我寄來岡山的名產黃米糰。隨著漸漸取得人們的好感，我已逐漸忘卻自己是一隻貓，不知不覺間，心境上與貓族相較之下，我和人類的感情似乎還比較貼近。因此最近已完全斷絕了想集結貓族力量和兩條腿的人類一決勝負的念頭，甚至「進化」得常常以為自己也是人類的一份子呢！

不過，這絕非意味我看不起自己同胞，而是隨勢所趨，在性情相投之處覓一安身立命之地罷了。若因此指責我變節、輕薄或背叛，那可就有點傷腦筋了。搬弄這些字眼來罵人的傢伙，多半是些頑冥不靈、思想狹隘的人。

這樣試著脫離貓的習性之後，我就不會滿腦子被三毛子和大黑的事情影響，而能站在與人平等的地位去評斷人們的思想與言行了。這不算過分吧！

但主人仍然將識多見廣的我，視為普通的那種披著貓皮的貓輩，連聲招呼都不打，就將黃米糰當作自己的食物吃個精光，著實令我遺憾。看樣子，也沒有要幫我拍張照片寄給人家的意思。

雖然有種種情事使我忿忿不平，但是主人是主人、我是我，我們彼此見解不同，也是沒辦法的事。由於我處處變得像人類一樣，對於那些已不往來的貓族動態，實在難以精確描繪。但只有迷亭和寒月的評述讓我難以接受。

今天是個晴朗的星期天，主人緩緩步出書房，將筆硯排放在我身後，便伏在床上，口中念念有詞。我想他大概已在稿紙上開始揮毫，才會發出這種奇妙的聲音吧？我仔細一看，不一會兒主人以濃墨重筆寫了「香一炷」三個字。這是詩？還是俳句啊？我正想著，對主人而言這三個字有點太風雅了，沒多久，他又撇開「香一炷」三字另起新行，揮毫寫道「適才，欲書天然居士之事。」筆動到此又驟停，主人拿著筆歪頭，似乎想不出什麼有見解的文辭，舔了舔筆尖，弄得嘴唇烏黑。

接著見他在文字下方畫一圓圈，圈裡點了兩點加上眼睛；正中處畫了個鼻孔大張的鼻子，又筆直橫畫一字形的嘴。這既非文章也非俳句，看來主人也覺得不順眼，慌忙塗掉這張臉後，又另起一行。

他似乎認為另起一行，就會成為詩、讚、語、錄之類的文字。不久，他以文白混合的文體，一氣呵成寫道「天然居士者，究空間、讀論語、吃烤芋、流鼻涕之人也。」這文章真是不倫不類啊！

主人又毫不忌諱地朗讀著，然後反常地大笑「哈哈！有趣有趣！」但又說「『流鼻涕』這句太傷人了，刪掉好了。」於是在這詞劃了一槓。本來劃一條線就夠了，可他卻劃了兩、三條整齊的平行線，也不管線已劃到別行；直到都劃八條線了還沒想出下一句，才丟筆捻鬍。他將鬍子忽上忽下狠狠捻來，彷彿可以從鬍鬚裡捻出文章來。

這時夫人從飯廳走來，一屁股坐在主人面前喊道：「那個，有件事……」

「什麼？」主人發出似乎在水裡敲銅鑼的響聲。

夫人可能對這回應不太滿意，又說了一下：「那個，有件事。」

「幹嘛？」主人正將大拇指和食指伸進鼻孔，咻地拔掉一根鼻毛。

「這個月，錢有點不夠用……」

「不會不夠用。醫生的藥費已經付過，書費上個月不也還清了嗎？這個月一定還有結餘。」主人說著，將拔下的鼻毛視為天下奇觀般地欣賞著。

「但因為你開始不吃飯改吃麵包，會一直沾果醬。」

「我吃了幾罐果醬？」

「這個月買了八罐。」

「八罐？我不記得吃了那麼多呀！」

「不光你吃，孩子們也吃。」

「再怎麼吃，也不過五、六塊錢罷了。」說完主人沒事似地，將鼻毛一根根細心地豎立在稿紙上。由於沾了鼻涕，那鼻毛像針般直挺挺豎著；主人興致勃勃，激動得呼了口氣。但由於鼻涕黏性太強，那鼻毛竟像針一般立著。

主人試著吹看看，但因為黏性很強所以鼻毛不動如山，「還真頑固呢！」主人拼命地吹，夫人怒氣滿面地說：「不光果醬，還有其他非買不可的東西啊！」

「也許吧！」主人又將手伸進鼻孔，咻咻地拔毛。在紅、黑各色混雜中，竟有一根純白的毛。主人欣喜若狂，看得眼珠子都要掉出來了。他將鼻毛夾在指縫中，伸到夫人面前。

「唉喲，討厭啦！」夫人皺起臉，將主人的手推開。

主人一副頗受感動地說：「看一下嘛，是白頭髮的鼻毛喔！」

這下就連夫人都笑著走進飯廳，看來也沒要繼續談經濟問題的念頭。主人再度回到天然居士的主題。

用鼻毛趕走夫人後，剛開始主人還是不能就此定下心，只顧著拔鼻毛，心裡雖急著想寫些什麼，卻遲遲不落筆。

「『吃烤芋』也是畫蛇添足，還是割愛吧！」說著還是把這句抹掉。

「『香一炷』這話也很唐突，不要了！」他毫不留情地筆誅墨伐一番。如此一來僅剩一

句：「天然居士，究空間，讀論語者也。」主人又覺這樣太過單薄「唉，真麻煩！還是別寫文章，來一段『銘文』吧！」他筆一揮，橫三豎四揮毫一番，在稿紙上大畫蹩腳的文人畫。剛才費盡苦心寫好的字也一字不剩。他將稿紙翻面，一連寫了些莫名其妙的字句，像是什麼「生於空間，探究空間，亡於空間。嗚呼！空也，間也。天然居士哉！」正寫著，迷亭先生一如往常來訪。迷亭此人大概將別人家當作自己家一樣，也不需要別人招呼，就大搖大擺進屋了；有時甚至從廚房邊門飄然來到。他是個出生以來便沒有憂慮、客氣、顧忌、辛苦等等情緒的男子。

「又在寫《巨人引力論》嗎？」他站著問主人。

「對啊，不過也不是一直寫《巨人引力論》，現在正在撰寫天然居士的墓誌銘。」主人說得很浮誇。

「天然居士？是像偶然童子一樣的戒名吧？」迷亭又在胡扯了。

「有位叫偶然童子的嗎？」

「也不是啦！只是先料想會有這類名字。」

「偶然童子是誰我不曉得，不過天然居士這個人是你認識的喔！」

「到底是誰啊？竟裝模作樣取了個『天然居士』的名字？」

「就是曾呂崎啊！他畢業後進了研究所，研究的課題為『空間論』。因用功過度患腹膜炎死了。曾呂崎說來算是我的摯友呢！」

「摯友也罷，我絕不是說有何不好，不過到底是誰讓曾呂崎變成天然居士的？」

「我呀！是我給他起的名字。比和尚們會起的戒名好聽多了啊。」主人驕傲地說道，彷彿「天然居士」這名字多有文雅一樣。

迷亭先生笑說：「那就給我看看你寫的墓誌銘吧！」說著便拿起原稿，高聲朗讀「我看看喔……生於空間，探索空間，亡於空間。嗚呼！空也，間也。天然居士哉！」讀完後他說：「的確寫得滿好的，與『天然居士』這名號很相稱。」

主人眉開眼笑說：「不錯吧？」

「這墓誌銘應該拿去銘刻在壓醃菜的石頭上，再像鎮石一樣擺在佛寺本殿後面。實在太高雅了，天然居士可以瞑目成仙了。」

「我也正這麼想呢！」主人認真地答道「失陪一下，我去去就來，你逗貓玩玩吧！」語畢也不待迷亭答話，便一陣風似地溜走了。

想不到我竟被奉命陪伴迷亭先生，這下總不能板著面孔，我便撒嬌地喵喵叫，躍上他膝上。誰知迷亭粗暴地揪住我的頸毛，將我提起來說：「嘖嘖，好肥呀！」

又說：「後腿這麼肥嘟嘟，看來捉不到老鼠……」

似乎只有我陪還不夠，他又和隔壁房間的夫人攀談起來：「是不是啊大嫂，這貓會捉老鼠嗎？」「哪會捉老鼠啊……倒會吃年糕跳舞呢！」想不到夫人竟在這時將我的醜事抖出，即使

我正被拎著，也感到一些尷尬。然迷亭仍不肯放我下來。

「的確，說到跳舞，他還真有一張看來會跳舞的臉呢！大嫂，這貓從面相看來可不能小看，很像以前通俗小說裡描寫的貓怪啊！」迷亭又在胡謅，不停與夫人搭話。夫人只得為難地放下手邊針線活兒，來到客廳。

「讓您久等了，他應該快回來了。」說著，夫人重新斟了杯茶送到迷亭面前。

「仁兄上哪兒去了？」

「他啊，不論上哪兒去，從不先招呼一聲的。所以我也不曉得，大概是去看醫生了吧！」

「是甘木醫師嗎？甘木醫師被這樣的病人纏上，可真倒楣呢！」

「嗯。」夫人看來也不打算說什麼場面話，只簡單地應了一聲。

迷亭先生卻毫不介意地又問道：「仁兄近況如何？胃病好些了嗎？」

「是好是壞也不知道。但不管找甘木醫師看再多次病，像他那樣光吃果醬，胃病怎麼會好呢？」夫人暗地裡又對迷亭傾吐剛才的牢騷。

「他那麼愛吃果醬嗎？真像個小孩呢！」

「還不光吃果醬呢！近來還胡亂吃起蘿蔔泥，說什麼是治胃病的良藥……」

「真想不到啊！」迷亭驚嘆道。

「因為他在報紙上讀到，說什麼蘿蔔泥裡含消化酵素。」

「怪不得呀！原來他是想借此彌補貪吃果醬對胃造成的傷害啊！虧他想得出來。哈哈……」迷亭聽了夫人這番傾訴，看來相當開心。

「最近他還餵給小孩吃……」

「果醬嗎？」

「不，是蘿蔔泥呀！他說，爸爸給你吃好東西，快過來呀！我還以為他偶而也會疼疼孩子呢！誰知他淨做那種蠢事！兩三天前，他還把二女兒抱到衣櫃上……」

「他有什麼好點子嗎？」迷亭不論聽到什麼，總要歸結到其意圖上。

「他什麼點子都沒有！他只是要女兒試著從那上面跳下來罷了！小女孩才三、四歲，怎麼可能做得到這麼男孩子氣的事呢！」

「這樣啊，真是太沒意思了。不過就算這樣，他也是個沒有惡意的好人啊！」

「要是他還有什麼惡意，那就真叫人無法忍受了！」夫人大大發著牢騷。

「哎，也不用這樣說他的不是，可以像這樣日復一日地過著衣食無缺的日子，也算是有福氣了。像苦沙彌這類的人，既不吃喝嫖賭，又不太講究穿著，正是能節樸持家的人啊！」迷亭興沖沖地進行著不合身分的說教。

「這您就大錯特錯了……」

「莫非他背地裡會做什麼見不得人的事？這世事還真是大意不得啊！」

「倒也沒別的，只是他淨亂買一些根本不會去讀的書。要是他能適可而止就算了，但他只要去丸善書店就會買好幾本回來，到了月底就裝糊塗。去年年底因為每個月累積下來的書款，弄得很拮据呢！」

「什麼啊，書嘛，要拿就去拿啊，沒關係啦！若有人來收書款就說『馬上付，馬上付！』自然就可以打發了。」

「話雖如此，總不能拖欠一輩子啊！」夫人不悅地說道。

「那就跟他講清楚，要他減少買書費用啊！」

「這種話他聽得進去嗎？前不久還說『妳這女人哪裡像學者的夫人！一點也不了解書籍的價值。從前羅馬有個故事，我講給妳聽，好讓妳學學。』」

「這可有趣了。是什麼故事呀！」迷亭很感興趣。與其說他是在表示對夫人的同情，不如說是因好奇心驅使。

「說什麼古羅馬有個皇帝名叫樽金……」

「樽金？這名字太妙了。」

「外國名字嘛，太難了我記不得。總之，聽說是第七代皇帝……」

「哦……七代皇帝樽金？妙極啦！那個七代皇帝樽金怎麼樣了？」

「哎，連您也取笑我！我可要無地自容啦！您若知道故事就告訴我不就得了？真壞！」夫

人反擊了迷亭幾句。

「取笑妳?我可不幹那種缺德事。等等,羅馬七代皇帝啊……這個嘛……我也記不太清楚,不過大概是指高傲者塔克文吧?是誰都無所謂,那皇帝怎麼啦?」

「聽說有個女人拿了九本書去見皇帝,問他買不買。」

「嗯!」

「皇帝問她要多少錢才賣,她開了很高的價碼。皇帝說太貴了,能不能少算一點?聽了這話,那女人突然從九本裡抽出三本書,扔到火裡燒掉。」

「真是太可惜了啊。」

「據說那些書裡記載著預言之類的,在其它書看不到的內容。」

「哦……?」

「皇帝以為這下九本書變成了六本,價錢也該降一降了吧?便問那女人六本書要賣多少,結果竟還是原來那個價錢!一分也不少。皇帝說這太不講理了!這麼一說,那女人又抽出三本書扔進火裡燒掉。皇帝看起來有點捨不得,便問那女人剩下的三本書要多少錢?那女人還是要九本書的價錢。九本變成六本,六本變成三本,可是價錢照舊不變,一分錢也不少。若再討價還價,說不定連剩下的三本書也會被扔進火堆裡。後來皇帝還是用高價,將沒燒掉的三本書買下……說完故事後他問我『怎麼樣?聽了這故事,妳多少了解書籍的貴重了吧?知道該怎麼做

了吧？』可是書對我來說到底有什麼貴重？我還是不懂呢！」夫人發表完她的個人見解後，便催促迷亭答話。

這下看來連迷亭也覺得詞窮了，他從袖裡掏出手帕來逗弄我。

「不過大嫂。」他突然想起什麼似地高聲說：「就因為他這樣買書、然後過量地硬塞，才多少可以讓人們稱他一聲學者什麼之類的。近來我看了一本文學雜誌，上面還登了一篇評論苦沙彌兄的文章呢！」

「真的嗎？」夫人轉過身問道。這麼關心對丈夫的評價，可見還是夫妻嘛！

「寫了些什麼？」

「嗯……只寫了二、三行啦！說苦沙彌老兄的文章真的是『猶如行雲流水』喔。」

「只有這樣？」夫人面帶笑意。

「還有什麼『忽生忽滅，滅則永逝忘返』。」

夫人面帶疑惑：「這是在稱讚他吧？」言語裡流露著擔心。

「嗅，大概是誇獎吧！」迷亭若無其事地將手帕懸在我眼前。

夫人說：「書籍本是謀生工具，這也是沒辦法。不過他人實在是太孤僻啦！」

迷亭心想：夫人竟開啟別的話頭了啊。

「孤僻是孤僻了點，但做學問的人都是那個樣子的啊。」這話像在迎合夫人所言，又

像在為主人辯解，迷亭做了一番不偏頗的應答。

「前幾天他從學校回來，說等等立刻要再出門，換衣服太麻煩了，所以就連外套也不脫，坐下來就在桌子上吃起飯，還把飯菜擱在火爐架上，我捧著飯鍋坐在一旁，真是太可笑了……」

「還真是洋派十足呢！但那正是苦沙彌之所以為苦沙彌之處啊……總之，他絕非庸俗。」

迷亭這恭維真令人不舒服。

「庸俗與否，我們女人不懂。不過再怎麼說，他真的太胡鬧了。」

「但還是比庸俗好啊！」迷亭這番話過分偏袒，令夫人不滿起來。話鋒一轉質問庸俗的定義：「人們常說庸俗、庸俗，到底怎麼樣的才叫庸俗啊？」

「庸俗嘛，就是……呀！這實在不太好解釋……」

「既然那麼模糊不清，就算庸俗也沒什麼不好吧？」她以女人一流的邏輯步步逼近。

「不是模糊不清喔！很清楚分明，只是不好解釋罷了。」

「大概就是把自己討厭的都稱為庸俗對吧？」夫人不覺間一語道破。既然都到這種地步，迷亭也不得不對「庸俗」作些解釋了。

「大嫂，所謂庸俗嘛，是指一群傢伙，只要遇上『二八佳人』、『二九佳人』，便不言不語，懷著相思，輾轉反側難眠；一遇『天氣晴朗』就一定會『攜瓢酒，嬉遊於墨堤之上』。」

「有這樣的人嗎？」夫人也不懂，便含糊其詞地說：「那麼亂七八糟的，我不懂！」

「就好比在曲亭馬琴[6]的脖子上安了彭登尼斯少校[7]的腦袋，然後再以歐洲的空氣包上個一、二年。」「這樣即為庸俗了嗎？」迷亭笑而不答。

後來才說：「也可以不費這麼大功夫啦！將中學生和白木屋老闆加起來除以二，就會獲得很標準的庸俗了！」

「是喔……」夫人歪頭沉思，猶一副難以理解的神色。

「你還沒走啊？」主人不知什麼時候回來了，在迷亭身旁坐了下來。

「『還沒走』這話也太過分了吧？你不是說馬上回來，叫我等著嗎？」

「他什麼事都是這樣。」夫人回望著迷亭說。

「你不在家這段時間，有關你的奇聞軼事，我可是一字不漏地聽聞了。」

「女人就是多話這點最要不得！若人也像這貓一樣保持沉默該有多好！」主人摸著我的頭說。

「聽說你給孩子們吃蘿蔔泥？」

「嗯！」主人笑著說「現在的孩子好聰明呢，自從吃了蘿蔔泥後，如果問她『寶寶，哪裡辣辣？』她一定會伸出舌頭來。真妙！」

「簡直像教小狗玩把戲嘛！太殘酷了。對了，寒月兄也該到了吧！」

「寒月要來嗎？」主人吃驚問道。

「會來呀！我寄了一張明信片給他，邀他下午一點鐘到你家來。」

「你也不問人家是否方便就自作主張！叫寒月來幹什麼？」

「今日之約，可不是我的意思，是寒月本人要求的。這位先生據說將在物理學會發表演說，需要練習一下，要我幫他聽聽。我說這樣正好，也給苦沙彌兄聽聽看吧！所以才邀他到你家來的啊。你是個閒人這樣不是正好？又沒什麼不便之處，聽聽何妨！」迷亭自作主張地說。

「物理學方面的演講我不懂啦！」主人似乎有點不開心迷亭的獨斷獨行。

「但這問題可不像鍍鎂玻璃管之類那麼枯燥乏味唷！是《上吊的力學》這樣超凡脫俗的主題啊，很值得一聽！」

「你是上吊過的人所以會想聽。但我……」

「也不至於做出『因為我是看歌舞伎表演就會打冷顫的人，所以我不能聽』這種結論吧！」迷亭一如往常地輕鬆頂了回去。夫人咯咯笑著，回頭瞧了瞧丈夫，便到隔壁去了。主人一言不發，撫摸我的頭。只有這時的撫摸，才會無比地溫柔。

之後過了大約七分鐘，寒月先生果然如約出席了。因為晚上要去演講，他特別穿起華麗的

6 曲亭馬琴：江戶末期小說家瀧澤馬琴。

7 彭登尼斯少校：英國小說家薩客萊小說中的主角，知識淵博但太過庸俗。

禮服，剛剛洗過的雪白襯領峭然聳立，為他添了幾分男子氣概。

「抱歉，來晚了……」他從容致意。

「我們兩個已經等候多時，請儘快開始吧！對吧老兄？」迷亭說罷看了看主人。主人無奈，只好含糊應聲「嗯」。

寒月慢條斯理地說：「可以倒杯水給我嗎？」

「要從頭到尾來一次嗎？那接下來該要求我們鼓掌了吧？」迷亭獨自起哄。

寒月先生從禮服的口袋裡掏出演講草稿，緩緩說開場白：「因為這是預演，敬請不吝賜教。」接著終於開始了演說的練習。

「對犯人處以絞刑，是一種在盎格魯撒克遜民族中所施行的刑罰。若再往前追溯的話，上吊主要是一種被用來自殺的方法。據說猶太人習慣以投石擊斃罪犯。研究《舊約全書》就知道，所謂Hanging『上吊』的語意，是指將犯人的屍體吊起來，讓野獸或肉食的鳥類啄食。根據希羅多德的學說，猶太人離開埃及前，最忌恨在夜裡曝屍。據說埃及人在斬下犯人首級後，會將剩下的軀體釘在十字架上，整夜曝屍示眾。至於波斯人……」

「寒月兄，這似乎與上吊的主題越來越無關了，不要緊嗎？」迷亭插了一句。

「之後馬上轉入正題了，請再耐心些……波斯人又如何呢？他們似乎也用磔刑。不過，是活生生釘在十字架上，還是死後再釘？就不得而知了……」

「這種事不知道也無妨吧！」主人無趣地打起呵欠。

「還有許多想說的事情，不過要擾諸位清聽，所以……」

「說『要擾』不如『會擾』來得順耳唷。對吧？苦沙彌兄？」迷亭又吹毛求疵了。

「這倒無所謂。」主人有氣無力地回答。

「那麼，馬上要進入主題了，聽我道來。」

「『聽我道來』可是說書人的行話呀！我想演說家還是用高雅些的詞語比較好吧。」迷亭又在打岔了。

「如果『聽我道來』不夠高雅，那要怎麼說才好呢？」寒月先生微帶怒氣地反問。

「我看不出迷亭到底是在聽還是在攪局。寒月，不要理他，快接著說下去吧。」看來主人想儘快脫離這一切。「惆悵時久，恰似慢慢道來庭中柳。」迷亭又說著虛無飄渺的話，寒月也忍不住噗嗤笑了。

「據我調查的結果，真正以絞刑作為處刑方式的，是於《奧德賽》第二十二卷，就是得雷馬卡斯絞死培涅羅比的十二名宮女那一段。我本想用希臘文朗誦這段文字，但難免有賣弄學識之嫌，因此作罷。請看四百六十五行至四百七十三行，便可分曉。」

「希臘文這段最好去掉。否則只是在說『我會講希臘文』是吧？苦沙彌兄。」

「這點我也贊成。別說那些炫耀之詞，才會顯得文雅含蓄。」主人一反平常，馬上附和迷

亭的話，因為他兩人完全看不懂希臘文。

「那麼今晚就將那兩、三句拿掉。且聽我繼續道來……噢不，聽我繼續說。這種絞刑按如今想像，其執行方法有兩種。第一、那位得雷馬卡斯借助於優密俄斯和菲力西亞斯，將繩子的一端繫在柱子上，然後將繩子各處打成許多環結，把宮女的腦袋一個個套進繩環裡，再猛拉繩子另一端，人就騰空了。」

「也就是說，把宮女像西式洗衣店晾襯衫似地吊起來，沒錯吧？」

「正是如此。接著第二種方法是，將繩子一端照前述方式繫在柱子上，另一端則高吊於天花板上。然後從吊於高處的繩上放下幾條其他繩子，都打上環結後，將宮女的腦袋套進去。待一聲令下，便撤去宮女們踏腳的凳子。」

「要打比方來說的話，想來那情景就像繩簾上端吊著燈籠球吧？」

「燈籠球這東西我沒見過，因此也說不上像不像……不過假如真有這種東西，應該差不多吧。接下來，我將為大家舉證說明，從力學的觀點來看，第一種方式根本是無法成立的。」

「真有意思！」迷亭說道，主人也隨之附和：「嗯，有意思！」

「首先假設宮女們是以等距離地被吊起，並假設連接兩名距地面最近的宮女脖子上的繩子是呈水平狀。那麼，把α1α2……α6視為繩子與地平線形成的角度，T1T2……T6視為各繩段所承載的力量，T7=X則看成繩子最低部位的受力；而W自然是宮女們的體重。怎麼樣，這樣

明白了嗎？」

迷亭和主人面面相覷說：「大致明白。」

但這句「大致」所代表的理解程度，是兩人胡謅的，也許換個人就派不上用場了。

「其次，依各位所知的多角形平均性原理，可成立十二個如下的方程式：$T1cos\alpha1=T2cos\alpha2$……（1）$T2cos\alpha2=T3cos\alpha3$……（2）……」

「方程式有這麼多啊？」主人不客氣地說道。

「其實，這個方程式是我演說的中心。」寒月看來有些失落。

「那麼我們就這些精髓的部分做討論吧？」迷亭看起來也有點過意不去。

「將這方程式刪掉的話，我努力研究的力學理論簡直就都白費了……」

「哎呀何須多慮，快刪掉就是了。」主人毫不在乎地說。

「那只好從命了，儘管不想刪，還是略過吧！」

「這就對啦！」迷亭莫名其妙啪啪地鼓起掌來。

「接下來要談談英國，在《裴歐沃夫》當中有出現『絞架』、也就是galge一詞，可見從那時開始就有了絞刑。據布拉克史東的說法，被處以絞刑的犯人，萬一因繩子的緣故未能致死，須再受一次同樣的刑罰。但是奇怪的是在《農夫皮亞斯》這部著作裡卻有這麼一句『就算是壞人，也沒有二度受絞刑的法律。』雖然不知道哪種說法才是正確的，但自其中可知，若沒弄好，受絞一次而沒有死的實例是時有所聞的。一七八六年時，曾將惡名昭彰的費茲·塞拉爾推上絞刑台。但奇妙的是，當他第一次從台上吊下來的時候，繩子竟然斷了。再次將他吊起時，卻因為繩子太長，他的雙腳著地，所以還是沒能死。到了第三次的時候，在圍觀群眾的幫助下，才將他送上西天。」

「哎呀呀！」聽到此處，迷亭精神突然大振。

「真是個老不死的！」連主人也活躍起來。

「還有更有趣的呢！聽說人一上吊，身高會長個一寸左右。這可是經醫生親自量過的，不會錯！」

「這可是個新方法！怎麼樣？苦沙彌也去吊一下看看，長高一寸說不定能變成標準身材呢！」迷亭朝主人看了一眼，不料主人竟認真地問道：「寒月啊，長高了一寸之後，還能夠活過來嗎？」

「當然不行啊。上吊之後脊椎就硬被拉長了，乾脆這麼講，說是身高變高，倒不如說是將背脊拉斷了哩！」

「既然如此，那算了。」主人聽後打消念頭。

接下來的演說內容依舊冗長，寒月本來是要就上吊的生理作用進行論述，但因迷亭胡亂打岔，說些不著邊際的怪話，主人又不時肆無忌憚地大打呵欠，寒月最後還是中止演講，回家去

了。至於當晚寒月先生採取什麼樣的姿態、展現什麼樣的演講，因為在遠處我就不得而知了。

其後二、三日都平安無事地度過，但在一天的下午兩點，迷亭先生又一如往常，如偶然童子般茫茫地飄然而至。他一坐下便突然說：

「越智東風君的高輪事件，你聽說了嗎？」看他那架勢，簡直就像來報告攻克旅順那樣的重大新聞一樣。

「不知道，最近沒見到他。」主人還是像平常一樣陰沉沉地。

「今天我就是為了向你報告這則東風君失誤的事，才在百忙中專程來訪的喔！」

「講得這麼誇張，你呀，就是這麼不正經。」

「哈哈哈……說『不正經』，不如說『沒個正經』吧！這兩者要是不稍微區分一下，對我的聲譽可是會有影響的喔！」

「都一樣啊。」主人裝做不知情，儼然天然居士再世。

「據說前不久的星期天，東風君去了高輪的泉岳寺。這麼冷的天氣，真不該去。第一呢，這季節到泉岳寺，豈不像是對東京一無所知的鄉巴佬嗎？」

「那是東風君的自由，你無權干涉。」

「的確，我是無權干涉。管它什麼權不權力，不過那寺院裡有個展示叫做『烈士遺物保存會』，你知道嗎？」

「呃，這……」

「不知道？那泉岳寺你去過吧？」

「沒有。」

「沒有？真叫人吃驚啊……難怪你要為東風君辯護。身為江戶之子卻不知泉岳寺，太丟人啦！」

「就算不知道，教師還不是照當。」主人越來越像天然居士了。

「好吧算了。話說東風君進了展覽會場參觀後，來了一對德國夫妻。據說他們剛開始好像是用日語對東風君問了些什麼，不過他想照老師教的德語試著說說看，起先只想說個兩、三句，不料說得比預期的好。事後想想，此舉種下了禍根啊。」

「後來怎樣了？」主人不知不覺上鉤了。

「德國人看見大鷹源吾的泥金畫印盒，很想買下，詢問是不是可以賣給他們。當時東風君的回答著實有趣，他說日本人都是清廉君子，怎麼也不會賣的。說到這裡情況都還很好，但從那之後，德國人以為遇上一位厲害的口譯，便頻頻詢問各種問題。」

「問什麼？」

「這個嘛……如果知道的話，就不必擔心啦！講得又快又混亂，根本不知所云。有時候覺得好像聽懂了，應該是問消防鉤和木槌。消防鉤和木槌要怎麼翻譯好呢？他又沒學過這兩個

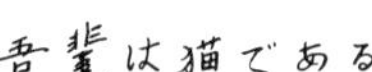

詞，這下可糗了。」

「的確。」主人聯想到自己身為教師的經歷，深表同情。

「可是閒雜人等覺得好奇，便紛紛聚攏過來。最後東風君和那對德國人被四面八方的人群包圍，大家等著看熱鬧。東風君滿臉通紅、神色慌亂，一反先前的風光模樣，落得一副狼狽相。」

「最後怎麼了？」

「最後東風君看來也受不了，於是就用日語說了句『Sainara』後，就匆匆歸去。德國人問：『Sainara 聽起來怪怪的，貴國是把 Sayonara 說成 Sainara 嗎？』東風君回答道：『不是的，是說 Sayonara 沒錯。但因為談話對象是西洋人，為了協調才念成 Sainara。』東風君即使身處困境仍不忘調和，真令人欽佩。」

「Sainara 不重要。那洋人怎麼樣了？」

「據說那洋人一時愣住，目瞪口呆。哈哈哈很有趣吧？」

「似乎也不是什麼特別有趣的事。為此特地跑來報信的你更有趣啊！」主人將菸灰彈進火盆裡。這時格子門的鈴聲大作。

「對不起，有人在嗎？」傳出女人尖銳的聲音。

迷亭和主人不由得面面相覷，沉默無語。

主人家鮮有女客造訪，我一瞧，那位尖嗓子客人穿著雙層縐綢服，底襟拖曳在榻榻米上走進屋。年約四十出頭，瀏海像一道大壩似地從髮際高高聳立，至少向空中突出了半個臉那麼長。眼睛像山路一樣傾斜，左右對立地直線往上吊著。那直線比布尺還要細小，唯獨鼻子卻大得出奇，彷彿偷了別人的鼻子硬按在自己臉中央一般，又好像將招魂社的石燈籠移進三坪大的小庭院裡一樣。儘管唯我獨尊，卻顯得不太沉穩。這個鼻子是所謂的鷹鉤鼻，雖然看起來一口氣衝高，但中途卻覺得太過火又收斂起來；到鼻尖時也不如剛開始的氣勢，開始下垂起來，窺伺著底下的嘴唇。正因這突兀的鼻子，這女人說起話來，不像是用嘴巴在說話，更令人覺得好像是鼻子在發言。

我為了向這偉大的鼻子表示敬意，打算從此稱她為「鼻子夫人」。

鼻子夫人結束了初見面的寒暄後，仔細打量室內一番說道：「這房子真是不錯啊！」

主人暗暗嘀咕：「胡扯！」兀自不斷吞雲吐霧。

迷亭望著天花板一邊說：「老兄，那是漏雨還是木板紋路啊？出現有趣的圖案耶！」以此暗促主人發言。

「當然是漏雨啊。」主人回答道。

迷亭裝模作樣地說：「原來如此！」

鼻子夫人心裡怒道：「真是一群不懂社交禮儀的人！」

一時間三人鼎足而坐，默默無語。

「有事請教，特來拜訪。」鼻子夫人再度開口道。

「嗯。」主人反應極其冷淡，鼻子夫人覺得不能再僵下去便說：「其實我家住得很近，就是對面巷子轉角那棟房子。」

「就是那棟有倉庫的大洋房嗎？怪不得那門牌上寫的是金田哪！」

主人好像終於知道金田的洋房和倉庫，然而對金田夫人尊敬的態度跟剛才沒有兩樣。

「本來房子蓋好後就該來問候致意，但因公司業務太忙……」鼻子夫人露出一副你總該明白了的神情，然而主人依然無動於衷。他認為鼻子夫人身為初次見面的女子，措詞過於油腔滑調，內心早已有所怨言了。

「至於公司嘛，也不只一間，是兼任兩、三家公司，無論哪一家掛的都是重要職位……您應該懂吧？」她的神色似乎在說：「都這樣說了你還不對我畢恭畢敬？」

我家主人是非常敬畏博士或大學教授的人，但奇怪的是對企業家的敬意卻極其低落。他確信中學教師遠比企業家偉大，即使不那麼確信，就憑他那副毫不懂得圓融變通的性格，根本不可能獲得企業家、大富豪的恩賜，所以也早絕望。

不論對方再怎麼有權有勢也罷、什麼樣的百萬富翁也罷，既然斷定沒有希望承蒙蔭庇，那麼對於他們的利害關係，自是極其冷漠。

因此他對學者圈以外的事都表現得極其迂腐無知。尤其對實業界，連何地、何人、從事何種事業都一概不知，即使知道也不會興起敬畏之念。鼻子夫人做夢也想不到，普天之下的一隅竟有這種怪人生活在陽光之下。

過去她與世人接觸也多，但只要她說聲是金田家的夫人，無不立即讓人另眼相待；不論出席什麼樣的會議、在身分多高貴的人面前，「金田夫人」這塊招牌讓她無往不利，更何況眼前這個悶在家的老書生？

她原先預期自己只要說出家住對面巷角那處公館，不用等問到是何種職業，老書生就該驚訝不已了。

「你認識金田這個人嗎？」主人漫不經心地問迷亭，迷亭卻一本正經回答：

「認識。金田是我伯父的朋友，前不久還曾參加園遊會呢！」

「咦？你的伯父是哪位？」

「牧山男爵呀！」迷亭更認真地回答著。主人本想說點什麼，還沒開口鼻子夫人卻猛然轉向迷亭。迷亭身穿大島綢的衣裳，外加一件印度花布衫舶來品，默默端然而坐。

「哎呀，原來您是牧山先生的……什麼來著？我有眼無珠，實在太失禮了。我家先生常掛在嘴邊念著，說時常承蒙牧山先生關照呢！」她語氣頓時謙和許多，甚至躬身行禮了。

「啊呀哪裡哪裡！哈哈哈哈。」迷亭大笑起來。

主人呆楞楞地無語望著兩人。

「小女的婚事也要請牧山先生多多費心哪……」

「哦，是嗎？」聽到這裡，連迷亭也感到事情來得太唐突，不小心發出驚嘆聲。

「其實各方人士都來上門求婚，不過我家也是有身分地位的人，沒有辦法去整理這麼多資訊，所以……」

「的確如此。」迷亭這才放下心來。

「關於此事，想請教一下您。」鼻子夫人望向主人，語氣又頓時高傲起來。「聽說有位叫水島寒月的男人常到你這兒來，他到底是個怎麼樣的人？」

「您問起寒月的事，有何貴幹呀？」主人不悅地問。

迷亭卻機靈地問道：「是與令嫒婚事有關，想了解寒月兄平素的為人吧？」

「如果您能告訴我，那就再好不過了……」

「那麼，您是說想把令嫒嫁給寒月嗎？」主人問道。

「還談不上要嫁給他。」鼻子夫人突然讓主人落了下風。

「其他來講親事的人還多得很，若他覺得不想勉強接受也無妨。」

「既然如此不打聽寒月的情況也沒關係啊。」主人急躁起來。

「但也沒必要替他隱瞞吧？」鼻子夫人擺出一副挑釁的架勢。

迷亭坐在兩人中間，宛如相撲裁判拿著指揮扇般地拿著銀菸管，心裡喊著：「好啊，動手啊，摔呀……」

「那寒月君可曾表示過一定要娶令嬡？」主人迎頭轟她一炮。

「是沒說過要娶，但是……」

「那就是妳猜想他有意要娶囉？」主人似乎領悟到這女人必須用重炮對付才行。

「事情還沒談到那個地步……不過寒月先生也沒什麼好不高興的吧！」鼻子夫人扭轉局勢再次回到場內。

「可有事例顯示寒月愛上令嬡嗎？」主人一副「有的話，妳倒說說看」地傲然反駁。

「嗯，我的推測就是這樣啊！」

主人這一炮毫無奏效。至此一直以裁判員姿態觀望得津津有味的迷亭，似乎被鼻子夫人這句話勾起了好奇心，便放下菸管，探出身子說：「寒月兄給令嬡寫過情書嗎？如果有得話就太好了！到了新年又添一樁軼事，可作為閒談的好題材！」他一個人沾沾自喜著。

「不是情書，比情書還要更猛烈啊！兩位不是都知道嗎？」鼻子夫人突然問。

「你知道嗎？」主人一副毫不知情的表情問迷亭。

迷亭也摸不著頭緒地說：「我不知道，你才會知道吧？」

在這種無關緊要的地方迷亭倒謙虛了起來。

唯獨鼻子夫人洋洋得意說：「不不，這是兩位都知道的事情啊！」

「咦？」兩人都愣住了。

「如果兩位忘了就容我道來吧！去年年底，向島的阿部先生府上舉辦了演奏會，寒月先生不是也參加了嗎？那天晚上回來時，他在吾妻橋上曾發生過什麼吧？至於詳情我是不會講的，講了怕會給當事人帶來麻煩。有了這樣的證據，我認為已經綽綽有餘，不知兩位意下如何？」語罷，她將戴著鑽石戒指的手指擱在膝上，調整了一下坐姿。那偉大的鼻子更加大放異彩，連迷亭和主人的存在感都顯得薄弱了。

別說主人了，就連迷亭面對到這出乎意料的突擊也顯得驚嚇，活像瘧疾發作的人一樣，呆坐了一會兒。驚愕之情稍歇，逐漸恢復常態後，一陣好笑的情緒一湧而上，兩人不約而同爆出哈哈哈的笑聲。鼻子夫人有點意外，怒視著他們心想：「在這節骨眼上還笑得出來，真是太失禮了。」

「那位就是令嬡嗎？原來如此，不錯、很好，確如您所言啊。喂，苦沙彌兄！寒月君肯定是愛上金田小姐了，這事瞞也瞞不住，還是老老實實地招出吧！」

「唔嗯！」主人應了一聲。

「真是瞞也瞞不住呀！已經證據在握了！」鼻子夫人又開始得意起來。

「事到如今，也沒辦法了。把關於寒月君的種種交待一下，供您做參考吧！喂，苦沙彌

君，你可是主人，只是嘻嘻笑無濟於事嘛！不管再怎麼隱藏，都還是會敗露的……不過說也奇怪啊，金田夫人，您怎麼會知道這個消息呢？還真令我驚訝。」迷亭先生獨自喋喋不休著。

「我辦事啊，可是很周到的！」鼻子夫人趾高氣揚起來。

「簡直太無懈可擊了！妳究竟是聽誰說的？」

「從家後面車夫的老婆那聽到的。」

「就是有隻大黑貓的那車夫家嗎？」主人瞪大了眼睛。

「哎，為了寒月先生的事，我可常常差遣她呢！每次寒月先生到這兒來的時候，我想知道他說了些什麼，就拜託車夫太太一一向我報告。」

「太過分了！」主人大聲說道。

「什麼？您做了什麼、說了什麼，我可一概不關心。我只想知道寒月先生的消息啊。」

「不管查的是寒月還是別人，反正我就是不喜歡那個車夫太太！」主人獨自惱火起來。

「不過到你家籬笆牆下站站，這也是人家的自由吧？如果怕被偷聽，那就說話小聲點，或搬到大一點的房子住不就好了？」鼻子夫人毫不害臊地說。

「不只是車夫家，我還從新街上的二弦琴師傅那裡探聽了好多事情哪！」

「關於寒月嗎？」

「不只寒月先生的事。」這話說得有點嚇人，以為主人這下要慌了，卻聽他罵道：「那個

琴師故作清高地討人厭，一副只有她才是個人的樣子，真是個混帳小子！」

「恕我冒昧，她可是女人呀！『小子』這詞張冠李戴了吧！」鼻子夫人的措詞益發暴露她的原形，這下她好像簡直是為了吵架而來的。就算到了這地步，迷亭終究還是迷亭，他對這場談判聽得津津有味，活像鐵拐李看鬥雞一樣，神情泰然自若。

主人意識到這一來一往的對罵，他可不是鼻子夫人的對手，決定暫時保持沉默。但不知道是不是忽然想到，他突然說：「妳口口聲聲說寒月先生似乎主動追求令嫒，但與我所聽到的有些出入啊，對不對？迷亭兄！」主人向迷亭呼救。

「嗯，聽說，當初好像是令嫒先患病……不時說些夢話……」

「哪有這回事！」金田夫人直言否認。

「不過寒月確實說是從○○博士的夫人那聽說的呀！」

「那是我的計謀啊！是我請○○博士的夫人試探寒月的心意。」

「那位○○博士的夫人答應了嗎？」

「對啊！雖說答應了，也不能叫她白幫這個忙。還送了一堆東西給她呢！」

「妳已下定了決心，若沒將寒月的事追根究底、查個水落石出，絕不肯回去是嗎？」迷亭看來也有點不高興，反常地話說得粗魯。

「好吧！苦沙彌兄，說了也沒什麼損失，就說吧。夫人，無論是我還是苦沙彌兄，凡是有關寒月的事我們都會說……這樣吧，請妳依序提問。」

鼻子夫人總算點了點頭開始提問，方才一時變粗暴的遣詞用句，在面對迷亭時又變得恭謹如初。

「聽說寒月先生是一位理學士，他專攻的科目是什麼呢？」

「在研究所研究地磁學。」主人認真地回答。

不幸的是鼻子夫人並不了解其意，雖然「哦」了一聲，但仍一臉不解，便又問道：「研究這個，能當上博士嗎？」

「您意思是說，您的女兒非博士不嫁嗎？」主人不悅地反問一句。

「對啊！若是個普通的學士，那不是要多少有多少？」鼻子夫人從容地回應。

主人望向迷亭，臉色漸漸變得厭惡。

「寒月能否當上博士，我們也無法保證。請您還是問點別的吧！」迷亭神色也顯得有些不快。

「近來他是在研究地球的……什麼東西嗎？」

「兩、三天前，他在理學協會演講了關於上吊力學的研究結果。」主人漫不經心地說。

「唉喲什麼阿，上吊？這人好奇怪啊，研究上吊什麼的，恐怕無論如何也當不上博士吧？」

「若是他自己去上吊的話，那希望就不大。不過如果是研究上吊的力學，不見得當不上博士。」

「是這樣嗎?」這回鼻子夫人看著主人，察言觀色一番。可悲的是她不懂什麼是力學，因此也無法放心。或許她覺得連這點常識也要請教別人，有損她金田夫人的面子，便想藉著觀察主人臉色推敲。偏偏主人表情是一臉冷淡。

「除此之外，他有研究其它比較容易懂的學問嗎?」

「有啊，前一陣子他曾寫過《橡子的安定性以及天體運行》的論文。」

「大學也會研究橡子這種東西嗎?」

「這我也是外行，不大清楚。不過既然寒月研究它，可見得它有其研究的價值吧。」迷亭裝模作樣嘲弄道。

鼻子夫人似乎意識到學術性的對話，她不是兩人的對手，於是放棄了這方面的詢問，換個話題說:「我想問點別的……聽說今年正月，寒月先生吃香菇時弄斷兩顆門牙是嗎?」

「嗯，缺牙的地方還塞滿了年糕呢!」迷亭認為這問題屬於他分內之事，急忙跳出來回答。

「這樣豈不是有欠風雅嗎?他為什麼不用牙籤呢?」

「下次見到他時，提醒他一聲吧!」主人咯咯笑了起來。

「吃香菇還會弄斷牙齒，可見牙齒底子很差，對吧?」

「是不能說有多好啦!是吧?迷亭君!」

「雖然不好，但還蠻討人喜歡的。後來他一直不肯補起來才妙呢！那裡到現在還是年糕的窩，真是一大奇觀呢！」

「他是因為沒錢補牙才留下那個窟窿？還是樂於這樣缺著牙？」

「反正他總不會讓自己永遠都帶著缺門牙的名聲吧？您請放心。」迷亭的情緒逐漸恢復平靜。

鼻子夫人又提出新問題。

「假如府上有他的信箋手稿之類的，想拜讀其一、二。」

主人從書房裡拿來三、四十張明信片說：「明信片倒是很多，請過目。」

「用不著看那麼多，只須看看其中兩、三張……」

「來來，我給您挑幾張好的。」迷亭挑出一張明信片，說：「這張！瞧……蠻有意思的？」

「還會畫圖啊？還滿靈巧的呢，讓我瞧瞧。」看了一眼說：「唉呀討厭，這是隻狸啊！什麼不畫，幹嘛偏要畫隻狸呢？」然後忽然又露出些許讚賞之意說：「但至少看得出來是隻狸，還不錯。」

「請讀讀文字吧。」主人笑著說。

鼻子夫人便如同女傭讀報似念道：「除夕之夜，山狸舉行園遊會，他們翩翩起舞。他們歌唱道『來吧！除夕夜！無人踏山徑而來！嘿唷荷，碰恰碰！』」

「這什麼東西？豈不是在捉弄人嗎？」鼻子夫人大為不悅。

「這位仙女，您還喜歡嗎？」迷亭又抽出一張，畫的是一名仙女身著羽衣，奏著琵琶。

「這位仙女的鼻子似乎太小了點。」鼻子夫人說。

「哪裡，很正常啊！不談鼻子，請您把上面的句子念一下吧！」

「從前某地有位天文學家。某個夜晚，他照例登上高台，凝神仰觀星際。這時，天空出現一位美麗仙女，奏起世間不曾聽過的優美音樂。天文學家渾然忘卻了刺骨寒風，聽得入迷。翌日清晨，只見那位天文學家的屍體上落了一層白霜。一位愛說謊的老頭說，這是個真實的故事。」

「什麼玩意兒啊，一點意義都沒有，這樣還想當理學博士？不如讀一段《文藝俱樂部》還比較有趣呢！」寒月被狠罵了一頓。

迷亭半開玩笑地遞出第三張明信片說：「這張如何？」

這張是用活版印了艘帆船，照例在其下胡亂寫道：「昨夜泊於船上的二八小佳人，失去雙親，向荒島上的千鳥、驚夢的千鳥低泣，親人在難波間逝。」

「很棒呢！好動人的故事，這可以這麼說了吧？」

「好像可以。」

「嗯，這個可以配上三弦琴。」

「配上三弦琴，那可真夠講究了。再看這一張怎麼樣？」迷亭又信手拈來一張。

「免了，拜讀這幾張就足夠了。已經了解清楚，此人並不那麼胡鬧。」她獨自下了結論。

至此鼻子夫人似乎結束了對寒月先生的大致審查，便大膽要求說：「今天太打擾了。關於我的事，希望二位對寒月先生保密。可以嗎？」

可見她的方針是：對於寒月，要一切查個水落石出；但關於自己，卻絲毫不許對寒月透露。迷亭和主人都不太搭理地應了一聲：「嗯。」

「容後致謝吧！」鼻子夫人加重語氣，邊說邊站起身來。

兩人送客完後回到坐位，迷亭說：「這到底是什麼啊！」

主人也說：「到底是什麼！」雙方不約而同地問道。

忽然聽到夫人在內室裡，似乎忍不住哈哈大笑起來。

迷亭揚聲喊道：「大嫂，大嫂！『庸俗』的活標本來過嘍！俗到那種程度，還真是吃得開呢！好了，不必客氣，盡情笑吧！」

「最不順眼的就是那張臉。」主人用不滿的語氣說。

迷亭立刻接話補充道：「鼻子盤踞中央，神氣十足！」

「而且彎彎的。」

「有點駝背欸，駝背鼻，真是一絕！」迷亭忍不住大笑。

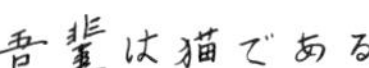

「是個剋夫相啊。」主人依然忿忿不安。

「是十九世紀賣剩、二十世紀又滯銷的長相啊。」迷亭總是怪話連篇。

這時夫人從內室走來，她畢竟是個女人，便提出警告說：「壞話說太多，會被車夫老婆偷聽到唷！」

「大嫂，被偷聽才好呢！叫她認識一下自己。」

「不過私下譏笑別人的相貌，太下流了。有誰願意有那樣的鼻子呢！何況人家是個女人，你們的嘴也太刻薄了。」她在為鼻子夫人的鼻子辯護，同時也間接為自己的長相辯護。

「有什麼刻薄！那種人算不上女人，是愚人！對吧？迷亭君。」

「也許是個愚人吧，不過也很了不起。我倆不是被她整了一頓嗎？」

「究竟她把教師看成什麼了啊？」

「看成與後屋的車夫差不多吧？想得到那種人的尊敬，只有當上博士才有可能。沒先當個博士，就怪你自己沒遠見了。大嫂，是吧？」迷亭邊笑邊回頭瞧夫人。

「博士什麼的他當不上的啦。」連夫人都不理睬主人了。

「搞不好我還是有機會能當上博士哩，可別小看我！你們或許不知道，古時候有個人叫埃斯庫羅斯，九十四歲才完成了巨著；索福克勒斯的傑作問世，震驚天下之時，幾乎是百歲高齡；席蒙尼德斯八十歲寫出了美妙的詩篇，我嘛……」

「太愚蠢了，像你胃病這麼嚴重的人能夠活得那麼久嗎？」夫人已經把主人的壽命算定了。

「放尊重點！妳去問問甘木醫生！都是妳讓我穿這一身縐巴巴的黑布長袍和到處補丁的破爛衣裳，才會被那種女人瞧不起。從明天起我要穿迷亭穿的那種衣服，給我拿出來！」

「拿出來？我們沒有那麼漂亮的衣服啊，金田太太對迷亭先生變得客客氣氣，是因為聽了他伯父的名字，不是衣服的問題啊。」夫人巧妙地為自己脫罪。

提到迷亭的伯父，主人好像突然想起了什麼，問道：

「我還是今天才第一次聽說你有伯父。你從來沒透露過啊！真的有嗎？」

「嗯，說到我那個伯父，他可頑強得很呢……整整從十九世紀一直活到現在哪！」他看了看主人及夫人。

「啊哈哈哈，你淨是會說笑。他住在哪兒？」

「他在靜岡過活，可不是活著而已，他頭頂還挽了個髮髻，叫人害怕。叫他戴帽子嘛，他卻誇口說『我都這麼大把歲數了，還不曾冷到要戴帽子啊。』告訴他天冷再多睡一會兒吧，他卻說『人睡四個小時就夠了，睡到四小時以上是浪費！』於是他早晨天還黑矇矇就起床。而且他說『我之所以能將睡眠時間縮短為四小時，是長年鍛煉下來的結果。』他吹噓自己年輕時總是貪睡，近年來才進入了隨遇而安的佳境，十分快活。他已是六十七歲的人，當然睡不著，談

不上什麼鍛不鍛煉，可是他居然以為那是自己苦修苦練的結果。另外他外出時，一定會帶把鐵扇。」

「幹什麼用的？」

這回迷亭朝夫人說道：「也不知道他要幹什麼，就只是帶著出門。也許他是當做手杖用吧！不過不久前還出了件趣事。」

「咦？」夫人沒打岔地只咦了一聲。

「今年春天突然來了封信，叫我把圓頂禮帽和燕尾服火速寄去。我有點吃驚，便去信問他，他回信說是他自己要穿。此外還命令我要趕上二十三日在靜岡舉行的慶祝戰捷大會，速速送去。可笑的是命令之中還有這麼一段『幫我買一頂尺寸合適的帽子，西裝也要估計一下尺寸，到大丸去訂做……』」

「大丸最近也做起西裝了嗎？」

「不是老兄，他是與白木屋搞混了。」

「叫人估計尺寸去做，這不是為難人家嗎？」

「這正是伯父之所以為伯父之處啊！」

「那你怎麼辦？」

「沒辦法，就估量著做一套寄去了。」

「你也太胡鬧啦！這樣趕得上嗎？」

「啊，好歹總算應付過去了。後來看家鄉的報紙消息寫到，當天牧山翁破例身穿燕尾服，一如往常手持一把鐵扇……」

「可見他說什麼也不肯離開那把鐵扇啊！」

「嗯，我想他死了也會把鐵扇帶進棺材。」

「儘管是估計，可是帽子和衣服還都穿得合身，很好嘛！」

「這你就大錯特錯了，我本來也以為一切順利，但不久後收到一個小包裹，我以為是送給我的禮品呢！打開一看原來是大禮帽，還附了一封信，信上說『託購之禮帽已收付，唯因尺寸稍大，煩請送至帽店予以縮小，修改費用將如數匯去』。」

「真是太大意了啊。」主人發現天下竟還有比自己更糊塗的人，顯得十分滿足。

隔了一會兒問：「後來怎麼樣？」

「還能怎麼樣？只好我自己戴了啊。」

主人嘻嘻笑說：「就是那一頂帽子嗎？」

「那位先生是男爵嗎？」夫人好奇問。

「誰？」

「你那位手拿鐵扇的伯父呀！」

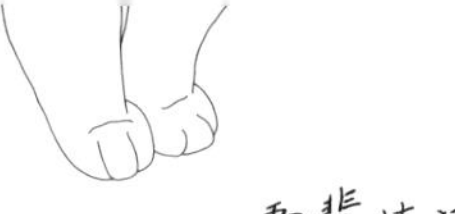



「不是啊！他是個漢學家。自幼在孔廟裡潛心於朱子學什麼學的，即使在燈光下，也還畢恭畢敬頭頂一個髮髻呢。真拿他沒辦法。」他胡亂搓著自己的下巴。

「可是你剛才好像對那女人說他是牧山男爵呀！」主人說。

「您是這樣說呀，我在飯廳也聽見了。」夫人只有這點同意主人的話。

「是這樣嗎？哈哈哈哈哈！」迷亭先生無故大笑起來，「那是假的啦！若我有個當男爵的伯父，現在我早當局長了。」他說得倒很坦率。

「我就覺得奇怪嘛！」主人露出欣喜又憂慮的神情。

夫人佩服得五體投地說：「哎啊，您竟能這麼一本正經地撒這種謊，真是個吹牛大王呢！」

「那女人比我更高明啊。」

「您也不輸她啊！」

「不過大嫂，我吹牛只是單純吹牛而已，那個女人吹牛，卻是句句有鬼，謊中有詐，本質是惡劣的啊。要是把小聰明裡的計謀以及天生幽默混為一談，連喜劇之神都不得不慨嘆世人有眼無珠了。」

「妳說呢？」主人低著頭說道。

「還不是同一回事！」夫人邊笑邊說。

我至今不曾去過對面那個小巷，當然也沒見過轉角處的金田家是什麼樣子，今天才第一次

聽說到。

主人家從未談起過實業家，就連吃主人家飯的我，也與實業家沾不上一點邊兒，可說是十分無感。

剛才鼻子夫人突然來訪，暗中聽到了他們的談話，想像著她家小姐的美貌，以及她家的富貴與權勢……我雖是貓，也無法悠哉悠哉地躺在檐廊下了。

何況我對寒月君極為同情，對方竟把博士的太太、車夫的老婆，甚至連彈二弦琴的天璋院家人都收買了。神不知鬼不覺地，連弄斷門牙都查個一清二楚，寒月君卻笑嘻嘻地只顧擔心外褂上的衣帶，雖然他是剛畢業的理學士，但也未免太沒用了。

話又說回來，對方是個臉中間有了個偉大鼻子的女人家，可不是隨便什麼人都能接近的。關於這事，主人太漫不經心、也太窮了。至於迷亭，雖不缺錢花，但他既是那麼一位『偶然童子』，協助寒月的可能性也很小吧！

這樣看來，最可憐的就是那位演講上吊學的寒月先生了。如果連我都不去奮勇潛入敵陣、偵察敵情的話，也太說不過去了。

我雖是貓，卻寄居於學者之府，儘管這位學者不過是個把伊比克提托斯的大作翻一翻便摔在桌上無心閱讀的傢伙，但我畢竟與世上的那些痴貓、蠢貓氣質不同。冒這麼一點風險所須具備的俠義心腸，還是潛藏在我尾巴裡的。倒不是我對寒月先生施恩望報，也不是為個人逞強好勝的表現。往大一點的格局來說，此乃將「講公道、愛中庸」之天意化為現實，是個偉大壯舉呢。

想那金田太太，既未經本人同意，便將什麼「吾妻橋事件」到處宣揚；既派一些走狗到別人窗下竊聽情報，又洋洋得意四處炫耀；利用著車夫、馬夫、無賴、落魄書生、產婆、佣婆、妖婆、按摩師，濫用國家有用之材……光是這些，連身為貓也不能不下決心了。

幸虧天氣很好，雖冰霜消融行路艱難，但為了衛道，我赴湯蹈火。

縱然腳底沾了泥巴，在走廊留下梅花爪印，但頂多給女傭添點麻煩而已，就我來說談不上痛苦。等不到明天，現在就立刻出發！我下定勇往直前的偉大決心，竄到廚房。

這時心想「且慢」，我身為一隻貓，不僅已經達進化之頂峰，論智商也不亞於初中三年級的學生。可悲的是喉嚨永遠是貓的結構，不會說人話。即使鑽進金田府，徹底查清敵情，也無法告訴當事人寒月先生，更沒辦法對主人或迷亭先生說。

既然無法說，那就如同鑽石埋於土中，受陽光照耀卻不得發光，縱有聰明才智也無用武之地。這是件蠢事，不如罷休吧，我於是在門檻上蹲下。

然而雄心壯志卻半途而廢，正猶如渴望驟雨來臨，卻見烏雲從頭上掠過，直向鄰國散去一般，不免令人惋惜。若是我這邊出了什麼差錯，自另當別論。但為了所謂正義與人道，就該勇往直前，甚至不惜付出生命，這才是見義勇為的男兒本色。

至於白白受累，白白污了手腳等等，對於貓來說算不了什麼！正因我是貓，才無法以三寸不爛之舌，與寒月、迷亭、苦沙彌等諸公做思想交流；但也正因是貓，偷渡潛行的功夫才勝於他們幾位先生。能人之所不能，這本身就是一大快事。

哪怕只有我了解金田家的內幕，也總比舉世不知來得令人高興。我雖不能將真相告訴別人，但能讓金田家知道事情已敗露，就夠令人暢快的了。要讓這麼愉快的事接踵而至，我是非去不可的。還是去吧！

來到對面小巷一瞧，果然那幢洋房就像聽說的一樣蟠踞巷角，儼然一副領主架勢。想來這家主人也和這幢洋房一樣，一副傲慢嘴臉吧。

進門後，我將整棟房子打量一番。除了嚇唬人之外，那二層樓房索然矗立著，一點意義都沒有。迷亭說的「庸俗」就是如此吧。

進門向右拐，穿過花園，轉到廚房門口。廚房果然很大，比苦沙彌家的廚房大上十倍。井然有序、絢麗多采，與不久前報紙上詳細介紹過的大隈伯爵府上的廚房相比，也毫不遜色。

「好一個模範廚房！」我心裡想著，便鑽了進去。

一瞧，那個車夫老婆正站在兩坪大的水泥地上，和金田家的廚子、車夫喋喋不休談論著什麼。我怕被人發現，便藏在水桶裡。廚子說：「聽說那教師還不知我家老爺的名字呢！」

「怎麼會不知道？這一帶不知金田公館的人，除非沒長眼睛還是耳朵聾了！」拉包車的車

車夫說。

「難說唷！那個教師啊，是個除了書本之外，對其他事都一無所知的怪人。他要是稍微了解金田老爺的身分，說不定會嚇一跳哩！但沒用的，他連自己的孩子幾歲都不知道呢！」車夫老婆說。

「連金田老爺都不怕？真是個不知好歹的糊塗蟲！沒關係，要不要我們大家去嚇嚇他？」

「好呀！他淨說些刻薄話，什麼金田夫人的鼻子太大啦、臉看不順眼啦……明明自己長得活像今戶燒的狸一樣，還覺得自己很成熟穩重，真受不了！」

「不只臉，你看他腰上繫條毛巾上澡堂那副模樣，傲慢得不得了！自以為沒人比他更偉大似的。」看來苦沙彌對廚子沒半點人緣。

只聽車夫又說：「乾脆我們大家到他家籬笆邊臭罵他一頓！」

「這麼一來他一定會怕！」

「但若我們被他發現就掃興了，剛才金田太太不是吩咐過嗎！只給他聽見叫罵聲，干擾他讀書，盡可能讓他焦躁就行了。」

「就這麼辦！」車夫老婆表示願意擔負三分之一破口大罵的任務。

這幫傢伙要去捉弄苦沙彌先生了。我邊想邊從三人身旁悄悄竄進室內。

貓腳似有若無，不論走到任何地方都不會發出笨重的腳步聲，宛如踏空行雲，水裡敲磬，

洞中鼓瑟；如嘗醍醐妙味，意在言外，冷暖自知。不論「庸俗」的洋房，還是模範廚房，還是車夫老婆、車夫、廚子、伙夫，還是小姐、女傭，甚至鼻子夫人和老爺，我想見誰就見誰，想聽什麼就聽什麼，伸伸舌頭，搖搖尾巴，撇撇鬍子，便悠然而歸。

我尤擅此道，堪稱日本第一。連我自己都懷疑，我大概是繼承了舊小說裡貓怪的血統吧。傳說癩蛤蟆額頭上藏有夜明珠，而我不要說天地神佛、生死愛戀，就連嘲弄天下人的祖傳妙藥，全都囊括於尾巴尖上。我神不知鬼不覺在金田府的走廊橫行，比金剛力士踏爛一堆涼粉還要容易。此時此刻，連我都對自己本身的力量由衷欽佩。當我意識到，這一切都多虧了我平時珍而重之的尾巴時，我心想：對它怠慢不得，理當頂禮膜拜我那尊敬的尾巴大仙，以祈貓運長久。

我略微低頭看去，卻總對不準方向。我必須望著尾巴行三拜之禮。為了望見尾巴我回身，但尾巴也隨之而轉；扭過頭來、想要迎頭趕上時，尾巴也保持原有的距離跑到前面。果然厲害！天地玄黃，無不囊括於這三寸之尾，它確是靈物，我畢竟不是對手。

追逐尾巴七圈半，我力竭身虛，只得作罷。

眼前一陣暈眩，一時間不知身在何處。但管他的！我又到處亂闖。忽然聽到紙屏後傳來鼻子夫人的話語聲，我立刻停下腳步，豎起兩耳屏息凝聽。只聽見鼻子夫人照例扯起了尖嗓說：

「明明只是個窮教師，還很神氣哩！」

「是啊，這個傲慢的傢伙！要給他點顏色瞧瞧！那個學校裡有咱們的同鄉。」

「誰啊？」

「有津木針助、福地蝎螺，可以托他們去搞搞他！」

我是不知道金田老兄家鄉在何處，但那裡的人名字都怪裡怪氣的，讓我有點吃驚。只聽金田老闆繼續問道：「那傢伙是英語教師嗎？」

「嗯，據車夫老婆所說，他是專教英語入門的。」

「反正不回（會）是個正派教員！」不「回」是把「會」說成「回」嗎？

鼻子夫人說：「近來我遇見針助，他說『我們學校有個奇怪的傢伙。學生問他粗茶的英語為何？他一本正經回答說：粗茶就是savage tea。』這已在教員間成為笑柄。他說『有這麼個教員，總會給別人帶來麻煩。』他指的大概就是那個傢伙吧！」

「肯定是他，看他長相準會說出那種蠢話，還留了一大把鬍子呢！」

「真是個反骨的傢伙。」

留鬍子就反骨？那麼我們貓族可沒一隻好東西了。

「還有那個叫什麼迷亭還是『酩酊』的傢伙，反應真瘋狂啊！說什麼伯父是牧山男爵。看他那副德行，我就覺得他不可能有個男爵伯父嘛！」

「妳啊，不分青紅皂白什麼話都信，這樣也不好。」

「不是我的錯啊，是他太捉弄人啊！」鼻子夫人似乎覺得非常扼腕。

奇怪的是，關於寒月他們隻字不提。

是在我潛入之前早已評述完畢了呢，還是他已落選、不值一提了？對此事我雖掛心，卻毫無辦法。佇立片刻後，聽見隔著走廊的房間那鈴聲響起。啊，那裡也有什麼事嗎！為了不要錯過，我抬腿直奔向那。

過去一聽，有個女人在獨自高聲說話，聲音很像鼻子夫人。據此推測，大概是府上那位小姐——使寒月君投河未遂的女主角吧！可惜隔了一層紙屏，未能一睹芳姿，無法得知她臉中間是否也供著碩大的鼻子。不過綜合她說話的腔調和盛氣凌人的樣子看來，那絕不會是不起眼的蒜頭鼻。

那女子喋喋不休，但卻聽不見對方的聲音，大概就是人們常說的「打電話」吧！

「大和茶館嗎？我明天要去看戲，替我預留上等席第三排的座位，可以嗎？……明白了嗎？……什麼？聽不懂？哎什麼啊！叫你訂上等席的第三排座位！……什麼？訂不成？怎麼會訂不成？要訂……哈哈哈哈哈，笑話？……什麼笑話？……太愚弄人了！你到底是誰？長吉？長吉之流懂個屁！叫老闆娘來接電話……什麼？一切事你都能作主？……喂！你太冒失了！你知道我是誰嗎？是金田小姐！什麼……哈哈哈哈你知道啊？你這人真是混帳……「提金田」怎麼樣？……什麼？銘謝惠顧謝謝？……謝我什麼？我不要聽你謝！……唉啊，我又笑了，你

真的是白癡欸……如我所言？……如果你太欺負人，我可要掛電話喲！行嗎？你不怕嗎？……你不說話我不曉得你什麼意思……快說啊……」大概是長吉掛斷電話，完全聽不見回音。小姐發起脾氣，將電話鈴按得叮噹作響，腳下的哈巴狗被驚動，突然汪汪叫，這下可大意不得，我急忙躍下，鑽進走廊底下。

這時，走廊上傳出愈來愈近的腳步聲和開門聲。有人來啦，我仔細一聽：「小姐，老爺和太太有請。」好像是女傭的聲音。

「我不要！」小姐任性地說道。

「老爺和太太說有點事，叫我來請小姐過去。」

「吵死了，我不是說過不要嗎！」女傭又挨了第二頓痛斥。

「聽說是關於水島寒月先生的事……」女傭靈機一動，想讓小姐心情好轉些。

「什麼寒月、水月，我都不想理了。他最討人厭了！那張臉像個呆楞楞的廢物！」可憐的寒月先生雖不在眼前，卻遭受這第三頓痛斥。

「哎啊！妳什麼時候梳起西式髮型啦？」

「今天。」女傭鬆了口氣，盡可能簡明地回應小姐的話。

「還真是傲慢啊，明明是個女傭。」第四次痛罵來自另一個話題。

「妳還戴了新襯領？」

「是的。前不久小姐賞給我的。本來覺得太漂亮了捨不得戴，就收在箱裡。但因為舊襯領都穿髒了，我才拿出來換上。」

「我什麼時候給過妳這樣的東西？」

「今年正月，您去白木屋買的。是茶綠色，上面染印著相撲的出場順序表。您說『這對我來說太素了，送給妳吧。』就是那條襯領。」

「哎呀真是的，很合適妳戴呢！真討厭。」

「不敢當。」

「我不是要誇妳，是氣妳呀！」

「什麼？」

「那麼適合妳的東西，為什麼一聲不響就收下？」

「啊？」

「連妳都這麼適合了，我來用也不至於太奇怪吧！」

「一定會非常合適。」

「明明知道我會合適，為什麼還不聲不響地繼續戴著？好壞的人！」一連串怒斥如連珠砲發出。

正當我靜觀局勢如何發展之際，金田老爺卻從對面屋裡大聲呼喊小姐：「富子！富子！」

小姐不得已應了聲「來了！」走出了電話室。

一隻比我大一點的哈巴狗，眼睛嘴巴都擠在臉中央，也跟著出去。我一如往常躡著足，再度從廚房竄到大街，匆匆回到主人家。這次的探險，初步已有十二分的成績。

回家之後，因為從乾淨漂亮的公館突然回到髒亂的地方，那心情就宛如自風光明媚的秀麗山巒突然掉進昏黑洞窟一樣。探險過程中，由於精神緊張，我對於金田公館的室內裝潢、被褥、窗簾款式等細節並沒有多做注目，但卻感到自己的住處真是太糟了，倒對所謂「庸俗」的金田公館有幾分留戀。不知不覺間開始覺得，跟教師比起來實業家好像比較了不起。

我自己也覺得這念頭有點詭異，便像往常一樣豎起尾巴向它請示，而尾巴尖發出神諭說：

「正是如此，正是如此！」

我走進客廳一看，迷亭先生竟然還沒回去。他將捲菸的菸屁股插在火盆裡，弄得像個蜂窩似的。他盤腿端坐，不知在說些什麼。寒月先生不知何時也來了，主人曲肱為枕，凝眸注視著天花板的漏雨處。依舊是場太平盛世的逸民聚會。

「寒月君！連病中囈語都對你念念不忘的那女人，當時是個祕密，現在總可以說了吧？」迷亭打趣地說。

「如果只關係到我個人，說了也無妨，但這會給對方帶來麻煩。」

「還是不能說嗎？」

「我和○○博士夫人已經有約在先。」

「是約定絕不告訴別人吧？」

「嗯。」寒月一如往常搓弄著自己的和服衣帶，那條衣帶是少見的紫色。

「這衣帶顏色，有點天保調的味道。」主人邊打盹邊說，對於金田事件倒不關心。

「是啊，這畢竟不是當今日俄戰爭年代的貨嘛！繫這條帶子，若不戴上武士頭盔，穿上葵記紋章的開岔戰袍，是撐不起的。當年織田信長入贅時，據說頭上梳了個圓筒竹刷式的髮型，繫的就是這樣的帶子。」迷亭的話依然又臭又長。

「其實，這條帶子是我爺爺征長州時用過的。」寒月認真地說。

「已經可以捐給博物館了吧？如何？你可是上吊力學的演說家、理學士水島寒月先生喲！如果打扮得像個過時的封建武士，那可有礙顏面呀！」

「本來照著你的忠告去做也無不可，但有人認為這條帶子非常適合我，所以……」

「是誰啊？說這種沒趣的話！」主人邊翻身邊揚聲問道。

「你不認識的人啦……」

「不認識有什麼關係，到底是誰呀？」

「某個女士。」

「哈哈哈真是個奇怪的人！我來猜猜，大概又是那位從隅田川水下喊你名字的女子吧？你

何不穿上那件長褂，再去跳水死一次？」迷亭從旁插了這麼一句。

「她不會在水下喊我了，而會在西方的清淨世界……」

「恐怕未必怎麼清淨吧！那鼻子可猙獰呢！」

「啥？」寒月面露不解。

「對面巷子那個大鼻子女人剛才闖來啦！我倆可真嚇了一跳。對吧？苦沙彌兄！」

「嗯。」主人躺著還邊喝茶。

「大鼻子說的是誰呀？」

「就是你那位永恆又親愛的小姐的母親大人啊！」

「咦？」

「那女人自稱金田的妻子，來探聽你的事情啦！」主人正經地加以說明。

我偷偷窺伺寒月的神色，瞧他是驚、是喜、還是羞怯？但他竟不動聲色，如往常一樣以平靜口吻說「又是來拜託你們，勸我娶她女兒對吧！」說著他又搓起紫色衣帶來。

「你大錯特錯了。那小姐的母親大人有非常偉大的鼻子……」

迷亭才說到一半，主人就移花接木轉了個話題：「喂，我從剛剛就想要做一首關於那鼻子的俳體詩。」

夫人在隔壁房間裡嗤嗤地笑出聲。

「你們真是悠閒哪！已經寫好了嗎？」

「想到了幾句。第一句是『臉上的鼻祭』。」

「接下來呢？」

「鼻前供神酒。」

「下一句？」

「只想到這一些。」

「有趣有趣！」寒月莞爾。

迷亭立刻接上：「接下來就，雙孔深幽幽，如何？」

接著寒月說：「洞深不見毛，這句如何？」

他們正你一言我一語地胡謅時，籬笆附近的馬路上傳來四、五個人哇哇叫嚷著：「今戶燒的狸！今戶燒的狸！」。

主人和迷亭都吃了一驚，透過籬笆空隙往外瞧，只聽到哈哈大笑聲隨腳步聲向遠方散去。

「今戶燒的狸是什麼意思？」迷亭不明所以地向主人問道。

「我也不知道是什麼。」主人回答。

「倒很新穎呀！」寒月加以評論。

迷亭好像想起了什麼，突然站起身來，模仿演說的架勢說：「敝人曾從美學角度對這種鼻

子進行過研究，想在此陳述一、二，有勞二位傾聽。」

這話來得突然，主人一時楞楞無語望著迷亭。

寒月低聲說道：「這非領教不可！」

「經多方面考查，鼻子的起源還是無法確實瞭解。第一個疑問是：若它是實用器官，有兩個鼻孔就足足有餘，無須在臉中央傲然凸起。然而如諸位所見，為什麼會這樣挺出來呢？」說著他捏起自己的鼻子給兩人看。

「也沒挺得多高呀！」主人對此沒有一句奉承的話。

「總之沒有往內凹吧！未避免和只有兩孔並列的狀態混淆，以致產生難料的誤解，在此請各位先注意——依敝人愚見，鼻子的發達，是經過我們人類擤鼻涕這細微動作的自然累積後，才呈現出這鮮明的結果。」

「還真是貨真價實的愚見！」主人又加了一句短評。

「如大家所知，擤鼻涕時一定要捏住鼻子。捏了鼻子，就只有局部會特別受到刺激，按進化論的大原則，這個局部為了因應這樣的刺激，變得比其他部位來得發達，皮膚自然堅固、肉也逐漸變得硬實，最終凝為骨頭。」

「這有點……肉沒辦法那麼輕易變成骨頭吧？」寒月不愧是理學士，提出了抗議。

迷亭依舊無動於衷繼續陳述：「噢，也難怪您有這疑問。但根據理論，的確有這樣成形的

骨頭。鼻骨雖然已經成形，但鼻涕還是會流，鼻涕一流則非擤不可。透過這動作，鼻骨左右側會被削去，隆起得又細又高的……這作用實在驚人，如滴水穿石、如羅漢頭頂自放光明、如異香天來、惡臭暢流，鼻子就這樣變得又高又堅實！」

「可是你的鼻子還是很鬆軟啊！」

「關於演說者本人的鼻子構造，為避免自我辯護之嫌，在此避而不談。下面想特別向兩位介紹金田小姐的母親大人，她的鼻子最發達、最偉大，堪稱天下珍品。」

至此寒月不禁發出助陣的幫腔聲。

「不過事物一旦走到極端，儘管依然不失其壯觀，但總有些令人不敢接近。她的鼻樑雖然很厲害，但有點太過險峻了。古人蘇格拉底、歌德史密斯，或薩克雷等人的鼻子，從構造說來不能說是無可挑剔。然而正是那些不盡完美之處，才格外顯其魅力。所謂『鼻高非貴，奇者為貴』大概就是此意吧！俗語也說『鼻者，以蒜頭鼻為美。』故論起來，還是敝人之鼻最標準。」

寒月和主人呵呵而笑，迷亭自己也開心地笑。

「一如前回所分解……」

「先生！『前回分解』有點像說書人的用語，太俗氣了，請避免使用！」寒月趁機報前仇。

「那就洗盡鉛華捲土重來囉……好的，接下來想稍微談論鼻子與臉龐的比例。若不論其他，單論鼻子的話，那位母親大人長了那麼個鼻子，走遍天下都毫無愧色；縱使在鞍馬山開個

展覽會，也很可能獲得頭等獎。可悲的是她的鼻子並沒有和嘴巴、眼睛等其他部位商量過，擅自就長出來。朱利亞斯．凱撒的鼻子無疑是非凡的，然而如果用剪刀將凱撒的鼻子剪下，安在貴府的貓臉上的話，那將會是什麼樣子呢！

打個比方吧，在貓那小小的臉龐上巍然聳立個英雄的鼻塔，就宛如在棋盤上擺了個奈良寺大佛像，比例極其失調，會喪失美的價值的。金田夫人的鼻峰和凱撒一樣，英姿颯爽地隆起，但環繞在鼻峰周圍的面貌卻又如何呢？當然不至於像貴府的貓臉那麼醜，但事實上也像患上癲癇症的醜女一樣，眉橫八字，細眼高吊。諸位，這又怎能不令人嘆息『此臉怎麼有此鼻』呢？」

當迷亭的話稍一中斷時，忽然聽見房後有人說：「還在講鼻子的話題啊！真是緊抓不放！」

「是車夫的老婆！」主人通知迷亭，迷亭又開始演講。

「在意料不到的陰暗處，發現了新的異性旁聽者，我認為這是演說家的崇高榮譽。尤其那鶯聲燕語，給枯燥的講壇增添了一絲風韻，真是始料未及的福氣啊。本應盡力講得通俗些，以期不負佳人淑女的眷顧。但因下文涉及力學問題，女士們恐怕難以領會，尚請多多包涵了。」

寒月聽到「力學」一詞，又嗤嗤笑了起來。

「我想證明的是，這張臉和這鼻子終究是不合，因為違背了蔡興[8]的黃金比例。這點可以

8 蔡興：Adolf Zeising，德國美學家、心理學家。

用嚴格的力學公式演繹給各位看看。首先以H代表鼻高，α代表鼻子與臉平面交叉的角度，W自然代表鼻子的重量。怎麼樣？這樣大致能理解吧？」

「理解什麼啊？」主人說。

「寒月兄呢？」

「我也完全不懂！」

「這太慘了。苦沙彌還情有可原，你是個理學士，我想說你應該會懂呢！這條公式是我這場演說中的靈魂，如果省略的話，講到現在就毫無意義了……唉沒辦法，還是略去公式，直接講結論吧！」

「有結論嗎？」主人驚訝地問。

「當然有啦！沒有結論的演說，猶如沒有甜點的西式料理……好吧，二位仔細聽著！以下就是結論了。上述公式，若參照魏爾蕭、魏斯曼的諸家學說，先天形體的遺傳是無可避免的事，但伴其形體所產生的精神現象，雖然有強而有力的學說稱其為後天之物，並非遺傳決定。但不可否認地，在某種程度上會受遺傳影響，此乃必然之結果。因此如上所述，一個擁有與其體態不和諧的大鼻人，可想而知她生下的孩子鼻子也會與眾不同。

寒月君還很年輕，也許不覺得金田小姐的鼻子構造有何異常之處。但這種性質的遺傳潛伏期很長，一旦氣候突變，就會突然展現出來。說不定剎那間膨脹起來，鼻子會變得像她的母親大人一樣大呢！因此這門親事，按我迷亭的學術性論證，還是趁早斷念才能保你平安。這點不僅這家主人，就連睡在那邊的貓大仙，也不會反對吧！」

主人翻身坐起，很鄭重地強調：「那是當然了。那種人的女兒誰要！寒月，要不得呀！」

我為了聊表贊同之意，也喵喵叫了兩聲。

寒月仍然不動聲色，說道：「既然兩位先生的看法是這樣，我死了這條心也未嘗不可。但若女方一氣之下，生了病來，我可罪過呀……」

「哈哈哈哈，可謂『艷罪』不淺啊！」

主人氣呼呼地說：「哪有這樣蠢的！那個女人的女兒肯定不是什麼好東西！初來乍到就給我難堪！傲慢的傢伙！」

這時，又有三、四個人在籬笆邊發出哈哈大笑聲。

一個說：「真是個狂妄的蠢貨！」

另一個說：「想換個大房子住吧！」

有一個大聲說道：「可憐哪，不管擺什麼架子，也只能背地裡逞逞威風罷了！」

主人跑到檐廊下，不甘示弱地吼說：「別吵啦，幹嘛偏偏來我家籬笆邊？」

「啊哈哈哈哈哈……Savage tea！Savage tea！」聲聲罵不休。

主人大發雷霆，陡然而立，操起手杖便向馬路奔去。

迷亭拍手稱快：「好耶！去吧去吧！」

寒月卻搓弄那條衣帶，嗤嗤地笑。

我跟在主人身後，穿過籬笆破洞來到馬路上一看，大路上連個人影都沒有。只見主人拄著手杖，茫然佇立，活像被狐仙迷住似的。

當真理在我這裏，權力卻掌握在他人手中時，我不是委屈求全、唯命是從，就是得背著當權者的耳目，來貫徹自己的理論了。

我像之前一樣潛入金田家公館。

關於「像之前一樣」毋需多解釋，這詞無非是要表明已到了「屢次平方」的程度。做過一次，還想再來第二次；試過兩次，就想有第三次。這種好奇心不僅人類才有，貓也與生俱來這種心理上的特權，這點各位必須予以肯定。我們與人類一樣，當一件事反覆做了三次以上，就會被冠上習慣這個詞，進而轉化為生活中必要的一環。

若是有人懷疑我為什麼如此勤往金田家，那麼，我倒要先反問一句：為什麼人們要將煙從嘴裡吸進，又從鼻中吐出？人類既毫不羞恥、肆無忌憚地吞吐著這種既不能飽腹、也不能補血的東西，就別大聲指責我出入金田家這事。金田家就是我的香菸！

「潛入」這名詞有語病，像是在說小偷還是姦夫似地難聽，我去金田家，雖不是受邀去的，但也絕非是為了偷點鰹魚片，也不是要跟那隻眼鼻痙攣似皺成一團的母哈巴狗幽會。

你問我是不是當偵探去了？天大的笑話！若要說世上哪一種職業最不入流，我覺得莫過於當偵探和放高利貸的。

的確，為了寒月，我曾萌生一股貓族不應有的俠義心腸，一度偷偷去偵查金田家的情報。

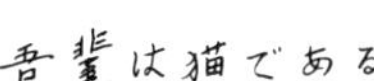

但也僅僅一次，之後就不曾再幹那種有辱貓族良心的卑鄙勾當了。也許有人會問「既然如此，那為什麼還要用『潛入』這可疑的字眼？」啊哈，這說來還挺有意思。本來嘛，依我的看法，天空之有，為覆萬物；大地之成，為載萬物——不論多麼固執己見的人，也不會否定這事實吧！試問他們人類又花了多少力氣在創造這片天地？豈不是一點棉薄之力也沒盡過？那麼沒道理將不是他們自己創造的東西據為己有吧？據為己有倒也無妨，但可沒什麼理由禁止他人出入。

在這片茫茫大地上築圍籬、豎立木樁、畫地為界，據為某某人所有，就好像要在蒼天上分地盤，對人宣布這部分是我的天、那部分是他的天一樣。

假如土地可以被切塊論一坪多少錢來拍賣，那麼我們所呼吸的空氣，也能被切成一尺見方的小塊來零售了？假如空氣不可零售、天空不該被劃界，那麼土地私有豈是合理的？正因我有這種觀點，也奉行此信條，所以想去哪兒就去哪兒。

當然不想去的地方我是不會去的啦！但若心之所向，管它東西南北，我無不從容前往。像金田家這種地方又何必客氣！

然而貓的悲哀就是，其力量畢竟抵不過人類。存於浮世間，甚且還有「強權即公理」這種格言，那麼就算我再有道理，一隻貓的議論依然是行不通的。若我硬要依自己的道理來行事，就會像車夫家的大黑一樣，怕會突然挨魚販一頓扁擔。

當真理在我這裏，權力卻掌握在他人手中時，我不是委屈求全、唯命是從，就是得背著當權者的耳目，來貫徹自己的理論了。而我當然選擇後者。由於不得不防著挨扁擔，因此我必須採取「潛入」的方式。進到人家宅裡既不礙著人家什麼，那我也就沒有不進去的理由囉！因之我「潛入」了金田公館。

隨著潛入次數增多，儘管我沒有當偵探的意思，但是金田家的全貌卻映入我不屑一顧的眼中，刻在我不願記憶的腦海裡。

例如鼻子夫人每次洗臉時，總是仔仔細細擦拭她的鼻子。富子小姐老是貪吃阿倍川年糕。還有金田本人——和太太不同的是，他是個塌鼻子。還不單鼻子塌，他整張臉都是扁的。扁平的程度讓人不禁疑心是否小時候打架，被孩子王揪著脖子狠狠往牆上撞過，才會導致四十年後的今天，他的臉依然標示著這段因果。他那張臉極其平穩、安全，但總覺得缺少變化。不管他怎樣暴怒，那張臉依舊「平板」。

這位金田先生吃鮪魚生魚片時，總是會啪拉啪拉拍著自己的禿頭。他不僅臉扁，個子矮，又喜歡戴頂高帽、腳踏高跟木屐。車夫覺得滑稽，將這些情形說給寄食門下的學生聽，學生還很佩服地說「對耶！你的觀察力好敏銳……」種種此事，不勝枚舉。

近來我從廚房後門旁穿過院子，隱身假山後面向前方眺望。若發現窗子緊閉、靜悄悄的，我便慢慢爬進去；若人聲嘈雜，或有被人從客廳看到的危險，那我就會繞到水池東側，從茅房邊趁人不注意時，自走廊地板下竄出。

我沒幹過壞事，用不著躲躲閃閃或害怕，但若在那裡撞上人類這種暴虐無理的傢伙，就只好自認倒楣。

若世人都是熊坂長範之流，那麼不論再怎樣德高望重的君子，也只能採取我這種態度了。金田先生是個堂堂的實業家，不必擔心他會像熊坂長範那樣，揮起五尺三寸的大刀。但據我所知，他有個毛病，就是不把人當人看。既然不把人當人看，自然也不會將貓當貓看。這麼一來，身為貓不論如何德高望重，在這宅邸也絕不可掉以輕心。正是不可掉以輕心這一點，激起了我的興趣。如此頻繁出入金田家，說不定純粹是為了冒險哩！這一點，請容我再多做思量，待能將貓腦的思維剖析透徹後，再向各位報告。

不知今天情況如何。我在那假山草坪上，前額貼地，眺望前方十五坪大的客廳，在三月陽春裡，窗門大開。屋裡金田夫婦正和一位客人聊得起勁。鼻子夫人的鼻子，正隔著池塘，盯住我的額頭。我被鼻子盯住，有生以來還是頭一遭。

金田先生正轉過臉面對客人。那張扁臉被遮住一半看不見，鼻子的狀態如何也無從得知。在我看得見的方位，花白鬍鬚雜亂叢生，可以想見鬍鬚上端應有兩個洞吧？我不免想像：如果春風吹拂過這麼一張平滑的臉，應該很輕鬆。

這三個人當中，客人的相貌是最平凡的。既然平凡，也就沒什麼值得介紹。平凡倒也不是

壞事，但過於平凡，以至登上平凡之堂入庸俗之室，那就可憐了。誰會帶著這麼一副無聊的尊容，降生於明治盛世呢？我照例鑽進走廊地板下，聽聽他們聊些什麼。

「……內人特地到他家了解過情況……」金田先生依然語氣粗野。雖粗野卻不凶惡，聲音和他的面孔一樣，平板無奇。

「是的，他曾教過水島先生……是的，好主意……是的。」那個滿嘴「是的」的人，便是客人。

「不過還沒弄出個頭緒。」

「嗯，問的是苦沙彌，難怪弄不出頭緒。從前他和我住同宿舍，就是個不乾不脆的傢伙，委屈您了吧？」客人望向鼻子夫人說。

「還問委不委屈！唉，我長這麼大，還沒在別人家受過這麼無禮的對待呢！」鼻子夫人依然氣呼呼地。

「不知道說了些怎樣無禮的話？他一向那麼頑固。看看他當教師，十年如一日教基礎課程就可見一斑！」客人隨聲附和。

「是呀，簡直不像話！內人不管問他什麼，他都回答冷淡……」

「豈有此理！人一有點學問，往往會變得傲慢；再加上貧窮，就更不服人……唉，世上這種無禮之徒可多著呢！他們不知自己無用，硬是對財主們破口大罵，彷彿別人的財產是從他們手裡奪去似的，真難以想像，哈哈哈……」客人顯得非常開心。

「真是可惡！這全怪他沒見過世面、太任性。該給他吃點苦頭，稍微教訓他一下……」

「理應如此。這完全是為了他好嘛！」客人還不知是怎樣的教訓，就先表示贊同了。

「不過鈴木兄，他實在很頑固啊！聽說他在學校也不理會福地和津木。本來以為他是不好意思才默不作聲，想不到最近他竟拎著手杖，追趕我家的學生。三十多歲的人了，唉，竟還幹出那種蠢事……我看他完全不顧形象，已經有點不太正常了！」

「咦？怎麼做出這麼野蠻的事呢……」連這位精明的客人也給弄糊塗了。

「據說，只是因為我家學生從他面前走過時說了些什麼，他便突然拎起手杖，光著腳追了出來。即使說了幾句，人家也不過是個孩子嘛！他可是個滿臉鬍鬚的大人，還是教師哪！」

「對呀！虧他是教師啊！」客人說罷，金田先生又複述了一次「虧他是教師啊！」。既然是教師，不論受到多大的侮辱，也應該像木頭人一般乖乖忍受，這是他們三人不約而同的觀點。

「除此之外，那個叫迷亭的也是個非常狂妄的傢伙，不正經地說一堆派不上用場的胡言亂語，我還是第一次碰上這麼怪的人哪！」

「啊，迷亭啊？看來他還是這麼愛吹牛啊，夫人也是在苦沙彌家見到他的嗎？碰上他可吃不消。從前我們曾一同自炊做飯，他很愛捉弄人，因此我常和他吵架。」

「像他那樣，換作誰都會生氣的。有時撒個謊倒也情有可原，比如礙於情面啦、不得不附和幾句啦，這種時候難免會扯些小謊。可是那傢伙，本來只要默不吭聲就沒事，他偏要胡說八道！這樣不是無法收場嗎？我真不明白，他到底是為了什麼，竟可以這樣睜眼說瞎話！」

「說得太對了。撒謊成了他的嗜好，真的很令人困擾。」

「我特地認真地去了解水島先生的情況，可是被攪得一團糟，不由得又氣又恨……既然到別人家了解情況，於情於理若對這份人情假裝不知，也說不過去，所以之後我打發車夫送一打啤酒過去。萬萬沒想到他居然說『我沒有理由接受這份禮品，拿回去！』車夫說『這是謝禮，還是請收下吧！』他卻說『不好吧，我天天吃果醬，從來不喝啤酒這種難喝的東西！』說完便轉身進屋。你瞧他多不講理，豈不太沒禮貌了嗎？」

「這太過分了！」客人這才打從心裡覺得過分了。

「因此今天特地邀你前來」金田先生停頓了一會兒，「那些混帳東西，本來暗中教訓他們一番就算了，只是，有點小麻煩……」金田先生像吃生鮪魚片時一樣，啪啪地拍打自己的禿頭。當然我因為在走廊地板下，他是否拍了禿頭，照理說我是看不見的。但他那拍打禿頭的聲音，最近我聽得很熟悉了。就像尼姑擅分辨木魚聲一樣，我雖然躲在地板之下，但只要聽到那種聲音，立刻就能認出那是金田先生在拍打禿頭。

「所以說，有些事情想麻煩您……」

「只要是我做得到的事，敬請吩咐，別客氣啊……不管怎麼說，我這一次能轉到東京工作，全承蒙您的費心啊！」客人欣然答應了。聽起來，這位客人也是金田先生栽培的人。

事情愈來愈有趣了啊。我只是因為今天天氣很好，本不想來卻還是來了，萬萬想不到會有這麼好的話題，簡直就像春分上山進香，還吃到廟裡小豆餡年糕一樣。我想知道金田先生拜託客人什麼事，於是在走廊地板下洗耳恭聽著。

「苦沙彌這個怪人，不知為何給水島出主意，暗示他不要娶金田小姐……說什麼鼻子之類……」

「豈止暗示！他說『天下哪有這種傻瓜要娶那傢伙的女兒！寒月，絕對不要娶她啊！』」

「他說那傢伙也太無禮了！他講這麼沒禮貌的話？」

「那還用說！車夫老婆都一五一十地來報過信啦！」

「鈴木君，怎麼樣？你都聽見了。很難對付吧！」

「真是的，這事件不同以往，外人不該插嘴才對，這點道理苦沙彌也該明白呀！到底怎麼一回事？」

「你學生時期曾和苦沙彌住在一起，不管現在怎樣從前也還算關係親密，所以才來拜託你。你見了他，替我好好曉以利弊好嗎？也許他會發火，但那是他自己不好，只要你心平氣和、用點技巧。但他要是依舊冥頑不靈，那我們也自有應對之道。總之他要是再那麼頑固，吃虧的

可是他自己。」

「是的，您說得千真萬確，頑固反抗對他只有壞處沒有好處。我會好好勸勸他。」

「再則，要向我家女兒求婚的人多得很，不是非嫁給水島先生不可。不過我們了解過後，漸漸覺得水島似乎學識和品格都還不錯。如果夠用功，不久後考上博士，或許有希望娶到我家女兒也說不定，這件事可以向他暗示一下。」

「這樣說話，他或許會鼓勵水島用功一點。好，就這樣！」

「還有，有件事我覺得真怪……我認為這與水島的身分實在不配，他口口聲聲稱苦沙彌為老師，苦沙彌說的話，他好像大多聽從，真麻煩。唉，不過我女兒也不是非水島不嫁啦，所以苦沙彌如何從中作梗，我也毫不在乎……」

「只是水島先生怪可憐的。」鼻子夫人插嘴說。

「水島這人我還沒見過。不過若能與府上結親，是他一輩子的福氣，他本人自然不會反對吧！」

「嗯，水島先生巴不得要娶，可是苦沙彌和迷亭呀，這些怪人總是在那邊攪局。」

「這就不對了。這不是受過相當教育的人應該做的事。等我到了苦沙彌家，會好好與他談談。」

「啊，那就麻煩你了。但說實在的，水島的事情苦沙彌最了解。上次內人前去沒能打聽清楚，希望這次你去，能將他的性情才德各方面情況仔細了解一番。」

「我知道了。今天是星期六，我待會兒就去，他應該已經回到家了。不過不知道他現在住哪？」

「從門前往右轉，走到盡頭，再往左走一百公尺左右，有一棟看起來快要倒塌的房子，外面是黑籬笆的那一家。」鼻子夫人說。

「那很近啊！等等回家路上順便過去看看，看到門牌應該就知道了。」

「門牌時有時無啊！大概是用飯粒黏在門上的吧，一下雨就會掉，晴天再黏上去。所以看門牌不準。他何必這麼麻煩，乾脆釘個木牌不就好了！真是陰陽怪氣的人。」

「真意想不到！不過有黑籬笆的快倒的房子，應該很好認吧？」

「對，這條街沒有第二家像它那麼髒的房子，很容易找到。啊，對對，如果這樣還找不到，還有一個好方法，只要找屋頂長草的那家就錯不了。」

「真是很有特色的房子。哈哈哈哈……」

我若不趁鈴木光臨之前趕回去，就趕不上好戲了。聽了這麼多的對話，應該也夠了。我順著走廊地板下往前走，從茅房繞到西側，再從假山後方走到大路，快步跑回屋頂長草的房子，若無其事地繞到走廊。

主人正在走廊邊鋪了塊白毛毯，俯臥於其中，讓春天的和煦陽光灑在他的背脊。陽光格外

地公平，不管是以屋頂雜草為記的破屋，還是金田宅邸的客廳，都一樣照耀得溫暖明亮。遺憾的是，那白毛毯毫無春意。

那張毛毯本來出廠時是織成白色，商店販售時也是白色，主人也因為是白色才買下——但那已是十二、三年前的事了，白色的年代早已逝去，如今已進入深灰色的時期。不知這條毛毯能否持續到變成暗黑色，這難說。那毛毯至今已被摩擦過幾萬遍，橫紋豎線清晰可見，稱為毛毯已名不副實，倒不如去掉「毛」字，直接叫「毯子」比較恰當。

不過照主人的意思，既已用了一年、兩年、五年、十年，那就得用一輩子了。真是不拘小節呀！如上所述，主人趴在那頗有來歷的毛毯上，雙手托腮，右手指縫間夾著香菸。雖然看似如此，但他長滿頭皮屑的腦袋裡，說不定有宇宙間的大道理正如火輪車般不停飛旋。不過從外表看來，是連作夢都想不到的。

香菸的火已漸漸逼近菸嘴，燒完的菸灰噗一聲地落在毯子上，主人卻視若無睹，只是死盯著煙霧的去向。

煙霧在春風裡，忽高忽低，畫出重重飄動的煙圈，落在妻子剛洗過的深紫色髮根——哎呀，應該先說說夫人的事，竟然忘了。

夫人屁股對著丈夫——什麼？她真是個沒規矩的妻子？說起來倒也沒什麼不規矩的地方。規矩不規矩，要看怎麼解釋。主人毫不介意地雙手撐著下巴，對著妻子的屁股。妻子若無其事

地將她莊嚴的屁股對著主人的臉，彼此都不覺得有什麼不規矩之處。他們倆結婚還不到一年，就已擺脫繁文縟節的羈絆，成為一對超然的夫妻。

這位屁股對著丈夫的妻子到底在做什麼呢？她趁今天天氣晴朗，用海藻和生雞蛋，將一尺餘長的黑髮好好梳洗一番，然後驕傲地將柔順的頭髮從肩上披散到後背，靜靜地縫製著小孩的背心。其實她是為了晾乾頭髮，才拿著薄毛座墊和針線盒來到走廊，又將屁股畢恭畢敬地對著丈夫的。不，也許是丈夫自己主動將臉湊向妻子的屁股所在也說不定。

剛才說的香菸的煙霧，在黑髮間飄呀飄。對這不意而來、煙霧蒸騰的景象，主人專心注視著。然而煙霧不會停在一處，它照著本質不斷向高處上升，主人如果想飽覽煙霧與黑髮纏綿的奇觀，眼睛就必須要隨之而動。主人首先從腰部開始觀察，沿著脊背，從肩頭落在頸子，越過頸子逐漸到達頭頂。這時主人不禁大吃一驚，與他訂下白頭偕老盟誓的妻子，頭頂竟有好大一塊圓形禿，而那塊禿處反射著和煦陽光，正閃閃發亮著。

無意中竟得來這樣意外的大發現，主人暈眩的眼裡流露出驚訝，不顧光線強烈，硬是睜大了眼呆呆盯著。

他發現這塊禿處時，首先在腦海裡閃現的是他家祖傳的明燈盤，在佛壇上不知放了幾代。他全家信奉真宗，真宗都會將與身分不合的金片掛在佛壇上。主人還記得，小時候在他家黑暗的倉庫裡，有一座鍍金大佛龕，佛龕裡總是吊著一只黃銅燈盤，燈盤裡大白天也點著朦朧燈火。

那裡四周昏暗，惟有這只燈盤鮮明閃亮著，因此他小時候不知道看過多少遍。現在這些記憶，因為妻子的禿頂，才突然又被喚醒，驀然閃現了！回憶中的燈盤不到一分鐘便熄滅。

這時主人又想起觀音寺的鴿子，觀音寺的鴿子與夫人的禿頂看似毫無關聯。但在主人腦海裡，兩者間卻出現了密不可分的聯想。一樣也是小時候，他每到淺草一定會買豆子餵鴿子。豆子每盤兩枚文久錢，裝在紅瓦器裡。那瓦器不論色澤、大小，都和夫人的禿頂很相似。

「真的太像了。」主人感動地說。

「什麼？」夫人沒轉身就問。

「還問什麼？妳頭頂上有一大塊禿了，妳知道嗎？」

「知道啊。」夫人回答，手裡依然忙著針線，絲毫沒有因為暴露缺點而惶恐，真是個超然的模範妻子。

「是出嫁時就有，還是婚後才禿的？」主人問道。他嘴上不說但心裡卻想著：如果是婚前就有，那就是自己被騙了啊。

「不記得是什麼時候出現的。管它禿不禿，有什麼關係！」她很想得開。

「沒關係？那可是妳的頭呀！」主人有些發火。

「正因為是我自己的頭，才沒關係啊！」嘴上這麼說，但看來開始在意了。她把右手放在頭上，畫著圓圈搓著那塊禿處。

「哎呀這麼大啦，本來以為不至於這樣。」由此可見，她總算意識到以自己的年齡而言，這塊禿處的確有點太大。

「女人一挽髮髻，那地方就會被拉緊，任誰都會禿的啊。」她為自己辯解。

「若是以這種速度禿下去，到四十歲絕對禿光的。那一定是病，說不定還會傳染，趁早給甘木醫生看看吧。」主人說著，不停往自己頭頂摸來摸去。

「光說別人！你還不是鼻孔裡長了白毛？要禿頭是會傳染，白毛也會傳染吧！」夫人憤憤地說。

「鼻孔裡的白毛看不見，所以無害。而頭頂，尤其年輕女人的頭頂，禿成那個樣子真難看。那是殘疾呀！」

「既然是殘疾，為什麼要娶我？是你自己喜歡才娶我的，現在卻說什麼殘疾……」

「我之前又不知道！今天才知道得啊！還那麼神氣，為什麼出嫁時不讓我看看頭頂？」

「說什麼話！哪裡有人先檢查頭頂，合格了才嫁的？」

「禿還可以將就，可是妳又特別矮，這樣很難看！」

「身高不是一眼就可以看出來的嗎？你當初不是明知我矮，也心甘情願娶我回家嗎？」

「知道是知道，不過我以為妳還會長高，所以才娶的呀！」

「都二十歲了，哪還能長高？欺人太甚！」夫人將小孩背心一扔，轉過身來面對著主人。

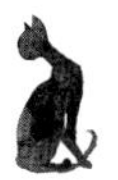

看那架勢，好像是說「要是再胡說，她不會善罷甘休」。

「人到二十歲就不會再長高？哪有這種道理？我還以為妳過門後，吃些補品的話，會再長高一點呢！」主人一本正經地說出怪誕的道理。

這時門鈴大響，有人正叫著門。鈴木先生終於銜命造訪苦沙彌先生的臥龍窟了。

夫人只好改日再與他理論，拿起針線和小孩背心躲進飯廳裡。主人也捲起鼠灰色毛毯扔進書房。

不一會兒，主人看了女傭拿來的名片，有些驚訝。他吩咐她帶他進來，手卻拿著名片走進廁所。他為什麼突然想上廁所？真令人不得其解。他又為什麼將鈴木藤十郎的名片拿進廁所？這更難以解釋，反正最困擾的一定是奉陪進廁所的名片。

女傭在壁龕前擺好坐墊，說聲「您請」後告退。

鈴木先生環顧室內一番。但見壁龕裡掛著一幅木庵的假字軸《花開萬國春》，和一個插著春櫻的京都廉價青瓷花瓶。往女傭安放的那張坐墊一看，上頭不知何時居然出現一隻貓，旁若無人地端坐著。不用說，那貓正是我！

鈴木先生心中剎那間掀起波瀾，但並沒有表現在臉上。這個坐墊毫無疑問，是給鈴木先生鋪的。給自己鋪的坐墊，自己都還沒坐下，卻莫名其妙地有隻動物，泰然自若地盤踞在那，這是破壞鈴木內心平靜的第一因素。

如果鈴木先生是為了略表謙遜之意，在主人尚未請他就坐之前，就讓這張坐墊無人落坐，空在那裡，任春風吹拂。那麼，這坐墊也就必須暫且在堅硬的床席上等候。然而，在遲早屬於自己的坐墊上，誰可以不打聲招呼就坐下？若是人或許還可以忍讓，但如果是貓，還真是豈有此理。這令鈴木先生更加不快，這是破壞他內心平靜的第二因素。

最後是這貓的態度更惹他生氣，不僅沒有絲毫抱歉的樣子，反而以傲然的姿態，蹲在那無權占據的坐墊上，眨著令人生厭的圓眼，望著鈴木先生的臉似乎在問「你是什麼人？」這是破壞他內心平靜的第三個因素。

如果這麼不開心，大可掐住我的脖子拉下去，但鈴木先生卻默默看著。堂堂人類一分子，當然不是因為怕貓而不敢動手，若問他為什麼不盡快處置貓，以洩心中不滿？我看完全是出於人類維護自己體面的自尊心。若訴諸武力，三尺孩童也能輕易對付我。但以體面為重這點出發的話，即使是金田先生的心腹鈴木藤十郎，也對我這隻端坐在二尺見方坐墊上的貓神無可奈何。

在沒人看見之處與貓爭奪座位，多少有損人類尊嚴。但如果認真起來和貓爭個曲直，總有失男子氣概而顯得滑稽。為了避免這種不光彩，也只得忍耐了。

然而正因必須忍耐，他對貓的憎惡自然也就增加了。鈴木一再用不滿的臉望著我，而我卻覺得鈴木先生那張臉很滑稽壓抑著笑，盡量裝作若無其事。

就在我和鈴木先生表演這幕啞劇之時，主人終於整裝從廁所裡出來，「喔！」地打個招呼便坐下，但手裡那張名片已不見蹤影。

看來鈴木藤十郎的大名已被處以無期徒刑，關進糞坑裡了。我正在想這張名片有多倒楣時，主人已揪住我的後頸罵了聲「這傢伙」，將我摔到走廊。

「來請坐，真是稀客啊！幾時到東京的？」主人說著，向老朋友勸坐。鈴木將坐墊翻個面然後坐下。

「一直在忙，也沒打個招呼。老實說，最近我已經調回東京的總公司了。」

「那太好了。很久不見啦！自從你去鄉下以來，這還是第一次見面吧？」

「嗯，將近十年啦！唉，後來雖然常常到東京，但一直忙於公務，始終未能來拜訪，切莫見怪。畢竟與老兄的職業不同，公司的工作忙得很哪！」

「過了十年，你變化很大呀！」主人上下打量著鈴木先生。

鈴木先生頭髮分得很漂亮，穿的是英國製毛料西裝，繫的是華麗領帶，胸前掛一條閃亮金鏈。無論如何也叫人不敢相信，他居然是苦沙彌的舊友。

「就連這個，也非戴上不可呢！」鈴木頻頻引人欣賞他的金鏈。

「這是純金的嗎？」主人問得十分冒昧。

「是十八K金呀！」鈴木先生笑著回答說「你也不小了啊！應該有孩子了吧？一個？」

「不！」

「兩個？」

「不！」

「還有？那麼，三個？」

「嗯，三個。不知以後還會有多少！」

「還是那麼愛開玩笑。最大的幾歲？不小了吧？」

「呵，我也搞不清幾歲，約莫六、七歲吧！」

「哈哈……當教師可真逍遙自在，不拘小節。我也當教師好了。」

「你當當看吧，不出三天就會厭煩的。」

「是嗎？不是說，清高、快活、悠閒，只要好好讀書就好了？這不是很好嗎？當個實業家其實也不壞，但是我們就是做不來。要就要爬到頂端才行，不然在下面做事，就得到處做些無聊逢迎，或陪人喝酒，很蠢啊。」

「我學生時候就非常討厭實業家。只要有錢，他們什麼事都幹得出來。正如古代武士所說：市井小人！」主人竟當著實業家的面指桑罵槐。

「可是……話也不能這麼說。有些地方雖有點不體面……總之如果不下定『人為財死』的決心，是幹不來這一行的。不過錢這玩意也真壞。剛才我還在一位實業家那裡聽說，要想發財

也必須應用三角[9]學呢！去義理、去人情、去廉恥——這樣就形成「三角」！很有趣吧！哈哈哈哈哈哈……」

「是哪個笨蛋說的？」

「他不是笨蛋。是個很精明幹練的人，在實業界頗有名氣，你不知道嗎？就住在前面那條巷子裡。」

「金田？他算什麼東西！」

「你生氣啦！不過是開個玩笑。意思是不這樣做就別想賺錢。你那麼認真解釋可就糟了。」

「三角學開開玩笑倒無所謂。可他老婆的鼻子是什麼東西啊？你既然去過，應該見過那鼻子吧！」

「金田太太呀，她可是一位很通情達理的人呢！」

「鼻子！我指的是她的大鼻子！不久前我還為她的鼻子寫了一首俳句呢！」

「什麼？什麼是俳句？」

「連俳句都不懂？你也太無知了。」

「啊，像我這樣的忙人，對文學畢竟是外行呀！何況從以前我就不是很喜歡。」

「你知道查理曼大帝的鼻子長得什麼樣嗎？」

「哈哈……真是悠哉啊。我不知道啊！」

「威靈頓的部下給威靈頓起了個『鼻子』的綽號，你知道吧？」

「你怎麼這麼關心鼻子？管他是圓還是尖，不都很好嗎？」

「絕非如此，你知道巴斯卡嗎？」

「這你又知道了嗎？簡直像來考試似的。巴斯卡又怎麼啦？」

「巴斯卡是這樣說的。」

「說什麼？」

「如果克麗奧佩特拉的鼻子稍微短一點兒，就會給全世界帶來巨大的變化。」

「是嗎？」

「因此，像你那樣瞧不起鼻子，那可不行喲！」

「啊，好吧好吧，言歸正傳！我這一次來，是有點事要麻煩你——聽說你以前教過……水島……水島嗎？一時想不起這個名字，聽說他常到你這兒來。」

「是寒月嗎？」

「對對，寒月。我就是為了解他的情況才來的。」

「是為了婚事嗎？」

9 三角：日文中「去除、打破」音同「角」。

「嗯算是吧，我今天到金田那裡……」

「前些天，鼻子已經親自出馬了。」

「是呀，金田太太也這麼說。她想向苦沙彌先生請教一番，可是碰巧迷亭也在，胡說八道地搞得亂七八糟。」

「要就怪她帶那麼大個鼻子來。」

「哎呀她可沒怪你的意思呀！她說上次因為迷亭在場，不便細細打聽，覺得很遺憾，所以托我再來一次好好地問問。我從沒幫過這種忙呢！但如果男女雙方都不嫌棄，我從中撮合一下倒也不是件壞事。所以我就來了。」

「辛苦啦！」主人冷冷回答。

但他聽了「男女雙方」這個詞兒，不知怎麼心裡竟為之一動，宛如悶熱的盛夏之夜裡，一縷清風襲進袖口。主人是個由粗俗、固執和無聊製成的人，但話說回來畢竟還是與冷酷無情的文明產物有所不同。

他常常無端惱火、怒氣沖天，但也非不分青紅皂白的人。前些天他之所以和鼻子吵架，是因為看那只鼻子不順眼，鼻子夫人的女兒倒沒得罪他什麼。他討厭實業家於是也討厭身為實業家的金田，但這與金田小姐本人畢竟沒有任何關係。他和金田小姐毫無恩怨，寒月又是比自己手足還疼愛的門生。如果像鈴木先生所言，男女雙方情投意合，要是間接破壞了，絕非君子

之所為——苦沙彌先生依然覺得自己是個君子——如果男女雙方情投意合……不過問題就在這裡。對於這次的事件，若想改變態度首先必須弄清真相才行。

「你是說，那位小姐願意嫁給寒月嗎？金田和鼻子怎麼想暫且不管，小姐本人的意思如何呀？」

「這個嘛……怎麼說呢……據說……嗯，大概願意吧！」鈴木先生回答得有些曖昧不清。本來他是來了解寒月先生情況的，能夠覆命也就大功告成了，小姐的意願他還不曾問過。因此儘管是八面玲瓏的鈴木先生，仍不免有些狼狽。

「大概？這太含糊了！」主人毫不理會，正面猛攻不善罷甘休。

「不，這不該由我來說。小姐確實有意。呃，是完全有意呀……唔？太太對我說過，據說她常常罵寒月先生呢！」

「那位小姐？」

「嗯！」

「豈有此理，還罵人！這不是表明她對寒月沒意思嗎？」

「妙就妙在這裡啦！世上就是這麼奇妙，有些人對自己喜歡的人罵得更凶呢！」

「哪有這樣愚蠢的人？」主人聽見這番對世態人情觀察入微的話也毫不理解。

「世上這種愚蠢的人多得很，有什麼辦法。剛才金田太太也這麼解釋，小姐平常只要碰上

什麼不順心的芝麻小事，就說寒月的不是，這正說明她心裡一定很掛記著寒月呀！」

主人聽了這番離奇的解釋感到很意外，睜大眼睛卻默不作答，活像路邊的算命先生似地盯著鈴木。鈴木似乎察覺再這樣下去，弄不好會白跑一趟。於是，他將話題轉到連主人也可以做出判斷的地方。

「你想想就會明白。小姐有那麼多的財產，長得又漂亮，要嫁個好人家一點也不難吧？寒月先生也許很了不起，但提起身分……不，說身分有點不對，但從財產方面來看，任誰都會覺得他們二人並不相配。儘管如此他的父母仍費盡心機，為了這事特地要我走一趟，這不正表示小姐對寒月有意思嗎？」鈴木編了個很中聽的理由加以說明。

這下子主人似乎懂了，鈴木總算放下心。但他明白在這關鍵時刻若稍有大意，仍有遭突襲的危險，不如加快速度盡快完成使命，才是萬全之策。

「這件事嘛，正像我剛才說過的，對方表示什麼金錢、財產都一概不要，但要求寒月能夠取得資格——所謂資格就是指頭銜吧！倒不是說小姐擺什麼架子，只有當上博士才肯嫁，請不要誤會。上次金田太太來，因為迷亭兄在場鬼話連篇，喔這不怪你！太太還誇你是一位正直坦率的好人哪！那一次全怪迷亭！對方說寒月如果成了博士，女方對世人也就有所交代，比較體面。怎麼樣？短期內水島先生就能提出博士論文，爭取個博士學位嗎？哎呀其實金田一家並不在乎什麼博士、學士的，都是因為世人的眼光嘛，不能那麼隨隨便便。」

聽他這麼說，對方要求有個博士學位也不無道理。既不無道理，就該同意依照鈴木要求的意思去辦。主人的死活似乎操在鈴木先生的手裡了，果然是個單純又坦率的人。

「既然如此，下次寒月來我勸他寫篇博士論文吧！不過寒月到底想不想娶金田小姐，必須先問個清楚。」

「問個清楚？你要是那麼鄭重其事，是辦不好事情的。還是在平常閒談之中有意無意試探一下，才是捷徑。」

「試探一下？」

「嗯，說試探也許有點語病。不必試探，談話當中自然就會清楚了。」

「你也許會清楚，可是我不問個水落石出是不會清楚的。」

「不清楚也沒什麼關係，但是像迷亭那樣搗亂破壞可就不好。這件事即使不成全，也要尊重男女雙方的意願。下次寒月來，盡可能別去阻撓。這不是說你，是說迷亭，他要是一開口就無論如何也沒希望了。」迷亭成了主人的替死鬼代他挨罵。正如俗話所說「說曹操，曹操到。」迷亭先生一如往常從後門飄然而至。

「啊，稀客啊！像我這樣的常客苦沙彌總是隨便招待。看樣子最好十年登門一次比較好。這份點心比平常高級多了啊。」說著，迷亭隨手將從藤村點心鋪買來的羊羹往嘴裡塞。

鈴木先生坐立不安，主人笑嘻嘻地，迷亭嘴裡嚼得勤快。

我從走廊欣賞這一瞬間的光景，覺得完全可以構成一幕默劇。若說禪家無言問答，是以心傳心，那麼這一幕默劇分明是以心傳心的一齣。劇雖極短，卻極其精彩。

「我還以為你這輩子都會待在外地，想不到又回來了。人只要活得夠久，總會走運的。」迷亭對鈴木說話也像對主人一樣，根本不懂得何謂客氣。儘管從前是一起煮飯共食的老友，十年沒見了總該有點拘束，但迷亭先生卻不會，真不知是聰明還是愚蠢。

「說得這麼可憐，我還不至於那麼倒楣吧！」鈴木的回答不慍不火，但有些沉不住氣，神經質地搓弄著那條金鏈。

「喂，你坐過電車沒？」主人突然對鈴木提了個怪問題。

「看來我今天似乎是為了接受各位的嘲弄而來的呀！我再怎麼土裡土氣，可也是在街鐵公司[10]有六十張股票呢！」

「這麼少！我有八百八十八張半的股票，遺憾的是全被蟲子蛀了，如今只剩下半張。如果你早點來東京，趁蟲子沒蛀掉還可以送你十張。真可惜喔！」

「你講話還是那麼刻薄啊！不過玩笑歸玩笑，只要手裡有那種股票的話，是不會吃虧的，股票年年漲呀！」

「對呀！即使只有半股，過了一千年也可以蓋上三座倉庫了。你我在這方面可都是道道地地的當代才子嘛！不過談起這些，苦沙彌就可憐了。說到股票他可什麼都不懂，和一顆蘿蔔沒

兩樣。」說著他又伸手吃起羊羹。主人在迷亭食欲的影響下，也不自主地將手伸向點心盤。看來世上對萬事積極的人，都有讓他人隨之模仿的力量。

「股票的事管它呢！哪怕只是一次，我還真想讓曾呂崎坐坐電車。」主人悵惘望著羊羹上留下的齒痕。

「曾呂崎要是坐電車，每次一定都坐到品川下車。倒不如好好當他的天然居士，將名號刻在壓醃菜缸的石頭上，還比較安全。」

「聽說曾呂崎已經死啦！真可憐。他是個聰明的人，太可惜了。」鈴木說罷迷亭立刻接著說：「雖然聰明，燒飯的技術卻最差。每次輪到他做飯時，我總是得去外頭弄點蕎麥麵吃。」

「真的，曾呂崎做的飯又糊又焦，中間又沒全熟，我也吃不下。而且不炒菜，只給你吃生拌豆腐，又冰又冷怎麼吃得下？」鈴木也從記憶深谷中喚醒十年前的舊怨。

「苦沙彌從那時就和曾呂崎結為摯友，每晚一起出去喝小豆湯，如今成了慢性胃炎，真是活受罪哪！說實在的，苦沙彌吃小豆湯吃得比較多，照理說應該比曾呂崎早死才是啊！」

「這是哪來的道理啊！我吃小豆湯算什麼。不想想你自己美其名說要運動，其實每天晚上拿著竹刀到後面墓地敲打石碑，還被和尚發現挨了頓罵！」主人也不甘示弱揭迷亭的瘡疤。

「啊哈哈哈哈對呀對呀！和尚說『你敲死人的頭會妨害他們安眠，住手！』不過我是用

10 街鐵公司：東京市街鐵道株式會社的簡稱。一九〇三年九月始通行數寄屋橋與神田橋之間。

竹刀，而這位鈴木將軍卻是空手與石碑相撲，推倒了大大小小三座石碑呢！」

「那時候和尚生氣可真嚇人，非要我恢復原狀不可。我說等我雇幾個搬運工人，他說『不許雇人！為了表示懺悔必須親自把石碑扶起，否則就是有違佛旨。』」

「那時你醜態畢露。上身穿件白棉衫，下身紮了個丁字兜襠布，站在雨後的水坑裡唧唧嗚嗚……」

「你還若無其事地在寫生，真是過分！我這個人平常不輕易發脾氣，可是那時心想：你真是太無情了。還記得你說過什麼話嗎？」

「十年前說過的話誰還記得？我只記得那座石碑刻的字是『歸泉院殿黃鶴大居士永安五年辰正月』，那座石碑古色古香，我搬家的時候甚至還想偷走它。那真是一座合乎美學原理，頗具歌德風格的石塔呢！」迷亭又在賣弄他的美學。

「你那時候說『我是專攻美學的，所以必須把天地間一切有趣的事物，盡可能全都描述下來，以供將來參考。我是個忠於學業的人，可憐可悲等等私情的話，都不應出之於像我這樣忠於學問者之口。』你說得這麼從容不迫，我心想此人真是太不近人情了，便用沾滿泥巴的手把你的寫生簿撕碎了。」

「從那時起，我那前途無量的繪畫天分便遭到摧殘，就此一蹶不振。就是被你斷送的，我恨你。」

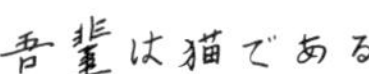

「別胡說！我才恨你呢！」

「迷亭從那時就愛吹牛。」主人吃光了羊羹再度加入兩人的談話「答應的事從不履行，責怪他也絕不認錯。當寺院裡紫薇花正盛開時，迷亭說他要在紫薇花飄零以前，寫出一部有關美學原理的著作。我說不可能，你絕對寫不成的，迷亭說『別看我這樣，人不可貌相。你要是不相信，那打個賭好了！』我信以為真便打賭誰輸誰請客，到神田區去吃西餐。我雖然是因為覺得他一定寫不出什麼著作才打賭，但內心還是七上八下，因為我可沒有吃一頓西餐的閒錢。不過迷亭絲毫沒動筆寫稿的意思。七天過去了，二十天過去了，他一篇也沒寫。紫薇花逐漸飄零，終於連一朵花也不剩，他仍未動筆。我心想『這頓西餐吃定了。』便找了間西餐廳催他履行約定。不料他竟裝瘋賣傻，根本不理我！」

「這次又編了些什麼理由？」鈴木先生火上加油說。

「哼，真是厚顏無恥的傢伙！他嘴硬說『我沒別的能耐，但論意志絕對不輸你！』」

「我一頁也沒寫嗎？」迷亭先生對自己提出了疑問。

「那還用說！那時你還說『我的意志是絕不輸任何人的，遺憾的是我的記憶比別人壞上一倍。我想寫美學原理的意志很堅定，但對你表示後的第二天就已經忘得一乾二淨了。因此沒能在紫薇花飄零以前完成我的著作，這是記憶之罪而非意志之罪。既非意志之罪，也就沒有請你吃西餐的理由。』」

「原來如此，完全充分發揮了迷亭兄最突出的特色呢，真有意思！」鈴木先生莫名覺得有趣，語氣和迷亭不在時迥然不同，這也許是聰明人的特色吧！

「有什麼有意思的！」主人似乎還在生氣呢！

「那件事我真的很抱歉，所以為了補償您，我不是天南地北到處尋找孔雀舌了嗎？請您稍安勿躁等好消息吧！不過說到著作嘛，我今天可帶來個一大奇聞喔！」

「你這個傢伙每次來都說有奇聞！別上當！」

「不過今天的奇聞可是貨真價實、童叟無欺。你知道嗎？寒月君已動筆寫博士論文了。寒月這人那麼喜歡擺架子誇耀自己，怎麼會花力氣去寫什麼博士論文呢？看來終究逃不過女色這一關，多麼滑稽啊！喂，你可以去通知鼻子夫人了，說不定他正在做橡實博士的美夢哪！」

鈴木聽到寒月的名字，便直用下巴和眉眼暗示主人別說，主人一點也不懂。剛才他與鈴木見面時，聽了鈴木的說法，一時覺得金田小姐怪可憐的。可是剛才聽迷亭提到鼻子，又想起前幾天和鼻子吵架的事覺得又好笑又懷疑。然而寒月動手寫博士論文這可是頭條新聞，正如迷亭自誇的一般，是近來的一則特大奇聞啊！豈止是奇聞，是可喜又鼓舞人心的奇聞啊！

主人認為要不要娶金田家女兒已經不要緊了，寒月能當上博士就好。

他覺得像自己這樣做壞了的木頭人，就算被放在佛具店角落，只要不被蟲蛀到，就算沒上色、沒完工，也沒什麼好遺憾，但寒月這件雕工精美的佛像，還是儘快鍍上金箔好。

「真的開始寫論文了嗎？」主人不理鈴木的暗示熱情問道。

「你這人真是多疑呢……他的主題原本是橡實或是上吊力學，但這還不大清楚。總之這是寒月的事，鼻子一定會很高興啦！」

從剛才就一直聽迷亭毫不客氣地口口聲聲叫鼻子鼻子的，鈴木已顯得侷促不安。但迷亭毫未察覺，依然一派輕鬆。

「那之後我又繼續研究鼻子。最近在《特利斯特藍．香迪》這本小說裡，發現有關鼻子的論述。如果金田太太的鼻子被史特恩瞧見，一定會成為創作的好材料吧！真遺憾哪，鼻子有名垂千古的充分資格，但卻懷才不遇地埋沒終生，真令人惋惜呀！等她下次再來，我一定給她畫一幅素描，供美學參考。」迷亭依然信口開河。

「不過聽說那位小姐想要嫁給寒月呀！」主人把剛才從鈴木口中聽來的話說了出來。鈴木頻頻給主人使眼色，而主人卻像個絕緣體般完全沒接收到。

「多奇怪！那種人的女兒會喜歡上別人？不過大概不是什麼厲害的戀情，充其量也只是『鼻戀』而已吧！」

「就算是鼻戀只要寒月肯就好啊。」

「肯就好？前幾天你不是大力反對嗎？今天怎麼心軟了？」

「不是心軟，我絕不是心軟只是……」

「只是什麼？喂鈴木，你也算是實業家當中吊車尾的人士之一，為了做參考你也說說看啊！話說那位金田某某，這位某某人的女兒要高攀天下聞名的秀才水島寒月，當他的夫人，這簡直是癩蛤蟆想吃天鵝肉！所以我們做朋友的總不能坐視不管。就算是你這位實業家，也不會有異議吧？」

「你還是一樣精力充沛，真不錯！老兄和十年前一點都沒變，真了不起！」鈴木想巧妙地敷衍過去。

「既然被誇了不起，那就要表現一下我的淵博學識囉！以前古希臘人非常重視體育，所有競技項目都設有重賞，以示獎勵。怪的是，惟獨對學者的知識卻從未給予獎賞，至今仍百思不得其解。」

「的確有點奇怪。」鈴木只管隨聲附和。

「終於在兩、三天前我研究美學時，突然發現了其中的緣故，多年的疑團瞬間冰釋，茅塞頓開、恍然大悟，直達歡天喜地之境。」

迷亭的話實在誇張，就連能言擅道的鈴木先生也流露出招架不住的神色。主人料想又是一場雄辯，便低著頭用象牙筷子鏗鏗敲打著點心盤，只有迷亭洋洋得意，侃侃而談。

「你們猜，這位闡釋矛盾現象、解我千載疑惑，把我們從黑暗深淵中拯救出來的人是誰？那就是號稱人類文化史上最偉大的學者，古希臘哲學家，逍遙派始祖亞里斯多德。他說……

喂，不要敲點心盤，專心聽！他們希臘人競技中所獲的獎品，遠比他們表演的技藝還要貴重。因此獎品才成其為褒獎和鼓勵的手段。但說到學識呢？若要送點什麼來獎勵學識，那就必須是遠比學識價值更昂貴的獎品才行。然而世上可曾有比學識更貴重的珍寶？當然沒有。如果給予拙劣的東西，只會有辱學識尊嚴。即使堆積萬兩金箱如奧林匹克山那般高，或是傾盡克羅伊索斯之富，也要對學識付以相當的獎賞。後來他們想來想去，始終想不出有什麼能與學識相稱，於是幹脆什麼也不給了。由此可見，金銀財寶終究比不上學識！信服這個真理，才能解決現實問題。

金田不是個見錢眼開的傢伙嗎？打個比喻來說，他不過就是一張活動鈔票罷了。小姐既是活動鈔票的女兒，頂多不過是一張活動郵票！相反地，寒月又如何呢？他以第一名畢業於最高學府，而且祖上征討長州時繫過戰袍的衣帶，總是毫不厭煩地繫著，並日以繼夜研究橡實的硬度。他並不滿足現狀，近日還將發表足以勝過凱爾文爵士的大論文。他雖曾在吾妻橋誤演投河醜劇，但這是熱血青年常有的衝動行為，絲毫無損他的學者身分。若以迷亭流的比喻來評價寒月的話，他就是一座活動圖書館，是用知識鑄成的二十八厘米炸彈。這顆炸彈，一旦時機成熟就會在學術界爆炸。要是爆炸的話……一定會爆炸吧……」說到這裡，迷亭已想不出什麼了不起的形容詞了，稍有虎頭蛇尾之嫌。但他卻又說了：「活動郵票嘛，就算幾千萬張也微不足道，因此寒月絕不能配那麼不相稱的女人。我不同意！就像百獸之中最聰明的大象，要與最貪婪的

豬結婚。是吧？苦沙彌兄！」迷亭說罷，主人又靜靜地敲著點心盤。鈴木先生有點洩氣地說「也不至於這樣吧？」

剛才他已說了不少迷亭的壞話，如果這時又說些沒經過思考的話，像主人那樣不按牌理出牌的人，不知道又會揭出什麼呢！還是盡可能識相一點，避開迷亭的詞鋒，平安渡過方為上策。

鈴木是個聰明人，他認為當今世上應盡量避免不必要的反抗；無用的爭辯，是封建時期的遺物。人生的目的不在口舌，而在於實踐。

如果事情能夠如願以償地順利進展，也就成了人生目的。若是沒有辛勞、憂心和爭論，事情又能順利進展，那更是以極樂主義完成了人生目的。

鈴木畢業後，就靠奉行這極樂主義而成功，因此掛上金錶鏈、接受金田夫婦的委託，又靠這極樂主義順利說服了苦沙彌，使這件事十之八九穩操勝算。

但就在此時，偏偏闖進來一位無法以常規判斷的迷亭，令人懷疑他是否具有不同於平常人的特異功能。由於來得突然，鈴木也有點驚慌失措了。發明極樂主義的是明治的紳士，實踐極樂主義的是鈴木藤十郎，如今使極樂主義陷於困境的，也是鈴木藤十郎。

「那是因為你一無所知，才能裝模作樣地說『不至於這樣吧！』一反常態地寡言少語，擺出一副自制的樣子。如果你見過前些天鼻子夫人駕到的場面，就算是你這個偏袒實業家的人，也肯定會知難而退的。是吧苦沙彌兄？你不也大戰了一場嗎？」

「儘管如此我的名聲可比你好聽多了！」苦沙彌說。

「啊哈哈哈哈，真是個過度自信的傢伙。如果不是這樣的話，因為 savage tea 被學生和老師嘲笑的時候，你怎麼還會有臉在學校進進出出呢？我的意志決不輸別人，但這麼厚顏無恥我還是做不來，真是佩服之至呀！」

「學生和老師說說閒話有什麼好怕？聖布甫這位冠古絕今的評論家，在巴黎大學講課時卻極不受歡迎。聽說他為了對付學生的攻擊，外出時一定身懷匕首，作為防身之用。布寧提耶也在巴黎大學攻擊左拉的小說……」

「你又不是什麼大學教授！頂多是個教英語讀本的老師罷了。這樣引用世界文豪為例，好像小泥鰍混充大鯨魚，說這種話會更遭人恥笑啊！」

「閉嘴！聖布甫和我同樣都是學者啊！」

「喔，好大的學問呀！不過走路時身懷匕首可不安全，還是不要模仿的好。如果大學教授帶匕首，那麼教英語讀本的教師只要帶一把小刀就行了。不過刀劍還是危險，不如到商店街去買把玩具槍，背著走路比較好，而且可愛又好看，是吧！鈴木兄？」鈴木終於覺得談話已經逐漸脫離金田事件，這才鬆了口氣。

「你還是那麼天真活潑。十年來第一次與你見面，彷彿從狹隘的小巷走進遼闊的原野。我們同行間的談話，一點也疏忽不得，不論說些什麼，都要提防著點兒，提心弔膽地真是苦惱！

說話不必怕得罪人，真是再好不過了。與以前學生時期的老朋友聊天真是無拘無束，太好了。啊今天巧遇迷亭君真得太開心了，我還有點事，先就此告辭。」鈴木說完便站了起來。

迷亭說：「我也要走了。我必須去日本橋演藝風紀會一趟，我們一起走到那吧！」

「好啊，久違地一起散散步吧！」便二人攜手一起回家。

世上有所謂「貓戀」這樣的有趣俳句季語。早春時節的夜晚，街上的貓同胞們四處奔走求偶，吵得人們不得安眠，但我還不曾發生過如此的心理變化。

## 5

若將一天二十四小時所發生的事，毫無遺漏地記述下來、加以閱讀的話，恐怕至少也要費時二十四小時吧。我再怎麼提倡寫生文，也不得不坦白承認，這畢竟不是貓能力所及的。儘管我家主人整天都在耍一些值得細細描述的奇談怪行，我卻沒有能力和耐性逐一向讀者報告，真是遺憾之至。縱然遺憾，卻也莫可奈何。對貓來說休息是很重要的啊。

鈴木君和迷亭君離去之後，寂靜得猶如冬夜寒風乍止，雪花紛紛飄落。主人照例鎖在書房裡，孩子們在六坪的小房間並枕而眠，隔著一道九尺長紙門的坐北朝南房間裡，夫人正躺著給虛歲三歲的老么餵奶。

櫻花時節的陰天天黑得很快，大門外行人們的木屐聲清晰地響徹室內，鄰街公寓裡笛聲時斷時續，不時輕輕騷動昏昏欲睡的耳膜，室外想必已經暮色昏黑了。

晚餐是燉煮半片和醬煮鮑魚貝，肚子也需要休息一下。

若稍加注意，便會知道世上有所謂「貓戀」這樣的有趣俳句季語。早春時節的夜晚，街上的貓同胞們四處奔走求偶，吵得人們不得安眠，但我還不曾發生過如此的心理變化。

戀愛本是宇宙的生命力來源。

上自天神宙斯，下至土中鳴叫的蚯蚓，莫不為之心神憔悴，此乃萬物之常情。吾等貓輩，當然也有這種春心騷動不安的風流事。回首過去，我也曾苦戀過三毛子。

據傳聞所說，三角主義創始人金田老闆的千金，就是那位大啖阿倍川年糕的富子小姐，也曾經熱戀過寒月。普天下的雄貓雌貓，在一刻千金的春宵裡繾綣纏綿、狂奔亂竄，我從不將那視為自尋煩惱而瞧不起他們。不過無論怎麼勾引我，我都沒興趣。我現在目前只想休息，這麼想睡，怎麼能談情說愛？我慢慢繞到孩子的棉被邊，舒服地睡了……

忽然睜眼一看，不知何時主人已從書房來到臥室，鑽進夫人身旁的被窩裡。按主人習慣，臨睡時一定要從書房帶來幾本橫寫的小書，但躺下之後從未讀超過兩頁。有時拿來放在枕旁，甚至連摸都沒摸過。既然連一行都不看，實在沒必要特意帶來。但這正是主人之所以為主人的獨特之處，不管夫人怎麼嘲笑，叫他不要帶書，他都不肯改變，每晚照例不辭辛苦地把書抱來臥房，有時還貪心地抱個三、四本。前幾天甚至將韋伯大辭典也抱來了。

說來這是主人的毛病，正如有錢人家不聽龍文堂茶壺傳來的松風吹拂之聲就睡不著一樣，主人不將書本放在枕邊，大概也無法入夢。如此看來，書本對於主人來說，並不是為了要閱讀，而是用來催眠的工具，是活字版安眠藥。

今夜大概也會帶點書來吧？偷偷一看，果然一冊紅色薄本半攤開，落在主人鬍子前端的位置，主人左手的拇指依然夾在書頁間沒抽出來，由此可見他今夜似乎破天荒地讀了五、六行。

與紅皮書放一起的那只鎳金懷表，閃爍著與春色不相稱的寒光。

夫人將吃奶的嬰兒放在一尺遠處，張嘴打著鼾，枕頭也掉了。如果問人最難看的樣子是什麼？我想再也沒有比張嘴睡覺更不雅觀了。我們貓一輩子也不會有這種醜態。嘴巴是發聲器官，鼻子是吞吐空氣的工具，但到了北方人們都懶得開口，這樣節省的結果便是用鼻子哼話。但鼻塞時用嘴來代替鼻子呼吸，那就更難看了。不說別的，萬一天花板掉老鼠屎下來的話是很危險的。

孩子們的睡姿也不比輸母親。姐姐敦子伸出右手，搭在妹妹耳朵上，似乎在無言地宣告：「這就是姐姐的權力！」妹妹駿子為了報仇，舉起一隻腳壓在姐姐肚皮上，以傲慢的神情仰睡著。兩人都從剛睡著時的姿勢轉了九十度，但她們維持這種不自然的姿態，靜靜沉睡著。

春宵的燈火的確特別。在這天真爛漫卻又極不雅觀的光景裡，燈光如此柔和，彷彿告訴世人要珍惜這般良夜。

我想知道幾點了，便巡視室內一番。四周一片寂靜，只聽見壁鐘的滴答聲、夫人的鼾聲、以及遠處傳來的女傭磨牙聲。

這女傭若有人說她磨牙，她一向矢口否認，嘴硬回道「我出生至今從未磨過牙。」絕不說「今後改正」或「不好意思」，只會強辯「沒那回事！」的確熟睡中的事本人肯定是不會知道的，但是有時候就算你不記得，事實也依然存在，這實在讓人困擾。

世上有些這樣的人，做著壞事卻又自以為是大好人，這種人相信自己無罪倒也天真。然而不論他有多麼天真，讓人困擾的事實是不會因此減少的。這類的紳士淑女就和那女傭一樣。夜看來已深。

有人在廚房套窗上咚咚輕敲了兩下。

咦？這時候怎麼會有人來？大概是老鼠吧！若是老鼠我是絕對不捉的，就隨便他們鬧吧。又咚咚地敲了兩下。似乎不像老鼠，就算是老鼠，也一定是個謹慎的老鼠。主人家的老鼠全都像他學校的學生，不論白天黑夜都兇暴地撒野，彷彿將驚醒可憐主人的夢視為天職，一點也不會客氣的。

確實不是老鼠。比起前些時候闖進主人臥房，咬了主人的塌鼻尖後高歌凱旋的那隻老鼠，它顯得太膽小了。絕不是老鼠！

這時忽聽見嘎地由上往下的推窗聲，同時傳來了將格子門盡量輕緩地沿溝槽滑動的聲音。這更不可能是老鼠了。

是人類啊！如此深夜裡，不叫門自行開門而入，肯定不會是迷亭和鈴木。說不定是久仰大名的小偷，若是小偷我想快點瞻仰他的尊容。這時那小偷似乎已抬起泥巴腳，跨進廚房邁了兩步。當數到他將邁入第三步時，大概是被蓋板絆倒，咚地一聲打破夜之寂靜。我背毛倒豎，好像用刷子逆梳過似的，接下來一陣子沒有任何腳步聲。看夫人依然張著嘴，盡情吞吐著太平的

空氣，主人大概做了拇指被夾在紅色書本裡的夢。過一會兒，廚房傳來擦火柴的聲音。就算是小偷也不像我可以在夜裡看得清楚，環境陌生想來他行動很不便。

這時我蹲下來思考：那小偷會從廚房走向飯廳呢？還是向左轉穿過玄關，再走向書房？腳步聲伴著推門聲到了走廊，小偷已進入書房，四周了無聲息。

我這才想到，應該快點叫主人夫婦起來。但怎樣才能叫醒他們呢？想不出什麼好法子，腦中像水車似地在轆轆轉，卻沒半個好主意。

我試著咬住棉被一角晃動，試了兩三次但完全無效。我試著用冰涼的鼻尖去蹭主人的臉，才剛靠近，熟睡的主人剛好把手一伸打在我的鼻尖上，彷彿一邊說著討厭一邊將我推開。鼻子對貓來說可是重要部位，真是痛死我了。別無他法了，我便想喵喵叫兩聲好叫醒他們。但不知怎麼地，偏偏這時候喉嚨像卡住東西似地發不出聲來，好不容易只喊出一聲啞啞的低音。主人絲毫沒有醒來的意思，小偷的腳步聲卻響了，他沿著外廊接近，終於走到這了嗎？我只好放棄叫醒主人，在紙門和柳條包之間藏身，以窺動靜。

小偷的腳步聲來到臥室門前，戛然而止。我屏住氣息，全神貫注地想他下一步要做什麼。事後想來，假如捕鼠時能夠這樣，一定會成功的。多虧小偷使我茅塞頓開，實在難得。忽然屋門第三格紙，好像被雨點打濕了似的，只有中心變了顏色。那邊露出一點淡紅，接著愈來愈濃，最後紙終於破了，露出一條血紅的舌頭，舌頭隨即消失在黑暗中，代之出現的是個晶亮的東西

出現在破洞另一側。這無疑是小偷的眼睛，怪的是那眼睛似乎看不見室內的任何物品，而是一直盯著藏在柳條包後的我。雖然不到一分鐘，但一直被這樣盯下去是會減少壽命的。我忍無可忍了，決心從柳條包後竄出之際，臥室的門嘩地一聲開了，恭候多時的小偷終於出現在眼前。

按照敘述的程序，我本有此榮幸將這位不速之客——小偷，向各位介紹一番；但在此之前，我想先請各位聽聽我的意見。

古代之神一向被奉為全知全能，尤其耶穌直到二十世紀的今天，依然披著全知全能的面紗。然而凡夫俗子心目中的全知全能，有時也可以解釋為無知無能。這麼說顯然弔詭，但自開天闢地以來，能指出這個弔詭的恐怕只有我這隻貓吧！想到這裡連我自己都覺得虛榮，所以就在此闡述理由，將「不可小看貓」的觀念，灌輸到高傲人類的頭腦裡。

據說天地萬物，都是神創造的，可見人也是神創造的，《聖經》也這麼明文記載。關於人類，人類累積了數千年的觀察，在感到玄妙不可思議的同時，愈來愈相信神的全知全能。除此之外沒有其它解釋了，人類儘管也這麼亂哄哄地，但世間可沒有人擁有相同的面貌；臉形自然有一定的規矩，大小也都大致相仿。

換言之，人們都是用同樣的材料做成的，儘管用的是同樣的材料，也不會做出另一個相貌相同的人。

真了不起啊！只用那麼簡單的材料，竟能設計出形形色色的面孔，不得不佩服造物主的技

藝。若沒有豐富獨特的想像力，是不可能那麼變化無窮的。一般畫匠耗盡畢生精力，拚命地求變化，頂多也只能畫出十二、三種面孔罷了。依此推論，神一手承包了創造人類之重任，技藝卓絕令人驚嘆。這畢竟是人世間無法目睹的絕技，因此稱神為「全能」。在這一點人類似乎對神大為佩服。

的確從人類的角度來說，對神理當佩服。然而站在貓的立場來看，同是這件事，反而卻證明了神的無能。即使並不那麼完全無能，也可斷定神絕沒有比人類有更大的能力。

傳說中神依照人類的數量創造眾多面孔，當初他到底是胸有成竹地造出這些有變化的臉，還是本想製造同樣面孔，但實際操作起來卻總不順利，造一個壞一個，才陷於如此混亂的場面？

人類的面部構造，既可看成是神之絕技下的創造物，也可視為是失敗的痕跡吧！說全能當然可以，但說無能又何嘗不可。

人類的兩眼並列在一平面上，因為不能同時看見左右，所以只有事物的片面映入眼簾，這真是令人同情。換個角度來說，這麼簡單的事本是人類生活中日夜都在發生的，但當事者卻頭昏眼花，懾於神威不知醒悟。

若說富於變化的創造極其困難，那麼徹底的模仿也同樣不簡單。

假如要求拉斐爾畫兩幅一模一樣的聖母像，這與逼他畫兩幅全然不同的聖母瑪利亞一樣難吧！不，也許畫兩張完全相同的東西反而困難。要求弘法大師用昨天的筆法再寫「空海」二字，也許比要求他換一種書體更難。

人類使用的國語完全是靠模仿的方式傳授下來的。人們向媽媽、乳母或其他人學習日常會話時，除了將聽來的重複之外別無它法，只得竭盡全力模仿。這種建立在模仿基礎上的國語，過了十年、二十年發音自然會產生變化，這證明人類不具備徹底模仿的能力。純粹的模仿竟是如此困難。

但是假如神能把人類造得如一個模子出來般無法區別，那就更證明神之全能。像今天這樣，把胡亂捏成的面孔展現於光天化日之下令人眼花撩亂，反而足以斷定神之無能。

我已經忘記了為什麼要如此長篇大論，不過忘本在人類當中已是家常便飯，貓自然也一樣，還請多多包涵。

總之當我瞥見小偷拉開臥房格子門，突然出現在門檻時，上述感想便自然浮現腦海。為什麼呢？若要問為什麼，只好從頭思考一番……那麼，理由如下。

平時我就懷疑神造人這件事，也許是其全能之處，但卻是無能的結果。然而當我看到小偷出現在眼前，見到他的面部特徵後完全推翻了我的想法。所謂的特徵是指，他的眉眼和我們那位親愛的美男子水島寒月簡直像同一個模子刻出來。我在小偷群中並沒有很多知己，但根據小偷的殘暴行徑加以推想，倒也在心中勾畫過他們的臉譜，一定是頭部閃閃發亮，眼睛如銅錢，

鼻翼左右開展……。

但是親眼所見和心頭所想，卻有天壤之別。這位小偷身材修長，有道淺黑色的一字眉，氣宇軒昂儀表堂堂，大約二十六、七歲，簡直是寒月的翻版。既然神有此絕技造出這麼相似的兩人，就不該再將神視為無能了。這兩個人實在太相似了，簡直讓人誤以為寒月神經失常，三更半夜跑了出來。只能藉由其鼻下並未蓄有淺黑鬍渣，才知道他不是寒月而是另有其人。

寒月是一位輪廓分明的美男子，五官精緻，足以吸引被迷亭稱之為「流動郵票」的金田小姐。但是從長相看來，這位小偷對女人的魅力，應該也絲毫不遜寒月。假如金田小姐只對寒月的眼波與嘴角迷戀，那麼也會以同樣的熱情對這位小偷傾心。此乃人之常情，未必合乎邏輯。有才華又明辨事理之人，對此區區小事不用別人說明也肯定會懂。假如這個小偷代替寒月出場，金田小姐肯定也會獻出全心的愛，與他琴瑟和鳴。萬一寒月先生被迷亭等人說服，破壞了一樁千古良緣，只要這小偷健在小姐也就不必擔心了。

我對未來的事態發展預測如此，總算對富子小姐感到放心了，這位小偷生存於天地之間，是令富子小姐生活幸福的一大重點。

小偷腋下夾了什麼？一瞧發現是剛才主人扔在書房裡的舊毯子。他身穿花格布短褂，臀部繫了一條青灰色博多絹帶，雙膝下裸露著蒼白的兩條腿，現在正舉起一腳跨進室內。主人一直做著大拇指被紅皮書咬住了的夢。此時他翻了個身，高聲大喊「寒月！」小偷嚇得毯子掉了，

急忙將跨出的那隻腳收回，紙屏上映出的兩條腿微微發抖。主人口裡嘟嘟囔囔說著夢話，一把推開那本紅皮書，咯吱咯吱地搔他那漆黑的胳膊，彷彿得了皮膚病。後來又安靜下來，撇開枕頭沉沉入睡。

看來他呼喊寒月完全只是夢話。小偷在長廊下站了一會兒觀察室內的動靜，發現夫妻二人都已熟睡之後，又將一隻腳跨上室內的榻榻米，這回沒出現呼喊寒月的聲音，隔了一會兒把另一腳也跨進去。一盞夜燈將六疊的房間照得通亮，現在卻被小偷的身影劈成兩半。那個影子從柳條包旁越過我的頭頂，直到半面牆壁全是一片昏黑，我回頭一看，剛好在牆壁的三分之二處，看到那小偷的影子隱隱約約晃動。就算是美男子，只看影子的話簡直就像個八頭妖怪似的，真是奇妙。小偷從上面望著夫人的睡臉，不知怎麼地吃吃笑了起來。連這笑容都跟寒月一樣，令我太吃驚了。

夫人枕旁鄭重地擺著一個四角見方、長約一尺五六寸釘死的箱子，裡面裝的是家住肥前國唐津市的多多良三平君，前些日子回鄉時帶回來的土產山藥。把山藥放在枕邊入夢，真是世間少有。

不過夫人可是一位連調味用的上等白糖也往衣櫥裡放的女人，腦中缺乏場所合適與否這種觀念。在她看來別說是山藥，說不定把醃蘿蔔放在臥室裡也沒關係。然而小偷不是神仙，不可能知道夫人是這樣的女人，想著她既然如此貼身珍藏，一定是一件貴重的物品。小偷舉起箱來

掂了一掂，不出所料很有分量，顯得很滿意。我一想到他偷的是山藥，而且還是這麼一位美男子偷山藥，不禁感到好笑。但亂出聲是很危險的，我只好忍住不笑。

不一會兒，小偷小心翼翼地用毛毯包起山藥，又環視周圍，看有什麼可以用來綁的東西，剛好有主人睡覺時解下的一條縐綢腰帶，小偷以這條腰帶將山藥箱緊緊綑住，輕輕鬆鬆背了起來，這副模樣女人可不會喜歡。然後他又把孩子的兩件坎肩，塞進主人的針織細筒褲裡，弄得褲腿圓鼓鼓的，簡直像錦蛇吞了青蛙一般……不，也許用「錦蛇臨盆」這四個字能更加傳神。總之就像個怪物，如果不信可以試試看。小偷將主人的針織褲一圈又一圈地纏在脖子上。接著又把主人的絲綢上衣當作大包巾攤開，將夫人的腰帶、主人的短褂和背心等等其他雜物，全都整整齊齊地疊好，包了起來。他那熟練靈巧的動作，實在令人十分欽佩。最後他用夫人和服上的裝飾腰帶接成一條繩，綁緊這個大包，用一隻手拎著。他又四下張望，看看還有什麼可拿的東西，主人頭上有一包朝日牌香菸，也被隨手扔進和服袖裡，他從菸盒裡抽出一支菸來，就著燈火點燃後，愜意地深吸一口再吐出來。噴吐的煙霧在玻璃燈罩外繚繞，還未消失，小偷的腳步聲就已沿著外廊漸漸遠去，漸漸地聽不見了。主人夫婦仍在熟睡著，人類還真是粗心大意。

我還是需要暫時的休息，一直說話身體實在受不了，於是很快就陷入睡熟了。醒來時，三月天裡晴空一片，主人夫婦正在後門與警察說話。

「那麼是從這兒進來溜進臥室的吧！您二位在睡夢中，一點都沒察覺？」

竊了。

「是的。」主人似乎有點不好意思。

「那麼，作案時間是幾點？」警察的問話簡直是莫名其妙。假如知道作案時間，就不會遭竊了。主人夫婦似乎沒意識到這一點，竟為了回答警察的問題彼此商量「大概是幾點啊？」

「這個嘛……」夫人沉思，彷彿以為只要思考一下就會想起來似的。

「你昨晚幾點鐘睡覺？」

「我比妳晚睡。」

「是啊，我比你早躺在床上。」

「幾點鐘醒呢？」

「七點半吧？」

「那麼小偷闖進來是幾點鐘呢？」

「應該是半夜吧？」

「誰不知道是半夜。問妳幾點鐘？」

「確切的時間得仔細回想才會知道。」夫人似乎還要再想下去，但是警察不過是形式上問問，對於小偷幾點鐘闖入一點也不關心，隨便回答一下就算是說個謊也都無所謂，主人夫婦卻沒頭沒腦地答不出個所以然，警察似乎有些不耐煩，說：「那麼，就是遭竊時間不明囉？」

主人口氣一如平常地答道：「嗯，大概是吧！」

警察面無表情地說：「那麼請你交一份書面申訴，就寫『明治三十八年某月某日，閉門就寢後小偷卸下某某套窗，闖進某某室內，盜走某某物品。以上屬實，特此申訴。』這不是一份報告，是申訴，不必寫收信單位名稱。」

「被偷的東西要一一列舉嗎？」

「嗯……短褂幾件，價值多少，照這樣的格式列出來。若要叫我進去清點可沒辦法，東西偷都被偷了。」警察不在乎地說完，轉身就走了。

主人將筆墨硯池拿到客廳，叫了夫人過來：「我要來寫申訴書了，把被偷的東西一一報上來。喂！快說呀！」他幾乎用吵架似的口氣說。

「哎呀討厭！什麼口氣！你這樣盛氣凌人，誰還肯說？」夫人腰上繞著細帶。

「瞧妳這什麼樣子，活像賣不出去的妓女！為什麼不把帶子繫上再出來？」

「你要是嫌難看，就給我買一條新帶子來啊！什麼妓女不妓女的，都被偷了有什麼辦法！」

「連腰帶也被偷了？可惡的東西！那就從腰帶開始寫吧！是什麼樣的腰帶？」

「什麼樣的腰帶？我還能有幾條？就是那條黑緞面綿綢裡的囉！」

「好，黑緞面綿綢裡腰帶一條，值多少錢？」

「六塊錢左右吧！」

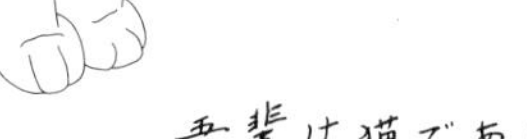

「別繫這麼貴的帶子！下次只能買一元五角左右的！」

「哪有那麼便宜的帶子！你就是這樣才會被說真無情。不管老婆穿得再怎麼邋遢，你只要自己好就好了。」

「好啦好啦！還丟了什麼？」

「絲緞外褂，那是河野嬸嬸送給的紀念品，同樣是絲緞，但和現今的絲緞可大不相同。」

「沒時間聽妳解釋這些！那值多少錢？」

「十五元！」

「穿十五元的外褂太不合妳身分了！」

「這有什麼關係，又不是你花錢！」

「還有什麼？」

「黑布襪子一雙。」

「是妳的嗎？」

「是你的，兩角七分。」

「再來？」

「山藥一箱。」

「連山藥也偷了？他是想煮了吃？還是做山藥泥？」

「誰知道他要怎麼吃，你到小偷家去問問吧！」

「多少錢？」

「山藥的價錢我不清楚。」

「那就寫十二元五角吧！」

「胡說，就算是從唐津挖來的山藥也不到十二元五角。」

「可是妳不是說不知道嗎？」

「是不知道啊，不過十二元五角也太離譜了。」

「不知道價錢，又說十二元五角太離譜，這是什麼意思？簡直不合邏輯。所以我才妳叫奧坦丁．帕拉列奧葛斯啊！」

「什麼？」

「奧坦丁．帕拉列奧葛斯。」

「什麼意思？」

「管它什麼意思。然後呢？我的衣服怎麼一件也沒有提？」

「然後是什麼我不管，快告訴我奧坦丁．帕拉列奧葛斯是什麼意思？」

「哪有什麼好講！」

「告訴我不行嗎？你欺人太甚！以為我不懂英語就用英語罵人。」

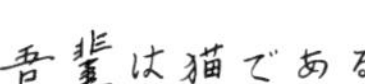



「少說蠢話，快點說接下來的東西，不早點申訴的話弄丟的東西就找不回來啦！」

「反正現在申訴也來不及了。快告訴我奧坦丁．帕拉列奧葛斯是什麼意思？」

「妳這女人真討厭！不是告訴妳沒有什麼意思嗎？」

「既然如此，失竊物品只有這些，沒有其它了。」

「真是亂來！隨妳便好了！我不要寫什麼申訴書了。」

「我也不告訴你失竊數量。申訴書是你自己要寫的，你不寫與我何干！」

「那就算了！」主人照例猛然站起走進書房。

夫人進了飯廳，坐在針線盒前。大約過了十分鐘，兩個人什麼也不做，只是默默瞪著紙門。

這時，寄來山藥的多多良三平，朝氣蓬勃地推開大門走進屋來。多多良三平原是這家主人的門生，現在已從法政大學畢業，在某公司的礦山部工作。也是個剛萌芽實業家，是鈴木藤十郎的後輩。三平以前就常來舊日恩師的草廬造訪，碰上星期日，就玩一整天再回去，他和這一家人相處很密切。

「師母，今天真是好天氣呀！」帶著一口唐津口音，他在夫人面前支起腿坐著。

「喔，是多多良君！」

「老師出門了嗎？」

「沒有，在書房。」

「師母，老師這麼過度用功會傷身子的。難得星期天哪！」

「跟我說也沒用，你去對老師說吧！」

「那麼……」三平說到一半，將室內掃了一眼說：「今天連小公主們都不見了？」才說完敦子和駿子就從隔壁跑了出來。

「多多良叔叔！今天帶壽司來了嗎？」姐姐敦子想起前些天的約定，一見三平的面就討起債來。

多多良搔著頭皮自首說：「我記得清清楚楚，下次一定帶來！今天忘了。」

「討厭！」姐姐一說，妹妹也立刻照著學：「討厭！」

夫人心情漸漸好些，展露了一點笑容。

「我沒帶來壽司，可是送來過山藥吧？小公主吃過了嗎？」

「山藥是什麼？」姐姐一問，妹妹這回也照樣學著說：「山藥是什麼？」

「還沒吃啊？快叫媽媽煮給妳們吃呀！唐津山藥不同於東京的山藥，很好吃喔！」三平很以故鄉為傲，夫人這才想了起來。

「多多良君，上次蒙你關心，送了那麼多山藥真是謝謝！」

「怎麼樣？吃過了嗎？為了怕折斷山藥我還特地訂做了個木箱，牢牢地裝訂好。應該還是長長一條的吧？」

「您辛苦送來的山藥，昨天夜裡被偷走了。」

「被偷？混帳東西！竟有人那麼喜歡山藥？」三平大吃一驚。

「媽媽，昨天晚上遭小偷了嗎？」姐姐問。

「嗯。」夫人輕聲回答。

「小偷……小偷……來的時候，是什麼樣的一張臉？」

對於這奇怪的問題，夫人也不知怎樣回答才好，她說：

「是一張嚇人的臉。」說著看了看多多良。

「嚇人的臉，是不是像多多良叔叔那樣的臉呢？」姐姐毫不客氣地反問。

「什麼話！真失禮！」

「哈哈哈……我的臉那麼嚇人嗎？真糟糕！」三平搔起頭來。多多良三平的腦後有一塊一寸大的禿處，一個月前才禿的。雖然找醫生治過，但很難治好。第一個發現這塊禿頂的是敦子。

「唉呀，多多良叔叔的腦袋和媽媽的腦袋一樣，閃閃發亮。」

「不是叫你們住口了嗎？」

「媽媽，昨晚那個賊腦袋也發亮嗎？」這是妹妹提的問題。

夫人和三平都不由得笑了起來。孩子們太吵，無法好好說話。

「喂，妳們到院子裡去玩一會兒，媽媽馬上做好吃的給妳們吃。」

夫人把孩子們支開後，便認真地問：「多多良先生您的頭怎麼啦？」
「被蟲子咬的，很不容易好。師母也有嗎？」
「真討厭，也不知道是不是蟲子咬的！女人嘛，挽髮髻都會稍有點禿。」
「禿都是細菌引起的。」
「我的可不是細菌。」
「師母真固執。」
「不管怎麼說，反正不是細菌。話說回來，禿頭的英文怎麼說？」
「禿頭叫 bald。」
「不，不是這麼說。還有更長的字吧？」
「問問老師馬上就會知道了啊。」
「你老師就是不告訴我，所以才問你哪！」
「我除了 bald 其他就不知道了。更長的是？怎麼說？」
「奧坦丁·帕拉列奧葛斯，大概奧坦丁是禿，以下說的是頭吧！」
「也許是這樣，我到老師書房去查查韋氏大辭典。老師也真夠怪，這麼好的天氣竟待在家裡。師母，他胃病這樣不會好啊！妳勸勸他，到上野賞賞櫻花吧！」
「你帶他去吧！你們老師是絕不會聽女人話的人啊。」

「近來還吃果醬嗎？」

「是啊！老樣子。」

「不久前，老師還對我發牢騷說『老婆總是說我果醬吃太兇了，其實我並沒有吃那麼多呀！是不是弄錯了？』於是我說『那一定是令嫒和太太吃掉了吧！』……」

「你這個討人厭的多多良！怎麼說這種話呀？」

「可是師母看起來也像有吃呀！」

「看臉怎麼能看得出來？」

「是看不出來……不過師母也吃了一些吧？」

「吃倒是吃了一點。有何不可？自己家的東西嘛！」

「哈哈哈哈……不出我所料。不過說正經的，遭小偷可是意外的災難呀！只偷走了山藥嗎？」

「要是只偷了山藥倒還好，平時穿的衣服也都被偷走啦！」

「那可真困擾啊，又要借錢了吧？這個貓如果是條狗就好了……真可惜。師母，一定要養一條大狗啊，貓沒有用，光知道吃！他會抓老鼠嗎？」

「一隻也沒捉過，真是又懶又厚臉皮的貓！」

「那可真沒用了！趕快扔掉。不然我帶回去煮了吃？」

「多多良先生吃貓？」

「吃過呀。貓肉好吃哪！」

「真了不起！」

我曾聽說下等書生當中，有些野蠻人吃貓肉，但是連一向關照的多多良君竟也是一丘之貉，我真是做夢也想不到。何況他已不再是寄人籬下的窮學生，雖然才畢業不久，但也是一名堂堂的法學士，而且在六井物產公司工作，這令人驚訝的程度更是非同小可。

「逢人要防賊」這句格言，已經由寒月二世——小偷的行為獲得證實了。而「逢人要防吃貓」這句話，則是多虧了多多良君，才讓我第一次悟出這樣的真理。

處於世間要精明，精明固然可喜，但危險與日遽增不可疏忽。人變得狡猾卑鄙，或是披上表裡不一的外衣，無一不是精明的結果。精明是成長之罪，所謂「老奸巨滑」就是這個道理吧！想到自己說不定會在多多良君的熱鍋裡，伴著蔥花一同升天，不禁在牆角縮成一團。這時剛和夫人吵架，鎖在書房裡的主人，聽見多多良的聲音緩緩踱進客廳。

「老師聽說您遭竊啦？真愚蠢啊！」多多良迎頭就是一棒。

「闖來的小偷才愚蠢哪！」主人向來以聖賢自居。

「偷的愚蠢，被偷的也不怎麼聰明。」

「還是無物可偷的多多良最聰明吧？」夫人這回助了丈夫一臂之力。

「不過，最愚蠢的還是這隻貓。真是的，不知道打些什麼主意！不捉老鼠，小偷來了也裝作不知道……老師這隻貓給我好不好？反正留在家裡也一無是處。」

「給你也行。要來幹嘛？」

「煮來吃！」

主人猛然聽了這句話，立刻隱隱作嘔，流露出胃病患者的笑容，沒再多說什麼。多多良也沒說一定要吃，這對我來說真是萬幸。

主人立刻話鋒一轉說：「貓怎樣都好，可是衣物被偷真是冷得受不了。」主人顯得十分沮喪。

的確是挺冷的，以前身穿兩件棉衣，今天只穿了件夾褂和半截袖襯衫。主人從清早就一動也不動，直枯坐著。本來就不充足的血液全在胃腸裡，無法流到手腳上來。

「老師只是一直教書，到底是不夠的。一遭竊就會下場淒慘，不如轉行當個實業家？」

「老師討厭實業家，說了也等於白說。」夫人從旁插嘴。但是，夫人當然巴不得丈夫成為實業家。

「老師畢業幾年了？」

「今年大概第九年吧！」夫人說罷，回望丈夫一眼，丈夫沒有否認。

「已經九年了，也不加薪水。不管怎麼努力，也沒人誇獎。真是郎君獨寂寞啊！」多多良

為夫人朗誦了中學時期背的一句詩，夫人不懂，因此沒有回答。
「當然不想當教師啊，可是更不想當實業家。」主人似乎心裡盤算著到底想當什麼。
「老師什麼都討厭……」夫人說。
「不討厭的只有師母吧？」多多良開了個不合身分的玩笑。
「我最討厭！」主人的回答很乾脆。
夫人轉過臉去，若無其事的樣子，一會又轉過頭來，望著丈夫的臉說：「也討厭活著吧？」企圖駁倒主人。
「是不太喜歡。」主人答得意外瀟灑，夫人束手無策。
「老師您不如多散散步，不然會搞壞身體……還是當個實業家吧！賺錢是輕而易舉的事。」
「但你也沒賺到幾個錢呀！」
「還沒嘛！我去年才剛進公司啊！即使這樣，卻比老師有積蓄。」
「有多少了？」夫人熱心地問道。
「已經有五十塊了。」
「你月薪究竟多少？」夫人又問。
「三十塊。每個月在公司存款五塊。緊急時才用。師母，您何不用零錢買點外濠線市內電車的股票？只要三、四個月就能賺一月，稍有點錢很快就可以漲到兩、三倍。」

「要有那麼多錢，即使遭竊也不必發愁了呀。」

「所以最好當個實業家。假如老師是學法律的，在公司或銀行裡做事的話，如今每月將會有三、四百元的收入。太可惜了……老師您認識那位叫鈴木藤十郎的工學士嗎？」

「嗯，昨天來過。」

「是嗎？前些天在一次宴會上碰面，提起老師來時他說『原來你曾是苦沙彌的門生？從前我也曾和苦沙彌兄在小石川寺一同煮飯。下次你去代我問好，就說我最近會去拜訪他。』」

「聽說他最近到東京來了。」

「是的。以前他一直在九州煤礦工作，近來調到東京了。他拿我當朋友一樣談心……老師您猜他每月多少錢？」

「不知道。」

「月薪二百五十元。還有歲末分紅，平均起來每月四、五百元哪！像他那種人都拿這麼多的錢，老師專教英語讀本，卻落得『十載一狐裘』，太慘囉！」

「真的是太慘了啊。」即使像主人這樣超然物外的人，金錢觀念也與普通人沒什麼不同。不，說不定因為窮，對金錢更是渴求。多多良大肆吹捧了一番實業家的好處後，也沒什麼好說了，便說：

「師母，有位叫水島寒月的人，也常到老師這兒來嗎？」

「嗯，常來。」

「是個什麼樣的人？」

「感覺是個很有學問的人。」

「是個美男子嗎？」

「哈哈哈……和你差不多吧？」

「真的？和我差不多？」多多良態度很嚴肅。

「你怎麼知道寒月這個名字的？」主人問道。

「不久前，有人拜託我了解一下，我想知道是不是值得了解。」多多良不等問個究竟，早已擺出一副凌駕於寒月之上的姿態。

「此人比你了不起啊。」

「是嗎？比我還了不起？」多多良不笑不怒，這是他的特色。

「最近能當上博士嗎？」

「據說正在寫論文哪！」

「又是個傻子，寫什麼博士論文！我還以為是個值得一提的人呢！」

「你依然所見不凡呀！」夫人邊笑邊說。

「有人說什麼只要他當上博士，女兒就嫁他。怎麼有這種傻子，為了討老婆才當博士？我告訴他說，這姑娘與其嫁給那種人，還不如嫁給我呢！」

「對誰說的？」

「對拜託我打聽水島寒月的人。」

「是鈴木嗎？」

「不，這種話還不必對他說，人家可是大人物呢！」

「多多良原來只是背後逞英雄。到我家來就神氣十足，可是一到鈴木面前，立刻就縮頭縮尾起來了。」

「是啊，否則可就危險囉！」

「多多良，我們散步去吧？」主人突然開口。

他一直只穿著一件夾袍，太冷了，不稍微活動一下不會暖和，於是提出了這麼一個前所未有的提議，多多良自然沒有遲疑。

「走吧，去上野嗎？還是去芋坂吃丸子？老師有吃過那裡的丸子嗎？師母妳去吃一次看看，又柔軟又便宜，還可以喝酒。」在多多良像往常一樣語無倫次地喋喋不休之中，主人已經戴上了帽子正在換鞋。

我要休息一會兒。至於主人和多多良在上野公園要做什麼，在芋坂吃了幾盤丸子，這類軼

聞我既無偵察的必要，也沒跟蹤的勇氣，便自行略去趁機休養一下。

休養乃蒼天賦予萬物應有的正當權利。世上負有生息義務而蠢動者，為了完成義務一定要休養。

假如有神仙說：「你是為勞動而生，非為睡覺而活。」

那麼我將回答：「所言甚是。我為勞動而生存，故為勞動而休息。」

即使像主人那樣牢騷滿腹的人，不也在星期天之外常自行安排時間休息嗎？

像我這般多愁善感、日夜費神，就算是貓也需要比主人更多的休息時間。但是剛才多多良君罵我除了偷懶之外什麼也不會，讓我有點在意。總之被物相所奴役的俗子凡夫，除了五官的刺激之外其它什麼也沒有。因此他們評價他人時也只涉及外型，令人生厭。似乎覺得不管怎樣，只要衣襟沒有撩起、汗沒流出來，就不算是在工作。

但據說達摩打坐直至兩腳潰爛，即使常春藤從石縫中爬出，將大師的眼睛和嘴都封住，動也不動，也不能說他是睡了或死了。他的大腦依舊不停活動，還在思索「廓然無聖」的玄奧禪機。

據說儒家也有靜坐的功夫，這也不是深居斗室悠然地修煉跪坐而已，其心中活力之熾烈遠勝凡人。只因外觀極其沉靜端肅，天下凡俗之眼將這知識巨匠視為昏睡假死的庸人，甚至誹謗為廢物、飯桶等等。這類凡人，都是生就一雙只見其形不見其心的殘廢之眼。

多多良三平之流，正是這類人當中第一流的人物，因此他把我這貓看成乾屎渣，也就不足為奇了。可恨的是，就連略知古今典籍、稍識事理真相的主人，竟也贊同淺薄的多多良三平，連煮貓之事都不加阻攔。

然而退一步想，人們這樣蔑視我，倒也不無道理。所謂大聲不入於俚耳，陽春白雪之詩歌曲高而和寡自古皆然。硬是要求除了形體之外一切都視而不見的人發現我靈魂的光輝，猶如逼禿子挽髮、命鮪魚演說、要求電車脫軌、勸主人辭職，要三平不想賺錢，說到底就是無理的要求罷了。可是就算是貓，也是社會動物。既然是社會動物，不管怎麼自命清高，也要在某種程度上與社會協調一點。主人、太太以及女傭、三平等人，無法公正評價我實在遺憾，但也莫可奈何。

假如因人類的愚昧無知，扒了我的皮賣給做三弦琴的，剁了我的肉上多多良的餐桌，那麼事情可就嚴重了。

像我這樣秉腦力、銜天命而降生於這俗世間，古往今來難得的一隻貓，身軀可是十分寶貴的。古語說：「千金之子，不坐垂堂。」過於好高騖遠而徒然冒險，不僅危及自身也有違天意。猛虎被關進動物園，也只得與豬玀為鄰；鴻雁若被鳥店活捉，也只好與雛雞同俎而亡。

我既與庸人相處，就不得不退化成為庸貓；既是庸貓，便不能不捕捉老鼠……我終於決定要捉老鼠了。

聽說前一陣子日本和俄國開始了一場大仗，我是日本貓，自然偏袒日本。可能的話，也想組織一支混成貓旅團，去騷擾那些俄國兵。我這麼精力充沛，捉一兩隻老鼠而已嘛，只要我想捉，就算在睡覺也能捉到。

從前有人問一位著名的禪師：「怎樣才能達到悟境？」禪師回答：「要像貓捕鼠一樣。」意思是說，只要像貓捕鼠那樣全神貫注，沒有不成功的。

雖有「女子無才便是德」的諺語，卻還沒有「貓不捕鼠便是德」的說法。由此可見，如此聰明的我肯定會捉老鼠，也沒有理由捉不到老鼠。之所以至今都沒有捉到，是因為不想捉呀！

春天的太陽像昨日一樣西沉了，陣陣晚風吹過的落英繽紛，穿越廚房紙門的破洞漂在桶裡的水面上，被廚房昏黃的油燈照得花影泛白。我決心今夜大顯身手，叫一家老少大吃一驚。

首先必須巡視戰場熟悉地形，戰線當然不要拉得太長。這個廚房以榻榻米來計算，大約可以鋪個四張。在一蓆大的地方從中間隔開，一半是洗滌槽，一半是飯館菜店用的泥地。爐灶漂亮得與簡陋的廚房很不相稱，紫銅水壺閃閃發光。

右邊至板壁之間有二尺大小，是我吃飯的地方。接近飯廳的六尺之地有一櫥櫃，放了些碗盤缽盆，把狹小的廚房弄得更加窄小。櫥櫃緊挨著一個一般高的木架子，架下朝上放著一個研缽，缽裡有個小桶，桶底兒正對著我。這裡並排掛著蘿蔔擦板和研缽杵，一旁的滅火罐悄然而立。

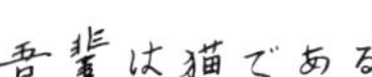


燻黑的椽木交叉處掛了根鐵鏈吊鉤，上頭鉤著一個大籃子，那籃子不時隨風搖曳。籃子為何要吊掉在那裡？剛來到這家時我一直不明所以。後來知道是為了讓貓搆不著，才故意將食物放在那裡面，我深深感受到人類的心地有多壞。

現在開始擬定作戰計劃。說到要在哪裡與老鼠作戰，自然要選在老鼠出洞的地方。不論地形如何對我有利，如果總是單方面死守，那就成不了戰爭，因此有必要研究一下老鼠出洞的路線。我站在廚房的正中央四下察看，心情有點像是東鄉大將。

女傭剛去澡堂還沒有回來，孩子們睡得正熟，主人在芋坂吃了丸子，回來後依舊枯坐書房。夫人嘛，不知道在做什麼，大概在打瞌睡做山藥的夢吧？人力車不時從門前跑過，車聲過後更顯得冷清。

不論是我的決心、我的氣概、廚房的氣氛、以及四周的寂靜，都無不令人感到悲壯，總覺得自己就是貓中的東鄉大將，置身於這種境界，不論是誰心中必然都會有愉悅之感。不過我發現那愉悅的深處，還存在著一大隱憂。有了與鼠作戰的覺悟，多來幾隻老鼠並不可怕，然而如果老鼠的脫逃方向不清，就十分不便了。綜合周密觀察後所得的資料，老鼠逃跑的路線有三條。

如果是地溝裡的老鼠，一定是順著水管到水池，再到爐灶的後面。這時我就藏在滅火罐後，斷其退路。如果老鼠從地溝沿著放洗澡水的白灰洞鑽進澡堂，再出其不意地闖進廚房，那

就在鍋蓋上列陣，老鼠一出現在眼前就立刻躍下擒拿。再次巡視了一周，我發現櫥櫃右下角已經被咬成一個半月形凹洞，很可能是老鼠的出入口。

我湊近鼻子一聞，果然有老鼠的味道。假如老鼠從這兒出現，我便藉柱子掩護，再從旁邊迅速地抓住牠們。

假如從天花板下來呢？我仰頭一看，上面被油煙燻得漆黑，在燈光照耀下宛如倒掛的地獄。以我的能力上不去也下不來，老鼠也不可能從那麼高的地方跳下，那麼這條路線就暫時不管了。

即使如此仍有三面受敵的危險。假如只從一個方向攻來，我一隻眼睛也能擊敗它們；若是兩路進攻，也還有自信能打敗它們；但若三路圍攻，就算我天生有捕鼠的才能也束手無策了。

既然如此，何不求助車夫家的大黑？但這攸關自己的顏面，該如何是好呢？當絞盡腦汁也想不出什麼好法子的時候，最令人安心的方式，就是下決心不再去憂慮這樣的事會不會發生。或者把無能為力的事情，都當作不會發生。

放眼世間，昨天娶來的新娘，說不定今天就會死。但新郎卻滿心希望得以天長地久白頭偕老，毫不擔心。不擔心並不等於沒有必要擔心，而是因為再怎麼擔心也沒有用。我也可以毫無根據地斷言，三面夾攻的事絕不會發生。這樣的認定，也不過就是用來穩定情緒罷了。萬物都需要安心，我也需要安心，因此我認定三面夾攻之事絕不會發生。

即使如此我還是會擔心。這三個方案中哪一個才是上策？我左思右想才終於想通，對於這個問題我實在煩惱，得不出可以認定的答案。若從壁櫥攻來，我自有對策；若從澡堂攻來，我也有計謀；若從水槽出現，我也沒問題。但一定要在三者之中確定一條戰線，那就令人猶豫了。

據說當年東鄉大將不知俄國波羅的海艦隊，究竟會穿過對馬海峽、會從輕津海峽出來、還是會繞遠路走宗谷海峽，種種相關問題令他憂心忡忡。以我自己的處境設想，他當時左右為難的心情實在不難理解。不僅整體處境看來和東鄉閣下相似，而且在這特殊遭遇下，也與他同樣地費神。

我正全心全意地思索策略時，那扇破格子門突然被拉開，出現女傭的一張臉。我只說一張臉，並非說她沒有手腳，而是因為其它部位晚上看不清楚，惟有那張臉光彩強烈，鮮明地映入我的眼簾。

女傭的臉比平日紅上許多，從澡堂回來後，她便趕緊把廚房門關了，大概是從昨夜那件事得到了教訓吧！忽然聽見書房裡傳出主人的聲音，叫她把手杖放在他的枕旁。真不明白為什麼要把手杖裝飾在枕旁呢？難道要扮演易水壯士聽龍鳴橫笛嗎？昨天山藥，今天手杖，不知明天是什麼？

夜色未深，老鼠看來還不會出現，大戰之前我要休息一會兒。

主人家的廚房沒有氣窗，卻在相當於門楣的地方，鑿開了一尺寬的洞來代替。冬夏都敞開著，風兒帶著早謝的紛紛寒櫻，颯颯地吹進洞內。這風聲使我驚醒，不知什麼時候朦朧月色已經灑下，爐灶的影子斜映在蓋板上。我擔心是否睡過了頭，動了兩三下耳朵，看看家裡的動靜。四週寂靜無聲，惟有那架掛鐘和昨夜一樣在滴答作響。該是老鼠出洞的時候了吧！會從哪兒出來呢？

壁櫥裡發出了咯吱咯吱的響聲，似乎用爪壓住盤子邊正在偷吃。

我蹲在洞旁守候，但牠一直不肯出來。盤子裡的響聲很快就停了，現在好像在咬一只大碗，不時地出現沉重的聲音，而且很靠近櫥門，距離我的鼻尖不到三寸。雖然不時聽到走近洞口的腳步聲，但很快又退得遠遠的，一隻也沒出現。只隔著一扇櫥門，敵人正在那裡肆虐，我卻不得不沉住氣守在洞口。

老鼠在旅順製的碗裡，召開盛大的舞會哩！女傭至少應該把櫥門開條縫，讓我能鑽進去才對，真是個愚蠢的鄉下女人。

現在，在爐灶的背後，屬於我的食器發出了聲響。敵人竟到這裡來了，我躡手躡腳地走近，只見兩個水桶間，閃出一條尾巴，接著隨即消失在水槽下。過了一會兒，澡堂裡的漱口杯噹地一聲撞在銅臉盆上。回頭一看，只見一個差不多五寸長的傢伙，撞倒了牙粉逃到走廊下去了。

想逃？我趕緊追了出去，但早已不見蹤影。

捕鼠遠比想像中難多了，我說不定真的先天缺乏捕鼠的能力啊！

我轉到澡堂時，敵人已從壁櫥逃掉，埋伏壁櫥時，敵人就從水槽下竄出；在廚房中心守候，敵人便三面一齊微微騷動。該說他們是狂妄還是卑劣呢？總之他們並非君子所能應付的。我來來回回東奔西跑十五六次，費心勞神地，但一次也沒成功，真遺憾。與這些小人為敵，就算是威風凜凜的東鄉大將，也無計可施。

一開始既有勇氣，也有殺敵心，甚至還有悲壯的崇高美感，最後卻感到厭煩沮喪又睏又累，便一直蹲在廚房中央，一動不動。雖然不動卻眼觀八方，不過敵人是小人，成不了大患。心中的敵人，意外的全是些膽小鬼。戰爭的光榮感突然消逝，只剩下厭惡。厭惡出現，便意興闌珊；意興闌珊的結果，便腦袋不靈光，又使我昏昏欲睡。經過上述歷程，我終於睡著了，即使在前線，休息也是必須。

對著屋簷橫開的氣窗，從那兒又飛進飄零的落花，我才覺得寒風撲面，竟從櫥門奔出一個子彈似的小傢伙，一陣風似地撲過來咬住我的左耳。接著又一個黑影竄到我的身後，一瞬間已經掛在我的尾巴上了。

這是瞬息間發生的事。

我本能地縱身一跳，將全身之力集中於毛孔，想把這兩個怪物抖掉。咬住我耳朵的那傢伙

失去了平衡，垂在我的臉上，他那橡皮管似的柔弱尾巴尖，出乎意料地竟然伸進我的嘴裡，真是天賜良機！

我緊緊咬住，左右揮動，不料只有尾巴尖留在我的門牙縫裡，而那傢伙的身子已經摔在舊報紙糊的牆壁上，又被彈到地板蓋上。想趁它還沒站起時逮住牠，那傢伙卻像踢球似地掠過我的鼻尖，跳到架子邊上屈膝蹲著。牠從架子上俯視著我，我從地板上仰望著牠，相距五尺。

月光如鍊帶懸掛空中，斜映照入屋內。我將力氣全用在前爪跳到架上，但前爪順利地搭上架子邊了，後腿卻懸在空中。而剛才咬住我尾巴的那個黑東西竟然還死命咬著，大事不好了。我想抓得更牢些，便替換一下前爪，但每當換爪時，因為尾巴上的重量所以一直下滑著，若是再滑個二、三次就要掉下來了，我情況很危急！

我聽見爪子搔木板的聲音嘎嘎作響，那可不行！我抽出左前腳但沒有抓牢，單用一隻右前爪搭在架子上搖來晃去。這時候，架子上那個一直盯著我的小怪物看著機會已到，便像丟石頭似的從架上向我的前額躍下。我的前爪失去了最後的一絲憑藉，於是三隻扭成一團，穿過月光筆直地墜落了。

放在架子下一層的研缽、研缽裡的小桶、和果醬空罐，也聯成一氣，連同底下的滅火罐一起掉落。一半落進水缸裡，一半摔在地板上。在深夜裡發出驚人的巨響，連以為自己已經瀕死的我，魂魄也為之驚嚇。

「小偷！」主人拉開嗓門喊叫，從臥房跑了出來。他一手提燈一手持杖，睡眼朦朧中發出主人的炯炯光芒。我在食器旁靜靜蹲著，兩隻怪物已經消失無蹤。

主人心煩地說：「是誰！誰發出那麼大聲音？」聽來怒氣沖沖，卻看不見半個人影。

月已西傾，故銀光半裁，只餘細細皎白。

人類明明就有四隻腳卻只用兩隻，真是浪費。用四隻腳走路多麼方便，人們卻總是只用兩隻腳，另外兩隻就像送禮的兩條鱈魚乾一般，毫無意義地垂著，愚蠢至極。

6

這般酷熱，就連貓也受不了。

英國作家西德尼·史密斯[11]曾痛苦地表示：「恨不得剝了皮、挖了肉，讓骨頭納涼。」即使無法只留下骨頭也沒關係，總覺得想將我這一身淺灰色帶斑紋的皮毛拆下來洗，或是暫且送進當鋪也好。在人類眼裡，也許以為我們貓一年到頭總是一張臉，春夏秋冬總是一張皮，過著最簡陋、最單純、最不須花費的生活。但即使是貓，也知道冷熱之別。倒不是我不想洗澡，只是這身皮毛一旦用水洗過，想曬乾可就不容易。只好忍受一身汗臭味，至今不曾進過澡堂的門。有時也想試著搧扇子，可是握不住扇柄有什麼辦法啊！想到這些就會覺得人類實在太奢侈了。

本來可以生吃的東西，人類偏要特別煮呀、烤呀、滷燉醃泡，費了許多工夫還引以為樂，衣服也是如此。對於生來就有許多缺陷的人類而言，要求他們像貓這樣一年四季一套衣衫，也許有點無理。他們似乎不將那些亂七八糟的玩意兒套在身上，就會活不下去。

看他們靠羊幫助、受蠶照顧，甚至蒙棉田之恩，幾乎可以斷言：「這種奢侈正是無能的表現。」衣食問題，只要睜一眼閉一眼過得去就行了，何況是跟生存無直接利害關係的問題，何

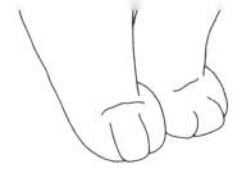



必這般費心？還有頭上的毛髮是自然生長的，所以任其生長是最簡便的，但人類卻花盡心思，梳成千奇百怪的花樣而得意洋洋。

稱之為和尚的光頭者，不管你什麼時候看見，他的腦袋總是泛青，天一熱，就撐傘，天冷則纏上頭巾，既然如此又何必將頭皮刮得泛青呢？

還會用一種毫無意義的鋸條狀物品、名叫「梳子」的玩意兒將頭髮中分，為此樂此不疲。不是中分就是三七分，他們在頭頂人工劃出兩個區域。有人還讓這分界線穿過髮旋通到腦後，活像一片假芭蕉葉。此外還有人將頭頂剃平，左右兩側剪光，圓圓的頭好像扣了個方框，看起來就像花匠栽植的杉木籬笆。另外聽說還有留五分頭、三分頭、一分頭的，說不定以後還會流行往腦袋裡倒剃一分、三分的新款式。總而言之，人類為了髮型這麼嘔心瀝血，真不知究竟為何。

首先，人類明明就有四隻腳卻只用兩隻，真是浪費。用四隻腳走路多麼方便，人們卻總是只用兩隻腳，另外兩隻就像送禮的兩條鱈魚乾一般，毫無意義地垂著，愚蠢至極。

由此可見，人類比起貓實在太閒了，才會想出這些玩笑來自娛。最可笑的是，這幫閒人一見面就大肆聲張：「好忙呀！好忙呀！」臉上也裝出一副很忙的樣子，好像真的要忙死了一樣。

11 西德尼・史密斯：Sydney Smith，英國作家。

有的人見了我常說：「像貓那樣多快活啊！」

想快活就去快活啊！沒人要你們那麼拘束。他們自己愛製造麻煩又喊著好痛苦好痛苦，就好像自己燃起大火卻又嚷嚷好熱好熱一樣。即使是貓，到了發明出二十多種髮型的那一天，也就不可能現在這樣逍遙自在了。若想逍遙就該像我這樣，夏天也只穿這一件毛衣——但還真是有點熱。穿毛衣度過盛夏，的確太熱了。

這麼熱，午睡也睡不成了。很久沒觀察人世，本想今天再去領略一番人們瘋癲勞碌的樣子。偏偏主人在睡覺這一點習性與我相似，午覺睡得不比我少。尤其放暑假之後，更沒做過一件像人樣的事，再怎麼想觀察也沒了對象。

這時候假如迷亭來，主人也許會因為受消化不良影響的皮膚起了反應，而暫時遠離貓。正當我想著如果迷亭先生現在來的話該有多好的同時，突然聽見不知何人在澡堂裡嘩啦嘩啦洗澡，不只有洗澡聲，還不時傳來高聲喊叫著：「喔真好！」、「太舒服了！」、「再沖！」聲音響徹全家。來到主人家能夠這麼粗聲大氣、毫無顧忌的沒有別人，肯定是迷亭。

他終於來啦！今日又可以消磨個半天了。想著想著，迷亭先生已擦了汗，聳著肩，一如往常大搖大擺地走進客廳。

「大嫂！苦沙彌兄在做什麼哪？」他邊呼喊，邊將帽子扔到榻榻米上。

夫人在隔壁，伏在針線盒旁睡得正好，忽然被一陣吵嚷震破耳膜而驚醒。她睜著惺忪睡

眼，來到客廳。

一瞧，迷亭穿著薩摩產的上等麻布衫，占據著上座，不停搖著小扇。

「喔，您來啦！」夫人覺得有點尷尬「我完全不知道呢！」她鼻尖上還沾著汗就寒暄起來。

「啊，我也才剛到一會兒。剛才在澡堂裡，請女傭幫忙沖沖水，好歹保住了命！這天太熱了呀！」

「這兩、三天，即使不動也會冒汗，太熱了。不過您身體還好嗎？」夫人依然沒擦掉鼻尖的汗。

「喔，謝謝。只是熱了點，倒還不會出什麼毛病。不過熱到這種程度，可就不同了，總覺得四肢無力。」

「我一向不睡午覺，可是這麼熱……」

「還是睡了吧？很好啊！要是白天晚上都能睡著，那是再好不過了。」迷亭依舊一派輕鬆，他意猶未盡地說：「像我這種人就不愛睡，體質如此嘛！每次來都看見苦沙彌兄在睡覺，真令人羨慕。這麼熱，胃病患者也會有所影響吧？即使是健康的人，像今天這種天氣，光是肩上頂個腦袋都累得很，但總不能把它拿下來呀！」迷亭不知不覺陷入無法處理人頭的困境。

「像大嫂，頭上還頂個東西，這樣是坐不住的。光是髮髻的重量，就叫人想躺下睡覺

了。」

夫人以為迷亭是從髮髻形狀看出她一直貪睡，便說：「呵呵……嘴巴真壞！」趕緊撥弄她的髮髻，然而迷亭可不在乎。

「大嫂，我昨天在屋頂上進行煎蛋試驗！」迷亭說了件奇妙的事。

「怎樣煎？」

「我看屋瓦熱得很，覺得這樣白白浪費太可惜，於是塗了奶油又打了個蛋。」

「喔？」

「不過，太陽並不那麼中用，連半熟也煎不成。於是我從屋頂下來看報，正巧有客人來，就把屋瓦煎雞蛋的事給忘了。今天早上忽然想起，心想煎得差不多了吧？上去一看……」

「怎麼樣？」

「何止半熟，全都流掉了！」

「哎呀！」夫人皺起眉頭感嘆著。

「不過，立秋前還那麼涼爽，現在竟又熱起來，還真奇怪啊！」

「可不是嗎？前陣子只穿一件衣服還覺得冷呢！前天開始就突然變熱起來。」

「這時節螃蟹應該橫著爬了，但今年的天氣簡直倒退而行。說不定是在預言『倒行逆施有何不可？』」

「你說什麼？」

「沒什麼。是說氣候這麼反常，就像海克力斯[12]的牛呢！」

迷亭得意忘形愈說愈離譜，大嫂果然又不知所以然了。剛被「倒行逆施」那句話弄得尷尬不敢再問，這回也只「嘿」了一聲。

她既不反問，迷亭也就無法再提。「大嫂，你知道海克力斯那頭牛嗎？」

「我不知道。」

「不知道？我來解釋解釋吧。」夫人不好意思拒絕回了聲「嗯……」。

「從前有個叫海克力斯的人，他有一頭牛。」

「海克力斯是牧童？」

「他可不是牧童，也不是牛肉店老闆。那時候希臘連一家牛肉店也沒有哩！」

「喔，是希臘的故事嗎？繼續說吧！」夫人只知道有希臘這麼個國家。

「我不是告訴你海克力斯了嗎？」

「海克力斯就是希臘的意思嗎？」

「不，海克力斯是希臘的一位英雄。」

「難怪我不知道。那麼他怎麼啦？」

12 海克力斯：Hercules，希臘神話的半神英雄。

「他呀，像大嫂一樣睏得很，呼呼大睡……」

「哎呀，討厭！」

「他正睡著，伏爾坎[13]的兒子來了。」

「伏爾坎是誰？」

「伏爾坎是個鐵匠。他兒子偷走了那頭牛，可是這小子是拉著牛尾巴往後拖的。海克力斯睡醒之後，到處找牛都找不著，也不可能找得到的。即使他順著牛腳印找也找不到，因為小偷不是牽著牛往前走，而是拉著牛倒退走啊！鐵匠的兒子真是太精明啦！」

迷亭已經忘了天氣一事，又說：「苦沙彌老兄近來怎樣了？還在睡午覺嗎？午睡出現在漢詩裡還挺風雅的，不過像苦沙彌兄那樣當作日課般酣睡，可就有點俗氣了。整日無所事事，跟死了差不了多少。大嫂，麻煩你叫他起來吧！」迷亭催促著她。

夫人頗有所感：「是啊，這樣的確不像話。他剛剛吃過飯，這樣會把身子搞壞的。」

夫人剛要走迷亭又說：「大嫂！說到吃飯，我還沒吃飯呢！」一副滿不在乎地不問自答。

「啊，是吃飯的時候了。我怎麼忘了。可是沒什麼東西吃，將就一點吃茶泡飯吧？」

「不要，若是茶泡飯，不吃也罷。」

「還是說東西不合你胃口呀！」夫人略感厭煩。

迷亭似有所悟：「不，茶泡飯也罷，湯泡飯也罷，都不用了。剛才在路上，我已經順便叫

了些飯菜，就在這兒享用吧！」他說了一般人做不來的事。

夫人只「啊」了一聲。這聲「啊」包括了驚訝、不快、免卻麻煩而謝天謝地等含意。因為太過吵鬧，主人彷彿好夢被驚醒似的，臭著臉走出書房。

「你這個人總是那麼吵。好不容易好好睡一覺……」主人連打呵欠臭著臉說。

「喔你醒啦？驚擾美夢抱歉之至，不過偶爾為之，也不錯。呵，請坐。」這般招呼真是反客為主了。主人默默就坐，從鑲嵌菸盒裡抽出一支「朝日」牌香菸，開始呼呼抽著。忽見迷亭扔在對面角落的那頂草帽，問道：「你買了帽子？」迷亭立刻將草帽遞到主人夫婦面前炫耀地說：「怎麼樣？」

「嗯，很漂亮！作工細緻，質地又柔軟！」夫人頻頻撫摸。

「大嫂！這頂帽子可是寶貝啊！說有多珍貴就有多珍貴。」迷亭握緊了拳頭，啪地一聲打在巴拿馬草帽的側面，草帽乖乖地凹出了個拳頭大的洞。

「啊！」夫人驚叫一聲。

說時遲那時快，迷亭又把拳頭伸進帽裡一撐，帽子又鼓起來。接著他又雙手捏住兩邊帽簷，用力壓扁。壓扁了的草帽活像用桿麵棍壓過的餅似的，再將它像捲蓆子般一圈圈捲起來。

「看，不錯吧！」說著，他將捲餅草帽揣進懷裡。

13 伏爾坎：Vulcan，羅馬神話中的火神。

夫人彷彿看了歸天齋正一的魔術，感嘆地說「真是神奇啊！」

迷亭也就裝模作樣，剛剛從右袖塞進懷裡的草帽，又特地從左袖口掏出。

「完全沒壞！」說著，草帽恢復原狀，他用指尖頂住帽子溜溜打轉。以為就此結束？不，最後他又把草帽啪地一聲扔到身後，一屁股坐下。

「喂，你這樣沒問題嗎？」連主人都有點擔心了。

夫人更是憂心提醒著他：「好不容易買了頂這麼好的帽子，要是弄壞可就糟了，算了吧！」

只有草帽主人得意洋洋。

「就是因為壞不了，才妙啊！」說著，他從屁股下抽出被坐得皺巴巴的草帽戴在頭上。真神奇，那草帽竟立刻恢復原狀。

「真是堅韌的帽子，沒問題吧？」夫人愈是佩服。

「喔，沒什麼，本來就是這樣的帽子嘛！」迷亭戴上帽子回答夫人。

「你也買一頂這樣的帽子吧！」隔了一會兒，夫人勸丈夫說。

「苦沙彌兄不是有一頂漂亮的帽子嗎？」

「前些天被孩子踩壞了。」

「哎呀，那太可惜囉！」

「所以才想買一頂像您這樣堅韌的帽子就好啦！」夫人不知道巴拿馬草帽的價錢，頻頻勸丈夫：「就買這樣的吧！嗯？」

接著迷亭又從右袖裡掏出一只紅盒，盒裡有一把剪刀，他拿給夫人看。

「大嫂，看過草帽接著請看這把剪刀，這也是非常貴重的寶貝，有十四種用途呢！」

假如沒有這把剪刀，主人一定會被逼去買巴拿馬草帽，幸虧夫人畢竟擁有女人特有的好奇心，他才免去一場浩劫。說這是出於迷亭的機智，其實只是純屬僥倖。

「這把剪刀為什麼會有十四種用途？」夫人問。

迷亭君得意地說：「我現在為妳一一說明，仔細聽好嗎？這裡有個月牙形的缺口吧？把雪茄往這兒一放，就能剪斷雪茄頭。根部也有設計，可以在這兒剪鐵絲。把它弄平放在紙上，可以當尺畫線用。刀背上有刻度，可以量東西。表面有個小銼刀，可以用來磨指甲。很好吧？把這個尖端插進螺絲釘，還可以當作小螺絲起子。這一頭插進一般釘封木箱，能輕易將箱蓋撬開。再看，這個刀尖可當錐子用，把寫壞的字刮掉。拆卸開來，又可以當一把刀。最後……哈，大嫂，最後一個最有趣了。這兒有個蒼蠅眼珠般大的圓球吧？您看看……」

「討厭，你一定又想捉弄我了。」

「別那麼不信任我嘛！妳就當再上一次當，看看就行了。嗯？不行嗎？看一眼就好了。」

說著把剪刀遞給了夫人。

夫人疑遲地接過剪刀，眼睛貼在蒼蠅眼珠的地方往裡面看個不停。

「看見了嗎？」

「一片黑呀！」

「一片黑？不對，您稍微轉向紙門方向，別把剪刀放倒……對啦對啦，這樣就看得見了吧？」

「啊，是照片呀！怎麼能把這麼小的照片貼上去呢？」

「妙吧！」夫人和迷亭一問一答。

主人一直默默無語，這時他似乎也想看一眼那張照片。

「喂，讓我也看一下！」

「真漂亮！是個裸體美人哪！」

夫人仍舊將剪刀貼在臉上，不肯交出去。

「喂，讓我看看嘛！」

「等等。頭髮真美呀，及腰長髮。微微仰著臉來，身材也高。真是個美人。」

「喂，叫妳給我看看！妳看得差不多了吧！」主人不耐煩，教訓起妻子來了。

「喔，讓您久等了。請看個夠吧！」妻子將剪刀遞給主人時，女傭從廚房走來說：「客人訂的飯菜送到了。」她將兩籠蕎麥麵端進客廳。

「大嫂！這是我自備的伙食。不好意思，我就在這兒好好享用了！」迷亭彬彬有禮地客套了幾句。聽來既正經，又像開玩笑，弄得夫人無言以對，只好輕聲說：「喔，請便！」

主人終於把目光從照片上移開，然後說：「迷亭，大熱天吃麵傷胃啊！」

「沒關係，喜歡吃的東西可不是常常遇得到。」邊說著邊揭開籠蓋。

「真不錯！麵條口感的韌勁，和人的粗心大意，向來都是很難掌握的！」他邊把佐料放進湯裡，亂攪一通。

「你放那麼多芥末會很嗆喔！」主人擔心提醒他。

「蕎麥麵嘛，就是要蘸汁配芥末吃。你不愛吃蕎麥麵吧？」

「我愛吃烏龍麵。」

「烏龍麵是馬夫吃的。再也沒有比不知道蕎麥麵之美味的人更可悲的了。」說著，他用杉木筷子往籠裡一插，努力將麵提了二寸高後說：「大嫂，吃蕎麥麵也有各種流派呢！不會吃的人只是將麵浸到汁裡，再胡亂吃到嘴裡，這樣是吃不出蕎麥麵味道的。應該像這樣，高高挑起來吃才對！」他邊說邊舉起筷子，將一團長長的麵條挑起一尺之高。迷亭以為差不多了，但往下瞧，還有十二、三根麵條尾巴留在籠裡，糾纏在竹簾餐墊上。

「這傢伙可真長啊！怎麼樣大嫂，這麼長呢！」迷亭又找夫人作為談話對象。

「是啊，真長！」夫人顯得十分佩服的樣子。

「把這長麵條三分之一沾上汁，然後一口吞下。不能咬，一咬麵條就沒味了。要呼嚕嚕滑進喉嚨才行！」

他高高舉起筷子，麵條好不容易離了竹籠，再將麵條往左手碗裡稍稍一放，麵條尾部慢慢沾了汁。

按阿基米德原理，麵條放進多少，汁就升高多少。然而碗裡的醬汁原本就有八分滿，迷亭纏在筷子上的麵條還放進不到四分之一，碗裡的醬汁就快滿出來了。迷亭的筷子在離碗五寸處突然停下，停下不動不是沒道理的，因為再放進一點湯汁就要滿出來了。這時迷亭似乎也有點猶豫，但見他忽然以脫兔之勢將口湊進筷子，咻咻幾聲，喉頭上下動了兩、三下，筷子上的麵條已一掃而光。仔細一看，迷亭眼角流了一、兩滴淚水到臉頰上來。到底是芥末的關係？還是狼吞虎咽的結果？這就不得而知了。

「真是佩服！竟然一口吞下。」主人服氣地說。

「真了不起！」夫人也讚賞迷亭的絕技。

迷亭一言不發，放下筷子，拍了拍胸膛才說：「大嫂，一籠麵大約三口半或四口就可以吃完。再多就沒味道了。」說罷便用手帕擦擦嘴，歇一口氣。

這時，寒月不知為何，天這麼熱卻戴著棉帽，兩腳沾滿泥巴跑了進來。

「啊，美男子駕到！我正在用餐，暫且失陪。」迷亭在眾人環座中，毫不客氣地擺平了另一籠蕎麥麵。這回他不僅沒像剛才那樣狼吞虎嚥，也沒用手帕擦嘴，不歇口氣便輕輕鬆鬆吃掉兩籠麵，表現還算不錯。

「寒月君，博士論文已脫稿了吧？」主人問罷，迷亭緊接著說：「金田小姐已經等不及了，快點交稿吧！」

寒月照舊露出噁心的笑容說：「真是罪過。我也想早點交稿，讓她安心。但問題總歸是問題，要花很大的心力研究才行。」本來沒人想將這問話當真，他卻一本正經地回答了。

「是呀，問題總歸是問題，事情不能照鼻子的意思那樣做。當然啦，那麼大的鼻子，倒也有仰其鼻息的價值！」迷亭也以寒月的方式搭話。

還是主人比較正經，他問道：「你的論文題目是什麼？」

「紫外線對青蛙眼球電動作用的影響。」

「真妙，不愧是寒月先生！青蛙眼球，很特別吧苦沙彌兄，在論文脫稿以前，應該先把這題目報告給金田家知道吧？」

主人不理迷亭，問寒月：「這種研究，很辛苦吧？」

「是的。這是個非常複雜的研究主題，青蛙眼球的透鏡構造並不那麼簡單，必須進行種種實驗。首先要做一個玻璃圓球，才能進行實驗。」

「做玻璃球還不容易，到玻璃店去不就好了嘛！」

「不，不……」寒月仰起身子說「圓呀，直線呀，都是幾何學上的術語。完全符合定義的理想圓與直線，在現實世界是不存在的。」

「既然不存在，何必追求？」迷亭插嘴說。

「我想先試做一個可以用來實驗的玻璃球，前幾天已經開始做了。」

「做成了嗎？」主人問得可輕鬆。

「怎麼做得成呢？」寒月說完，又覺得有所矛盾，便說：「嗯，十分困難。要一點一點地磨。覺得這邊的半徑太長，就稍稍磨小一點，但另一邊卻又太長了。費盡力氣慢慢磨，整個又變成橢圓形。好不容易把橢圓矯正過來，直徑又不對了。開始磨的時候，那圓球有蘋果那麼大，可是磨到後來只剩草莓那麼小了。再堅持磨下去，就像大豆一般大小。即使這樣，也磨不成完整的圓。我還是繼續認真地磨……從正月開始，已經磨壞了大大小小六個玻璃球。」不知是真是假，寒月喋喋不休地說。

「你在哪裡磨呀？」

「當然在學校實驗室。大清早就開始磨，午飯時間休息一下，然後一直磨到天黑。很不容易呢！」

「那麼說來，你最近一直說忙，連星期日也到學校去，就是為了磨玻璃球吧？」主人問道。

「沒錯。最近從早到晚，整天磨玻璃球。」

「可以說是『磨球博士潛入館』囉！鼻子夫人要是聽說你那麼認真，一定覺得難能可貴吧？前些天我有事去圖書館一趟，回來時剛跨出門，意外遇見了老梅兄。他畢業後還跑圖書館，我覺得非常不可思議，我便說『真用功啊，令人敬佩。』他卻做了個鬼臉說『我不是來看書的。只是剛才經過門前突然內急，才進來借用一下。』說完哈哈大笑。老梅和你，恰是最好的對比，無論如何都想收進新編的《蒙求》裡呢！」迷亭一如往常，做了又臭又長的說明。

「你每天磨球，倒也沒關係。不過到底何時才能磨成功呀？」主人有些嚴肅地問。

「照目前情況，要十年吧！」看樣子，寒月比主人更不在乎。

「十年？快點磨成比較好吧！」

「十年還是快的。萬一有意外，要二十年呢！」

「這還了得！那博士豈不很難到手？」

「是啊！我也想早一天磨成，好叫金田小姐放心。可是沒有磨成玻璃球，不可能進行實驗……」寒月停了一會兒說：「不過用不著擔心。金田小姐也完全了解，我正一心一意磨球。其實兩、三天前去的時候，就已經把情況說清楚了。」他頗為得意地說。

這時，不知三人對話的夫人奇怪地問道：「可是金田小姐不是從上個月就去大磯了嗎？」

寒月似乎有些招架不住，裝蒜地說：「那就怪了。怎麼一回事？」

每當這種時候，迷亭絕不會放過機會。不論是談話中斷，還是不好意思、打起瞌睡、或是陷於僵局等等，任何情況他都會找機會插嘴。

「本來上個月去大磯，可是兩、三天前卻在東京相遇，真夠神祕。這就是心有靈犀一點通吧！相思最深的時候，常常出現這種現象。聽來好像作夢一樣，但就算是夢，也遠比現實真切。像大嫂這樣，嫁給了苦沙彌這種不懂思念，也不會被思念的人，是不會知道畢生之戀是何等滋味，當然不會理解囉……」

「你這話有什麼根據？真是瞧不起人。」夫人猛然攻擊了迷亭一番

「你自己不是也從沒害過相思病嗎？」主人從正面助夫人一臂之力。

「唉，說到我的風流史，不管哪一件事都要經過七十五天以上，你們大概都忘得差不多了……說真的，我這把年紀還過著單身生活，這也是失戀的結果呀！」迷亭依次環視著在座每一張臉。

「嘿嘿，真有意思！」夫人說。

「又在胡說了！」主人向庭院望去。

只有寒月依然笑瞇瞇地說：「為了有助於後進，請談談您的往日風流史吧！」

「我的故事都很神祕，如果說給已故的小泉八雲[14]聽，他一定會很喜歡。遺憾的是老師已經長眠了。老實說，我沒興趣再提了，但承蒙盛情，我就敞開來說吧！不過你可要聽到最後

喔！」他叮嚀了一番才進入正題。

「回憶起來，距今……啊，是幾年前啦……真麻煩，姑且算是十五、六年前吧！」

「別開玩笑！」主人嗤之以鼻。

「你的記性太壞了。」夫人打趣地說。

只有寒月堅守諾言，不發一語地似乎想趕快聽下去。

「總之，某年冬天我在越後地區，經過蒲原郡筍谷，登上蛸壺嶺，準備到會津領[15]之時……」

「真是怪地方。」主人又打岔。

「請你好好聽！挺有意思的。」夫人戲謔。

「這時天黑了，路也看不清，肚子又餓。沒辦法，只好敲了山腰一戶人家的門，請求借宿一晚。只聽有人回話說『沒問題，請進！』我一看，舉著蠟燭照著我的，是一個姑娘，看著她的臉，我不禁渾身一顫。從這時起，我才真切體驗到愛情的魔力。」

「哎呀，那個半山腰上還會有美人？」夫人說。

14 小泉八雲：原名Lafcadio Hearn，英國作家。一八九六年歸化日本，曾任教東京大學、早稻田大學。

15 會津領：德川時代會津藩的領地，今福島縣一帶。

「不管是山還是海，夫人，我真想讓妳看那位姑娘一眼呀！她梳著文金高島田型的髮髻喔！」

「哦？」夫人聽得入神了。

「我進屋一看，哇！八蓆大房間中央砌了一個炕爐。姑娘、姑娘的爺爺奶奶和我四人，圍坐在爐旁。他們問我『肚子餓了吧？』我懇求地說『什麼都行，請給我點東西吃吧！』於是老人說『既然貴客臨門，就做一頓蛇飯吃吧！』啊，接下來要進入失戀的橋段，可要好好聽著。」

「老師，好好聽著倒沒問題。不過那是越後地區，冬天不會有蛇吧？」

「喔，言之有理。但這麼詩意盎然的故事，就不該拘泥於考據了。在泉鏡花的小說裡，不是說雪裡還有螃蟹嗎？」

「不錯。」寒月又恢復了洗耳恭聽的姿態。

「當時，我什麼都敢吃。什麼蝗蟲、蛞蝓、紅蛙啦，都已吃膩了。吃頓蛇飯，倒合胃口。我便請老人家盡快做飯。於是他把鍋掛在爐上，倒些米，開始煮了起來。奇怪的是，一看鍋蓋上頭有大大小小十幾個洞，從洞裡呼呼冒出蒸氣。真是好方法，鄉下人也叫人佩服！這時，老人家忽起身出去。過了一會兒回來後，腋下夾著個大竹簍。他將竹簍隨手擱在爐旁。我往裡面一瞧，哇那些長長的傢伙，大概是太冷了全縮成一團。」

「這話就不用說了，真討厭！」夫人皺著眉說。

「為什麼？這可是我失戀的最大原因，萬萬不能跳過。沒多久，老人家左手提著鍋蓋，右手抓起那些盤在一起的傢伙扔進鍋裡，立刻蓋上鍋蓋。當時就連我也嚇得有點喘不過氣來。」

「不要講了，好噁心啊！」夫人一直很害怕。

「快要到失戀那一段了，忍一下嘛！不到一分鐘，突然從鍋蓋洞口裡鑽出一個蛇頭，我嚇了一跳。另一個洞口也突然鑽出個蛇頭。我說『又出來了！』不一會兒，這也一條那也一條，終於鍋蓋上滿是蛇頭！」

「為什麼都鑽出頭來？」主人問。

「因為鍋裡熱，忍不住想鑽出去呀！過了一會兒，老人家說聲『行了，可以拉出來了。』老媽媽說『知道了。』姑娘也點點頭，於是一人抓住一個蛇頭，用力一拔。這麼一來，蛇肉都留在鍋裡，只有蛇骨全拔出來了。」

「這就是拔蛇骨吧？」寒月笑著問。

「一點也沒錯，就是拔蛇骨。很巧妙吧？然後掀開鍋蓋，用勺子將米飯和蛇肉拌勻，對我說『請用吧！』」

「你吃了嗎？」主人冷冷地問。

夫人哭喪著臉發著牢騷說：「不要再講了。真噁心，怎麼吃得下飯？」

「大嫂，妳沒吃過蛇飯才會這麼說。妳吃一次看看，那味道終生難忘呀！」

「哎呀，受不了，誰要吃！」

「於是，我吃得飽飽，也不覺得冷了，而且毫不客氣地欣賞姑娘的美貌，已經沒有任何遺憾了。這時姑娘說『請休息吧！』也許是因為旅途勞累，我一躺下就睡得死死的。」

「後來怎麼樣？」這回夫人又催他講下去。

「後來，第二天醒來就失戀了。」

「怎麼回事？」

「喔，倒也沒什麼。我早上起來，抽著菸往窗外一看，對面水桶旁有個光頭在洗臉。」

「是老頭，還是老太婆？」夫人問。

「當時我也分辨不清，仔細看了一會兒後，那光頭轉過臉來面向我，我不禁大吃一驚，原來是我昨晚愛上的那位姑娘！」

「可你開頭不是說，這姑娘頭梳島田髻嗎？」

「昨晚是梳島田髻呀，的確是漂亮的島田髻啊！可是到了第二天早晨，竟成了光頭。」

「你又騙人了吧？」主人照例將視線移向天花板。

「當時我太意外了，心裡有點害怕。但我還是從旁觀察。只見光頭洗完了臉，將放在身旁石頭上的島田假髮，忙亂地套在頭上，若無其事地走進屋裡。我心想原來如此！從此我便失戀

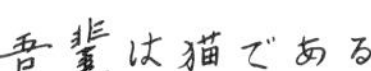

了，淪為喟嘆命途多舛之人。」

「竟有這樣無聊的失戀。是吧？寒月？因為無聊，所以他雖然失戀還是依然這麼神采奕奕啊！」主人向寒月評斷迷亭的失戀。

寒月卻說：「不過假如那位姑娘不是光頭，有幸帶她來到東京的話，迷亭老師說不定會更神采奕奕。總之難得遇見了這樣的姑娘，卻是個光頭，真是遺恨千古啊！但是那麼年輕的女人，怎麼會掉光了頭髮呢？」

「我也曾對這件事反覆思考。我想一定是蛇飯吃太多了，蛇飯可是毒火攻頭呀！」

「但你倒一點事都沒有，完整無缺。」

「幸好我沒有禿頭，不過從那之後卻變成了近視眼。」說著他摘下金框眼鏡，用手帕輕輕擦了擦。過了一會兒，主人猛然想起，慎重地問道：「到底什麼地方神祕了？」

「那頂頭套是從哪裡買來的？還是撿到的？我百思不得其解，光是這一點就很神秘呀！」說著迷亭又將眼鏡架到鼻梁上。

「簡直像聽了一段單口相聲！」夫人評論說。

迷亭的胡說八道，到此告一段落。本以為已就此打住，想不到這位先生，只要他的嘴沒堵起來就無法保持沉默。

他又說：「我的失戀雖然也是一段痛苦的經驗，但假如當時不知道就把她娶回家，必將終

生礙眼。仔細想想，的確危險！結婚這種事，常常到了關鍵時刻，卻發現意外地隱藏著的傷口。我勸寒月君也不要那麼朝思暮想、獨受煎熬了，還是趕快專心磨你的玻璃球吧！」

寒月故作為難的樣子說：「是啊，我也想專心磨玻璃球。但對方不答應，真是為難。」

「對啦！剛剛被你們一鬧，漏了一件好笑的事。說起跑進圖書館小解的那位老梅，那才真是離奇呢！」

「怎麼回事？」主人聽得起勁。

「是這麼回事的，這位先生從前曾在靜岡的東西館，住過一個晚上。僅僅一夜，當晚就向一位女傭求婚了。我雖然滿不在乎，可也不到那種程度。那時旅館裡有位出名的美女叫阿夏，到老梅房間來侍候的剛好就是她。這也難怪了。」

「豈止難怪。這和你到什麼山嶺上，不是一樣的嗎？」

「有點相似，老實說我和老梅不相上下。總之老梅向阿夏求婚，還沒得到回應，老梅就突然想吃西瓜。」

「什麼？」主人一臉莫名其妙。

不僅主人，連夫人與寒月也不約而同地歪頭沉思。

迷亭卻滿不在乎，繼續說了下去。

「老梅叫來阿夏，問她靜岡有沒有西瓜。阿夏說『即使是靜岡，也是有西瓜的。』阿夏端

了滿滿一大盤西瓜，老梅將西瓜一掃而光，並等待阿夏的回應。回音還沒等到，肚子就開始痛了。唉唉直叫，肚痛仍未消，便又叫來阿夏，問她靜岡有沒有醫生？阿夏說『就算是靜岡，也是有醫生的。』於是帶來一位名字好像從千字文裡偷來，名叫「天地玄黃」的醫生。第二天早晨，肚子終於不疼了。啟程離去前十五分鐘，叫來了阿夏，問她昨天求婚的事是否願意答應。阿夏笑著說『我們靜岡，西瓜也有，醫生也有，就是沒有一夜成親的新娘！』姑娘說罷，拂袖而去，據說後來再也沒見過面。從此老梅和我一樣失戀了，而且除了解手，再也不到圖書館來，想來女人真是禍水啊。」

對這個觀點，主人接了腔：「一點也不假。不久前讀繆塞[16]的劇本，書中人物引用羅馬人一段話說『比羽毛輕的是塵埃，比塵埃輕的是清風，比清風輕的是女人，比女人輕的是虛無……』說得真是精闢！女流之輩，真叫人莫可奈何啊！」主人竟在這微妙的問題上大放厥詞。

洗耳恭聽的夫人，自然不肯放過：「你說女人輕了不好，男人重了也不是什麼好事吧？」

「重？什麼意思？」

「重就是重啊，像你那樣。」

「我怎麼重了？」

16 繆塞：Alfred de Musset，法國劇作家、詩人、小說家。

「你還不重嗎？」

一場奇妙的辯論開始了。

迷亭聽得津津有味，不久後他又開口了「這樣面紅耳赤互相攻訐，才是夫妻關係的真實面目吧！以前的夫妻一定很沒趣。」他的話模棱兩可，不知是在戲謔還是在讚賞。

本以為就此打住，可他又以同樣語調繼續發揮：「以前沒一個女人會與丈夫頂嘴。但那豈不像是娶了個啞巴妻子？這我一向不贊成。巴不得有大嫂那樣敢說『你還不重嗎？』的人，要是娶個老婆，不吵上一、兩次架那多悶啊！拿我母親來說，在父親面前只會唯唯諾諾。共同生活了二十年，據說除了參拜神社外，不曾一同跨出大門一步，這豈不太慘了嗎？不錯，多虧母親我才記全了列祖列宗的戒名。男女之間是這樣的：我們小時候，畢竟不可能像寒月君那樣，和心上人合奏一曲啦，靈魂做了轉換好以『朦朧體』[17]相會啦……」

「真可憐！」寒月低下頭來。

「的確可憐！而且那時候女人的品行，未必比現在的女人好。大嫂近來議論紛紛，說什麼女學生墮落。其實以前比現在嚴重得多！」

「真的？」夫人很認真。

「是呀！我不是胡說，證據確鑿。苦沙彌兄，你也許記得直到我們五、六歲時，還有人把女孩子像南瓜一樣裝進籠子裡，用扁擔挑著沿街叫賣，是吧？」

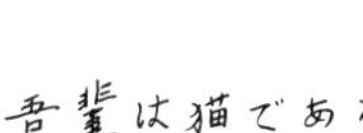



「我不記得這種事。」

「你家鄉情況如何我不知道，在靜岡確實如此。」

「真有這種事？」夫人小聲說。

「真的嗎？」寒月也不相信地問。

「是真的，我父親就討價還價過。那時我大約六歲。我和父親從油町散步到通町，迎面有人大喊『買女孩囉！買女孩囉！』我們剛好走到二街拐角，在伊勢源綢緞莊門口碰上那男人。伊勢源的門面有十根柱子寬，有五個倉庫，是靜岡縣最大的綢緞莊。現在去看啊，也還保持得完完整整的。掌櫃叫作甚兵衛，坐在帳房裡總哭喪著臉，像三天前死了娘似的。他身旁坐著一名二十四、五歲的年輕人，名叫阿初。這小子面色蒼白，彷彿信奉了雲照大師，三七二十一天都吃麵湯度日似的。阿初身旁是阿長，愁眉苦臉對著算盤，活像昨天家裡失火似的。挨著阿長的……」

「你到底要講綢緞莊的故事，還是講人口販子的故事？」

「是的是的，我是要講人口販子的故事。說真的，這綢緞莊也有好多奇談嘛！今天暫且割愛，只講人口販子的故事吧！」

「人口販子的故事乾脆省略算了。」

17 朦朧體：指詩文繪畫未具明確的意義或輪廓，常用於新體詩的評語上。「靈魂做了轉換」之語也暗指新體詩的主題。

「為什麼？這用於研究女人在二十世紀的今天和明治初年的人格比較，是大有參考價值的資料，怎麼能輕易省略呢！且說，我和父親來到伊勢源門前，那人口販子見了我父親說『老爺，還剩下一點貨，兩個女孩削價便宜算，你就買下吧！』說著他放下扁擔，擦了擦汗。我一瞧，前後兩籃裡各裝一名小女孩，大概兩歲左右。父親問他『要是便宜，倒可以買。只有這兩個？』販子說『是啊，不巧今天都賣光，只剩這兩個。』並將兩個小女孩拎到父親面前，像拿南瓜似地說『哪個都行，儘管挑。』父親啪啪敲了幾下腦袋說『聲音不錯呀！』接著開始講價。大大殺價之後父親說『是可以買下。不過品質沒問題吧？』販子說『當然！前邊那個我看得清清楚楚，不會有問題。後邊那個，我後面沒長眼睛不敢保證，也許會有點毛病，價錢可以少算一點。』這一場對話，至今我還記得清清楚楚。在幼小心靈裡，還覺得女孩子原來是大意不得的東西呢！不過到了明治三十八年的今天，再也沒有挑著女孩沿街叫賣這種事了，也沒聽過後面沒長眼睛，所以不敢保證這種事。因此依我看來，多虧西方文明影響，女子的品格也有相當的進步了。同意嗎寒月君？」

寒月在回答前，先清了清喉嚨，然後故作低沉聲音說：「現代女性常在上下學途中，在音樂會、慈善會或遊園會上自己拍賣自己，所以沒必要雇什麼人口販子，喊什麼買女孩，幹那種下賤勾當。人的獨立性越發達，就自然如此。老人們總杞人憂天，自尋煩惱，但這是文明發展的趨勢，是值得高興的現象，我倒暗表祝賀之意呢！就算是買主，也沒有人會愚蠢到去敲敲腦

袋，問貨色如何，大可放心。而且身在這般複雜的今日社會，誰有工夫做這麼繁瑣的事啊？所以女人恐怕到五、六十歲也找不到買主，嫁不出去的大有人在吧！」

寒月不愧是二十世紀青年，大談當代思潮，然後將「敷島」牌香菸往迷亭的臉上直吹。但迷亭可不怕「敷島」牌的煙。

「所論甚是。如今的女學生、小姐們，全身骨肉甚至皮膚，都有自尊自信的觀念，處處不輸男人，令人欽佩之至。拿我附近的女學生來說吧，穿件窄袖衣服還吊著單槓，了不起呢！每當我從二樓窗口看她們做體操，就會想起古希臘女人。」

「又是希臘！」主人冷笑道。

「大多數有美感的都起源於希臘，有什麼辦法？美學家與希臘，畢竟是不可分的。尤其欣賞那曬黑皮膚的女學生專心做著體操，我總會想起昂格諾迪斯[18]的趣聞。」迷亭擺出一副博學多聞的模樣。

「又一個古怪的名字！」寒月依然笑瞇瞇。

「昂格諾迪斯是一位了不起的女人，我佩服得五體投地。按當時雅典的法律，是禁止婦女助產的，這太不方便了，昂格諾迪斯也許也感到不方便。」

「什麼？那是……」

18　昂格諾迪斯：Agnodice，古希臘時期人物。為不受古代思維影響，致力於醫學界的一名女醫師。

「是女人，女人的名字。這女人左思右想，女人不能助產實在可悲，而且非常不方便，她太想當助產士了。她拱手沉思了三天三夜，第三天拂曉時，她聽到鄰家嬰兒哇的哭聲，頓時恍然大悟，隨即剪掉長髮女扮男裝，去聽希洛菲勒斯講課。她從頭到尾上完課，認為差不多了，便開業當起助產士。當時生意可真興隆。這家嬰兒呱呱墜地，那家嬰兒也哇哇降生，好像趕流行一樣。這些全都由她一手包辦，因此發了一筆大財。然而人間萬事猶如塞翁失馬，福無雙至禍不單行。祕密終於還是被揭露，說她犯了政府法令，須判重刑。」

「簡直像說書一樣。」夫人說。

「很動聽吧？不過雅典婦女們聯署請願，司法者不得不理，於是將她無罪釋放，甚至頒佈命令，從此女子也有選擇擔任助產士的自由。一場風波總算平息。」

「你真是博學，令人佩服！」夫人說。

「是啊，一般的事，無所不知。不知道的只有自己的蠢事，但這也略有所知。」

「哈哈哈，真愛開玩笑！」夫人笑得前傾後仰。這時格子門的鈴聲清脆地響了。

「啊，又有客人了。」夫人說著，退入飯廳。夫人才走，越智東風便進了門。

連東風君都上場了，出沒於苦沙彌家的怪人們，雖不能說悉數網羅，倒也足以撫慰我寂寥的心情。若連這樣都還不滿足，那就要求太多了。

假如運氣不好被養在別人家裡，說不定畢生連教師都沒見過就一命嗚呼了。有幸成為苦沙

彌先生門下的貓，朝夕服侍左右。在廣大的東京中絕無僅有的迷亭、寒月乃至東風這些以一當十的豪傑們，他們的言行舉止我躺著就能夠欣賞得到，真是三生有幸。

大熱天的，多虧了他們，才使我忘記毛皮裹身之苦，開心地消磨了半日時光，真是非常感激。群英匯集自不會草草收場。我從紙門後恭敬地觀看下去。

「久違了，近來可好？」東風俯身一拜，他的頭一如往昔梳得明亮。

如果只看頭，他倒很像唱小戲的戲子。但看他鄭重其事地穿著硬邦邦的小倉布褲子，又像是榊原健吉[19]的入室弟子呢！因此東風的身體，像平常人一樣只有肩膀到腰部。

「喔，大熱天的，難得你來。請進來啊！」迷亭像在自己家裡似地招呼。

「好久沒見迷亭老師了。」

「是呀，今年春天的朗誦會之後再也沒見面了。說到朗誦會，近來還在舉行吧！之後又扮演宮小姐嗎？你演得真好啊，我拚命鼓掌你有注意到嗎？」

「是啊！承蒙捧場，我才鼓起最大的勇氣一直演到最後。」

「下一次幾時舉行？」主人插嘴問。

「七、八兩個月休息，九月份應該又會熱鬧起來。有什麼好題材嗎？」

「這個嘛……」主人漫不經心地回答。

19 榊原健吉：德川幕府末年學習直心影流劍法的劍客。明治維新後設擊劍會，在下谷設武壇。

「東風君，把我的作品演一演吧？」這時寒月搭話了。

「你的作品一定很有趣，不過到底是什麼呀？」

「劇本！」寒月加重了語氣，全場人都驚訝得目瞪口呆，一起望著寒月。

「劇本？真了不起。是喜劇還是悲劇？」對於東風君追問，寒月先生依然十分鎮靜地說：

「既非喜劇也非悲劇。近來舊劇新劇多的是，我也想推陳出新，便寫了個俳劇。」

「什麼是俳劇？」

「就是俳句風格的戲劇，簡稱為俳劇。」寒月回答。連主人和迷亭都聽得入迷。

「那麼，請問是什麼內容？」還是東風君在問。

「因為源於俳句，冗長就不好了，所以寫成了獨幕劇。」

「原來如此。」

「先從道具說起吧！最好簡單一些。在舞台中央放了棵柳樹，從樹幹向右橫出一枝，枝上停著一隻烏鴉。」

「但願烏鴉能乖乖站著不動。」主人喃喃說著，不大放心的樣子。

「那不難，可以用繩子把烏鴉的腳綁在樹枝上。樹下放一個澡盆，盆裡坐著一位美人，正用毛巾搓澡。」

「這可有點頹廢派。首先，誰來扮演那女人？」迷亭問。

「馬上就找得到。可以雇一名美術學校的模特兒。」

「那，警察可要找麻煩了。」主人還在擔心。

「只要不是公演應該就沒關係，要是這都取締，學校裡的裸體寫生要怎麼畫？」

「可是那是為了教學呀，供人們觀賞的可就不同了。」

「做教師的都這麼說了，日本怎麼會進步？繪畫也好，戲劇也罷，同樣都是藝術啊！」寒月氣勢洶洶地表示。

「算了別爭論了。接下來怎麼樣呢？」東風君好像有心一試，很想了解一下劇情。

「這時，俳句詩人高濱虛子拿著手杖，頭戴白燈芯帽，身穿薄絹外袍，碎白點花紋的棉布衣襟向外撩起，足踏短靴。這麼一副扮相，看來像個陸軍承辦商人，實際上卻是個俳人，必須盡可能表現出從容不迫、專心推敲俳句的樣子。當他穿過花道要跨上舞台時，忽然抬起沉思的雙眼望前一看，前方有一棵大柳樹，樹下一位潔白的美女在沐浴，他吃了一驚，再向上看，只見細長柳枝上停著一隻烏鴉，正在俯視著美女沐浴。於是虛子先生俳興大發，只沉思五十秒便朗聲吟出一句『美人沐浴，枝頭烏鴉不飛去。』以此為號，便擊梆落幕……怎麼樣？這種情節您還中意吧？與其扮演宮小姐，不如扮演高濱虛子好得多！」

看東風君的表情似乎還不夠滿足，他正經答道：「好像有點不夠過癮，最好再穿插一點富人情味的情節。」

剛才一直保持安靜的迷亭，可不是個能沉默太久的人。

「這麼聽起來，俳劇實在不怎麼樣。據上田敏先生所說，所謂俳風、滑稽戲，都很消極，是亡國之音。不愧為上田敏，說得多有道理！那麼無聊的俳劇，肯定會被上田先生取笑的。首先，不管這是戲劇也好鬧劇也罷，都有點太消極、太莫名其妙了吧。對不起，寒月你還是留在實驗室磨玻璃球比較好。俳劇嘛，就算你寫上一百篇、二百篇，畢竟是亡國之音，沒用的。」

寒月有點生氣：「真的那麼消極嗎？我可是相當積極。」他不知在爭辯什麼。

於是又繼續說：「看看虛子先生啊！虛子先生看見烏鴉迷上女人，便說『美人沐浴，枝頭烏鴉不飛去。』我認為這樣非常積極。」

「聽起來很新鮮，願聞其詳。」

「以理學士的立場來考慮，烏鴉迷上女人，這不大合乎情理吧？」

「對呀！」

「隨口說出這種不合理的事情，聽來卻又不無道理。」

「是嗎？」主人以懷疑的口氣從旁插嘴。但寒月根本不理。

「為什麼聽來不無道理？可以用心理學來解釋。老實說，是否迷上這都是詩人本身的感情，與烏鴉毫無關係。迷上的是詩人，說到底都不是烏鴉啊！高濱虛子自己看見美女入浴，一時驚喜而一見鍾情。只因他以鍾情的眼睛，看見停在枝頭正俯視的烏鴉，才使他產生了錯覺，認為烏鴉也和自己一樣入迷了。這是一種錯覺，也正是文學，而且有積極的意義。把自己的感受移轉到烏鴉身上，又佯裝不知，這豈不是很積極主義嗎？老師覺得如何？」

「的確是高見。假如高濱虛子聽見，一定很吃驚。你解釋得是很積極，但只怕實際演出的時候，觀眾一定會變得消極。東風君你說是吧？」

「是啊，總覺得似乎過於消極了呢！」東風嚴肅地回答。

主人似乎想將談話的範圍擴大，便說：「東風君，怎麼樣，近日可有佳作？」

「沒什麼值得老師過目的。但是近來想出一本詩集……帶了稿子來，請多多指教。」東風從懷裡掏出一個紫絹小包來，從中取出五、六十頁稿子放在主人面前。主人露出理當如此的正經表情說：「那就拜讀了。」

只見第一頁寫了兩行字：

獻給：

舉世無雙而纖柔的富子小姐

主人露出神祕的表情，默默地看著第一頁。

一會兒，迷亭從旁說：「是什麼？是新體詩嗎？」說著把稿子瞄了一眼，滿口讚嘆地說：

「喔！東風君，下定決心獻給富子小姐啦，了不起！」主人仍然納悶，便問道：「東風君，這個富子小姐真有其人吧？」

「是的，就是以前和迷亭老師一起受邀出席朗誦會的一位小姐，就住在這附近。坦白說，我本想給她看看詩集，到她家去過，偏偏她從上個月就去大磯避暑，不在家。」東風一本正經地說。

「苦沙彌兄，都已經二十世紀啦，別那麼一副表情。快朗讀傑作吧！不過東風君，你『獻給』的手法可不太高明。『纖柔』這雅詞到底意為何指？」迷亭問道。

「本想用的是『纖弱』或『纖纖』兩個字。」

「哦！這麼寫也不是不行啦，但若直言本來的字義又有點危險，若是我就不會這樣寫。」

「那不知道要怎麼寫才能更富詩意呢？」

「如果是我，就這麼寫：獻給舉世無雙、纖柔的富子小姐鼻下。只多兩個字，但感覺可不大相同喔！」

「不錯！」東風其實不解，卻硬裝作明白。

主人默默翻過一頁，讀起卷首第一章。

慵懶薰香煙霧裊裊，妳的芳心與相思繚繞升起。

啊！我在這淒苦塵世中，也唯有這香甜一吻，灼熱燃燒。

「這，我有點不敢領教。」主人嘆息地將詩稿遞給迷亭。

「有點新穎過頭了。」迷亭又將詩稿遞給寒月。

「是有那麼點。」寒月又將詩稿還給東風。

「老師們不懂這首詩是理所當然的，今日詩壇比起十年前，已經發展得完全不同了。現代的詩，畢竟不是躺在床上或站在車站就可以讀懂的。就連作者受到質問，也往往窮於答辯。因為這全憑靈感而寫，因此詩人不負任何責任。注釋和釋義，也都是學者們的事，和我們詩人一點關係也沒有。我有個朋友叫送籍，不久前寫了一篇《一夜》的短篇小說。任誰讀了都覺得朦朧不得要領，便問作者主旨為何。作者說，連他自己也不知道，於是不予理會。的確，我想這可能正是詩人本色。」

「也許是個詩人，不過可真是個怪人。」主人說。

「蠢材！」迷亭一語斷定送籍。

東風君似乎覺得說得不夠周全，便說：「送籍不算我們這一伙人。還是請諸位以開放的心思讀我的詩作吧！特別注意的是，淒苦塵世和香甜一吻用了對仗的筆法，這是我心血的結晶。」

「可以看得出你的苦心。」

「甜與苦的對比，簡直是十七味調[20]與唐辛子[21]調，真有趣。這是東風君獨特的藝術手法，我佩服得五體投地。」迷亭專愛用笑話欺負老實人。

主人不知想起了什麼，突然站起來，走到書房拿著一張紙走來。

「諸位已經看過東風君的大作。現在輪到我讀一段短文，請各位指教。」他說得煞有其事。

「如果是天然居士的墓誌銘，我已經聽過兩三遍了。」

「喂，別多嘴。東風君，這絕非我的得意之作，不過是湊個熱鬧，請容我念一下。」

「洗耳恭聽。」

「寒月也順便聽聽。」

「當然要聽，怎麼說順便呢！不長吧？」

「只有六十多個字。」苦沙彌先生開始讀他那篇親筆名文了。

「大和魂！日本人喊罷，肺病似地咳嗽起來。」

「真是鏗鏘有力的開頭！」寒月誇獎。

「大和魂！報販子喊。大和魂！扒手喊。大和魂已遠渡重洋。在英國做大和魂的演說；在德國演大和魂的戲劇。」

「果然比天然居士之作好得多。」這次迷亭先生挺起胸膛說。

「東鄉大將有大和魂；魚鋪阿銀有大和魂；騙子、殺人犯、投機分子，都有大和魂！」

「老師，請補上一筆，我寒月也有大和魂。」

「若問何謂大和魂？只需回答『就是大和魂！』說罷便去，行約三十尺，只聞一聲咳嗽。」

「這一句最妙！你很有文采呀！下一句呢？」

「大和魂是三角，還是四角？大和魂實如其名，既是魂，故四處遊蕩。」

「老師，實在蠻有意思的。只是『大和魂』這個詞似乎太多了點吧？」東風提醒道。

「沒錯！」說話的自然是迷亭。

「無人不說，卻無人目睹；無人不聞，卻無人遇上。大和魂，豈如天狗乎？」主人讀完，餘音裊繞。但因這奇文太短，主題也不清楚，三人以為還有下文，正等待主人讀下去。可是光等著，主人也不說，最後寒月問道「就這些？」

「嗯……」主人輕輕回答。

奇怪的是，迷亭對於這篇妙文，竟沒有像往常那樣瞎扯一通。

20 十七味調：即俳句。

21 唐辛子：唐辛子即辣椒。

過了一會兒，他望向主人問道：「你也把短篇收集成冊，然後奉獻給某人，如何？」

「那就獻給你吧？」主人無所謂。

「那倒不必！」迷亭說罷，拿起剛才對夫人賣弄的那把剪刀剪起指甲。

寒月問東風：「你認識那位金田小姐？」

「自從今年春天邀她參加朗誦會，承蒙好意，一直交往。我一見到她，不知怎麼，總有一種感情衝擊，隨即吟詩唱歌，欣喜愉快。這本詩集有許多情詩，我想就是從這位異性朋友那裡得到靈感。因此我必須對那位小姐表示誠摯謝意，便借此機會獻上我的詩集。據說自古以來，沒有女性親密友人者，是寫不出好詩的。」

「大概吧……」寒月深深笑著答道。

不論是什麼樣的雄辯家盛會，也持續不了多久。談話終於漸漸冷了。

我可沒有義務必須整天聽他們那些老生常談，便自行告辭，到院子裡去找螳螂。

梧桐葉間，夕陽西斜，一地斑駁。樹上蟬兒吱吱嘶鳴。今晚，說不定會下雨……

世人的評價，就像我的眼珠一樣變化多端，因時因地不同。我的眼珠也不過就是忽大忽小，但世人的評價卻能黑白顛倒。而即使如此也無妨，事物本來就有正反兩面、前後兩端。

## 7

我近來開始運動了。

有人大肆冷諷熱嘲地說：「明明是貓談什麼運動！」我希望能與這些人聊聊。人類難道不是直到近幾年，都還尚不了解運動為何物，而將吃睡奉為天職？只會聲稱「無事即為貴人」但卻雙手抱胸，懶得抬起日益腐化的屁股離開坐墊，端著架子度日。老是要人去運動、喝牛奶、洗冷水澡、下海游泳、上山避暑、賦閒在家……這些都是近來西方傳染到神國日本的疾病，可說是與霍亂、肺病、神經衰弱等疾病同宗。

的確，我去年才出生，今年一歲，因此不記得當年人類染上這種疾病時是什麼樣子。而且當時我還沒有捲進塵世風波中。然而貓活一歲，等於人活十年。貓的壽命雖然比人短上一半，但是在短暫的歲月裡，貓族已足以成熟發育。依此類推，將人類歲月與貓之星霜相比較，實在荒謬。看我才一歲幾個月就這麼有見識，便可見一斑。

主人的三女兒虛歲都三歲了，知識上的發展可就慢多啦！除了哭泣、尿床、吃奶外，什麼也不懂。比起我這憤世嫉俗的貓，簡直微不足道。所以我通曉運動、海水浴以及遷地療養等知識，也就不足為奇了。

會對這種事情大驚小怪的，一定是人類這種缺了兩條腿的笨蛋。人類自古就是笨蛋，所以直到最近才開始吹噓運動的功效，大肆宣揚海水浴的好處，彷彿是個重大發明似的。這些小事我還沒出生就已心領神會。

首先，若問海水有何好處，只要來海邊一趟不就知道了嗎？在那遼闊的大海裡，不知有多少魚，沒有魚生病找醫生的，全都健健康康悠游著。魚兒如果生病，就會無力；如果喪命，就會浮起。因此才把魚死稱之為「浮」，把鳥亡稱之為「落」，人類過世稱之為「死」。不妨去問問橫渡印度洋的人們，可曾見過魚死？任何人都會說不曾見過，這是理所當然的答案。因為不論往來海上多少次，沒有人看見任何一條魚在波濤之上停止呼吸——不，不該用呼吸二字。既是魚，應該說停止「吞吐」，然後浮在海面上。

在茫茫大海中，就算你不分晝夜打著燈籠尋找，古往今來也沒一條魚浮出水面。以此推論，可以斷言「魚，一定很健康。」為什麼魚那麼健康？無須解釋，即知是因吞吐波浪進行海水浴的緣故。

對魚來說，海水浴的功效已如此顯著了。既然對魚都功效顯著，對於人類想必也是如此。一七五〇年，理查·羅素博士跳進布萊頓的海裡，大驚小怪地宣稱，四百零四種疾病立刻痊癒。真是貽笑大方！知道得也未免太遲了。時機一到，我們貓也會全體出動，去一趟鎌倉海岸。

但是現在還不行，萬事都有時機。一如明治維新以前的日本人，一輩子都沒機會體驗到海水浴的功效。同樣地，現在貓也還沒機會裸體跳進海中。欲速則不達！今天被扔到人造陸地的貓，仍無法平安回家，所以還不能胡亂跳進海中。依照進化法則，我們貓族對狂濤巨浪還沒有一定的抵抗力，換句話說，在貓「升天」還未取代貓「死掉」成為普遍用語之前，不得貿然進行海水浴。

海水浴總有一天可以成就的，目前還是以運動為當務之急吧！

二十世紀的今天，不做運動就像窮人一樣，傳出去不太好聽。不運動不是不會運動，而是不能運動，沒有運動的時間與餘裕。古人嘲笑運動的人是奴才，現在卻視不運動的人為下流之輩。

世人的評價，就像我的眼珠一樣變化多端，因時因地不同。我的眼珠也不過就是忽大忽小，世人的評價卻能黑白顛倒。而即使如此也無妨，事物本來就有正反兩面、前後兩端。指出正反兩面，讓是非對錯的變化呈現在同一件事物上，這是人類善於變通的拿手好戲。

將「方寸」二字試著顛倒來看，變成「寸方」反倒討喜。就像從胯下倒看天橋立[22]別有一番風味。假如莎士比亞永遠是莎士比亞，那就太乏味了。假如沒人偶而從胯下倒看哈姆雷特、對他加以否定，文學界也不會有進步吧！因此看不起運動的人突然變得喜好運動，就連女子也拿起球拍在街上亂走，早就不足為奇。

只要不譏笑我們貓自以為會運動就好了。或許有人納悶，我的運動屬哪一類？我就姑且說明一下吧！

眾所周知，很不幸地我不會拿任何器具。所以不論球還是球棒，我都不知道該怎麼用。其次因為沒錢，我更不可能去買。基於這兩種原因，我選擇的運動屬於既不花錢、又不需要器具那種。這麼說也許有人會以為我不過是散散步，或叼著鮪魚片跑跑而已。然而，只是根據力學原理動動四足，服從地心引力橫行大地，這未免也太簡單太無趣了。例如主人經常進行的那種字面意義上的運動，雖然稱之為運動，我卻覺得侮辱了運動的神聖本質。

當然，平凡的運動在某種刺激下也未必不能做，像是搶柴魚片和抓鮭魚，這些都是以有重要的對象為前提，如果除卻了獵物的刺激，一切將索然無味。假如沒有懸賞般的興奮劑，我倒想試試需要特殊技巧的運動。我想了各種運動，例如：從廚房的遮雨簷跳上屋頂，四條腿站在屋頂的梅花瓦上橫渡晾衣竿——這一定不會成功。竹竿太滑，站也站不住。

還有突然從小孩身後撲上去——這倒是很有意思的運動，但是太常做會吃上苦頭的，頂多一個月玩個兩三次。還有讓人套紙袋在我頭上，這種玩法很難受又無聊，而且沒有人類配合不可能成功，不可行。

22 天橋立：京都一景，為日本三景之一。

再來就是用書本封面磨爪子——這要是被主人發現，可能有挨揍的風險。而且比較起來，這只能表現爪子的靈敏，全身肌肉是用不上的。以上，都是我所謂的舊式運動。

新式運動中有我非常感興趣的項目，例如捉螳螂。捉螳螂雖然沒捉老鼠的運動量那麼大，但也沒那麼大的危險，是最適合在仲夏到盛秋時進行的遊戲。若問怎麼個捉法，就是先到院子找隻螳螂。運氣好的話，發現一、兩隻螳螂是不費吹灰之力的。找到螳螂後，大搖大擺撲到牠的身旁，那螳螂會緊張兮兮地揚起鐮刀型的腦袋。螳螂非常勇敢，不看看對方的力氣就想反撲，很有意思。

我用右腳輕輕打一下牠的頭，那昂起的頭很軟，一下就歪了。這時螳螂的表情能平添許多興味，常讓人完全驚嘆沉迷。於是我一步繞到牠身後，再從背後輕輕搔牠的翅膀。那翅膀平常是折疊地好好的，被這樣狠狠地一搔，便迷茫展開，露出中間類似棉紙的淡色內裡。

牠即使盛夏也不辭辛勞地穿了兩層衣裳，奇妙至極。這時牠的長脖子一定會扭過來，有時面對著我，但大多是將頭部挺立，彷彿等待我動手一般。假如對方一直堅持這種態度，那就沒辦法運動了，所以等了一段時間我又撲了牠一下。這一爪，有點見識的螳螂都會逃之夭夭。可是在這緊急之刻還不走的，便是沒受過教育的野蠻傢伙。

對方既然這樣，乾脆就悄悄等牠靠近，再狠狠地賞牠一爪，牠大概會飛個二、三尺遠吧！意外的是牠竟然乖乖地倒退走。看牠可憐，我便學飛鳥繞樹三匝，跑了兩、三圈，讓牠逃出

五、六寸遠。牠已經知道我的厲害，沒有勇氣再反抗，只是不知該逃向哪裡才好。牠往哪裡逃，我就往哪裡追。牠終於受不了了，揮著翅膀，試圖跳躍。

螳螂的翅膀和脖子本來就是相輔相成的，同樣又細又長。聽起來就像裝飾品，和人類的英語、法語和德語一樣，毫無實用價值。因此利用無用的專長奮力一搏，對我而言幾乎毫無作用。說是跳躍，其實不過是在地上爬行而已。這麼一來讓我覺得牠很可憐，但為了運動也顧不了這麼多了，真抱歉！

我立刻跑到牠面前，他因為慣性不能急轉彎，不得已只好繼續向前。我打了一下牠的鼻子，這時牠肯定會張開翅膀倒下。我用前爪將牠壓住，休息一會兒，隨後放開牠，放開後又壓住，以諸葛孔明七擒七縱的戰術制服牠。大約反覆進行了三十分鐘，看牠已經動彈不得了，我便一口把牠叼在嘴裡晃幾下然後吐出來。這下子牠躺在地上不能動了，我用另一爪戳牠，趁牠往上竄的時候再把牠壓住。直到玩膩了，再使出最後一招，狼吞虎咽將牠吞了。在此順便告訴沒有吃過螳螂的人，螳螂並不怎麼好吃，而且似乎也沒什麼營養價值。捉完螳螂後，接著進行的運動是捉蟬。

蟬不是只有一種，就和人類有油條的人、長舌的人、令人惋惜的人一樣，蟬也有油蟬、斑透翅蟬、寒蟬等等。油蟬太煩我不抓，斑透翅蟬傲慢難應付，只有寒蟬捉起來比較有趣。這傢伙不到夏末不會出現。直到秋風從和服袖口鑽進，一廂情願地吹撫肌膚，讓人受寒之時，寒蟬才搖尾悲鳴。牠還真能叫，依我看來，除了鳴叫和被貓捉，牠沒有其他天賦可言。初秋季節捕捉這些傢伙，謂之捉蟬運動。

先向各位聲明：既然叫蟬，就表示牠不會在地上爬，假如落在地面上，螞蟻必隨之而來。我捕捉的可不是躺在螞蟻領土上的那種，而是停在高高枝頭不停叫著「知了知了」的那些傢伙。順便請教一下博學多聞的專家，那傢伙到底是在叫「知了知了」還是「了知了知」呢？我認為不同的見解會對蟬學研究造成不少的影響。

人之所以勝於貓，就在這一點，人類自豪之處也正是這一點。假如不能立刻回答，先仔細想想也行。

不過，在捉蟬運動過程中，蟬怎樣鳴叫都無妨，只要循聲爬上樹，當牠專心叫喊時猛撲過去即可。這看來極其簡單的運動，其實很吃力。我有四條腿，在地上奔跑起來比起其他動物毫不遜色。兩條腿和四條腿，按數學常識來判斷，貓是不會輸給人類。但說到爬樹，卻有很多比我高明的動物。別說爬樹專家猿猴，即使是猿猴末裔的人類，也有不可小覷的傢伙。本來爬樹就是違反地心引力的逞強行為，所以就算不會爬樹，也沒什麼好可恥，但是在捉蟬運動上卻會有許多不便。幸虧我有貓爪這項利器，勉強能爬得上去，不過也不像看起來那麼輕鬆。

而且蟬會飛。牠和螳螂弟不同，假如飛掉終究白費力氣，爬和沒爬沒兩樣，都很倒楣。還時常有被淋一身蟬尿的危險。蟬尿好像動不動就朝我的眼睛淋下來似的，遇到這狀況也只有逃了，但求不要被那小便淋到。蟬兄起飛時總要撒尿，究竟是何種心理狀態影響了生理器官呢？不知道只是因為憋不住，還是為了出其不意地創造逃跑時機。那樣的話這就和烏賊吐墨、流氓紋身、主人賣弄拉丁文一樣，應該算是如出一轍。這也是蟬學上不可掉以輕心的問題。如果充分研究，光這就足夠寫一篇博士論文了。這是閒話，還是言歸正傳吧！

蟬最愛集合的地方。如果「集合」二字太怪，那就改成「聚集」；但「聚集」二字又過於陳腐，還是叫「集合」吧！蟬最愛集合的地方就是青桐，據說中文叫做梧桐。

梧桐葉子非常多，而且都像扇子那麼大，交疊在一起就會茂密得看不見樹枝，這對捉蟬運動是極大障礙。我甚至懷疑「只聞其聲，不見其人」這句話，是不是很早以前就專為我而造。我束手無策，只好循聲前往。距離樹底約莫兩公尺的地方，梧桐樹的樹幹如我所願分叉成兩條路，我在這稍作歇息，在樹葉下偵察蟬在何方。

在我爬樹的時候，有些靈敏的傢伙已經發出沙沙聲先飛走了。只要飛走一隻就糟了。有樣學樣這點，蟬幾乎不輸給人類那些蠢蛋，牠們會接二連三地飛走。

爬上樹幹叉口處時，滿樹寂靜無聲。我曾爬到此處，不論怎麼東張西望，細耳傾聽，也不見蟬的蹤影。再爬一次又嫌麻煩，便在樹幹叉口處歇息片刻，等待第二次機會。

誰知竟不知不覺睡著，終於走進夢鄉。猛然驚醒時，我已經從夢鄉跌落院子的石板上了。

不過大體說來，我每一次爬上樹都會捉到一隻蟬。掃興的是，在樹上必須把蟬叼在嘴裡，等叼到地上吐出來之時，大多已經斃命了。再怎麼逗牠搔牠，都已經毫無反應了。

捉蟬的妙趣，在於潛身靠近，在蟬拚命地伸縮尾巴時，忽然用前爪逮住牠。這時蟬會唧唧哀嚎，死命晃動著那薄薄透明的羽翼。其速度之快，姿態之美，難以用言語形容，實為蟬界的一大奇觀。

每當我壓住蟬時，總要求牠為我表演一番這門藝術。等玩膩了，那就對不起了，把牠放到嘴裡吃掉。有的蟬連進到嘴裡了還在繼續表演。

捉完蟬後接著是滑松。這部分無須贅言，略述一二即可。

提起滑松，也許有人以為是在松樹上滑行，其實不然，這也是爬樹的一種。不同的是，捉蟬是為了捉蟬而爬樹，滑松卻是為了爬樹而爬樹，這就是兩者的差別。

從佐野源左衛門為了北条時賴將長青的松樹當柴燒開始，松樹至今都是粗糙不平的，再也沒有像松樹幹這麼不光滑的東西了，不會有東西這麼好用手攀、用腳爬。換句話說，沒有東西像松樹幹一樣這麼好落爪。我都是一口氣爬上這種好落爪的樹幹，跑上去再跑下來。

跑下來有兩種方法：一是頭朝下往地面爬，一是與爬上時姿勢不變，尾巴朝下倒退。若問人類哪一種下法較難？依人之淺見，一定認為是頭朝下簡單吧？其實不然！這些人恐怕只知源義經下鵯越的故事，以為既然源義經都以頭朝下的姿勢下山，那麼貓自然也是。再也沒有比這更無知的事了。

貓爪是朝哪邊長的？都是朝後呀！因此可以像老鷹的喙鉤住東西拖行，卻無法往反方向推。假如我現在飛快地爬樹，由於我是地上的動物，肯定不能在松樹頂久留，停留太久必會落下。一旦鬆手落下，下墜的速度又太快了；所以必須採取某些辦法，減緩自然落下的速度，這就是滑下來的方法。

落下與滑下，好像差別很大，但實際想想也沒太大差異。將落下速度減緩一點就是滑下，將滑下的速度加快些就是落下。落下與滑下，只有毫厘之差。

我不喜歡從松樹上落下，所以一定要減緩落下速度滑下來。也就是說，要運用一些東西抵消落下的速度。因為我的爪——如上所述都是朝後，把頭朝上用爪攀立在樹幹的話，幾乎就能利用爪的力量抵消落下的力量。於是落下就會變成滑下，這實在是極其淺顯的道理。相反地，頭朝下效法源義經那樣的方式下松樹，雖然有爪卻不管用，只會一口滑落，沒有力量支撐自己的體重。這時再怎麼想從樹上下來，也只會變成落下。這樣要翻越鵯越就難了。在貓當中，會這套本事的恐怕只有我吧！因此我將這樣的運動稱為滑松。

最後，再大略聊聊繞行籬笆吧！

主人家院子是用竹籬圍成方形，與走廊平行的那一邊，約有五十尺長，左右兩側則不超過二十五尺。剛才我所說的繞行籬笆運動，就是沿著籬笆跑一圈，而且不能掉下去。雖然有時也有掉下去的時候，但如果順利完成，就會非常欣慰。尤其到處都有矗立著削掉根部的圓木頭，方便停下來短暫休息。

今天成績很不錯，從早上到中午繞行了三圈，愈走愈順也就愈有趣，終於繞了第四圈。當繞行到第四圈半時，突然從鄰舍屋頂飛來三隻烏鴉，在距離六尺遠之處整齊排著隊。真是冒失鬼，妨礙別人運動。

不知哪裡來的烏鴉，來歷不明，隨意落在人家的籬笆上，我出聲要他們走開讓我過去，最前面的烏鴉望著我嘻皮笑臉，第二隻往主人院子裡張望，第三隻則用籬笆竹子蹭著嘴，一定是吃了什麼吧。我站在籬笆牆上等待，給牠們三分鐘考慮。

據說烏鴉被稱為「堪左衛門」，真是所言不虛。不管我怎麼等，牠們既不回話，也不起飛。沒辦法，我只好慢慢走過去。第一隻烏鴉，忽地張開翅膀，我還以為牠是懼於我的威風想逃走呢，想不到牠只是改變一下姿勢，將頭朝右改為頭朝左。

這些混蛋！若是在地面上，我絕對會給點顏色瞧瞧，可是現在正處於難走的籬笆上，沒有精力和堪左衛門這樣的傢伙較量。話雖如此，我又不甘心繼續在此等待三隻烏鴉自動離開。這樣等下去，腿也受不了。

對方都是有翅膀的動物，待在這種地方輕而易舉，想逗留多久都無所謂。可是我已經跑了四圈，夠累了，何況這不亞於走鋼絲的技藝兼運動，就算沒任何障礙，也不能保證一定不會摔下去。偏偏又有三個黑衣鬼擋住去路，真是屋漏偏逢連夜雨！最後，我只好暫停繞行運動，跳下籬笆，也只能這樣了，實在太麻煩了，就這麼做吧。況且現在寡不敵眾，牠們也是我不熟悉的模樣。尖著一張嘴，活像天狗之子，絕非善類貌，還是撤退比較安全。如果太靠近，萬一摔下去那就更丟臉了。

想著想著，頭朝左的那隻烏鴉，突然叫了聲「笨蛋！」第二隻也跟著叫「笨蛋！」第三隻鄭重其事連叫兩聲「笨蛋！笨蛋！」

我再怎麼厚道，也不能坐視不管了。首先，在自己家裡居然受到烏鴉的侮辱，這可是有關名聲的問題。喔！我還沒有名字，談不上與名聲有關，那麼至少攸關面子問題吧！決不能退步！

俗語說「烏合之眾」嘛！雖有三隻烏鴉，但說不定沒什麼了不起。我鼓起勇氣，慢慢向前走去，烏鴉裝做不知，彷彿在交談什麼。這更惹惱我了，假如籬笆再寬個五、六寸，我一定讓牠們難看。遺憾的是不論怎麼氣惱，也只能慢慢前行。

總算走到距烏鴉前方約五、六寸處。才想喘口氣，堪左衛門忽然像是商量好似的，揮動翅膀飛個一、二尺高。振起的風直撲我臉上，我大吃了一驚，一腳踩空摔了下去。

我從籬笆下仰望，三隻烏鴉又站在原處，嘴巴聚在一起，居高臨下看著我。真是些不要臉的傢伙！我瞪了牠們一眼，卻無濟於事。我又弓了背輕吼了一聲，也完全沒用。就像俗人不懂象徵詩的奇妙一般，對於我用來表示憤怒的記號，牠們毫無任何反應。想來也不無道理，我一直把牠們當貓看是個錯誤。假如牠們是貓，這樣對待牠們一定有效，但偏偏牠們是烏鴉。

想到牠們是堪左衛門烏鴉，又怎能奈何得了牠們？正如實業家急著制服我的主人苦沙彌；正如將銀製貓送給西行；亦如烏鴉在西鄉隆盛銅像上拉屎。機靈如我見機行事，知道再這麼下去也毫無用處，便瀟灑地溜進走廊了。

已經是吃晚飯的時候了。運動雖好，卻不能過度，我的身子像散了似地感到疲憊。何況現在又是初秋，我的毛皮大衣可能是因為運動中吸收了過多紫外線，熱得不得了。毛孔裡滲出的汗珠以為會流出去，卻像油脂似地黏在毛根上。後背癢得很，是出汗發癢，還是跳蚤鑽動的發癢，已難以分辨。嘴能夠咬到之處可以用咬的，爪能伸及的部位用抓的；但現在癢在背脊中央處，就非我能力所及了。這時只能找人亂蹭一番，或利用松樹皮摩擦一下。若不從中擇一，實在難受得睡不著。

人類一向很蠢，摸貓聲——摸貓聲是人類形容我發出的聲音，對但我而言那並不是摸貓時的聲音，而是被摸時的聲音。算了總之人類就是愚蠢，我只要被摸時叫個幾聲，往人們腿邊一靠，人們多會誤以為我愛上了他或她了，不停撫著我的頭。

然而近來，我的皮毛裡長出一種叫做跳蚤的寄生蟲，一靠近人類就會被提起脖子扔出去。僅僅因為那個看都看不見、微不足道的小蟲便厭棄我，真是所謂「翻手為雲，覆手為雨」，最多也不過一、二千隻跳蚤嘛，人們竟這麼勢利。

據說人世通行的愛之法則，第一條就是：對自己有利時，必須愛人。既然人們對我已經改觀，身上再怎麼癢，也就不能指望靠人力解決。因此只好採取第二種方法——松樹皮摩擦。別無他法了，我剛從走廊跳下去，想就摩擦一會兒吧，又突然覺得這真是個得不償失的笨法子。松樹有松脂，松脂黏著力特別強，一旦沾在毛上，就算是天打雷劈、波羅的海艦隊全軍覆沒，也決不會脫落。而且如果黏上五根毛，很快就會蔓延到十根。等發現黏上了十根，其實已經黏住了三十根。

我與茶道人士同道，性喜淡泊，非常討厭這種糾纏、惡毒、黏糊、頑固的傢伙。縱然是絕代美貓我也敬謝不敏，何況是松脂！松脂和車夫家大黑眼裡迎著北風流出的眼屎不相上下，怎可任它糟蹋我這身淺灰色毛皮大衣。稍微想想，便會明白，卻也想不出其他法子。把脊背往樹皮上靠輕而易舉，但松脂一定會黏到身上來。

與這種蠢貨打交道，不僅有損顏面，也有害皮毛。再怎麼癢，也得忍耐。可是這兩種方法都行不得，真是心急如焚。不趕快想個辦法，這樣又癢又黏下去說不定會生病。該如何是好？正彎著後腿想辦法時，忽然想起一件事。

我家主人常帶著毛巾和肥皂，不知飄然去向何方，過三、四十分鐘回來之後，陰沉臉色都顯得明朗而神采奕奕。假如對主人那麼髒的男人，都能產生那麼大的作用，對我一定更有效。我一向不難看，也不想當個花花公子，原本可以不去，但萬一身染重病，享年一歲零幾個月便夭折，如何告慰天下蒼生？聽說人類為了打發時間而設計出澡堂。既為人類所設計，肯定不會太好。反正沒別的法子，進去試試吧！就算無效，也就這麼一次無所謂！不過人類是否夠寬宏大量，肯在他們為自己設計的澡堂裡，容納異類的貓？這還是個問題。但是連主人都能大搖大擺跨進，應該沒有理由拒我於門外。萬一被拒絕，傳出去可不好聽。還是先去偵察一下，覺得可以的話，再銜一條毛巾進去吧！我就這麼下定決心，出門去澡堂了。

出了小巷左轉，迎面聳立著一棟類似豐竹劇場的高大房子，屋頂冒著淡淡煙霧，那裡就是公共澡堂，我從後門溜了進去。說什麼從後門溜進去是膽小，這都是那些不得其門而入的人們，因嫉妒所發出的牢騷罷了。自古以來，聰明人都是從後門出其不意突襲，《紳士養成法》第二卷第一章第五頁就是這麼寫的，下一頁還寫著：「後門乃紳士之遺著，修身明德之門也」之類的話。我是二十世紀的貓，受過些教育，可別小看我。

我溜進去一看，左邊鋸成八寸長的松樹枝堆積如山，旁邊黑煤堆積似嶺。也許有人要問：「為什麼松枝如山，黑煤似嶺呢？」這倒沒什麼重大意義，只是用來區別罷了。

人類吃米、吃雞、吃魚、吃獸，吃盡各式各樣的壞東西，現在竟墮落到連煤炭也吃，真是悽慘！往盡頭一看，只見六尺寬的入口亮亮地敞著，室內空蕩毫無動靜，裡面卻不時有人聲。所謂的澡堂一定就是在發出人聲那一頭，於是我穿過木炭和煤堆中間的縫隙，再往左拐，走著走著看見右側有玻璃窗。窗外有小圓桶堆成三角形，也就是金字塔的樣子。小圓桶一定不願被堆成三角形，我暗暗同情起圓桶諸君了。小桶南側有四、五尺寬的木板，好像專為迎接我而設。木板離地一公尺，是個絕佳的跳台，我聲聲稱讚後縱身一躍。所謂澡堂，就在鼻下、眼下、面前了。

若問天下什麼事最有趣，莫過於吃沒吃過的東西、看沒看過的事物，沒有比這更開心的事了。

各位可能像我家主人那樣，一週來此澡堂三次，混個三十、四十分鐘，但若有像我這樣不曾見過澡堂的人，快來看看吧！即使爹娘臨死未能送終，這番情景也絕不能錯過呀！世界之大，如此奇觀絕無僅有。

什麼奇觀？我幾乎說不出口。人們在玻璃室裡，吵吵嚷嚷，全都赤身裸體，簡直就像台灣的生番，二十世紀的亞當。

翻開人類服裝史——說來話長，這還是交給杜費爾斯德洛赫[23]吧！人類全靠衣著維持身價。

十八世紀以溫泉聞名的英國巴斯市[24]，對於巴斯溫泉制定了嚴格的規則：在浴池內，不論男女，從肩到腳都要以衣物蔽體。

23 杜費爾斯德洛赫：Teufelsdrockh，英國評論家卡萊爾（Thomas Carlyle）所著《衣裳哲學》書中的主角。

24 巴斯市：Bath，英國城市。

距今六十年前，英國古都曾設有繪畫學校。既是繪畫學校，買些裸體畫、裸體像的素描與模型陳列起來，本無可厚非，可是開學典禮將舉行之際，當局與教職員都很尷尬，因為總得邀請市內一些名媛淑女參加。然而當時貴婦人的觀點認為人是服飾的動物，不是裹著毛皮的猴子猴孫。人不穿衣，就像大象沒有鼻子，學校沒有學生，軍人沒有勇敢，就完全失去了人的本質。既然失去人的本質，那就不能算是一個人，而是禽獸。

縱使只是素描或模型，但與獸類為伍也有損她們的品格，因此她們一致表示「恕不出席」，認為教職員們是不可理喻的人。

然而女人是一種裝飾品這一點，在東西方各國無不相通。她們雖不會搗米、不會當兵，但卻是開學典禮上不可或缺的化妝道具。無計可施之下，校方只好跑到布店買了三十五匹八分七厘的黑布，為那些野獸人像穿上衣服，又煞費苦心地連臉部都穿上了，開學典禮得以順利舉行。由此可知，服裝對於人類竟是如此重要。

近來有些老師，不斷提倡畫裸體畫，但這主張是錯的。

依我這隻有生以來從未裸體的貓來看，這肯定是錯的。裸體本是希臘羅馬遺留下來的文化，因文藝復興時期的淫靡風氣而流行起來。在希臘與羅馬，對於裸體司空見慣，絲毫沒想過裸體與風紀有何利害關係。然而北歐卻是個寒冷的地方，就連日本都認為不穿衣服怎能出遠門。在德國或英國，若光著身子也只有凍死，白白丟了一條命，還是穿衣服好。大家都穿起衣服，人就成了服飾的動物。

一旦成為服飾的動物，突然遇上裸體，就不會承認那是人，而認為是獸。因此歐洲人，尤其北歐人，將裸體畫、裸體人像視為獸，視為不如貓的獸，也是無可厚非。美？美也沒用，只能視為美麗的野獸。

這麼一說，也許有人要問：「你見過西方女人的禮服嗎？」我不過是隻貓，哪裡見過西方女人的禮服。但據說，她們袒胸裸肩、露出臂膀，把這樣的衣裳稱作禮服。真是荒謬絕倫！

十四世紀，女人們的衣著打扮並不這麼滑稽，還是普通人裝束。為什麼會變得像不入流的雜技演員呢？說來繁瑣，略而不述了。知之為知之，不知為不知，也就算了吧！

關於歷史，暫且不提。她們雖然打扮得這麼怪裡怪氣，只在晚上得意洋洋，但內心似乎多少還是有點人味。一到白天，她們就蓋肩遮胸，包緊臂膀。不僅全身不露，就算被人看見一根腳趾，也認為是奇恥大辱。由此可見，她們的禮服是基於一種愚昧的作用、是傻子與笨蛋討論出來的愚蠢主意。如果有人覺得對此言有所不甘，那麼不妨大白天露出肩膀胸脯和手臂啊！

裸體崇拜者亦是如此。既然裸體那麼好，不妨讓女兒全身赤裸，順便自己也脫得精光，到上野公園走走呀！不行？不，不是不行，是因為西洋人不這麼做，你才不行的吧？現在不是也有人穿著這樣不合理的禮服，耀武揚威地跨進帝國飯店嗎？若問是何道理，無非是洋人穿，他們便跟著穿罷了。

認為洋人強勢，不管多麼無理愚蠢，也不能不模仿。常言道：「為長者所纏，為強者所鎮，為重者所壓。」一切都出於被動，難怪愈來愈遲鈍。如果認為遲鈍也無可奈何，很抱歉，別再以為日本人有多了不起了。學問也是如此，但這與服裝無關，姑且略去。

衣服之於人類，關係竟如此重大，幾乎分不清人是衣服，還是衣服是人。人類的歷史，既不是肉的歷史，也不是骨的歷史，更不是血的歷史，單純是服裝的歷史。因此看見不穿衣服的人，就覺得他不是人，一如遇見妖怪。妖怪也無妨，假如全體人類一齊變成妖怪，所謂的妖怪也就不存在了。只是人類本身將大為窘迫。

遠古時期，大自然平等造人，投之於世上。任何人出生絕對都是赤裸裸的，假如人類本性能安於平等，就該赤裸裸地生存下去。可是有一個裸體人說：「這樣人人毫無差別，會喪失上進心，顯示不出努力的成果。我希望想辦法讓人注意到，我就是我，誰看了都會知道是我，而不是別人；我想在身上妝點些什麼，讓人驚愕注目一番。到底有什麼辦法呢？」那個人想了十年，最後發明了四角褲。他立刻穿上，得意洋洋地行走，這就是今日車夫的祖先。

發明個簡單的四角褲就花了十年，實在有點奇怪，不過這是由今日的眼光回溯上古蒙昧世界所做出的結論，在當時是無與倫比的偉大發明。笛卡兒說：「我思故我在。」這種三歲小孩都懂的道理，他卻花了十幾年才想出來。要想出一切真理都是很費心力的，發明四角褲雖然用了十年，以車夫的智慧來看，已是難能可貴了。

四角褲一出現，社會上便是車夫最有勢力。他們穿著四角褲，在普世大路上得意洋洋，昂首闊步。有個妖怪不服輸，用了六年的時間發明了短褂這類無用之物。於是四角褲勢力頓時大衰，進入短褂全盛時期。

果菜鋪、藥材店、綢緞莊，都是這位大發明家的後裔。四角褲時期、短褂時期之後，接踵而來的是褶裙時期。這是因為有些妖怪不甘心而設計出來的，古代的武士和今日的官員都屬此類。

妖怪們爭先恐後、標新立異，於是出現了燕尾服般的畸形裝束。追本溯源，這絕不是勉強、隨便、偶然或無心造成的事實。大家爭強奪勝的勇猛精神造就了各種新裝，只是大家不再搖頭否認自己的發明與對方不同，因為發明出來的服裝都重複了。

觀察這種心理可獲得一項重大發現。大自然厭惡真空，人類也厭棄平等。既已厭棄平等，就不得不把衣服視同骨肉穿在身上，衣服已經是構成人類的屬性之一。要拋掉這些，再回到一切平等的原始時期，那是瘋子的行為。就算甘願當個瘋子，畢竟不可能回到原始時期。

在文明人眼裡，那些回歸原始的人們都是妖怪。即使將世界幾億人口全拉到妖怪世界去，安心地以為能夠實現平等，還是行不通的。因為全世界的人都成為妖怪的第二天，妖怪之間的競爭又將開。假如不能以穿衣服來競爭，也會以妖怪的方式來競爭。裸體也可以區分出裸體的差別，由此也見，衣服終究還是脫不得的。

然而，如今我眼下的這一群人，竟將脫不得的四角褲、短褂和褶裙全扔在衣架上，毫無顧忌地將原始醜態暴露於眾目睽睽之下，從容談笑。前文所謂一大奇觀，指的就是這種場面。敝貓能置身於此，為文明諸君子概敘一番，真是三生有幸。

這一堆亂七八糟，真不知該從何說起。妖怪的行徑沒有規律，因此要花些力氣理出點頭緒。

先從浴池說起吧！不知道是不是浴池，暫且就稱之為浴池吧！三尺寬、九尺長，隔成兩區，一區裝著乳白色熱水，聽說是加了某種藥物，有如摻入石灰一般的混濁，還泛著油光，沉甸甸地。仔細聆聽，才知道原來一週才換一次，難怪水像腐壞了似的。旁邊是普通熱水，但也稱不上透明澄澈，水色已經變得讓人很容易和積在水桶裡的雨水搞混。

接著說說妖怪，這可要大費周章了。蓄雨桶邊站著兩個年輕人，他們相對而立，挺開心地互把水沖到肚子上，二人都長得黝黑健壯。不久後其中一人用毛巾反覆擦胸，一邊問道：

「金先生，你好啊！我這裡痛得不得了，是什麼部位啊？」

「那是胃啊！胃可要命呢！不小心一點可危險了！」金先生熱心地告誡他。

「是左邊呀！」他指著左肺。

「那是胃，左邊是胃右邊是肺。」

「是嗎？我還以為胃在這兒呢！」這次敲了敲腰際。

「那是疝氣呀！」金先生說。

這時一個蓄著小鬍子，二十五、六歲的小伙子噗咚一聲跳進水裡，擦在身上的肥皂沫與污垢一同浮起，就像在含有鐵銹味的水一般，閃閃地發亮。旁邊一位禿老頭，纏著一個五分頭說著話，二人都只露出腦袋。

「唉，上了年紀，不中用啦！人一老就比不上年輕人了。不過洗澡水不熱可是渾身不對勁呀！」

「你老人家算健朗啦！那麼有精神很不錯了。」

「哪有什麼精神？只是沒生病罷了。人哪，只要不做壞事，是可以活到一百二十歲的。」

「咦？能活那麼久？」

「能，保證可以活到一百二十歲。明治維新以前，牛烯區有個叫曲淵的武士，他的一個僕人活了一百三十歲。」

「活得真長！」

「唉！活得太長，連自己的年齡也忘了。聽說他只記得一百歲以前的事，再多就記不住了。我知道的時候他一百三十歲，可是之後未必就死了，說不定還活著哩！」老頭說著走出了浴池。

留鬍子的人好像在身邊撒了些雲母片，獨自嗤嗤笑著。接著跳進來的是不同於一般的妖怪，背部刺了圖案，好像是岩見重太郎[25]揮刀殺蟒。可惜尚未竣工，看不見那條巨蟒，因此重太郎先生顯得有點洩氣。

他躍入浴池後說：「混帳！這麼涼！」這時又進來一人。

「啊，要是再涼一點就好了……」表現出一副忍燙的樣子。

他一見到重太郎先生，便喊了聲：「啊，師傅！」

重太郎嗯了一聲問道：「阿民怎麼樣？」

「怎麼樣？就是愛賭啊！」

「不只是愛賭而已吧！」

「是呀！他本就是個肚量狹窄的人嘛……怎麼說呢？大夥兒都不喜歡他……不知道為什麼……反正就是不相信他。一個工人不該這樣呀！」

「是呀！阿民很不謙虛，傲慢得很，所以大家都不相信他。」

「對啊！總是自以為手藝不錯……吃虧的還是自己啊！」

「白銀町的老人都去世了，如今只剩下桶鋪的元兄、磚瓦鋪的老闆和師傅了。我們都是在這裡土生土長，阿民不知是打哪兒來的？」

「是呀！他還那個樣呢！」

「哼！真怪，大家都不想理他，他也不太搭理人吧？」兩人徹頭徹尾地攻擊了阿民。

蓄雨桶的部分就此打住。再看看白熱水那邊。

那裡人滿為患，與其說人進入池裡，不如說水進入人中更為確切。他們都非常悠哉，一直有進無出。像這樣一個星期不換水，水自然混濁髒污。仔細定睛一看，苦沙彌先生竟被擠在左邊角落，滿臉通紅，縮成一團。真可憐！若是有人讓條路給他出去就好了。可是沒有人動，主人也無意出去，他靜靜待著，泡得全身通紅，真夠辛苦！他大概是想充分利用這二錢五分的票價，才把自己泡得這麼面紅耳赤的吧？我在窗框上萬分擔心，他再不出來恐怕要陳屍水中啊！離主人六尺遠的那個人，眉頭皺成八字說：「這水藥性太強了，背後熱得冒火呢！」他暗地在向周圍的妖怪徵求同感。

「什麼？這樣才好啊。藥物池水不這麼熱沒效，在我家鄉，水比這熱上一倍呢！」有人自豪地說。

「這水究竟能治什麼病？」一人疊著毛巾蓋在頭上，向眾人請教。

「效力很大，聽說能治百病呢！真棒。」說話的人瘦瘦小小的，臉色臉型皆如黃瓜。既然藥池那麼有效，這傢伙應該更健康一點啊。

「加了藥後第三、四天最好，今天正是時候。」這人似乎無所不知，看來肥嘟嘟的，大概

25 岩見重太郎：日本戰國時期劍客，在京都天橋立殺父親仇敵廣瀨軍藏等人，後出仕豐臣秀吉。

身上污垢太厚了。

「喝下去也有效嗎？」不知哪兒冒出一個尖細的聲音。

「水涼之後喝下一杯再睡覺，不會想小便，神奇得很，不妨喝點試試。」這話不知是哪一張嘴說的。

浴池方面到此為止，再瀏覽一番更衣間吧！

到處都是非畫像裡的亞當們，隨心所欲以各種姿態任意洗刷。其中最驚人的兩位亞當，一位仰面望天躺著，朝著天窗出神；一位趴著，望著水溝發呆，顯然是位很悠閒的亞當。還有個禿子，面對石牆蹲著，一個小禿子不停地捶著他的肩頭，大概是師徒關係，由徒弟代行搓背工的工作。真正的搓背工也在，大概患了感冒，這麼熱還穿著坎肩，從一個小桶裡把水往客人肩上澆，此人右腳拇指夾著一條毛織搓背巾。這邊有一個小伙子，貪婪地霸占了三個小桶，不時勸旁邊的人用他的肥皂，一邊滔滔不絕長篇大論：「槍炮是外國傳來，從前只有用刀廝殺。外國人膽子小，才會造出那種東西。不是中國造的，是外國人造的，鄭成功時代還沒有嘛！鄭成功就是清和源氏，據說是源義經從蝦夷國去滿洲時，帶去一個很有學問的蝦夷人。源義經的兒子攻打大明時，擔心打不過大明，派出使臣去見三代將軍，要求借兵三千。三代將軍卻扣留了那個傢伙，不放他回去。不管怎麼說畢竟是使臣，扣留了二年，最後在長崎娶了個女人，生下一子便是鄭成功。後來回國一看，大明已為國賊所滅……」他在胡說些什麼呀，完全聽不懂。

他身後一個年約二十五六歲、表情陰沉的男子，不時用白熱水搓著胯襠，一副生了皰疹似地好像很難受。他身旁還有個年約十七、八歲的小伙子，滿口不停胡言亂語，大概是住在附近的學生吧？

接著出現一個奇特的背脊，好像從屁股插進一根紫竹，脊梁的骨節一清二楚，左右整整齊齊排列著四個類似十六武藏的形狀，其中有的發紅，周圍還流膿……如此一一寫來實在太多，畢竟不是我能力所能描繪的萬分之一。正有點懊悔自己做了這般麻煩的事時，門口突然出現一位身穿藍色棉衣、年約七十的老禿子。

他對那些裸體妖怪畢恭畢敬地行禮說：「承蒙各位天天關照，多謝多謝。今天天氣有點冷，請各位慢慢洗……進出浴池，別著了涼，多多保重……掌櫃的，注意熱水溫度。」

掌櫃答應了一聲：「是！」

剛才說著鄭成功故事的人對老頭大加讚賞：「多會招呼！不這樣就做不好生意呀！」

突然碰上這個奇怪老頭，我感到有些意外，因此其它敘述先暫停，我開始專心觀察那老頭。老頭看見一個四歲小孩走出浴池，伸出手去說：「小寶寶，到這兒來。」那孩子一見老頭的臉像張被踩扁的年糕，嚇得哇一聲大哭起來。

老頭有點意外地嘆息說：「哎呀！哭啦！怎麼啦？老爺爺可怕嗎？唉，這個這個……」

沒辦法，老頭便話鋒一轉，對孩子的父親說：「啊，源先生啊！今天有點冷啊！昨夜溜進近江屋的那個小偷真是笨啊！把那家大門上的便門破壞了，卻什麼也沒拿就走了。大概看見巡警或守夜的人了吧？」大大地恥笑小偷的有勇無謀。

接著又抓著一個人說：「呵呵，好冷。你還年輕，不覺得冷吧？」

呵！只有老頭一個人喊冷。我一時被老頭吸引了，不但忘了其他妖怪，就連痛苦蜷縮在那裡的主人也從記憶中消失。

突然有人在沖洗和更衣之間的地方大叫一聲。

一看，毫無疑問正是苦沙彌先生。主人的聲音洪亮又沙啞，並非自今日始，但場合不同，連我也大吃一驚。剎那間我做出判斷：主人一定是在熱水中咬牙忍耐泡了太久，昏頭了。這是病魔所致，不該責怪。然而儘管昏了頭，也應該不失本性，為什麼會發出這麼意外的吼叫聲，這一點只要我說明一下便見分曉。

他與一個毫不足取的傲慢學生，像小孩一般吵起架來。

「走開！不許把水弄進我的水桶裡！」吼叫的當然是主人。

為這種小事怒吼，顯然是因為昏頭的關係。萬人之中，也只有這麼一個高山彥九郎敢怒斥山賊。也許主人正打算表演這齣戲，遺憾的是對方並不想演山賊，主人肯定收不到預期的演出效果了。

學生回過頭來和氣地說：「我一來就在這裡。」

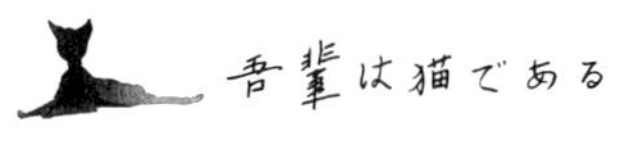



這句回答很平常，但也表達了不願移動的決心，這有違主人的心意。不論他的態度或語氣，都表明主人大可不必像對山賊那樣破口大罵，這一點他不管怎麼昏頭也該知道的。其實主人之所以大吼，並不是因為學生的位置，而是因為剛才小伙子淨說些大話，不像個年輕人，主人一直聽在耳裡才會大為生氣。雖然對方口氣謙恭，卻也不肯默默走進沖洗室。

主人又喝道：「混蛋！那有人這樣把髒水往別人的桶裡潑！」

我也覺得這個學生有點討厭，心裡不禁暗暗痛快。不過作為一名教師，主人的舉止也有點不當。主人從來都不知變通，像煤塊似的又乾又硬。

據說從前漢尼拔將軍跨越阿爾卑斯山時，路中央擋了一塊巨石，軍隊無法通過，於是漢尼拔便往這塊巨石上潑上了醋，再用火燒，燒軟了再用鋸子鋸成兩半，大軍才順利通過。但像我主人，即使在這麼靈驗的藥水中泡到全身發軟，也不會有功效，恐怕非得潑醋再火燒不可了。否則即使有幾百個像這樣的學生，花上幾十年也治不好主人的頑固。

不論是泡在這浴池裡的人，還是在沖洗間裡打滾的人，都是脫光文明人必備服裝的妖怪，當然不能以常理約束。他們可以為所欲為。肺裡可以有胃，鄭成功可以是清和源，阿民可以不被相信。然而一旦跨出沖洗室，來到更衣室，就不再是妖怪了，走進人們俯仰生息的世界，穿上文明必備的服裝，也就得像個人那樣的行動了。

主人正在門檻上——那是沖洗室與更衣室的分界線，即將回到和顏悅色、圓滑有禮的世界，在這邊界上主人依然那麼頑固，可見頑固已是根深蒂固的疾病。既是疾病，便難以治癒。依我愚見，這種病只有一法可治，就是請校長把他革職。主人一向不知變通，一旦被革職一定走投無路；一旦走投無路，必然會餓死街頭。換句話說，革職將成為主人死亡的原因。

主人雖然喜歡生病，但卻最怕死。能夠生一點不致命的病，對他而言已是奢侈。因此如果嚇唬他說：「你再這樣繼續生病就宰了你。」主人這個膽小鬼一定渾身顫抖，顫抖之際疾病必隨之痊癒。如果這樣還不好，可就病入膏肓了。

再怎麼混蛋、再怎麼生病，主人畢竟是主人。詩人說：「一飯君恩重。」我雖是貓，也不會不掛念主人安危的。由於滿心同情，全部心神都被吸引了，以致於疏忽了對沖洗間的觀察。

突然，未加藥的浴池傳來了眾口交罵聲。那裡也有人吵架了？回頭一看，妖怪們正在浴池門口擠得水泄不通，有毛的小腿和沒毛的大腿交錯而動。

初秋暮日西沉，沖洗間整個天花板籠罩著一片熱氣，妖怪們擁擠的景象朦朦朧朧。他們熱呀熱呀的喊叫聲，震耳欲聾，腦子裡嗡嗡響著。那聲音有黃、藍、紅、黑，重重疊疊地在浴池裡組成莫可名狀的音響，充其量只能用混亂二字來形容，此外一無是處。

我呆立著，茫然望著這光景。

不久後叫聲混亂到了極點，這時在你推我擠的混亂人群中，悠然站出一條大漢。他的個頭比其他先生們高出三寸，他那不知是臉上長鬍子、還是鬍上長臉的紅面，發出烈日下敲鐘般的聲音吼道：「加冷水加冷水！太熱了太熱了！」

那聲音，那張臉，在混亂人群中高高在上，幾乎令人以為整個浴池只有這麼一個人。超人！這便是尼采所謂的超人！是魔中之王，是妖怪的首領！

正想著時，有人在浴池後應了聲：「好！」

我往那邊一瞧，只見一片朦朧中，那個穿坎肩的搓背工，正將一鏟子煤投進灶裡。進入灶門時，那煤燒得叭啦叭啦響，將搓背工的半邊臉忽地照亮。搓背工後的磚牆也亮了，衝破了黑暗。我有點害怕，急忙從窗戶跳下回家去了。

我邊走邊想：人們脫掉短褂、褲叉，努力爭取平等，可是在赤裸之中，又出現了赤裸的豪傑，壓制群小。可見即使赤裸，也不可能獲得平等的。

回家一看，天下太平。主人出浴的臉色閃閃發光，正在吃晚餐。他看我從走廊走來說：「這貓可真悠閒，剛剛跑哪兒去啦？」一看飯菜，因為沒錢，只擺了兩三樣菜，其中還有一條烤魚。叫什麼魚，我不知道，大約是昨天在品川台場附近抓的吧！

我曾說魚兒健壯，但再怎麼健壯，也受不了這般煎煮。寧可多病殘喘，倒是好些。我裝作似看非看的樣子坐在飯桌旁，想找機會弄點什麼吃。不這麼裝模作樣，吃不到什麼好東西。主人夾了一點魚，露出不大好吃的表情，又放下筷子。妻子坐在對面，聚精會神地觀察主人上下揮筷和雙顎開合的模樣。

「喂，敲一下貓頭！」主人突然對妻子說。

「敲牠幹麻？」

「愛怎麼樣就怎麼樣，先敲牠一下！」夫人用手掌拍我的頭，一點也不疼。

「沒叫嘛！」

「嗯。」

「再敲幾下！」

「再敲幾下還不是一樣。」妻子又用手掌拍了我一下，還是不痛，我文風不動。但是為什麼要這樣？我雖足智多謀卻也不懂。假如懂的話，我會想出點辦法來。可是主人光說敲敲看，不僅動手的夫人為難，挨打的我也十分困惑。主人眼看怎麼也不能如願，便有些焦躁：「用力點，讓牠叫一聲！」

「幹什麼讓牠叫？」妻子厭煩地邊問邊啪地打了我一下。

這下子我終於明白主人的意圖了。只要叫一聲，主人就會滿意了。

主人就是這麼愚蠢，真討厭。如果要讓我叫，只要把目的早點說出來，用不著這麼大費周張，本來一次就可以完成的事，何必重複再三呢？光是說打，除非以打為目的，否則沒意義啊。

打是對方的事，叫是我的事。一開始就預想我叫，卻只說打，以為這樣就包括了屬於我自由的叫聲，真是過分。簡直太不尊重別人的人格，瞧不起貓。

若是被主人視為蛇蠍而深惡痛絕的金田老闆，也許會做這樣的事。然而一向自許清高的主人這樣做，可就太卑鄙了。不過主人不是那樣的小人，他這道命令，應該不是出於狡猾，我想大概是由於智力不足，產生一些蚊子孑孓似的念頭。

他大概想，吃飽肚子一定會脹，割傷一定會流血，殺一定會死，因此迅速斷定，打一定會叫，可惜這有點不合邏輯。依此類推，掉進河裡一定會死，吃炸蝦一定會拉肚子，拿薪水一定要上班，讀書一定要有出息……如此一定，就一定有人有異議。打一定叫，我覺得麻煩，如果被當成一敲就響的時鐘，可就失去生為貓的價值了。

我先在心裡把主人駁斥一通，然後應其要求「喵……」地叫了一聲。

這時主人問妻子：「叫了。喵一聲，這是感嘆詞還是副詞？」

妻子覺得問題太唐突，一言不發。老實說，我也認為主人是因洗澡洗昏頭尚未清醒吧！

本來主人已是附近馳名的怪人，有人甚至斷言他是個神經病。然而主人自信滿滿，堅持地說「我不是神經病，世人才是神經病！」要是附近的人叫他為狗，主人為了維護公平，必定反口叫他們豬。實際上主人真的想到處維護公平，沒辦法。

既然這樣的人對妻子提出這種問題，對他來說也許只是飯前的小插曲。但對聽到的人而言，卻是瘋言瘋語。

於是妻子如墜五里霧中，什麼也說不出，我當然更是無言以對。

這時主人突然大喊：「喂！」

妻子慌忙答道：「嗯！」

「這一聲『嗯』是感嘆詞還是副詞？」

「誰知道是什麼！那些無聊的事管它是什麼！」

「那怎麼行？這可是目前語言學家不斷思索的重大問題！」

「哎呀，你說貓叫聲嗎？真討厭。貓叫聲不是日語吧！」

「所以才是一門艱深的學問啊！這叫做比較研究。」

「是呀！」妻子是個聰明人，不會在這種麻煩問題花力氣。

「那麼弄清楚是哪一種了嗎？」

「既是重大問題，不會那麼快就弄清楚的。」說著，主人又吃起那條魚，順便吃了旁邊的燉豬肉和芋頭。

「這是豬肉吧？」

「嗯，是豬肉。」

「哼！」主人以極輕蔑的口吻喝起酒來，「再一杯！」他拿起酒杯。

「今晚你喝了不少，已經臉紅了。」

「喝嘛……妳知道世界上最長的單字是什麼？」

「是前關白太政大臣吧？」

「那是人名。我是說最長的單字，你知道嗎？」

「單字？是洋文嗎？」

「嗯。」

「不知道……別喝酒了吃飯吧，嗯？」

「不我還要喝！告訴妳最長的單字吧！」

「說完就吃飯。」

「就是Archaiomelesidonophrunicherata。」

「胡說的吧？」

「什麼胡說？這是希臘文啊！」

「翻成日語是什麼意思？」

「不知道什麼意思，只知道怎麼拼。寫起來長達六寸三左右。」

若是其他人，這應該是酒後之言，可是他卻清醒說著，可謂一大奇觀。只有今夜貪杯，平時只喝兩杯，今天已喝了四杯。只喝兩杯他都臉紅，現在多喝了一倍，臉像燒紅的火筷子似的，看起來很痛苦。

可他還想再喝，便說：「再來一杯！」

妻子怕他過量，板著臉說：「別再喝啦！會不舒服的。」

「嗯，就算不舒服也要再喝。大町桂月說『喝吧！』」

「桂月是什麼？」即使桂月，一旦碰上夫人，也一文不值。

「桂月是當代一流的批評家啊！他說喝吧，那就一定沒錯！」

「胡說！桂月也好，梅月也好，喝酒受罪，多此一舉！」

「不只叫人喝酒，他還叫人要多交際、要玩女人、要旅行啊！」

「那不是更壞嗎？那種人也算是一流批評家？真要命！竟然勸有婦之夫玩女人……」

「玩女人也不壞嘛！即使桂月不勸，只要有錢，說不定也會試試呢！」

「最好別試。你若是今後也玩起女人，我可受不了！」

「妳要是受不了，那我就不去玩了。不過妳要更小心侍候丈夫，晚上要做好一點的菜。」

「已經盡力了。」

「是嗎？那麼玩女人的事以後再說吧！今晚的酒就到此為止吧！」說著他遞出飯碗，好像一連吃了三碗茶泡飯。那天夜裡，我吃了三片豬肉和一個鹽烤魚頭。

人一有稜角，在人世上打滾就辛苦又吃虧。圓滑的人，轉到哪裡都順利得多。方的不但轉得辛苦，而且每次轉動稜角都會磨疼的。世界畢竟不是只有你一人，別人不見得如你所願。

## 8

剛才在敘述繞行籬笆運動時，就曾想將環繞主人庭院的竹籬笆描繪一番。假如就此以為主人的竹籬笆外就是鄰居，比如南鄰的小次郎家，那誤會可就大了。房租雖很便宜，但住在這裡的是苦沙彌先生。雖然以小與、小次郎等等親暱地稱呼著，但卻從未與鄰家結成親密的友誼。

竹籬笆外是三十多尺寬的空地，空地盡頭並列著五、六棵檜木，從走廊一眼望去，對面則是一片茂密的森林。在此的先生住所猶如荒野孤屋，彷若江湖隱士，與無名貓相伴共度餘生。

那檜木並不像我說的那麼茂密，所以還能從枝葉間一覽無遺「群鶴館」那棟空有虛名的廉價旅館屋頂。若要以此來想像苦沙彌先生，自然是很費力。既然那旅館號稱「群鶴館」，那麼先生的居室真可稱得上是「臥龍窟」了。反正名字不必納稅，大家都可以隨便取些美名。

這三十尺寬的空地，沿著竹籬東西向約六十尺處忽然拐了彎，圍住臥龍窟的北邊。這北邊可是禍亂之源呀！走完一片空地，還是一片空地。不要說臥龍窟的主人了，即使連我這臥龍窟的靈貓，對這片空地也束手無策。南邊有檜木聲威浩大，北邊的七、八株梧桐也嚴陣以待。梧桐樹幹已長一尺粗，如果找來木屐店老闆，絕對可以賣個好價錢。然而租賃而居的悲哀正在於此，心有餘而力不足，真替主人惋惜呀！

前些天，一名學校工友砍了一根樹枝，後來便換上嶄新的梧桐木屐，還辯說不是用上次砍掉的梧桐做的，真狡猾！

這裡雖有梧桐，但對我和主人全家來說，卻是一文不值。古語雖有云：「懷璧其罪。」主人家裡徒有這株梧桐，卻利之空空如也，著實該罵：「有寶不知用！」愚蠢的不是主人，不是我，而是房東傳兵衛。就算梧桐再三催促：「木屐老闆來了沒？」傳兵衛仍裝作沒聽到，只知道催繳每個月的房租。我與傳兵衛無冤無仇，對他的責難就到此為止。

言歸正傳，剛才提過這塊空地是禍亂之源，這可不能向主人說啊！這塊空地，最不妙的就是沒有籬笆。好大一片空地，狂風橫行，直通後街。若說有籬笆，那是說謊，不太好。但事實上真的曾經有過籬笆，然而回溯往昔已經不清楚真相如何了。真相不明，也就無從下藥，於是我只有從搬過來時開始娓娓道來了。

雖說狂風橫行，在夏天更顯得涼爽宜人；就算疏於戒備，貧寒之家也不至於遭竊。因此圍牆、籬笆、亂樁、棗刺網之類的東西，對主人家來說根本不需要。

問題在於空地對面的人類或動物。

為了解決這個問題，勢必要將盤踞對面的諸君子德行進行一番調查。在沒弄清楚是人還是動物之前，稱之為君子似乎言之過早，不過大抵是些君子，不會錯的。畢竟連小偷都能稱之為梁上君子嘛！

這裡的君子還不至於勞駕警察，卻也有為數不少的烏合之眾在那裡吵嚷不休。這一所名為「落雲館」的私立中學，為了培養八百位君子，每人每月收取兩圓學費。別以為名曰「落雲館」就都是些文雅君子，那可就大錯特錯了！名不符實，猶如群鶴館中無鶴隻，臥龍窟裡卻有貓一般。

所謂學者教師，也有像我家主人苦沙彌這樣的瘋子，就可以明白落雲館裡的君子也不全是風雅之士。若是不信，不妨到主人家住個三天試試看。

如上所述，剛搬來時那片空地上沒有籬笆。落雲館諸君子可以像車夫家大黑一般，悠然闖進梧桐林裡談話、吃便當、躺在竹叢上……隨心所欲。然後再將便當殘骸像是廢竹皮，或是廢報紙、廢草鞋、廢木屐等，凡是有「廢」字的東西都棄之於此。不修邊幅的主人自然不會在意，他毫無怨言地走了過去，真不知他是不知道，還是明明知道卻不想責怪。

那些君子在接受學校教育後，愈來愈有君子風範，而且逐步從北向南蠶食。假如蠶食二字與君子不大相稱，也可以不用，但找不到其他更恰當的詞語了。這些君子像沙漠中逐水草而居的民族，從梧桐樹林移向檜木林了。檜木正對著客廳，若非膽大妄為的君子，是不會有這種行動的。

過了一兩天，他們的「大膽」之上還要再加個「大」，成為「大大膽」了。沒有比教育效果更驚人的了。他們不僅逼近客廳，而且在那裡唱起歌來。

唱什麼已經記不得了，但絕非三十一字的和歌，而是更活潑、更通俗入耳的歌。出乎意料的不僅主人，就連我這貓也對那些君子的才藝深感佩服，不由地豎耳傾聽。

不過讀者應該清楚：「佩服」與「受擾」有時是共存的。此時此刻這二者竟合二而一，今日回想起來，還是感到遺憾之至。主人似乎也引以為憾，不得已從書房飛奔出去，趕走他們兩三次並說：「這兒不是你們可以進來的地方，滾出去！」然而既是受過教育的人，是不會乖乖聽話的。剛被趕走，立刻又回來，回來就唱些活潑的歌，然後高談闊論。

君子的談話自然別具一格，「你這傢伙！」、「裝蒜！」等字眼不時出現。這些用語，據說明治維新以前是僕役、車夫之流的專門用語，到了二十世紀，已經成為受教育的君子學習的唯一語言。有人解釋說，這現象就與過去人們輕視的運動，如今卻大受歡迎是一模一樣。

主人又從書房跑了出來，捉住一個精通君子語言的學生，問他為什麼到這兒來，君子竟忘記「你這傢伙！」、「裝蒜！」等高雅語言，而用「我以為這裡是學校植物園呢！」這種極其下流的語言。主人警告他下不為例，便放了他。說「放了」並不精確，實際上主人是揪住君子的衣袖進行談判。主人以為這樣子君子會規矩點。然而自女媧補天以來，總是事與願違，主人又失敗了。

君子們這次從北側穿過庭院，再從正門出去。大門卡一聲開了，主人以為是有客上門，卻聽到梧桐林那邊發出笑聲。形勢益發不妙！教育的功效愈來愈顯著了！可憐的主人無法應付，便退居書房，恭恭敬敬地給落雲館校長寫了封信，懇請略加管束。校長鄭重復函，聲稱即將築籬，請主人稍候。

不久便來了三、四名工匠，半日工夫便在主人房屋和落雲館邊界上築起了三尺高的方格籬笆。這下子總算可以放心了，主人很高興。不過主人這個笨蛋，那麼低的籬笆，君子們的行動怎會有所改變呢？

捉弄人畢竟是有趣的，連我這隻貓都常常捉弄家裡的小姐，落雲館的君子捉弄蠢笨的苦沙彌先生也是理所當然的。對此深表不滿的，恐怕也只有被捉弄的人了吧！

捉弄的心理有兩個要素：第一，被捉弄的人不能滿不在乎；第二，捉弄的人不論在勢力上或是人數上必須占優勢。

最近主人從動物園回來，提了一件令他感慨的事。原來他看見駱駝和小狗打架，小狗在駱駝周圍疾風般轉著圈狂吠，駱駝卻毫不在意，依然鼓起駝峰站住不動。不管小狗怎麼叫，駱駝都不理睬，終於小狗厭倦了，就此作罷。主人還笑那駱駝感覺遲鈍。

這例子用在此處很恰當。再會捉弄人的高手，如果對方像個駱駝，便捉弄不成。然而如果對方太強，像獅子、老虎，那也不會成功，一捉弄就被撕個粉碎。最有趣的，還是一被捉弄就咬牙切齒，卻又莫可奈何。

為什麼說有趣？原因很多，首先是可以消磨時間。無聊時甚至會想數一數有多少根鬍鬚呢！傳說，古代有個囚犯，無聊之餘，竟在牆上不停畫三角形度日子。世上再也沒有比無聊更難忍受的事了，假如沒有刺激，活著也乏味，那可真苦啊！

捉弄人，是製造刺激的一種娛樂，但是如果還沒惹到對方生氣、焦急、投降，是不夠刺激的。因此自古以來熱衷於捉弄人一事的有兩種人，一種是不懂人心、無聊透頂又愚蠢的王公貴族，一種是頭腦簡單、只顧自己開心，有精力沒處發洩的少年。

其次，對於想證明自己優勢的人來說，捉弄是最簡便的方法。當然殺人、傷人、害人，也都能證明自己的優勢。但更貼切地來說，殺人、傷人和害人都是為了做而做所採取的手段。至於證明自己的優勢，只不過是之後必然出現的結果罷了。要顯示自己的優勢，又不想傷害人，捉弄是最適當的方式。如不稍稍傷害人，就不能證明自我優越。即使心安理得，也會索然無味。

人很自負，不該自負的時候也想自負，因此一定要時時對別人展現一下自負，才能安心，否則無法滿足。那些不明事理的俗物、缺乏自信和沉不住氣的人，都想利用一切機會來證明自己，這和柔道選手總想摔倒對方一樣。柔道不高明的人，總希望碰上一個比自己弱的對手，即使一次也好，就算外行也行，就是想摔人。他們在街上走來走去，就是為了這個目的。此外當然還有許多原因，說來話長先就此打住。如果還想知道的話，不妨帶些柴魚片來，我隨時奉陪。

參照上述推論，依我之見，深山猴和學校教師是最佳的捉弄對象。拿學校教師比深山猴，的確是不該——不是對猴，是對教師。然而兩者如此相似，又有什麼辦法。

眾所皆知，深山猴被鐵鏈鎖著，不論怎麼張牙舞爪也傷不了人。教師雖然沒有鐵鎖在身，卻被月薪困住，任你怎樣捉弄都行，不會辭職去毆打學生。假如是個有勇氣辭職的人，當初就不會想當教師了。

我家主人是教師，雖不是落雲館的教師，但畢竟也是教師。論捉弄對象，我家主人最適合、最方便，而且最安全。落雲館的學生都是少年。捉弄人可以提高他們的身價，表現出教育成果，是理直氣壯的應有權利。不僅如此，假如不捉弄人，他們那充滿活力的四肢與頭腦，便不知如何安放才好，休息時間也不知如何是好。這些條件一旦具備，主人自然要被捉弄，學生自然要捉弄人，任何人都不會覺得奇怪。主人為此發怒，實在愚蠢透頂。至於落雲館學生如何捉弄我家主人，我家主人又如何的愚蠢透頂，以下一一描述。

各位都知道方格籬笆是什麼吧！那是個通風良好的簡陋籬笆，我可以自由自在地從方格間進出。有沒有籬笆，對我來說都是一樣。不過，落雲館的校長並不是為了貓才設方格籬笆，而是為了防止自己培養的君子鑽進來，才特請工匠築籬笆。當然不管怎麼通風，人也不能鑽進鑽出。這種四寸見方的格子，縱使大清的魔術師張世尊，也無能為力。

因此這道籬笆對人來說，可以充分發揮隔離作用。難怪主人一看籬笆築起，便以為天下太平了。然而主人的理論卻有很大的漏洞，比方格更大的漏洞，簡直是連吞舟之魚都能溜掉的大漏洞。因為主人是從籬笆不可翻越的假設出發，他假設既然是學生，不論再怎樣簡陋的籬笆，都是區域的分界線，就絕不會擅自闖入。接著主人又推翻這一假設，認為即使有人想闖入，就算小孩子也沒有辦法從格子裡鑽進來，於是他速速斷定不會有人進來了。不錯，只要他們不是貓，就不可能從籬笆方格穿過，想穿過也辦不到。但是攀爬或跳躍過去，卻非難事，而且還是一種很有意思的運動。

築起籬笆的第二天，和未築籬笆時一樣，君子們依然蹦蹦跳跳地進入北邊空地，但並沒有深入客廳正面。因為若遭到追趕，會需要一點時間逃跑，所以他們預先計算好了逃跑的時間，只在不必擔心會被抓到的地方遊戲。他們在做些什麼，住在東廂房的主人自然看不見。若想知道他們在北邊空地的活動情況，只有打開柵門，從相反方向拐個彎看，或從廁所窗口隔著籬笆眺望，一切便盡收眼底了。

不過即使發現敵人，也無法捉拿，只能從窗內臭罵幾聲。假如從柵門處迂迴襲擊敵陣，君子們聽到腳步聲後，不等你抓便一溜煙逃走了，就像秘密捕獵的漁船航向海狗在日光浴之處。

主人當然不會在廁所守望，也無意開著欄柵一聽到聲音便立刻衝出。若真想這麼做的話，除非辭掉教職專心去做，否則是追不上的。說起來主人不利的條件是，在書房裡只聞其聲不見其人，在廁所窗下則只見其人卻奈何不了對方。

對方識破主人這些不利條件，便採用以下策略：探知主人悶坐書房時，便盡可能大聲叫嚷，其中還故意譏諷主人。乍聽之下，很難斷定他們是在籬內喧嘩，還是在籬外吵鬧。主人一旦出來，他們不是逃之夭夭，就是在竹籬外裝作沒事。

當他們看見主人入廁時——我從剛才就頻頻使用「廁所」這骯髒字眼，實在抱歉，但是因為敘述這場戰爭有其必要，不得已而為之——他們一定在梧桐一帶徘徊，故意讓主人看見。假如主人從廁所裡發出響徹四鄰的高聲怒斥，敵人就不慌不忙地從容退回根據地。

敵人採取這種戰術，主人十分狼狽。以為敵人確已侵入，操起手杖走出去，卻靜悄無人。以為沒人來，從廁所窗子一看，肯定又有一、兩名闖入。主人無論繞到後面瞧，還是從廁所裡看，總是同樣局面，所謂「疲於奔命」大概就是這個樣子吧！主人火氣上升，氣得搞不清自己究竟是以教師為業，還是以戰爭為業。氣急敗壞到了極點，便發生了接下來這場風波。

這風波是由「生氣」引起的。所謂生氣，顧名思義，就是血液往上逆流。關於這一點，不論是蓋倫諾斯[26]，還是帕拉塞爾蘇斯[27]，或是古老中國的扁鵲，都不會有異議。只是往上流到何處，是個問題；往上流的為何物，也是爭論的焦點。

據古歐洲人的傳說，我們體內有四種液體在循環。第一叫「怒液」，往上逆流就會生氣；第二是「鈍液」，往上逆流神經就會遲鈍；第三是「憂液」，會使人憂鬱；最後才是「血液」，使人四肢靈活。後來隨著人類進化，怒液、鈍液、憂液不知不覺消失，只剩血液在人體內循環如初。因此如果要問往上逆流的是什麼，那一定是血液。

血液的分量因人而異，依性格不同而稍有增減，大抵每人五升半。假如五升半的血液往上逆流，血液所到之處就會十分活躍，其他部分則因缺血而變得冰冷。就好比警察局失火，警察們齊集於警察局，街上連一名警察也沒有。從醫學觀點看來，這就是「警察逆流」。要想治好這種逆流，必須使血液平均分布於全身，那麼就必須讓往上的逆流物降下，其方法很多。

據說主人已故的父親曾用濕毛巾放在頭部，身子貼在火爐烘烤。如《傷寒論》也曾談到：頭寒足熱乃益壽祛災之兆。可見濕毛巾為延年益壽方法中，一日不可或缺之物。不然也可以試試和尚慣用的方法：居無定所的沙門，雲遊四方的行僧，必以樹下石上為宿。所謂以樹下石上為宿，並非為了苦行，而是禪宗六祖慧能在舂米時想出的訣竅，用以使逆血下降。試坐石上，必覺臀部冰涼，臀部涼，血氣降，這也是自然規律不容置疑。如此種種使血氣下降的手段已發明太多了，但至今仍未想出引發血氣往上逆流的良策。

26 蓋倫諾斯：Claudius Galenus，古羅馬的醫學家、哲學家。
27 帕拉塞爾蘇斯：Philippus Aureolus Paracelsus，中世紀瑞士醫生。

一般說來，生氣有害無益，但有時候也不能太早下結論。有的職業，生氣十分重要；如不生氣，一事無成。

其中最需要生氣的是詩人。詩人之需要生氣，猶如輪船之需要煤。一旦停止生氣，詩人只好變成除了伸手吃飯外，一無是處的凡夫俗子。

不過生氣也是瘋狂的別稱，不瘋狂就無法揚名立萬。因此詩人們不以生氣稱之，集思廣益後，煞有介事地稱之為「靈感」，這是他們為了欺騙世人而巧立的名目，其實就是生氣。柏拉圖支持那些詩人，將這樣的生氣稱為「神聖的瘋狂」。然而再怎麼神聖，既是「瘋狂」，人們還是不會與之為伍，因此還是用那個新藥般的名稱——靈感，來得好些吧！

正如魚片糕的材料是山芋，觀音像的材料是一寸八分的朽木，鴨肉湯裡是烏鴉肉，牛肉火鍋裡裝的是馬肉，而靈感事實上就是生氣。所謂生氣就是暫時發瘋，就因是暫時性的發瘋，才可以不進瘋人院。

不過製造暫時性的發瘋非易事，終身發瘋反倒容易。想要在提筆時才發瘋，不論什麼妙手神佛，費盡心力也很難成功。既然連神都不行了，只好自求多福。

於是從古至今，血氣逆升術與降逆升術，皆令學者傷透腦筋。

有人為了獲得靈感，每天吃十二顆澀柿子。這是基於下列邏輯：吃了澀柿子會便秘，一便秘就會生氣；還有人舉著酒壺跳進熱水澡池，認為在熱水裡飲酒，肯定會生氣。如果這樣還不成功，只要將葡萄酒燒開當洗澡水，跳進去，保證奏效。遺憾的是，因為沒錢還沒付諸實現之時就身先士卒了。

最後還有人想出個主意，如果模仿古人，也許能激起靈感。那是應用這種學說：只要模仿某人舉止，其心理狀態必然相似。學醉鬼那樣說話顛三倒四，不知不覺也會像醉酒一樣。坐禪堅持一炷香時間，就會覺得自己也變成和尚。因此如果模仿古代具有靈感的大作家，肯定能嚐到靈感迸發的滋味。

傳說雨果曾躺在快艇上構思作品，所以只要坐在船上凝視蒼空，保證靈感迸發；又傳說史蒂文生趴著寫小說，故只要趴著寫作，一定會激發靈感。諸如此類，不同的人想出不同的辦法，卻沒有一人成功。如今人為的靈感激發已經不可能，很遺憾，卻也莫可奈何。有朝一日自由召喚靈感的時機一定會到來，為了人文前景，我殷切盼望這一天早日降臨。

關於生氣，我的說明已經夠多了。言歸正傳，說說事件本身。

任何大事件發生之前，必有些小端倪。只談大事而忽略小事，是自古以來史學家們常犯的通病。我家主人每碰上小事就會生氣，終究惹出大事。因此如不按事物發展順序看來，就難於理解主人生氣的過程。

不理解過程，主人生氣這件事就有名無實，說不定世人會白他幾眼說：「未必是真的吧？」主人難得生一次氣，如果不被稱讚為了不起的生氣，豈不可惜？

下述事件不論大小，對於主人來說都不是什麼有面子的事。雖不是什麼名譽的事，但至少也是生氣，還是名副其實的生氣，決不比他人遜色，這點希望各位能了解。主人在其他方面並無值得誇耀之處，假如連他的生氣都不好好炫耀一番，其他也就不值得大書特書了。

聚在落雲館的敵軍，近日發明了達姆彈，在十分鐘下課或放學後，便朝著北方空地開砲。那達姆彈通常稱為棒球，拿一根類似研磨棒的東西，任意向敵陣射球。即使是達姆彈，因為是遠從落雲館的運動場發射，自然不必擔心會射中躲在書房裡的主人。敵人也知道射程太遠，但這是戰略。

傳說在旅順戰爭中，全靠海軍間接射擊而成功。落在空地上的雖是球，卻有奇效，何況每發一砲，全軍便哇一聲發出駭人巨響。主人嚇得手腳裡的血液不得不收縮，煩悶至極，血液自然往上逆流，敵人的計策太巧妙了。

據說古希臘有一名作家，名叫艾斯奇勒斯[28]，他有個學者和作家兼具的腦袋。我所謂學者和作家兼具的腦袋，意思就是禿頭。為什麼禿了呢？一定是頭部營養不良，才長不出頭髮。學者和作家大多很窮，因此頭部都營養不良，都禿了。艾斯奇勒斯也是一名作家，禿頭是自然趨勢，他有一顆明亮的禿頭。

然而有一天，這位先生照例頂著那個頭——頭不戴帽，當然還是那顆禿頭搖頭晃腦地，在太陽底下逛大街。這便是鑄成大錯的根源。

遠遠看去，日光下的禿頭亮得很。樹大招風，禿頭也一定會招點什麼。此刻艾斯奇勒斯頭上飛過一隻老鷹，利爪還攫著一隻不知何處抓來的烏龜。烏龜和鱉都是美味之物，但自希臘時代以來，就生得一層硬殼，再怎麼美味，既有硬殼也就難得品嚐。大蝦可帶殼烤熟，但是帶殼燉烏龜，至今還未曾有過，當年更是不可能。

那隻凶猛老鷹正不知該如何是好，忽見下方遠遠有個東西閃閃發光，心想：好極了，如果將烏龜往那地方摔，龜殼一定粉碎，再落地品嚐龜肉。就這麼辦吧！既打定主意，就即刻將烏龜從空中往禿頭扔去。偏偏作家的腦殼不比烏龜殼硬，被砸了個稀巴爛，著名的艾斯奇勒斯遂一命嗚呼。以老鷹的智慧來說，究竟是明知那是作家的頭才扔下烏龜，還是誤以為是石頭才扔下，就不得而知了。

可以拿老鷹和落雲館的學生們相比，不過也不能這麼說。主人的頭並不像艾斯奇勒斯或著名學者那樣閃閃發光。他的書房雖然才六疊榻榻米大小，但畢竟號稱書房，他又會在打瞌睡時把臉埋在內容艱澀的書堆裡，只好將他視為學者或作家的同行。

主人的頭沒禿，是因為他還沒有取得禿頭的資格，但不久就會禿的，這是即將到來的命運吧！

落雲館的學生們以主人的頭為目標，集中火力進攻，不得不說是極合時宜的做法。假如敵

28 艾斯奇勒斯：Aeschylus，希臘悲劇詩人。

人的行動持續兩週，主人的頭必然會因恐懼煩悶而營養不良，變成金桔、茶壺或銅壺。如果再連續兩週，金桔會粉碎，茶壺會漏水，銅壺會出現裂縫。連這顯而易見的結局都沒預測到，就立志與敵人決一死戰的，恐怕只有苦沙彌先生了。

某天下午，我照例在走廊下睡午覺，我夢見自己變成一隻老虎，要主人拿雞肉來，主人說是，戰戰兢兢地端來雞肉。

迷亭先生也來了，我說我想吃雁肉，要他去餐館叫一道過來，迷亭一如往常胡扯一番，說把醬菜和鹹餅乾合起來吃就有雁肉味。我張開大口吼了一聲，嚇得他臉都白了，於是趕緊說山下做雁肉火鍋那家餐飲店已經關門了，不知如何是好。我說，那就將就著吃點牛肉吧！快到西川肉鋪去拿一斤牛里肌肉來，不然把你給吃了。迷亭撩起後襟奔出。

我因為身體驟然變大，一躺下就占滿整個走廊，等著迷亭回來，屋裡突然發出巨響，牛肉還沒下肚夢卻醒了。剛才主人還戰戰兢兢地伏在我面前，想不到現在竟從廁所裡衝了出來，往我的肚子踹了一腳，瞬間趿著木屐從柵欄門出去，往落雲館飛奔而去。

我一下子由老虎變成貓，有些沮喪又有點好笑。由於主人的氣勢洶洶，加上肚子被踢到的痛楚，變成老虎的事我瞬時忘記，覺得主人即將出馬與敵人交戰，那該多有意思呀！索性忍痛跟上，走出後門。只聽主人大喝：「強盜！」但見一名十八、九歲戴著學生帽的壯小子，正翻越籬笆到外頭。我心想來不及了，可是那小子以快跑的姿勢，像韋馱天似地跑回根據地了。

主人以為大罵「強盜！」已有斬獲，便又大喝一聲追過去。然而想要追上敵人，主人必須跳過籬笆。但若追得太遠，主人自己也成為強盜了。如前面所述，主人是個血氣方剛的人。既然要追強盜，即使自己淪為強盜也要追下去。因此他毫無收兵之意，一路追到籬笆下，再前進一步，就即將成為強盜了。這時一個蓄著小鬍的將軍從敵軍陣營走出，二人以籬笆為界，進行談判。仔細一聽，真是無聊的爭辯：

「他是本校的學生。」

「既是學生，為什麼擅自闖進他人住宅？」

「剛才球飛過去了。」

「為什麼不先打聲招呼，再進來拿球？」

「以後會注意。」

「那就算了吧。」

本以為將會出現龍爭虎鬥的壯觀場面，卻以散文式的談判草草收場。主人不過是虛張聲勢，一旦交鋒總是這樣結束，就像我從老虎一下子變回貓一樣。我所謂小事，就是如此而已。按照順序，接下來要談點大事情了。

主人打開客廳紙門，俯臥沉思。大約是防敵之策吧！落雲館好像正在上課，運動場上格外安靜，只聽得見某間教室講授著倫理學。聽那明朗的聲音、清晰的口才，正是昨日從敵營出馬擔負談判重任的那位將軍。

「……所謂公德，至為重要。不論法國、德國或英國，沒有一個國家不講公德，不論多麼下流的傢伙，沒有人不重視公德。可悲的是在這一點，我們日本不能與其他國家抗衡。你們當中或許有人以為公德是剛從外國輸入的，其實大錯特錯。古人說『夫子之道，一以貫之，忠恕而已矣。』其中的『恕』字，正是『公德』的出處。我也是個人，有時也想放聲高歌，然而我讀書時如果聽到鄰室高歌，怎麼也讀不下去。因此每當想要高聲吟詠《唐詩選》時，心裡便想：假如隔壁住了像我一樣怕吵的人，不知不覺打擾了人家那可不好。這時候我總會謹慎，因此我希望各位也盡量遵守公德，不要妨害他人……」

主人傾耳恭聽這番講演，聽到這裡不禁嗤嗤一笑。

這裡有必要對主人的嗤笑做個交代。諷刺家讀了這麼一段文字，一定會以為這嗤笑中有冷嘲的成分。然而主人決不是那麼壞的人，與其說壞，不如說他智商不太發達。若問主人為什麼笑？完全是因為高興才笑的。倫理學老師這麼一番諄諄教誨，今後一定可以永遠免於達姆彈的威脅了，腦袋也不會禿。雖然愛生氣的毛病不能立刻治癒，假以時日總會逐漸康復，不必頭蒙濕毛巾身頂暖爐、不必睡在樹下石上，因此才嗤嗤笑了。即使是二十世紀的今天，主人依然老實地認為欠債必還，當然也相信上述的教誨會有效果。

不久下課時間到了，講課聲戛然而止。其他教室也同時下課了。被密閉在室內的八百名學生齊聲吶喊，奔出校舍，其勢宛如擊落一尺長的蜂窩，鬧哄哄地從所有出入口，肆無忌憚、隨心所欲地奔出。這是大事件的開端。

先從蜂陣說起。假如以為這種戰爭要什麼陣勢，那就錯了。一般人以為沙河、奉天或是旅順之外，似乎沒有別的戰事。提到史詩中的野蠻人，則一昧地聯想到誇大事蹟，像是阿基里斯拖著赫克特的屍體繞特洛伊城三匝、燕人張飛在長氣橋上橫起丈八長矛喝退曹兵百萬等等。怎麼聯想都好，但若以為此外即無戰事，那就不妥了。

民智未開的遠古時期，也許有過上述那種荒唐的戰爭，但在太平盛世的今天，在大日本國帝都中心，那種野蠻行為已不可能出現。再怎麼騷動，也不會比火燒警察局更凶。由此觀之，臥龍窟主人苦沙彌先生和落雲館八百健兒的戰爭，列為東京城有史以來大戰之一，一點也不為過。

左傳寫鄢陵之戰，也是從敵軍陣勢下筆。自古以來，精於記敘者無不採取這種筆法，已是慣例。因此，我首先述說一下敵軍布陣。籬笆外有一列縱隊，任務是誘主人跨入戰區。

「不投降？」

「不投降！」

「不行不行！」

「不出來！」

「沒溜吧？」

「不會溜的。」

「叫兩聲給他聽聽！」

「汪汪！」

「汪！汪！汪！汪！」隨後是整個縱隊一起發出喊叫聲。縱隊右側操揚上，砲隊在險要之地設陣。一名將領手握研磨棒，面對臥龍窟伺機出擊。與他相對三十公尺的地方還站著一個人，研磨棒後面也站著一個人，面對臥龍窟站著。迎面而立一字排開的是砲手。

據說這是在練棒球，決非戰鬥。我是個文盲，不知棒球為何物，不過據說這是從美國傳入的一種遊戲，在中學以上的學校運動中是最風行的。美國是個專想些稀奇古怪點子的國度，說不定是為了表示親切，才把這個被誤認為砲彈也無妨、擾得四鄰不安的遊戲教給日本。美國人是真的把這當成一種運動和遊戲，即使純粹的遊戲都具有如此驚動四鄰的力量，當作砲彈也會十分有用。

據我觀察，美國人是想用運動之技，收砲擊之功。怎麼說都可以！既然有人借慈悲之名，行詐欺之實，宣稱靈感，卻以他人憤怒為樂。有這種人的話，那麼有以棒球之名行戰爭之實的人存在，也不足為奇了。別人說棒球是指普通的棒球，而我說的則是特殊場合的棒球，即攻城砲戰術。

接下來介紹一下達姆彈的發射方法。一字排開的砲兵中，一人右手握著達姆彈，向持棒的人投去。達姆彈用什麼製成，外人不得而知，其實那是用皮革精心縫制的堅硬石心球。如上所述，砲彈一旦離開砲手的手心就迅速飛出，站在對面的人猛揮研磨棒，將砲彈擊回，有時打不中，砲彈就飛了過去，但一般情況下都能打回。飛回的砲彈來勢兇猛，足以擊碎胃腸衰弱又神經質的我家主人腦袋。

砲手只要這麼做就夠了。周圍還有加油者與援兵，每當木棒一打中圓球，便啪啪鼓掌大聲歡呼，「打中了吧？」「沒中吧？」「不怕嗎？」「投降吧！」僅止還好，問題是被打回去的砲彈，三發必有一發飛進臥龍窟院內，因為如不飛進主人家，便沒有達到攻擊目標。各地都在製造達姆彈，價格很貴，雖是戰爭也很難大量供應。一個砲隊大約只發一、二顆，不能每砰一聲就讓那麼貴重的砲彈報銷。於是他們又增加一支撿球部隊，專門撿球。

假如球掉的地點好一點，倒也不費力氣，要是落在草原或人家院裡，就不那麼容易了。平時為了少花力氣，總是盡量讓球落在容易撿的地方，可是這裡卻相反，因為目的不在遊戲，而在戰爭。

他們故意將達姆彈射進主人的院裡。既然射進院內，就必須進院拾球。進院最簡便的辦法，就是翻過方格籬笆，只要他們在方格籬笆之內吵嚷，主人就非生氣不可；否則只有棄甲投降，勞心過度，頭必日漸光禿。剛才敵軍發出的一砲準確無比，越過方格籬笆打落梧桐葉，命中了第二城牆，也就是竹籬。

聲音很大！牛頓的運動定律第一條說：「如無外力，物體一旦開始運動，必定以同等速度直線前進。」假如那棒球只受這一條定律的約束，那麼主人的腦袋必和埃斯庫羅斯的頭遭到同樣命運。幸而牛頓又定了第二定律，才在千鈞一髮中保住主人的頭。牛頓運動第二定律說：「運動的變化與所受之外力成正比，並發生於同一直線上。」這在說些什麼？有點難懂。不過達姆彈沒有穿過竹籬、撞破紙門，砸碎主人的頭，由此看來肯定是托了牛頓的福。

不久敵軍果然侵入院內，用棒子四處敲打竹葉說：「是這兒嗎？」「再左邊一點！」如果敵軍進院來撿達姆彈，一定會大喊大叫。悄悄爬進來撿球的話，就達不到主要目的了。達姆彈也許貴重，但捉弄主人卻比達姆彈更重要。就像這時，遠遠就可以看見達姆彈落在什麼地方，可以聽見達姆彈撞擊竹牆的聲音，知道擊中的地方，也知道落地的地方。如果規規矩矩地撿，要撿幾顆都絕非難事。

依照萊布尼茲的定義：空間是同在現象的可能秩序。一、二、三、四總是依例出現。柳樹之下必有泥鰍，蝙蝠之上必有月亮。至於球跟籬笆，也許不大相關，然而在天天往主人院內投球的人看來，空間確實習慣於如此排列，此事不辯自明。如此騷動，終究是為了向主人挑戰。

既然如此，主人再怎麼消極也非應戰不可了。剛才聽倫理課時嗤嗤笑的主人，此時奮然起身猛然奔出，活捉一名敵兵。在主人來說，可是大勝利。大勝利沒錯，但一看，不過是個

十四、五歲的孩子，做為長鬍子的主人之敵，未免有點牽強。主人或許覺得已經夠了。孩子雖一再道歉，主人硬拉他到走廊下。在此有必要對敵人的戰術交代一下，敵軍昨天見識過主人的洶洶氣勢，認定他今天也一定會親自出馬。那時萬一來不及逃走，被抓住的話事情就麻煩了。再也沒有比派個一、二年級的孩子去撿球更能躲避風險的了。就算小孩被主人抓住，嘮叨不休地講道理，也無傷落雲館的名聲。和小孩一般見識，被恥笑的會是主人，這就是敵人的想法。

不過敵人在判斷中，忽略了對手並非普通人這個事實。主人如果具備普通人的常識，昨天就不會跳出來。生氣能使人提升到非凡境界，讓荒唐的事物合乎常理。如果分得清女人、小孩、車夫、馬夫，還不足以生氣自豪。假如沒有像主人那樣，逮捕不是對手的中學一年級學生當作戰爭人質，是不能躋身怒者之列的。可憐的是俘虜，只不過遵照上級生的命令，充當撿球的勤務兵，不幸被神經異常的敵將、生氣的天才追趕，來不及跳牆便被拖到庭前。

這下敵兵再也無法坐視自己戰友受辱，爭先恐後地翻過方格籬笆，從木柵門闖進院子。人數約有一打，在主人面前排了一大排。他們大都沒有穿上衣或背心，有的捲起白襯衫袖子，雙手交叉胸前，有的勉強在背上披了件洗得褪了色的棉質絨衣。對了，還有個穿著黑邊白帆布，前胸正中繡著黑色字母的時髦年輕人。個個都像以一當十的勇將，肌肉發達膚黑力壯，彷彿在無言地說：「吾乃丹波國好漢，昨夜自崑山來也。」把這些人送進中學太可惜了，假如叫他們去當漁夫或水手，大概比較有利於國家吧！

他們不約而同赤腳捲高褲管，彷彿要到近處救火似的。他們在主人面前列隊而立，一言不發。主人也不開口，雙方怒目而視，夾雜著幾分殺氣。

「你們是強盜嗎？」主人喝道，氣勢洶洶，彷彿用牙齒咬開的拉砲，化為火焰從鼻孔中竄了出來，從鼻翼看來明顯就是在生氣。越後獅子頭像的鼻子，大概是照著人們生氣的樣子做出來的，否則不會那麼嚇人。

「不，我不是強盜，是落雲館的學生！」

「胡說！落雲館的學生，怎會擅自侵入他人住宅？」

「我們戴的帽子，都有校徽呀！」

「是冒牌的吧？既是落雲館的學生，為什麼擅自侵入？」

「因為球飛進來了。」

「為什麼讓球飛進來？」

「不是故意的嘛！」

「豈有此理！」

「下不為例，這一回就原諒我們吧！」

「來歷不明的人翻籬笆闖進家裡，誰會輕易原諒？」

「不過我們的確是落雲館的學生，這是真的。」

「既是落雲館的學生，那是幾年級的？」

「三年級。」

「真的？」

「是的。」

主人回頭朝屋裡喊道：「喂，來人啊！」

埼玉縣出生的女傭拉開紙門，應聲走來。

「到落雲館去帶個人來！」

「帶誰來？」

「誰都行，快去帶來！」

女傭雖然答了一聲「是」，但由於院裡情境古怪，主人的命令目的不明，加上剛才開始，整件事的發展甚是荒唐，讓她站也不是坐也不是，只是嗤嗤笑著。主人卻想打一場大戰，想充分發揮一下生起氣來的本領。本以為自己的傭人當然應該同仇敵愾，想不到她不僅不嚴肅以待，反而邊聽吩咐邊嗤笑，主人益發怒不可抑。

「我說誰都行，叫一個人來，聽不懂嗎？校長、幹事、教務主任都行……」

「校長……」女傭只知道校長。

「我說校長、幹事、教務主任都行，聽不懂嗎？」

「若是沒人在工友也行嗎？」

「說什麼傻話！工友懂什麼！」

事已至此，女傭明白已無可避免，應了一聲後隨即出發。然而差遣的目的仍然未明，在我擔心她把工友找來的時候，剛才講倫理學的老師剛好從正門走來。主人等他從容就坐，便立刻開始談判。

「彼等適才膽敢擅入寒舍……」用的是忠臣藏的古老道白，「確是貴校學生嗎？」略帶諷收尾。

倫理老師毫無懼色，從容掃了庭前勇士們一眼，又看回主人答道：「是的，都是敝校學生。我們一直教育學生不要這樣……該怎麼辦呢？……你們為什麼跳過籬笆來？」

學生畢竟是學生。他們面對倫理老師似乎一句話也說不出，沒人開口乖乖站在院落一角，宛如羊群遇上大雪。

主人說：「球飛了進來，倒也難免。既然在學校隔壁，總會不時有球飛進來。不過他們太亂來了。即使翻進來，也該靜靜地將球撿回去，這還可以饒恕……」

「所言極是。敝校一再告誡，怎奈學生太多……今後必定好好注意。如果球飛進了院子，必須從正門進去，打個招呼再去撿球。聽見了嗎？……學校太大，總是照顧不周。不過運動是教育上必須之課程，很難禁止。但一允許就惹出麻煩來，這一點無論如何請多多原諒，今後一定從正門進院，徵求同意再撿。」

「好，但願如此。球進來是無妨，只要從正門進來通知一聲，也就算不了什麼。那麼這名學生交給你，帶他回去吧！特地請你過來，真是抱歉！」主人照例虎頭蛇尾地致歉。

倫理老師帶著丹波好漢從正門回到落雲館，我所謂大事件至此告一段落。

如果有人笑這算什麼大事件，那就笑吧！這雖然不是他們的大事件，卻是我主人的大事件呀！如果有人罵主人虎頭蛇尾、強弩之末，請不要忘記，這正是主人的特色。主人之所以成為滑稽小說的題材，也正是因為這些特色。主人和十四、五歲的孩子較量，實在愚蠢，這我也同意。所以大町桂月才會抓住主人說：「你真是稚氣未脫呀！」

我說完了小事件，現在又說完了大事件，想繼續描繪一下大事件發生後的餘波，作為全篇的結尾。我說的一切，說不定有讀者會以為是信口開河，但我絕不是這樣輕率的貓。字裡行間處處蘊藏著宇宙間的大哲理，層次相關、首尾呼應、前後映照，以為是居家閒話，陡然一變卻成了難懂的經典之作。這絕不是躺著走著一目十行看看就算了。柳宗元每讀韓愈之文章，甚至先要用薔薇水淨手。那麼對待我的文章，至少也要自己掏腰包買本雜誌，可不能借朋友的書來看喔！下文所述，我稱為餘波。

假如有人認為，既是餘波必定無聊，不讀也罷，那一定會後悔莫及，務必從頭至尾精讀才是。

大事件發生後第二天，我便出去散散步，看見金田老闆和鈴木藤十郎先生在對面巷角站著談話。金田老闆正驅車回府，鈴木先生訪金田未遇正要告辭，二人適巧相逢。近來金田府上平淡無奇，因此我很少過去。剛才一見，還真是有些懷念。鈴木先生也闊別已久，應該一覽尊顏吧！決心既起，便徐徐靠近二人佇立之處，對話自然傳進我耳朵。這非我之罪，是他們不好。金田老闆既然派密探去偵察主人動向，那麼我偶然竊聽他的談話，他應該也不會生氣吧？若生氣也只能說明他還不了解何謂公平！總之我聽了他們的談話。不是因為想聽才聽到，是不想聽，但談話聲自動鑽進了我的耳朵裡。

「剛才去過府上。在這裡見到您真是太湊巧了！」藤十郎先生恭敬地彎腰行禮。

「唔，真的，近來我正想找你呢！來得正好。」

「咦？真巧！有何吩咐？」

「哪裡，沒什麼大不了的事。不過雖說是小事，但是沒你是辦不成的。」

「只要我能力之所及一定效命！什麼事？」

「呃……這個嘛……」金田老闆想著。

「若不好說，改天方便之時，我再來拜訪。何時方便？」

「唉！沒什麼重要的……既然難得謀面，就拜託你了。」

「請別客氣……」

「就是那個怪人。你的老友，叫苦沙彌的……」

「是的。苦沙彌怎麼啦？」

「不，也沒怎麼。只是那件事之後，一直覺得不快。」

「那當然。全怪苦沙彌太傲慢……他應該考慮一下自己的社會地位，簡直唯我獨尊呢！」

「就是啊！說什麼不向金錢低頭、不把實業家放在眼裡，我想那就讓他嚐嚐實業家的厲害！他這一陣子已經收斂許多了，但還是很頑固，真是令人驚訝。」

「他的確不識好歹，不過是在逞能罷了！他一向就有這個毛病，明明對自己無益，卻一點也沒察覺，無可救藥！」

「啊哈哈哈……的確無可救藥。我用了各種招數，終於叫學生們整了他一頓。」

「真妙！效果如何？」

「那傢伙似乎很苦惱。過不了多久，肯定會投降的。」

「那好。再怎麼神氣，畢竟寡不敵眾呀！」

「是啊！一個人怎麼抵擋。他似乎有所收斂，不過究竟如何我想請你去觀察一下。」

「原來如此。這不難，我立刻就去，回來再向您報告。一定很有趣！那老頑固想必意氣消沉！」

「好，回頭見，我等你。」

「那麼告辭了。」

又是陰謀！實業家果然勢力大。

想不到，令面容枯槁的主人燃起怒火，令主人苦悶到腦袋連蒼蠅都爬不上去，令主人的頭遭到埃斯庫羅斯同樣命運，都是實業家一手造成的。我不清楚讓地球旋轉的究竟是什麼力量，但是使社會運轉的確實是金錢！熟悉金錢的功能，並發揮金錢威力的，除了實業家別無他人。太陽能順利東升西落，也完全是實業家的功勞。

我一直被養在貧窮書生的家庭，連實業家的功德都不知道，覺得自己實在太遲鈍了。不過我想，就算是冥頑不靈的主人，這次應該多少有所醒悟了吧！如果依然如此，那就危險了。主人最珍惜的生命，已經面臨危機。不知他見了鈴木先生將如何應對，聽聽他說什麼，便可知其覺醒程度如何。別再囉嗦了！我雖是貓，對主人的事還是十分關心。趕快先走一步，回家去了！

鈴木先生果然是個擅於周旋之人。今天對金田老闆的事隻字不提，興致勃勃地說些無關痛癢的瑣事。

「你臉色不大好，不舒服嗎？」

「沒什麼啦！」

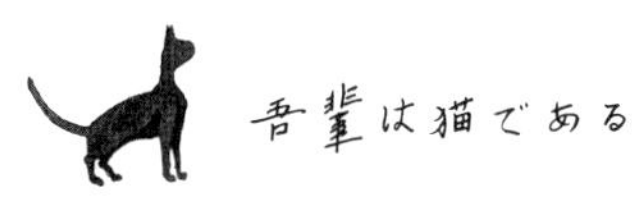


「很蒼白呢！不小心點可不行，天氣不好。夜裡睡得著嗎？」

「嗯……」

「有什麼心事嗎？只要我能辦到的儘管吩咐，你就別客氣，說說吧！」

「心事？什麼心事？」

「呵，沒有就好，我是說有的話。心事最傷身呀！做人能夠快快活活過日子是最好不過了。我總覺得你有點過於陰沉。」

「笑也傷身子。有人笑過頭送命了呢！」

「別開玩笑！俗語說，福臨笑門啊！」

「古希臘有個哲學家，名叫克律西波斯[29]你知道嗎？」

「不知道。他怎麼啦？」

「他笑過頭，笑死了。」

「真不可思議！不過這都遠古時期的事了……」

「現在還不是一樣？他看見毛驢吃銀碗裡的無花果，覺得滑稽忍不住大笑起來，怎麼也停不住，終於笑死了。」

「哈哈哈……不過他不該那麼笑個不停嘛！稍微笑笑可以，這樣心情就會開朗了。」

29 克律西波斯：Chrysippos，希臘斯多噶學派的哲學家。

鈴木正在研究主人的動靜，正門嘩一聲開了。我以為有客人，但其實不然。

「球掉進院子啦！方便讓我進去撿嗎？」

女傭從廚房裡答了一聲：「好！」學生便繞到後門去。

鈴木露出奇怪表情問：「這是怎麼回事？」

「後面的學生把球扔進院裡來啦！」

「後面的學生？後面有學生嗎？」

「有一所叫作落雲館的學校。」

「啊，是學校呀！吵得很吧？」

「只會吵鬧，不好好讀書。我如果是文部大臣，早就下令關閉它了。」

「哈哈哈，火氣不小呀你！什麼事這麼生氣啊？」

「還問呢！從早氣到晚！」

「既然那麼生氣，搬家就好了吧？」

「誰要搬家？豈有此理！」

「何必對我發火？小孩子嘛，不理就算了。」

「你行，我可不行。昨天找他們老師來談判過了。」

「真有意思。他們怕了吧？」

「嗯！」

這時門又開了，又進來個學生說：「球進了院子，請允許我去撿！」

「啊，來得真勤，又是球。」

「嗯，我跟他們約法三章要走正門來撿球。」

「怪不得來得那麼勤，原來如此我懂了。」

「什麼懂了？」

「來撿球的原因。」

「今天到現在已經第十六次了。」

「你不嫌煩嗎？不讓他們進來不就好。」

「不讓他們進來？可他們要來呀，有什麼辦法？」

「竟然已到了沒辦法的地步了啊！不過你別那麼固執了。人一有稜角，在人世上打滾就辛苦又吃虧。圓滑的人，轉到哪裡都順利得多。方的不但轉得辛苦，而且每次轉動稜角都會磨疼的。世界畢竟不是只有你一人，別人不見得如你所願。不管怎麼說，跟有錢人作對沒好處，只會神經衰弱搞壞身體，沒人會誇你。而且對方還滿不在乎呢！坐在家裡靠張嘴就把事情辦好了，誰不知道寡不敵眾？有點固執倒也沒什麼，但頑固到底，就會影響自己的進取，日常生活也會帶來麻煩，到頭來只是白費力氣。」

「對不起，剛才球飛進來了，我繞到後門去撿，可以嗎？」

「唉，又來啦！」鈴木笑著說。

「真抱歉！」主人滿臉通紅。

鈴木覺得自己已經完成出訪的使命，說聲告辭便走了。

接著進門的是甘木醫生。

自古鮮聞有自稱易怒的人，當自己感到有點不對勁時，已過了生氣的高峰。主人的怒火在昨天的大事件已到達頂端了，後來的談判儘管虎頭蛇尾，但總算有了個了斷。

那天晚上，他在書房裡仔細思量，才發覺事情有點蹊蹺。到底是落雲館奇怪？還是自己奇怪？這是個很大的問號，總之事情不大對勁是無庸置疑的。

他想，就算在中學隔壁，像這樣一年到頭不斷生氣，畢竟還是有點奇怪。既然奇怪，總得想個辦法，但想什麼辦法也沒用，只好吃醫生給的藥，對火氣病源賄賂一番，以示撫慰。於是便想請平時常去就診的甘木醫生來看看。不論此舉是聰明或愚蠢，他居然意識到自己的怒氣，不得不說這真是難能可貴。

甘木醫生仍是面帶笑容，親切地問候：「怎麼了？」

醫生大抵都要問一聲「怎麼了」的，我對那些不問一聲的醫生，是怎麼也信不過。

「醫生，我覺得不怎麼好！」

「嗯？怎麼會呢？」

「醫生您的藥到底有沒有效？」

甘木醫生有點吃驚。可他是一位敦厚的長者，並沒有怎麼激動，依然平穩地說：

「不會沒效呀！」

「可是我的胃病，不論吃多少藥還是老樣子呀！」

「絕對不會這樣！」

「不會？那麼會好一點？」胃長在自己身上，他卻問起別人。

「不會那麼快，但是會慢慢好起來。現在就比從前好多了。」

「是嗎？」

「你又發脾氣了？」

「是啊！連作夢都發脾氣呢！」

「稍微運動運動比較好。」

「運動也會發脾氣。」

甘木醫生似乎招架不住。

「讓我看看吧！」他開始診察。

看診尚未結束，主人就已經不耐煩，突然高聲問道：

「醫生！前些天我讀了關於催眠術的書，書上說應用催眠術能治好偷竊成癖以及各種疾病，這是真的嗎？」

「是啊！有這種療法。」

「現在也在這麼治療嗎？」

「嗯！」

「催眠術很難嗎？」

「很容易，我也常替人催眠呢！」

「先生也催眠？」

「嗯，要試試看嗎？每個人都可以接受催眠。只要你同意就可以試試！」

「真有意思。那就讓我試試吧！我早就想試了，不過如果催眠後醒不過來就糟糕了！」

「不會的。那麼開始吧！」

商量已定，主人終於接受催眠術了。

我從沒見識過這種場面，不免心中竊喜，蹲在牆角觀看結果。醫生先從主人的眼睛開始催眠。那方法是：從上往下輕撫兩眼的上眼皮。儘管主人已經閉上眼睛，醫生依然朝著一個方向一再輕撫。過了一會兒醫生問主人：「這樣輕撫眼皮，眼皮愈來愈重了吧？」

主人回答說：「是啊！」

醫生繼續用同樣的方法摩擦著：「眼皮愈來愈重了是不是啊？」

主人也許是真的被催眠了，主人沉默不語。同樣的輕撫又進行了三、四分鐘。最後甘木醫生說：「眼睛睜不開了。」可憐，主人的眼睛終於被弄壞了。

「睜不開了吧？」

「睜不開了。」主人無言閉著眼睛，我想主人的眼睛已經瞎了。不久後醫生說：「如果想睜開眼睛，你就睜開吧！畢竟是睜不開的呀！」

「是嗎？」主人的眼睛一如往常睜開了。

「催眠沒有成功啊！」主人笑著說。

甘木醫生同樣笑著：「是啊，沒成功！」

催眠術失敗，甘木醫生走了。

接著又來一位客人。交際甚少的主人府上，竟然接連來了這麼多客人，真叫人不敢相信。然而真的有人來了，而且還是稀客。

稀客的一言一行我都沒漏掉，不只因為他是稀客，如上所述，且讓我繼續描述大事件之後的餘波。

這位稀客可是餘波中不可漏掉的素材。我不知道他叫什麼名字，只能說他是長臉，蓄著山羊鬍，四十歲上下的人。為了與迷亭這位美學家相比，我稱他為哲學家。為什麼？他不像迷亭那樣自我吹噓，和主人談話時的樣子，總覺得他像哲學家。他好像也是主人的老同學，兩人對話的樣子顯得相當融洽。

「喔，迷亭啊！他像漂在池面上的金魚飼料，漂浮不定。聽說前些天，他和朋友路過素昧平生的華族[30]門前，說要進門順便喝個茶，就硬把那位朋友也拖了進去。真是胡鬧！」

「結果呢？」

「我也不知道。他大概是個天賦異稟的奇才，但他不會思考任何事，完全就是金魚飼料。鈴木呢？他來過嗎？此人不明事理，對人情世故卻是精通老練，老是掛著金錶。但太膚淺、不穩重，沒什麼用。他常說要圓滑、要圓滑，卻不懂何謂圓滑！如果迷亭是餵金魚的飼料，鈴木便是用草繩綁住的蒟蒻，圓滑得棘手，只會不停抖動罷了。」

主人聽了這奇妙的比喻，大為佩服，難得地哈哈大笑起來。

「那麼，你是什麼？」

「我嘛？大概是野生山藥罷了，長久埋在土裡啊！」

「你始終怡然自得，真叫人羨慕啊！」

「哪裡！和平常人一樣，沒什麼可羨慕的。值得慶幸的是，我也不羨慕別人，那就夠了。」

「手頭還寬裕吧？」

「還不是老樣子，說夠也不夠，反正餓不死，別大驚小怪了！」

「我很不愉快，老生悶氣、看什麼都不順眼。」

「不順眼也罷，發發牢騷心情會好些的。人嘛！一種米養百樣人。不能強求別人都變成和你一樣。雖說不和別人同樣拿筷子，吃飯就不方便，但自己的麵包，還是自己隨意切最好。在好的服裝店訂作衣服，穿上就合身；但是在爛的服裝店訂作，不睜一隻眼閉一隻眼不行呀！不過社會是一件做得很高明的衣服，穿著穿著，那西服就會自然而然地適應人們的身材了。假如有本領高超的父母當靠山，那就幸福了。如果沒有就只好與社會格格不入，或忍耐到適應社會為止。」

「但是如我者流，永遠也無法適應社會的，真可怕呢！」

「太不合身的西裝，硬是穿上是會脫線的。還會吵架啊、自殺啊、暴動等等。不過自殺這檔事這麼無聊，你鐵定不會做，吵架就別說了，還算好啦！」

「可是我整天吵架啊！即使沒有對象，只要生氣就算是吵架了吧！」

「的確，這叫跟自己吵架，吵多少次都可以。」

「很討厭！」

「那就別吵呀！」

30 華族：明治時代的貴族階級。

「我的心不怎麼聽我的話。」

「唉，到底是什麼事，讓你那麼不滿啊？」

「總之全部都非常不順心。」

主人從落雲館事件開始說起，說到今戶燒的狸、津木針助、福地昌螺及其他一切不滿，在哲學家面前滔滔不絕、大講特講。

哲學家默默聽著，終於開口：

「任憑針助、昌螺他們說些什麼，就當作不知道就好了，反正他們就是無聊！至於中學生，值得怕嗎？有所騷擾？談判也罷吵架也罷，騷擾不是依然沒解決嗎？就這一點，我覺得古代日本人比西洋人要偉大得多。西洋人最近十分流行說什麼要『積極』，但其中有很大的缺點。首先說到積極，便漫無止境。任憑你積極到底，也達不到如意或完美之境界。

對面是不是有棵檜木呢？如果覺得太妨礙視線，就砍掉它。等到檜木倒了，又覺得後面的旅店礙眼。旅店也推倒後，再過去的那戶人家又礙眼了……任你推倒多少，也無止境呀！西洋人的作風就是這樣。拿破崙也好，亞歷山大也罷，無一人會因勝利而滿足。看別人不順眼就吵架，對方不服氣告上法院，官司打贏了，以為這下子便會滿足那就錯了！苦苦求個心滿意足，就能夠如願以償嗎？寡頭政治不好，改為代議制。代議制也不好，就想換個什麼……。河水不聽話，就架橋；山峰擋路，就挖個洞；交通不便，就修鐵路。人類是不可能就此滿足的。話說回來，畢竟是人，難道真能處處積極貫徹己意嗎？西方文明也許是積極進取的，但畢竟是終生不滿足的人所創造出來的文明。而日本文明卻不在於改變外界事物以求滿足。

日本和西方文明最大不同點在於：日本文明是在周遭不變的假設前提下發展。親子關係處得不好，不像西洋人那樣改善關係解決問題，而是在維護固有關係的前提，謀求安心之法。夫妻君臣之間的關係如此，武士與工商人士界限如此，自然本身亦如此，假如有座高山擋路到不了鄰鄉，他們不會推倒這座山，而是磨練自己不去鄰鄉也行的功夫，培養自己不跨過大山也能滿足的心境。佛家也好，儒家也罷，都根本掌握了這一點。不管你多麼了不起，人世上畢竟不可能事事如意。既不能使落日回升，又不能使加茂川倒流，能約束的只有自己的心靈了。只要修養到自己內心清淨，落雲館的學生再怎麼吵鬧，也能泰然處之吧！被罵是陶製醜人，也能毫不在乎，昌螺遊戲等鬼扯，心裡罵聲混蛋便罷了。據說從前有個和尚，刀在脖子上還能說出『電光影裡斬春風』這種風趣話。如果修心養性到消極的巔峰之時，不知是否就會有這種靈妙的能力？我不懂那些玄妙道理。不過，我覺得一昧鼓吹西洋人那種積極精神，似乎有所偏差。現在不論你怎麼積極，對學生還是無可奈何，除非你有權關了那所學校，或由對方做出向警察申訴要你搬家的勾當，那又另當別論。否則你再怎麼積極也不會獲勝，不是碰上金錢問題，就是寡不敵眾的問題，換句話說在有錢人面前，不得不低頭，在孩子們面前，也不得不投降。像你這樣的人還單槍匹馬積極去吵架，這正是你心中不平的根源啊！怎麼樣？懂了吧？」

主人默默聽著，沒說懂，也沒說不懂。稀客走後他走進書房，沒看書，只是若有所思。

鈴木藤十郎教主人要順從錢與勢，甘木醫生勸主人用催眠術鎮靜神經，最後這位稀客說的是，以消極的修養求得心安之所。究竟選擇哪一種，就端看主人的意思了。不過如果依然故我，肯定是行不通的。

每當我看見主人的臉總這麼想：究竟是怎樣的因果關係，才長了這麼一張怪臉，然後厚顏無恥地呼吸著這二十世紀的空氣？

# 9

主人有張麻臉。

據說明治維新以前，麻臉十分流行，但在日英同盟的今天看來，這張臉不免有點落伍了。麻臉的衰退與人口繁殖成反比，因此不久的將來，麻臉終將絕跡。這是醫學統計精密計算得出的結論。真是高見，連我這隻貓也毫無置疑。現今這地球上究竟還有幾張麻臉，我不大清楚。不過在我往來的地區裡計算一下，貓族是沒有這種人的，人類也只有一位，便是我家主人，真可憐。

每當我看見主人的臉總這麼想⋯究竟是怎樣的因果關係，才長了這麼一張怪臉，然後厚顏無恥地呼吸著這二十世紀的空氣？我不知這在古代是否很有勢力，但是時至今日，一切的麻臉都被勒令居於次位，因此痘子依然盤踞鼻頭雙頰而頑固不動，不僅不足以自豪，反而有損體面，可能的話還是趁早除掉比較好。就連痘子本身都有些恐慌。也許痘子偏要在吾黨聲勢不振之時，誓挽落日於中天，否則絕不罷休，才會那麼蠻橫地占據了主人的臉。若真如此，萬萬不可掉以輕心。

那抵抗滾滾俗流而千古長存的坑洞集合體，可說是值得吾輩大大尊敬的凹凸面。其唯一的缺點就是有點髒。

主人年少時，牛烯山伏町住著一位名叫淺田宗伯的知名漢醫。這位老人出診時一定坐轎，緩緩而行。宗伯老人過世後，到了他的養子那一代，忽然以人力車代替了轎子。養子死後，養子的養子繼承家業，葛根湯說不定也會變成阿斯匹林。坐上轎子在東京遊行，即使宗伯老人在世的時代，也不怎麼雅觀。會這樣裝模作樣、我行我素，只有因襲舊習的亡靈、裝上火車的豬和宗伯老人家了。

在麻臉已經不光彩之際，主人的麻臉就和宗伯老人的轎子一樣。旁人看來也許覺得可憐，然而主人的頑固不亞於宗伯，他仍將孤城落日般的麻臉暴露於天下，天天到學校去教英語讀本。

主人就這樣滿臉刻著上個世紀的遺跡，站在講台上。授課之外，這對於學生來說更有意義。與其反覆講解讀本中的「猴子有手」，不如就「痘疤對於臉孔的影響」這重大問題直接示範說明，無言中不斷給予學生答案。

假如沒有像主人這樣的教師，學生們為了研究這個課題，要跑圖書館或博物館，花費氣力決不亞於我們靠木乃伊推測埃及人。由此可見，主人的麻臉無形中還做了非凡功德呀！

當然，主人並不是為了做功德才弄得滿面天花。事實上他是種了痘，不幸的是，本來種在手臂上，不知為何卻傳染到臉上去了。當時年紀小，不像今天顧忌較多，邊癢邊往臉上亂抓。

於是有如火山爆發，熔岩流得滿面，把爹娘生得的一張臉全糟蹋了。主人常對妻子說：如果沒得天花，他可是一位面如冠玉的美男子，甚至自誇小時候漂亮得像淺草觀音像，迷得洋人都回頭凝望。也許是真的，只是很遺憾地沒有任何證人！

不管做了多少功德、多少訓誡，骯髒畢竟還是骯髒。成人之後，主人對這張麻臉非常煩惱，想盡各種方法要消滅這醜態。然而這與宗伯老人的轎子不同，再討厭也不可能立刻消滅，依舊清晰可見。這清晰的麻臉似乎令他掛慮，每每走在街上，總要數一數，看今天遇見了幾個麻臉？是男？是女？在小川町的勸工場？還是上野公園？這全都寫在日記裡。相信他關於麻臉的知識絕不輸給任何人。

前陣子一位留洋回國的朋友來訪，主人問道：「西洋人有麻臉嗎？」

「這個嘛……」朋友歪頭想了好一陣子說：「很少。」

主人反問一句：「很少，就是說有吧？」

朋友有氣無力地回答：「縱使有，也是乞丐或苦力，沒見過受過教育的人有。」

主人說：「真的，這和日本不大相同呢！」

遵照哲學家的建議，主人不再與落雲館的學生爭吵，一直躲在書房裡，不停思索。說不定是接受了哲學家的忠告，想在靜坐中消極地修養他的心靈。但他本是個氣量狹小之人，陰鬱沉思，也不會有什麼好結果。不如將英文讀本送進當鋪，跟藝妓學學喇叭曲好些。然而那麼乖僻的人畢竟是不會聽貓的勸告，悉聽尊便吧！這五、六天以來，我都離他遠遠的。

今天是第七天了。禪家說七天可大悟，因此有些人拚命打坐，我想主人也不例外。不知如今是死是活？我悄悄從走廊來到書房門口，偵察室內動靜。

六張榻榻米大的書房坐北朝南，向陽處放著一張大桌子。只說大桌子還不夠清楚，是長六尺，寬三尺八寸，高與寬同的大桌子。當然這不是一件現成品，而是與家具店商量後特製的一張床兼書桌，算是件稀有珍品。

主人為什麼訂作這麼大的桌子，又為什麼要睡在桌上？這要問主人才知道。說不定他是一時興起，才想出了這個餿主意。或許像我們常見的神經病患者那樣，把風馬牛不相及的兩件事物，硬聯想一起，把桌子和床胡亂結合。總而言之太標新立異了，缺點是新奇卻不實用。

我就親眼見過主人躺在這張桌子上睡午覺，滾落到走廊上。從那以後，他似乎再也沒把這桌子當床用過了。

桌前放著毛織薄坐墊，被菸燒了三個洞，露出裡面黑黑的棉花。在坐墊上背著臉正襟危坐的，正是主人。

他結實地繫了一條髒成灰色的腰帶，左右垂落於腳上。最近我抓著帶子玩，突然被敲一下頭，這條帶子可不是隨便可以靠近的。

主人還在想嗎？我從他身後偷偷一瞧，只見桌上有個閃閃發亮的東西，不由得眨了兩、三下眼睛。真是個怪玩意兒！我忍著刺眼強光，定睛看著那發亮的東西，才發現那光亮原來是從桌上晃動的鏡子射出的。但主人為什麼在書房裡擺弄鏡子呢？

提起鏡子，一定是澡堂裡的，我今早就在澡堂見過這鏡子。強調「這鏡子」是因為主人家裡除此之外再也沒第二面鏡子了。主人每天洗完臉分髮線時都用這面鏡子，也許有人問：像主人這種人也會分髮線？告訴你吧！主人做什麼事都無精打采，唯有分髮線異常專注。

自從我來到這戶人家，時至今日，不論多麼炎熱的天氣，主人都不曾剪過五分頭，一定要留二寸長，從左邊分開，還把右邊頭髮往上一梳，說不定這也是精神病徵候之一。這種梳法和那張桌子毫不協調，但因為是無害的小事，別人也不會計較，他本人倒是頗得意。關於主人時髦分髮線的事暫且不談。他為什麼留那麼長的頭髮，坦白說原因就是：天花不僅侵蝕了他的臉，而且早已進入他的頭頂。因此若像一般人那樣剪五分頭或三分頭，短髮的髮根就會露出幾十個痘疤，不管怎麼撫摸也弄不掉那些疙瘩。也許這與野外放螢火蟲一樣風雅，但妻子不會欣賞，這是顯而易見的事實。

只要留長髮就不會漏出馬腳，又何苦自暴其短。可能的話，倒希望毛髮長到臉上，把那些麻子也遮住。何必花錢剪短毛髮，向人聲張自己的天花已經長到頭頂。這是主人留長髮的理由，留長髮則是主人分頭髮的原因，這原因便是照鏡子的根據，而鏡子本該放在澡堂，只有一面鏡子。

既然鏡子就該放在澡堂，而且只有一面，如今竟出現在書房，那麼不是鏡子靈魂出竅，就是主人從澡堂拿回來的。為什麼呢？說不定那正是消極修養的必要工具。

聽說從前有一位學者出外探求知識，看到一位和尚正打赤膊在磨一塊瓦，問他磨瓦為何用，他回答說：「我正努力要把瓦片磨成一面鏡子呢！」

學者一驚，說道：「任你是何方高僧，也磨不成鏡子吧？」

和尚哈哈大笑道：「是嗎？那就算了！就像任你讀多少書，也不能得道，大概是同樣意思吧！」

說不定主人道聽塗說，便將鏡子從澡堂裡拿了出來，晃來晃去。這下熱鬧了。我偷偷窺看著。

主人不知有人在偷看，正以全神貫注的姿態凝視鏡子。鏡子這玩意兒本來就很嚇人。深夜秉燭，在大房間裡獨自攬鏡，大概需要很大的勇氣。

我第一次被這家小姐用鏡子照時嚇壞了，繞著屋子跑了三圈。即使白晝，像主人這樣死盯著鏡子也一定會害怕自己那張臉的，那的確不是一張令人舒服的臉。

過一會兒，主人自言自語地說：「真醜！」能坦白承認自己醜陋，倒也令人敬佩。他的舉止像個瘋子，說的卻都是真理。再進一步，就會被自己的醜陋所驚嚇。

人如果不能徹底感覺到自己的可怕，就稱不上是一位飽經風霜之人。不是飽經風霜之人，終究得不到解脫。既然這樣，主人應該說一句：「啊，真可怕！」但他怎麼也不肯說。

說完「真醜！」不知又想到什麼，他將兩腮鼓起，用手掌拍了兩、三下，真不知他在幹什麼！我突然覺得有個東西跟這副臉蛋很相似，仔細一想，原來是女傭的臉。

順便介紹一下女傭的臉。她的臉很腫，前些日子有人從穴守稻前荷送了河豚燈籠來，女傭的臉和那河豚燈籠一模一樣，腫得過分，以致於兩邊的眼睛都消失了。河豚雖臃腫，卻很渾圓，而女傭骨架稜稜角角，腫起之後簡直就像一座浮腫的六角鐘。這些話如果被她聽到，一定火冒三丈，那麼就此打住，回到主人的部分。

主人就這樣吸盡空氣，鼓起腮幫子，然後如前所述用手拍打自己的臉，邊自言自語：「把臉皮繃得這樣緊緊的，痘疤就看不見了。」

現在主人又轉過頭，將向陽的半張臉照在鏡子裡。

他似乎很感動：「這樣看來痘疤非常明顯，還是正對陽光比較平整，真是奇妙的東西。」然後又伸長了手，盡可能將鏡子放遠，仔細端詳：「這麼遠就看不見痘疤了。近了就不行……不只是臉，一切莫不如此。」似乎若有所悟。

隨後又突然將鏡子橫放，將眼睛、前額和眉毛，以鼻梁為中心胡亂擠去，實在太難看：

「這可不行！」他自己也意識到了，便立刻停止。

「怎麼會長了這麼一副凶惡的臉呢？」他有些不解，接著將鏡子拉回離眼睛三寸的位置，用右手食指刮了一下鼻翼，往桌上的吸墨紙上用力一抹，被吸收的油脂圓圓地浮在紙上。他會不少把戲呢！後來抹過鼻子的那隻手指又調轉方向，突然翻開了右下眼皮，精彩表演了所謂的鬼臉。

他究竟是在研究麻子，還是在和鏡子互瞪，我不得而知。主人很有意思，光是攬鏡獨照，就能想出這麼多點子。假如善意解釋為蒟蒻問答，那麼說不定主人正是為了自覺悟道，才以鏡子為對象作種種表演哩！

所謂研究人類，都是為了研究自我。

什麼天地、山川、日月、星辰，都不過是自我的別名罷了。捨自我而研究他人，未曾有過。假如人們能夠超越自我，超越的瞬間自我也消失了。研究自我，捨己其誰？再怎麼想研究別人，或想讓別人研究自己，都是不可能的。

自古英雄豪傑無不是靠自己，假如靠別人來了解自我，那就等於要別人替自己吃牛肉，才能辨別牛肉是嫩是老！

所謂朝聽法，夕聞道，梧前燈下，手不釋卷，都是認識自我的方便之門。他人所述之法，他人所論之道，以及蟲蛀的五車書堆裡，都不可能存在自我。如果有那也是自我的幽靈。不過有時候，幽靈也許勝於無靈，逐影未必不能接觸本體。多數的影子都離不開本體。從這個意義來說，主人擺弄鏡子已經算是通情達理，比裝出一副學者架勢，硬啃愛比克泰德要高明多了。

鏡子是自我欣賞的釀造機，同時也是自鳴得意的解毒劑。懷著浮華虛榮的念頭，再也沒有比鏡子更能煽動蠢人的了。自古因自以為是而害人者，有三分之二是鏡子造成的。法國大革命時，多事的醫生發明了改良絞首台，犯下了意外的罪孽。同樣地，發明鏡子的人也將受良心苛責、魂夢不安吧！然而自我厭棄或自我萎靡時，沒有比攬鏡一照更清楚的了。鏡子裡美醜立判，這時一定會發覺，生得這張臉竟還能挺著腰桿活到今天。有此覺悟乃是人生最可貴的時刻，再也沒有比承認自己愚蠢更值得尊敬的了。在自知之明者面前，所有自命不凡的傢伙都要俯首稱臣。儘管別人大費周章地想輕蔑嘲笑，但在我看來，那才是大費周章地表示已經低頭認輸。主人倒未必是個見鏡知愚的賢者，但卻是個能夠公平地觀看臉上天花，承認自己醜陋之人，必能登上認識自己靈魂卑賤的階梯。說不定這正是哲學家提醒的結果！

我邊想邊觀察主人的動靜。主人對我的觀察一無所知，盡情扮著鬼臉，一邊說：「嚴重充血，應該是慢性結膜炎。」便用食指連連搓揉充血的眼皮。

大概很癢吧！可是這樣揉擦眼皮怎受得了？不久一定會像鹹鯽魚的眼珠一樣爛掉！只見主人睜開眼睛對著鏡子，果然他的眼睛好像北國寒空，陰沉混濁。不過他平常眼睛就不清澈了，以誇大的形容詞來說，就是模糊一片黑白不分。如同他心靈的朦朧，一貫地不著邊際。他的眼睛也曖昧不明，永遠漂在眼窩深處。

有人說這是胎毒所致，或說是天花的餘波。聽說小時候為了治病，曾受過柳樹蟲和紅蛙之害，幸虧母親悉心照顧才能存活至此，但至今兩眼依舊朦朧不清。

我暗想，這種狀態絕不是胎毒和天花所致，他的眼珠之所以漂蕩在昏冥混濁的苦海，完全是由於他那不透明的腦袋，其影響已達暗淡朦朧之極，自然會呈現於形體之上。母親茫然不知，白擔心了。

有煙便知有火，眼球混濁便知是愚人。可見主人的眼睛是他心靈的象徵，他的心像天保銅錢[31]一樣有個洞，眼睛也像天保銅錢一樣不中用了。

主人捻起鬍鬚了。

那鬍鬚原本就不太整齊，任意生長。雖說這是個人主義盛行的世上，但這樣極端任性亂長，主人的困擾可想而知。有鑒於此，主人近來大肆訓練，盡可能將鬍鬚做有系統的安排。皇天不負苦心人，鬍鬚稍微步調一致了。從前是鬍鬚自己長，現在是留鬍子，真值得驕傲。眼見熱忱收效，於是對自己的鬍鬚一番期待之下，不分日夜只要有空必對它們進行鞭策。他的野心就像德國皇帝一般，擁有向上心切的鬍子。因此不管毛孔向著哪裡他都毫不姑息，不管三七二十一抓了就往上拉。鬍鬚一定很為難，連鬍鬚的主人都會不時地喊痛呢！然而這是訓

31 天保銅錢：德川幕府天保年間所鑄之銅錢，明治以後不通用於世。

練，非往上不可。外人看來，這真是一種莫名其妙的娛樂，本人卻認為是天經地義。正如教育家匡正學生本性以誇耀自己的功勞，實在毫無責難之理。

主人正滿腔熱情地訓練鬍鬚，女傭的稜角臉從廚房拿了信來，一如往常地突然將通紅的手伸進書房。主人右手抓著鬍鬚，左手拿著鏡子，回過頭來向門口望去，稜角臉女傭一見那奉命倒寫八字的鬍鬚，便匆匆跑回廚房撲在鍋蓋上哈哈大笑。主人若無其事地悠然放下鏡子，拿起信箋。

第一封信是印刷品，全是端端正正的字寫著：

敬啟者：

闔家安康，謹此敬賀。

回顧日俄戰爭，以破竹之勢連捷終於恢復和平，吾忠勇剛烈之將士，泰半已在萬歲聲中高奏凱歌，萬民歡騰其樂何若。憶自宣戰大詔頒發，將士義勇奉公，久駐異域，力熬寒暑之苦，竭誠戰鬥，為國捐軀，其至誠永刻不忘。勇士凱旋，本月即將告終。據此，本會定於二十五日，代表本區全體居民，為區內千餘名出征將士，召開凱旋慶祝會，兼以撫慰軍人家屬，故特竭誠歡迎軍屬蒞臨，聊表謝忱。

如蒙大力支援，盛典如期召開，實為本會之幸，祈請贊助樂捐。

具名者是一位華族人士。主人默讀一遍，隨即裝回信封，裝作不知情。樂捐是不太可能的，前些天他拿了兩、三塊錢，作為賑濟東北的捐款，卻逢人便說是被迫樂捐了。既然是樂捐，就不會是被迫的。又不是遇上強盜，說什麼被迫，實在不妥！儘管如此，主人卻覺得和碰上強盜一樣。若不是親臨強索，就憑這麼一紙印刷信，不管是歡迎將士、華族募捐，要主人掏錢是絕不可能的。

對主人來說，歡迎將士之前，應該先歡迎自己，之後再歡迎其他的人倒無妨。以現在自身難保之境，歡迎一事只好有勞華族諸君分神了。

主人又拿起第二封信，說：「啊！又是一封印刷信。」

時至寒秋，謹賀會府無恙。

敝校自前年以來，被二、三位野心之士所擾，陷於極大困境。以乃不肖針作無德所致，深自警惕。臥薪嘗膽，苦心規劃，我校已依靠自力符合理想。為籌措新建校舍經費，出版《縫紉祕法綱要特刊》一書，乃不肖針作多年苦心研究工藝之原理，實為心血結晶。為普及一般家庭，僅以成本費略加薄利，願為弘揚縫紉技術盡綿薄之力，並積存薄利以應新建校舍之需。冒昧之餘，特請購買祕法綱要一冊，以表贊助之意。

敬頌時祺

大日本女子裁縫最高等大學院校長　縫田針作　九叩

主人將如此鄭重的書信，漠然地揉成一團，扔進垃圾桶裡。針作先生的三拜九叩與臥薪嘗膽，全都枉費了，實在可憐。

主人接著看第三封信。這第三封信散發著異樣的光芒。信封是紅白相間橫紋，活像棒棒糖招牌，信裡用粗筆八分體寫上「珍野苦沙彌先生」。表面看來十分華麗，至於其中會不會冒出福籤，就不敢說了。

若由我治天地，當一口喝盡西江之水；如由天地治我，我不過是陌上塵。當問：天地與我何干？……始食海參者，其膽量可敬；始吞河豚者，其勇氣可嘉。食海參者，如親鸞再世；吞河豚者，似日蓮化身。如苦沙彌者，惟知醋味噌拌葫蘆乾，以此為天下名流，未之見也。

親友出賣，父母有私，愛人見棄。富貴從無指望，功祿一朝消失。腦中祕藏學識亦將生霉。汝將何所恃？俯仰天地間，將何所依？神乎？神者，人類苦痛至極所捏造之泥偶也，人類糞土所凝成之臭皮囊也。

以渺茫希望為恃，豈可心安理得？嗟乎！醉漢胡言，蹣跚步入墳場。油盡燈自滅；財竭何所遺？苦沙彌先生宜喫茶去……

不視人為人，便無所懼。不視人為人，何嘗怒於不視我為我之世？權貴榮達者，將不視人為人視為至寶，他人不視我為我，卻勃然色變。任其色變，混帳……

我視人為人，而他人不視我為我，不平爆發自天而降。此爆發動作，名曰革命。革命非不平者之賜，實權貴榮達者之賜也。朝鮮人參多，先生何故不用？

天道公平　再拜　於巢鴨

針作先生九叩，此人僅僅再拜，只因不是募捐，便省了七拜。此信雖非募捐，但實在難懂，不論向任何報刊投稿，都有充分的資格被退，以頭腦不清聞名的主人，必定會將它撕得粉碎。不料，他竟反覆重讀，也許認為這種書信有什麼深義，決心一探究竟。

天地間多的是難懂之事，卻無一不可賦予意義。不論多麼艱澀的文章，若想解釋，也都不難。說人愚蠢，或是說人聰明，都可以解釋得清清楚楚。豈止如此，即使說人是狗、人是豬，也不是多麼難解的命題。說山低也可，說宇宙狹窄亦無不可。說烏鴉白、說小町醜、說苦沙彌先生是君子，也沒有什麼講不通的。因此即使是這封毫無意義的信，只要絞點腦汁加點道理，就能明白它的意義了。

尤其主人一向對連自己也不懂的英文胡亂解釋，那就更是樂於為此信添加含意了。學生問：「天氣不好，為什麼還說Good morning?」主人思考了七天。又問：「哥倫布用日文怎麼說?」主人又苦思三天三夜。像他這種人，不管吃醋味噌拌葫蘆便成天下名流，還是吃了朝鮮人參便可以發動革命，都可以隨時想出含意來。

不一會兒，主人似乎用了對待Good morning一樣的方法，解決這些難懂的語句，十分讚賞地說：「意義實在深長，此人必是對哲理頗有研究的人。高見高見！」從這一番話可以看出主人有多愚蠢。不過反過來看也有些道理，主人有個習慣，喜歡稱讚那些難懂的事。但恐怕不只主人如此吧！

不懂之處正潛伏著不容忽視的力量，高深莫測的地方總引起神聖的感覺。因此凡夫俗子以不懂為懂，而學者卻把可懂之事說到讓人不懂。大學課堂上，滔滔不絕講著難懂之事反而大受好評，而講解凡人皆懂的道理卻不受歡迎。

主人敬佩這封信，並不是因為看懂了，而是因為無法捉摸意旨，時而海參，時而糞土……

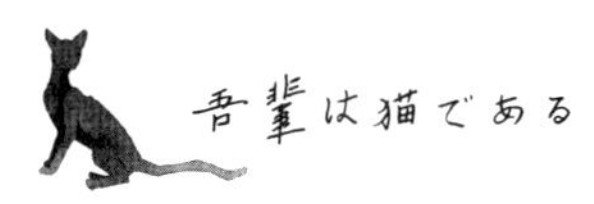


因此主人尊敬這封書信的唯一理由，一如道家尊敬道德經、儒家尊敬易經、禪家尊敬臨濟錄，完全是因為看不懂！然而承認完全不懂又說不過去，於是胡亂解釋，裝懂！不懂裝懂而表示尊敬，自古以來都是一件愉快的事。主人畢恭畢敬地將八分體的書法捲起收入信封，放在桌上，便揣起手陷入沉思。

這時正門有人高聲求見。聽聲音像是迷亭，可又不像，因為他不停叫門！

主人早已在書房中聽見了，但依然袖手，紋風不動。也許他認為迎接客人不是主人的任務，因此從來不曾從書房裡去招呼。

女傭出門買肥皂去了，夫人在如廁。於是出去迎接客人的只有我了，我也懶得出去，客人已經從換鞋處登上台階，推開紙門，大搖大擺地進來。主人是主人，客人畢竟是客人。我本以為他會向客廳走去，沒想到他把紙門開開關關了兩三次後，現在正朝書房走來。

「喂開什麼玩笑，在幹什麼哪，有客人啊！」

「喔，是你呀！」

「還說什麼是你呀！你既然坐在那兒，就應該出個聲呀！簡直就像沒人在家。」

「噢，我在想事情！」

「就算在想事情，說聲請進總還可以吧？」

「不需要吧！」

「真沉得住氣！」

「前幾天開始，已經致力於修身養性。」

「真怪。修身養性就不能回話，來客豈不倒楣了？那麼沉得住氣可受不了！老實說不只我一個人來，我還帶了很重要的客人哪，出去見一見他吧！」

「誰來了？」

「管他是誰，出去見見！他說一定要見見你。」

「誰呀？」

「管他是誰，起來！」

主人仍然揣著手，忽地站起說：「又想捉弄人吧？」說著向走廊走去，漫不經心地走進客廳。

一位老人面對六尺壁龕正襟危坐，主人不由地從袖裡抽出手來，一屁股坐在紙門旁。他和老人一樣，面西而坐，似乎誰也不想行禮。從前的正人君子，是很講究禮儀的。

「喔，請這邊坐！」老人指著壁龕，催促主人。二、三年前，主人認為在客廳裡隨便坐哪都一樣，後來聽人講解才明白壁龕是上座，原是上使落坐之處，之後就不再靠近此地，尤其是見到一位素昧平生的長者，端然而坐，他不僅不敢坐上座，連應對都不知所措。於是低下頭，重複了對方的話：

「喔，請這邊坐！」

「不，那就不便說話了。請您這邊坐！」

「不，那麼……還是請您……」主人胡亂學著對方說話。

「這可不敢當！不好意思，還是請您別客氣。請……」

「這可不敢當……還是……」主人滿臉通紅，口吃起來，修身養性似乎並無功效。

迷亭君從紙門後笑著走來，似乎覺得已經夠了，便從主人身後推了一下，硬是插嘴說：「喂，過去吧！你那麼緊靠著紙門，我就沒位子坐啦！不必客氣，去吧！」主人不得已，往前幾步。

「苦沙彌兄，這位就是我時常對你提起的從靜岡來的伯父，伯父他就是苦沙彌先生。」

「啊，幸會幸會！聽說迷亭常來打擾。老朽早就想登門造訪，聆聽高見。今日有幸路過，特來拜會，尚請諸多關照。」用詞頗有古風，說得十分流暢。

主人不善交際，言語遲鈍，而且不曾見過這樣有古風的老人，一開始就有點怯場，加上老人滔滔不絕，當場什麼朝鮮人參麥芽糖信封，全都忘得乾乾淨淨，苦澀而莫名其妙地答話道：「我……我也……早想登門拜訪……請多指教……」

語罷，微微從榻榻米上抬起頭來，見長老依然俯首，嚇了一跳慌忙又把頭抵著榻榻米。

老人計算著，抬起頭來說：「我以前在此地也有房子，在將軍膝下生活，瓦解之時才遷居靜岡，之後不曾來過。今次重遊，方向已無法分辨了。要不是迷亭相伴，什麼也辦不成，真可謂滄海桑田啊！自入關以來三百年，將軍府……」

迷亭覺得囉嗦，「伯父，將軍也許值得感謝，但明治時代也不錯嘛！從前沒有紅十字會吧？」

「沒有，完全沒有紅十字會。尤其拜謁親王一事，非明治時代不可能。老朽幸而長壽，才能出席今日大會，恭聆親王殿下的玉音，死而無憾了。」

「能夠久別後重遊東京，就已經夠福氣了。苦沙彌兄，因為這次紅十字大會，他特地從靜岡趕來。今天我陪他去過上野，剛剛回來。你瞧，他還穿著我從白木屋訂的大禮服呢！」迷亭提醒主人說。

的確，他是穿著大禮服，但卻一點兒也不合身。袖子過長，領口敞開，後背還開了個洞，腋下往上吊著。即使故意做壞，也很難做得這麼邋遢。白襯衫和白衣領各自為政，一抬頭便露出了喉結。那黑領帶，是打在衣領上，還是襯衫上，無法分辨。大禮服總還可以忍受，可那個白髮髻實在奇觀。那個引人注目的鐵扇呢？仔細一看，正貼身放在膝旁。主人這時已恢復原貌，將修養功夫充分展現，對老人的服裝，仍不免吃了一驚。以為老人的大禮服，不至於像迷亭說得那麼糟，然而實際一看，卻覺得說得還算好的。

如果自己的麻子可供做歷史研究的材料，那麼老人的髮髻和鐵扇確實更有價值。他本想問

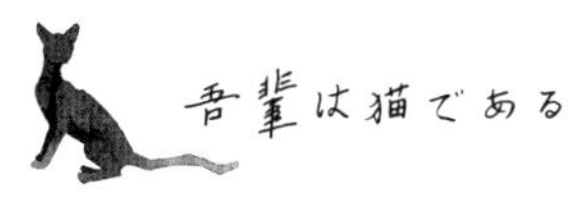


一下鐵扇的來歷，又不便直說，把話岔開也有些失禮，於是隨便問道：

「去了很多人吧？」

「喔，非常多！而且那些人不時看著我……如今人們似乎愈來愈好奇了。從前可不是這樣……」

「是的，從前可不是這樣。」主人語氣一如長者。

這未必是假充內行，只是朦朧腦袋中信口冒出一句罷了。

「而且人們都望著我這把鐵扇。」

「那把鐵扇很重吧？」

「苦沙彌兄你拿拿看，重得很呢！伯父，讓他試試！」

老頭兒拿起鐵扇，很重似地說聲「不好意思」遞給了主人。

就像京都黑古進香者接過蓮生坊的大刀似的。

他拿了一會兒說了聲：「的確很重！」便還給了老人。

「大家都叫它鐵扇，其實這本來是劈盔，和鐵扇完全不同……」

「唔？做什麼用的？」

「用來劈盔甲的……趁敵人兩眼昏花時，襲擊敵人用的，從楠正成時期就開始用……」

「伯父，這是楠正成用過的嗎？」

「不是，不知是誰的。說不定是建武時代製作的。」

「或許吧。不過寒月君可吃了苦頭呢！苦沙彌兄，今天開會回來路過大學，就順便去了理學部，參觀物理實驗室。這劈盔是鐵的，害得實驗室的磁力裝置全部失靈，一場亂子啊！」

「這沒道理！這是建武時代的鐵品質極好，絕不會如此！」

「再怎麼好也沒用，寒月兄就這樣說，有什麼辦法！」

「寒月就是磨玻璃球的那個人嗎？現在的年輕人真可憐！好像總要有點事情可做才行。」

「可憐是可憐，那也算研究啊！只要鑽研透徹了就能成為偉大的學者呢！」

「若是鑽研透徹就能成為偉大學者，那誰都可以，老朽可以，玻璃店老闆更可以。做這種事的，中國稱之為玉人，身分極其低下。」老人邊說邊轉向主人，盼著主人贊同。

「原來如此。」主人恭敬地說。

「如今一切學問都是形而下學，表面上好像不錯，然而一有事卻毫不管用。從前就不同。武士可是玩命的行業，必須修身養心，一旦有事不至於慌亂，這您大概也知道。可不像磨球捻鐵絲那麼容易！」

「不錯！」主人依然恭敬地說。

「伯父所謂的修身養心，就是不用磨球，揣著手靜坐吧？」

「那可不行，不是那麼容易的。孟子說求其放心，邵康節說心要放，佛家中峰和尚說具不退轉，很不容易懂的。」

「畢竟還是不懂，到底該怎麼辦呢？」

「你讀過澤庵禪師的《不動智神妙錄》嗎？」

「沒有，聽都沒聽說。」

「書中說：至要者乃心置於何處。置心於敵身，則為敵身所奪；置心於敵刀，則為敵刀所奪；置心於殺敵之念，則為殺敵之念所奪。置心於我之長劍，則為我之長劍所奪；置心於我不被殺之念，則為我不被殺之念所奪；置心於他人架式，則為他人架式所奪。總之，心無處可置。」

「一字不漏地背出來啦？伯父的記性可真好。很長啊！苦沙彌兄聽懂了嗎？」

「不錯！」主人又用一句「不錯！」打發過去。

「是這樣吧？至要者乃心置於何處。置心於敵身，則為敵身所奪；置心於敵刀……」

「伯父，苦沙彌兄很有體會喔！近來每天在書房裡修身養性呢！連客人來都不迎接，必有所成。」

「佩服佩服……你也一同修養就好啦！」

「嘿嘿，沒那麼有空。伯父，你看我快活著，就認為人家都在玩吧？」

「你不是在玩嗎？」

「是閒中有忙呀！」

「看，你這樣粗心，非修養不可。人家都說是忙裡偷閒，沒聽說過閒中有忙。」

「是啊，沒聽說過。」

「哈哈哈，這下子我可受不了。伯父，好久沒吃東京鰻魚了，去吃一頓如何？我們到竹葉去，從這兒搭電車馬上就到。」

「吃鰻魚是不錯，不過今天約了去見Suihara，不能去了。」

「是杉原(sugihara) 嗎？那位老爺還好吧？」

「不是Sugihara，是Suihara。你胡亂唸，真糟糕！念錯別人的姓名是很失禮的。注意一點！」

「不是寫成杉原嗎？」

「寫是寫杉原，唸要唸成Suihara。」

「真怪！」

「這有什麼奇怪？習慣讀法，自古有之，蚯蚓的日文讀法是mimizu，這就是眼睛看不見的習慣讀法。把蛤蟆讀成kairu，道理也是一樣的。」

「嘿，真叫人吃驚！」

「把蛤蟆打在地上就會反身（kaeru），肚子朝天，習慣上就叫蛤蟆kairu。把杉原念成

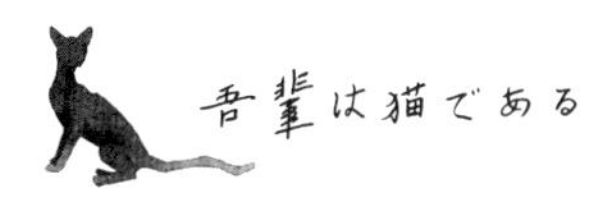


Suihara，那是鄉下人的讀法。不注意點兒，會被人笑話的！」

「那麼，現在去Suihara家嗎？真麻煩！」

「若你不想去可以不去，我一個人去。」

「你一個人能去嗎？」

「走去是有點困難。給我叫個車，現在就去！」

主人唯唯稱是，立刻派女傭到車夫家去。老人說了一大堆道別應酬話，將禮帽戴在髮髻上走了，留下迷亭。

「他是你伯父嗎？」

「是我伯父！」

「原來如此。」主人又坐上坐墊，揣著手沉思。

「哈哈哈，是個很特別的人吧？我以有這樣一位伯父深感榮幸呢！不論帶到什麼地方，總是那個樣。吃驚吧？」迷亭以為會讓主人吃驚，非常得意。

「哪裡？不怎麼吃驚！」

「連這都不吃驚，真夠沉著。」

「你那位伯父似乎很了不起。就主張精神修養這一點，相當值得敬佩。」

「值得敬佩嗎？如果現在你是六十歲上下，說不定也和伯父一樣不合時宜呢！振作點啊！

若輪到你不合時宜，可就難應付了。」

「你總擔心不合時宜，其實因時因地之不同，不合時宜有時反而了不起。現今的學問只知向前，沒有止境，永不滿足。如此看來，東方學問雖然消極，卻有妙趣，只因重視修身養性。」主人把之前從哲學家聽來的話，當自己的學說似地陳述下去。

「說得不錯嘛！跟八木獨仙的學說很相似。」

聽到八木獨仙這個名字，主人吃了一驚。上次造訪臥龍窟說服主人之後，飄然而去的那位哲學家，正是八木獨仙。主人剛才裝模作樣說的那一套，正是從八木獨仙那裡現學現賣的，以為迷亭不知道，想不到迷亭在千鈞一髮之際，提出這位先生的名字，暗暗揭穿了主人的虛張聲勢。

「你聽過獨仙這麼說？」主人心慌意亂地問了一句。

「不管聽過沒聽過，他的學說從十年前在學校，直到今天都毫無改變。」

「真理不會變，正因為不變，才值得相信也不一定！」

「有你這麼捧場，獨仙一定會持續下去的！首先八木這個姓，就姓得好，他的鬍鬚簡直就是山羊鬍。從寄宿求學以來，一直是長那個樣。獨仙這名字也夠奇特。以前他到我那兒寄宿的時候，已經說過消極修養那一套了。他總是重複沒完沒了，我說該休息了吧！他卻說不睏，繼續講他的消極論，真煩人。我說『怎麼辦，你不睏我可睏極了。讓我睡吧！』幸好他答應了。

可是那天晚上有老鼠咬了他的鼻頭，三更半夜大喊大叫，這位先生嘴上說什麼超越生死的話，但對生命似乎還是很愛惜的，他很擔心鼠疫染遍全身，要我想個辦法，真受不了。我就到廚房去，在紙片上黏些飯粒騙他。」

「怎麼騙？」

「我說這是洋膏藥，最近德國名醫才發明的。印度人被毒蛇咬傷，貼上這膏藥立刻見效。只要貼上這膏藥，保證沒事。」

「你從那時候開始，就以騙人為樂啦？」

「……獨仙先生是個大好人，相信了我便安心睡了。第二天起來一看，膏藥下懸著一些線頭，原來是把山羊鬍扯下來了，真滑稽！」

「但是現在他可比那時候更了不起了唷！」

「你最近見過他嗎？」

「一個星期前他來過，談了很久才走。」

「怪不得你會賣弄起獨仙式的消極論來！」

「說真的，當時我非常感動，也想發奮修養一番。」

「發奮是很好，但太過相信別人的話是會上當的，你總是太相信別人的話。獨仙也不過是嘴上說得好聽，到了關鍵時刻還不是和大家一樣。你知道九年前的大地震吧？當時，從宿舍二樓跳下去摔傷的，只有獨仙一人。」

「那件事他本人不是有個說法嗎？」

「是呀！在他說來是件難得的事。他說，禪機玄妙呀，十萬火急之刻，要能夠迅速地隨機應變。別人碰上地震都暈頭轉向的，只有自己能當機立斷，從二樓窗戶跳下去，這正顯示了修養的功效，真是高興。邊說著邊跛著腿，歡欣得很，真是嘴硬。不過那些老是叫嚷什麼禪佛的人，更是不可信賴！」

「是嗎？」苦沙彌先生顯得有點頹喪。

「前幾天他來的時候，一定講了些禪宗和尚的鬼話吧？」

「嗯，他說了一句『電光影裡斬春風』。」

「電光這一套，是十年前的老毛病了。真好笑，一提起無覺禪師的電光，宿舍裡幾乎無人不曉。這位先生一著急就念錯，變成『春風影裡斬電光』，真有趣。下次他來你不妨試試，等他慢條斯理講完，你就不顧一切反駁，他立刻就會顛三倒四，說得牛頭不對馬嘴。」

「碰上你這樣搗亂，誰應付得了？」

「還不知道是誰搗亂呢！我非常討厭什麼禪宗和尚，什麼悟覺得道的。我家附近有個南藏院，裡面有個八十歲的和尚。不久前，傍晚時分一陣暴雨，將和尚住的雷落寺內裡的一棵松樹劈裂了，但聽說那位和尚卻泰然自若、恍若無事，仔細一打聽，才知道原來他是個聾子。獨

仙只管自己悟道就算了，可他動不動就要勸人，真壞。已經有兩個人在獨仙的影響下變成瘋子了。」

「誰？」

「誰？一個是裡野陶然啊！因獨仙的影響，潛心禪學，便到鎌倉去了，最後卻在那兒發了瘋，圓覺寺前有一個平交道，他跳進去在鐵軌上打坐，說要擋住對面來的火車。火車自己停下來，保住他一條小命。可是從此他又自稱是金剛不壞之身、水火不入，跳進寺內的荷花池裡，咕嚕咕嚕地灌了水。」

「死啦？」

「幸好道場和尚路過救了他。後來他回到東京，終於患腹膜炎死了。致命原因是腹膜炎，但是腹膜炎的原因，是在佛堂裡吃的麥飯和泡菜。總之等於獨仙間接殺了他。」

「太過認真，有利也有弊啊！」主人有些沮喪地說。

「就是啊！被獨仙害的還有一位同學。」

「好危險啊！是誰？」

「立町老梅啊！此人也受獨仙唆使，老說什麼鰻魚升天的，最後成真了。」

「怎麼成真了？」

「最後鰻魚升天，肥豬成仙。」

「這是怎麼回事?」

「既然八木是獨仙,那麼立町便是豬仙了。沒有人像他那樣貪吃的,貪吃加上出家人的壞心腸併發,就沒救了。起初我們沒注意,回頭一想當時他的確說了不少怪話。他一到我家,便說什麼松樹下沒有飛來炸牛排嗎?在我家鄉,魚板會加入板子的行列游起泳來!光說還好,還催我說『到門外水溝去挖糰子吧!』我也搞不過他啦!過了兩、三天終於成了豬仙,被關進巢鴨去。本來豬沒有資格發瘋的,全是獨仙的影響才會這樣。獨仙的力量不可忽視呢!」

「嘿,現在還在巢鴨嗎?」

「當然,而且還狂妄自大,十分囂張。最近說什麼立町老梅這個名字沒意思,便改名天道公平,以替天行道為己任,糟透了。你可以去看看。」

「天道公平?」

「天道公平呀!雖是個瘋子,倒取了個漂亮名字。有時也寫成孔平。他說世人多半陷入迷津,一定要救啊!所以拚命給朋友胡亂寫信,我也收了四、五封,其中還有很多因為郵資不足,被罰了錢呢!」

「我也接到了。」

「也寄給你啦?真絕啊!是紅色信封吧?」

「嗯!中間紅兩邊白,很奇特!」

「聽說是特地從中國進口，體現豬仙格言：天道白，地道白，人在中間紅……」

「原來大有來歷呢！」

「正因為發瘋，所以非常講究。不過即使發瘋，貪吃依然不變，每封信都寫了食物，真怪。給你的信裡也有吧？」

「嗯，寫了海參！」

「老梅很喜歡吃海參，難怪。還有呢？」

「還有河豚和朝鮮人參等等。」

「河豚配朝鮮人參好吃呢！他的意思大概是，如果吃了河豚中毒，可以燉朝鮮人參吃吧！」

「好像並非如此。」

「不是也無妨，總之他是瘋了。就這些？」

「還有一句：苦沙彌先生宜喫茶去。」

「哈哈哈……苦沙彌先生宜喫茶去。這太刻薄啦！他存心整你一下。了不起！天道公平萬歲！」迷亭先生大笑起來。

主人現在才知道，他以極大敬意反覆捧讀的書信，寄信人原來是個正牌瘋子，覺得先前的熱誠與苦心都已白費，不禁生氣。又想到自己竟把瘋子的文章那般費心玩味，覺得有些可恥。

最後不禁懷疑，對瘋子的作品那麼欣賞，自己是否也有點神經異常。憤怒、慚愧與擔心三者交融，令他如坐針氈。

這時外面格子門突然被推開，沉重的腳步聲響了兩下，便傳來呼喊聲：「有人在嗎？」主人一坐下便很難起來，迷亭先生卻是個好動之人，不等女傭出去迎客，已經一邊招呼一邊兩步竄出隔室，跑到門口。

到別人家不叫門便大搖大擺走進去，似乎有點無禮，但主動擔負起接待工作，倒也帶來方便。不過迷亭畢竟是客人，勞駕客人去開門，主人苦沙彌先生卻仍舊文風不動。如果是一般人，理應隨後出去，但這位是苦沙彌先生，所以仍若無其事地穩坐在座墊上。然而苦沙彌先生看來雖若無其事，但實質卻不是這麼一回事。

迷亭跑到門前說了些話，過了一會兒便對屋裡嚷道：「喂主人啊！勞駕出來一趟，你不出場應付不來啊！」主人只好揣著手慢慢走出去。

一看，迷亭手上拿了一張名片，姿態恭敬地彎腰致意。名片上寫著：警視廳刑警吉田虎藏。和刑警並肩而立的是個二十五、六歲，一身進口料子，高大英俊的男子。奇怪的是，他和主人同樣揣著手默默站立。此人好像在哪兒見過，仔細一看豈止見過，正是前幾天來訪拿走山藥的那個小偷啊！這回竟然在光天化日之下，公然從正門光臨了。

「這位刑警先生逮住了前幾天闖入你家的小偷，特地來通知你到警察局一趟。」

主人似乎這才明白刑警來的理由。

他低著頭，對小偷恭敬施禮。小偷比虎藏先生更儀表堂堂，所以主人便貿然斷定他是刑警。小偷想必吃了一驚，但又不便聲明自己是小偷，只好裝作不知，依然揣手站在那裡。應該戴了手銬吧！想伸出手來也辦不到。如果是一般人，看這樣子總該明白了。可是我家主人不是一般人，總是無端害怕官吏和警察，對天皇的威風更是畏懼。他明明知道，理論上警察是自己花錢雇來的看守而已，但實際碰上他便唯唯諾諾。

主人的父親以前曾是村吏，過慣了對長上低頭的生活，說不定傳到兒子身上了，真是可憐呀！

刑警感到奇怪，笑著說：「明天上午九點以前，請到日本堤分局一趟。被竊物品是什麼？」

「失竊物品是……」主人剛開口，偏偏就忘了，記得的只有多多良三平的山藥。山藥就不必提了！可是剛開口說「失竊物品是……」就說不下去了，這有點呆，不成體統。若別人家被竊還說得過去，自家被竊卻不能明確回答，豈不是證明自己不正常？只好毅然地說：「被竊物品是……山藥一箱。」

小偷似乎覺得很滑稽，低頭將臉埋在衣襟裡。

迷亭哈哈大笑地說：「丟了山藥太可惜啊！」

只有刑警意外地認真：「山藥是回不來了。其他物品差不多都回來啦！你去看一下就知道了。還有，退還時要交一份收據，別忘了帶印鑑……一定要在九點以前到日本堤分局，淺草警察署日本堤分局。那麼告辭了。」

刑警獨自說完便回去了，小偷也隨後出去。因為手被銬著不能關門，門依然敞開著。主人雖惶恐，但這時也顯得不滿，鼓著腮幫大聲將門關上。

「哈哈……你對刑警真尊敬呀！假如總是那麼謙恭倒也不錯，但只對刑警恭敬，那可不行！」

「但人家特地來通知嘛！」

「通知又怎樣？那是他的職業呀！照平常接待就夠啦！」

「但這不是一般的職業呀！」

「當然不是一般的職業，是所謂偵探這種令人討厭的職業，比一般職業還低下！」

「喂，說這種話可要倒楣的！」

「哈哈……那就不罵刑警了。不過你尊敬刑警總算說的過去，尊敬小偷可就不得不令人吃驚了！」

「誰尊敬小偷？」

「你呀！」

「我何時跟小偷往來過？」
「往來？你不是還向小偷行禮了嗎？」
「什麼時候？」
「就是剛才，你不是低頭了嗎？」
「胡說，那是刑警呀！」
「刑警是那種裝扮嗎？」
「正因為是刑警，才那種裝扮啊！」
「真頑固！」
「你才頑固呢！」
「刑警到別人家，難道會那樣揣著手站著嗎？」
「刑警不見得不能揣著手吧？」
「這麼兇，真令人意外。你行禮時，他可是一直那樣站著的呀！」
「刑警也可能會這樣。」
「真有自信。怎麼說也說不聽！」
「當然不聽。你不過嘴上說什麼小偷、小偷，可沒見過小偷進來啊！只是憑空想像，一口咬定罷了。」

迷亭似乎覺得主人已不可救藥，一反常態地默默無語。主人覺得難得一次駁倒迷亭十分開心。但迷亭看來，主人的價值因冥頑不靈而貶值了。在主人看來，正因為固執己見才比迷亭了不起。

人世間不時有如此怪事，當有人認為頑固到底就是勝利時，其人格已經大大貶值。奇怪的是，頑固者至死都不會發現。自己為保全面子而被輕蔑時，沒人理睬還自以為幸福，這種幸福可以稱為豬的幸福！

「總之，明天你要去嗎？」

「去呀！叫我九點以前到，我八點就出發。」

「學校怎麼辦？」

「不去了。學校算什麼！」主人十分嘴硬。

「口氣真大！不去行嗎？」

「行啊！我們那個學校發的是月薪，不會扣錢的沒問題！」他十分坦白。

若說狡猾是夠狡猾了，但說是天真卻也蠻天真。

「去是可以去，但你知道路嗎？」

「知道才怪！坐車去就行了吧？」他氣呼呼說。

「想不到是個不遜於靜岡伯父的東京通，佩服！」

「隨你怎麼說！」

「哈哈哈，日本堤分局可不在一般的地方喲，在吉原呢！」

「什麼？」

「在吉原啊！」

「是有妓院的那個吉原嗎？」

「是呀！東京只有一個吉原。怎麼樣？想去嗎？」

主人一聽說在吉原，似乎猶豫了一下。

忽然改變了主意，虛張聲勢起來：「管它是吉原還是妓院，我說去就一定去！」蠢人總是在這種事情上意氣用事！

迷亭只說：「啊，一定很有意思。去看看吧！」刑警事件引起的風波，至此告一段落。

後來迷亭又胡說八道一番，日暮時分才說：「太晚回去伯父會生氣的！」便回家去了。

迷亭走後，主人吃完晚餐回到書房袖手沉思：「我衷心佩服並極想效法的八木獨仙，依迷亭說來似乎是個不值得學習的人。而且他所倡導的學說似乎不合常理，正如迷亭所指，大概是屬於瘋癲系統，況且已經有兩個瘋癲的門徒。太危險了！如果隨便接近，難免被扯進那個系統裡去。至於天道公平——竟是立町老梅，對其文章驚嘆之餘，也認定他是識高見廣的偉人，結果卻是個十足瘋子，還已經住進了巢鴨。迷亭的話固然有些誇大，但在瘋人院裡享有盛名，以天道自居，這恐怕是事實。看樣子，說不定我自己也有這種傾向。常言道臭味相投、物以類聚，自己既然贊佩瘋人言論——至少對文章表示同情——恐怕自己與瘋癲也相去不遠了吧！即使不算同一類型，但既比鄰而居，說不定遲早會推倒牆壁，共處一室促膝談心。那還得了！回想起來，這一陣子的腦部運作又更奇怪了，連自己都感到吃驚。腦漿的化學變化，在意志下變成行動言語，很多地方已有失中庸！雖然舌上無甘泉，腋下無清風，奈何牙根有狂味，頸項有癲氣。愈來愈不妙了！看樣子，也許已經成為道地的病人了。幸而尚未傷人，尚未擾亂社會，不至於被趕出街坊，仍能做一名東京居民。這與消極積極沒有關係，還是先從脈搏進行檢查。脈搏似乎無異狀。頭沒發燒，又不像是血氣上湧。真叫人放心不下！

「如此總是拿瘋人和自己做比較，恐怕很難逃出瘋人的領域。只怪方法不對！以瘋人為標準，拉自己過來比較，才會得出那樣的結論。假如以健康人為標準，把自己擺在旁邊予以評斷，說不定會得出相反的結論。那麼先從接近的人著手，首先，今天登門那位穿禮服的伯父如何？心置何處？那一套也有點奇怪。其次，寒月又如何？他從早到晚帶著便當不斷磨玻璃球，也是瘋人者流！第三，迷亭如何？他以開玩笑為天職，無疑是個陽性瘋子。第四，金田夫人，她那惡毒的根性完全不合常情，肯定是個典型的瘋子。第五，輪到金田老闆了，雖然未曾謀面，但是單看他與老婆夫唱婦隨的樣子，實在是非常人物，非常乃瘋子的別名，也可以和瘋子劃為一類。其次……還有落雲館諸君子，從年齡來說還在成長期，但狂躁這點，卻是不可一世

的出色暴徒。這樣算來，大多數的人都屬瘋人同類，我心裡踏實多了！說不定整個社會就是瘋子的聚合。瘋子們聚在一起互相傷害，互相爭吵，互相叫罵，互相爭奪。也許所謂社會，便是全體瘋子的團體，像細胞一樣，時聚時散地過活下去。說不定其中有些人略懂是非道理，反而成為障礙，所以創建了瘋人院，將那些人關了進去，不讓他們出來。如此說來，被幽禁在瘋人院裡的才是正常人，留在瘋人院外的卻是瘋子。說不定當瘋子孤立時，到哪兒都被看成瘋子，但一旦成為群體有了力量，便成為健全的人了。大瘋子濫用金錢與勢力，支使眾多小瘋子胡作非為，卻被誇為偉大之人，這種例子倒是不少。真把人弄糊塗了！」

以上，我將主人當晚在孤燈下沉思時的心理狀態，如實地做了描述。

主人頭腦之朦朧，在此一清二楚，儘管他蓄著德皇式的八字鬍卻是個呆子，連正常人與瘋子都分不清楚。他好不容易提出這麼個問題讓自己思索，卻終究無法得出任何結論而作罷。不管什麼事，他都不具備透徹思考的能力。他的結論十分迷茫，一如他鼻孔裡噴出的「朝日」牌香菸般難以捉摸。這就是他議論時唯一的特色，要謹記！

我是貓，也許有人會疑惑，一隻貓如何能詳盡描繪主人的內心世界？然而這區區小事對貓來說根本不算什麼，我早學過讀心術！何時學的？這種小事何必多問。反正我學過！當我趴在人們膝上，用柔軟的毛皮在人們肚皮上摩擦時，便產生一道電流，人們所思所想便立刻鮮活地盡入我眼。

前些天主人溫柔撫摸我的頭，竟忽起了個壞念頭：「若是剝下這貓的皮，做一件坎肩，一定很暖和！」我立即察覺後大吃一驚，真恐怖！當晚主人腦中的思緒就是因為這個原因才能向各位報導，這是我至大的光榮。

但主人想到「真把人弄糊塗了！」之後便迷迷糊糊睡著了。等到明天，想了些什麼或想到哪裡，一定都忘得乾乾淨淨。如果以後對於瘋狂這事再行思索，必定從頭想起。會不會經歷同樣思路，到達「真把人弄糊塗了！」可就不一定。然而不論他重新思考多少次，也不論沿著哪種思路思考，一定會得出「真把人弄糊塗了！」的同樣結論，這是可以確定的。

不論人還是動物，自知之明是平生大事，只要有自知之明，人就有資格比貓更受尊敬。到那時我也就不忍再寫這些了，一定會立刻停筆的。

## 10

「喂，已經七點啦！」妻子隔著紙門呼喚。

主人不知是醒是睡，翻了個身不答話。有問不答，是這位先生的習慣。非到不開口不行的時候才會「嗯」一聲。有時連「嗯」也不輕易發出。

人如果懶得回話，也許別有風趣，但這種人不太討女人喜歡。現在連陪伴在身邊的妻子都似乎對他不太尊重了，其他人更可想而知。

常言道：「見棄於親兄弟之人，難獲陌生佳人垂青。」主人既然連妻子的尊重都得不到，當然不會為世上淑女所喜愛。在此倒也沒有必要暴露主人無異性緣的缺點，但對他本人來說，有的卻是意外偏頗的想法，他認為妻子之所以不喜歡自己，完全是因為流年不利。扯上這些理由，已形成一種迷思，故我在此也只不過出於助他自省自覺的同情角度，附帶說明罷了。

已經按交代通知主人時間到了，但主人只當耳邊風，轉過身去不哼一聲，那麼是錯在丈夫，而不在於妻子。她以一副時間過了我可不管的神情，扛起掃帚和撣子向書房走去。沒多久書房裡就傳來啪啪地敲打聲，例行的清掃工作開始了。

究竟清掃的目的，是為了運動，還是為了遊戲，我既不負打掃之責，便無須多問，裝作不懂就好了。不過像女主人這種清掃方式，不得不說是毫無意義。為什麼說毫無意義呢？因為女主人的打掃不過是徒有打掃之名而已，她把撢子往紙門上晃一晃，將掃帚往榻榻米上滑一滑，就表示打掃完畢了。至於打掃的原因和結果，她是不負任何責任的。因此乾淨的地方每天都很乾淨，有污垢的地方永遠都有污垢，灰塵也一樣。聽說有所謂「告朔之餼羊」的典故，因此不打掃也許比較好。

其實打掃不打掃，並非特別為了主人，但即使如此竟也天天不辭辛苦地打掃，這正是女主人了不起之處。妻子與打掃，因多年習慣已經形成機械化的聯想，牢不可分。但打掃的成績，還像女主人尚未出生以前，掃帚和撢子尚未發明以前一樣，絲毫不見功效。這兩者的關係，大概像形式邏輯命題中的名詞一樣，與內容無關結合。

我和主人不同，一向習慣早起。此時肚子已經餓得受不了了，但家人還沒有用餐之前，憑貓的身分是不會有早餐的，這正是貓的可悲之處。不過一想到貝殼食器裡裊裊噴煙的熱湯，便再也等不下去。明知希望渺茫卻仍有所求時，最好只把所求描畫在心裡，外表則要裝作平心靜氣地一動不動，這才是上策。

我卻做不到這一點，非要試試是否事與願違。即使是嘗試了也絕對只會換來失望的事，在還沒有面臨最後的失望以前，是沒辦法安然地接受事實的。我餓得受不了，便爬進廚房瞧瞧灶後的食器。果然不出所料，昨晚舔淨的地方依舊一樣在初秋陽光下靜靜閃爍光芒。

女傭已經將煮好的飯倒進飯桶，現在正在攪拌火爐上的鍋子。飯鍋周圍溢出的米湯已乾，好像黏著好幾條棉紙似的。飯菜都做好，大概可以吃了吧！這還客氣什麼，即使不能如願也沒什麼損失，於是我下定決心催促早飯。就算是個食客也一樣會餓的，我打定主意後，便喵喵叫了起來，如怨如訴。

女傭完全不理，她天生就愛擺架子，不盡人情，這是意料中的事。我的手段便是以哭聲喚起同情。我又試著喵喵叫，那帶有悲壯感的哭聲，連自己都相信這足以令天涯遊子肝腸寸斷，然而女傭卻毫不在乎。這女人說不定是聾子，但聾子就不可能當女傭，也許單單聽不見貓聲吧！

世上有所謂的色盲，這種人雖然視力很好，但醫生卻認為是殘障。這位女傭大概是聲盲吧？聲盲自然也是殘廢，明明是個殘廢還那麼討人厭地傲慢。

夜裡不管我有什麼事她都不開門，有時放我出去，卻又不讓我進來。即使夏天夜露也寒冷，更何況下霜時節在屋簷下等待日出，那種淒苦簡直不敢想像。我吃過閉門羹，也曾遭野狗襲擊，眼看小命不保還曾跳上倉房屋頂，整夜發抖。這一切都是女傭不通人情的結果，面對這種女人，怎麼哭也不會有任何反應。然而餓急拜佛腳，貧極去偷竊，愛極寫情書，都是天經地義的，總要試試看。於是在第三次喵喵叫時，我為了引起女傭的注意，特地用了複雜的哭法。我確信自己聲音之優美，不亞於貝多芬的交響樂，但這對女傭卻仍然毫無作用。

她突然跪下掀起一塊蓋板，取出一根四寸生炭，然後在爐邊敲著，斷成三截後，爐子周圍被炭弄黑，似乎還有一點炭飛進湯裡。女傭毫不在意，立刻將炭從鍋後投進火爐。她始終不聽我的交響樂。沒有辦法我只好悄悄回到飯廳，路過澡堂時，三個女孩正在洗臉，十分熱鬧。

兩個大的才上幼稚園，第三個更小，只能跟在姐姐身後。雖說是洗臉，其實並不可能正確地洗臉，也不能靈巧地化妝。最小的竟從水桶裡撈出抹布不停地擦著臉。用抹布擦臉一定不太好受，然而她畢竟是個連地震都會大呼有趣的小孩，用抹布擦臉這種小事，也不足為奇。說不定她比八木獨仙更要覺悟超脫。

大小姐不愧是長女，她負起姐姐的職責，立刻拋下自己的漱口杯說：「寶寶，那是抹布呀！」急忙搶走抹布。寶寶是個強硬的人，不輕易聽從姐姐的話。

「不要，笨嚕！」說著又搶回那條抹布。

這笨嚕二字到底什麼意思，來自何種語源，沒有人知道。只知道寶寶發脾氣時常拿來用。抹布在姊妹二人拉扯之下，水滴從水份最多的中間滴下，毫不留情地滴在寶寶腳上。如果只滴在腳上就算了，就連膝蓋也滴得溼答答。寶寶這時穿著元祿服，姐姐常問什麼是元祿服？據說凡是帶有中型圖案的，都叫做元祿服，不知是誰教她的。

「寶寶，元祿服濕了，別拉了，嗯？」姐姐說得很清楚，她是個前一陣子還常把元祿服和雙六搞混的小萬事通。

從元祿服想起一件事，順便說說。小孩子說錯話的故事太多了，讓人暈頭轉向。例如：「著火啦，蘑菇飛來啦！」、「到御茶味噌女校去。」把財神和廚房並列。有一次還說：「我不是住在稻草屋。」仔細一問，原來是把「稻草屋」和「陋巷屋」搞混了。主人每次聽到這些錯誤都會笑。他自己到學校去教英語時，可能會把比這更嚴重的錯誤也認真講給學生聽呢！

寶寶——本人並不這麼叫，是叫「寶ㄚ」——發現元祿服濕了，哭著說元祿服涼。那還得了！女傭從廚房裡跑了出來，拿起抹布給她擦。在這場騷動中，比較鎮靜的是二小姐。二小姐將架上滾下來的粉瓶打開，不停化妝。她先用伸進瓶裡的手指在鼻尖上一抹，立刻出現一條白直線，鼻子清晰多了。接著又用同樣的手指往臉上一抹，那裡也白了一塊。做到這裡女傭就進來了，擦完寶寶的衣服，又順手擦了二小姐的臉，她顯得有些不滿。

我在旁邊看了這番情景，便走到主人臥室偷瞧一下主人起床沒有。主人的頭不知到哪兒去了，只見一隻腳背從被緣露了出來。大概是以為一露出頭就會被叫起床，才將頭縮進去，簡直像隻烏龜。

妻子已將書房打掃完畢，又拿起掃帚和撢子走來，和上次一樣喊道「還沒起來啊！」她站了一會兒，望著那個沒有頭的被窩，但仍無回音。

妻子跨進門來走了兩步，猛地拿掃帚一戳「起來了，喂！」

這時主人已經醒了。正因為醒了，為了防禦妻子的襲擊，才把頭鑽進被窩裡。他以為只要不露出頭就躲得過，懷著這僥倖心理更是無法原諒。

第一次，妻子是在門口呼喊，至少相距六尺遠，以為可以安心。當妻子戳出掃帚時，距離已經近在三尺之內，主人不禁嚇了一跳。尤其第二次叫他「起來了，喂！」時，不論距離還是音量都比前次增加了一倍的聲勢。他知道已經窮途末路了，便小聲回答「嗯！」

「九點鐘以前要到吧？不快點起來會遲到啦！」

「妳別說了，我要起來了。」他從睡衣袖口答話，真是一大奇觀。

妻子常常上他這種當，以為他會起床而放下心來，但他卻又酣然大睡，因此不可輕信，於是又催他「喂，起來！」已經說要起來，還被催促起來，實在會很不高興。對主人這樣任性的人來說，自然更不高興。於是他將蒙在頭上的被子一下子掀開，只見他睜大著雙眼說「吵什麼？我說起來自然會起來嘛！」

「你嘴上說起來，但還是沒起來呀！」

「我什麼時候說謊了？」

「你一向這樣！」

「胡說！」

「不知道是誰在胡說！」妻子氣憤地拿著掃帚站在枕旁，威風凜凜。

這時屋後車夫家的孩子阿八突然哇一聲大哭起來。這是車夫家老闆娘的命令，只要主人生氣，阿八就要大哭，這樣她就會收到一點賞錢。阿八真是可憐！

有這樣的媽媽，不得不從早哭到晚。假如知道怎麼回事，主人少發點脾氣阿八的壽命也許可以延長一些。即使是受託於金田先生，車夫老婆竟做出那樣的蠢事，可見比天道公平更瘋！如果只是在主人發怒時叫他哭那還算好的。可是連金田先生雇用的附近混混在罵「今戶燒的狸」時，阿八也必須哭。有時在不知道主人是否生氣時，估計他一定會生氣，還會提前哭。這麼一來，到底是主人氣阿八，還是阿八氣主人，也就弄不清了。

想惹惱主人並不難，只要臭罵阿八一頓，便等於輕而易舉地打了主人一巴掌。古時候，西方的罪犯如果逃亡國外無法逮捕時，便會製造一個木偶代替本人受火刑。看來金田家裡也有精通西洋史實的軍師，傳授巧計。不管落雲館還是阿八的媽媽，對於愚鈍的主人來說，都是難以對付的敵手。此外還有許許多多的敵人，也許全街坊的人都是他的勁敵。不過這暫且與本文無關，往後再陸續加以介紹吧！

主人聽見阿八的哭聲，一大清早就大動肝火，但馬上又端坐在被上。這可不是什麼精神修養，也不是學八木獨仙。他邊坐著邊搔著頭，幾乎要把頭皮扒下來。堆積了一個月的頭皮，毫不客氣地飛到脖子和睡衣領上，真是壯觀。鬍鬚怎麼樣呢？一看更令人吃驚，鬍鬚已經聳然挺立。

也許覺得主人發怒，鬍鬚也不該無動於衷，於是一根根跟著暴怒，以兇猛之勢向四方任意挺進，看起來真是了不起。昨天在鏡子前學德皇的臉、服服貼貼排列整齊的鬍鬚，僅一夜之隔就好像從沒受過訓練一樣，全都恢復了本來的面目，各顯本領。一如主人一夜速成的修身養性，到第二天便消失得乾乾淨淨，立刻暴露出野豬本性。

如此粗野的男人擁有如此粗野的鬍鬚，但至今竟還沒被免去教職，日本的寬大可見一斑。正因為寬大，金田老闆及其走狗才能被當作人吧！他們能被當人，主人就不會被革職。必要時可以給巢鴨寫封信，請教一下天道公平兄便知。

這時主人睜開我昨天介紹過的太古混沌之眼後，一直望著對面的那個壁櫥。壁櫥高六尺，上下各兩張紙門。下邊那個櫥窗幾乎和棉被末端連在一起，主人起來只要睜開眼睛，自然會將視線投向那裡。一瞧，表面花紋已經百孔千瘡破爛不堪，露出壁櫥裡的肚腸。那肚腸是指各式各樣如印刷品，有的是手寫的，有的翻過面，有的上下顛倒。當主人看見這些肚腸時，便想看看上面寫了什麼……本來主人恨不得抓住車店老闆娘的頭往松樹上敲，現在突然想讀這些廢紙，似乎有點不可思議。然而就一個直來直往暴躁瘋癲的人來說，這並不足為奇。就像小孩哭時只要給個點心，就會破涕為笑一樣。

以前主人在某寺廟裡借宿時，隔一扇紙門，裡頭住著五、六位尼姑。尼姑是壞心腸女人當中心腸最壞的，她們似乎看穿了主人的習性，邊敲自己的飯鍋邊唱著「烏鴉哭叫，轉眼又笑！」據說主人討厭尼姑就是從那時開始。不過尼姑雖討厭，說的卻是事實。主人哭笑悲喜，都甚於常人，但也都不持久。說好聽一點是不執著，心思靈活。若譯成白話，就是沒深度又頑固的神經病。

既是神經病，那麼彷彿要吵架似地猛然起床，卻又突然改變主意，看起紙門上的肚腸，也就理所當然了。

首先看到的是倒立的伊藤博文，上面還寫著「明治十一年九月二十八日」。韓國統監早從這時就開始隨政令而走了。不知大將軍此時擔任何職？硬讀著模糊之處，應該是「大藏卿」。真了不起！即使倒立著，卻依然是個大藏卿！稍微向左一看，大藏卿卻躺著午睡。也難怪，倒立是很難持久的！

下面的木板只看得到「爾等」兩字，很想往下看但偏偏沒露出來。下一行只露出「迅速」二字，也很想往下看，偏偏也沒了。

假如主人是警視廳的偵探，即使他人之物，說不定也會扯下帶走。偵探沒有受過高等教育，為了拿到證據什麼事都幹得出來，真拿他們沒辦法，但願能夠稍微收斂些。若是不收斂，就不讓他們來拿證據。

據說他們甚至羅織捏造罪狀，誣陷良民。良民花錢雇用的人，竟反誣陷雇主，真是了不起的瘋子。

主人轉眼往中間看了一眼，中間是大分縣翻筋斗倒掛。連伊藤博文都倒立，大分縣翻筋斗

也是理所當然。看到這裡，主人雙手握緊拳頭向天花板伸去，準備打呵欠。

這一聲呵欠宛如鯨魚長吟，變調到極點。告一段落之後，便慢慢換上衣服，到澡堂洗臉去了。妻子早已等得不耐煩，馬上捲起被子，疊好睡衣，照例開始打掃了。如同打掃，主人的洗臉方式也是照例，十年如一日。和之前介紹過的一樣，依然嘎嘎叫個不停。

不久後主人分好了頭髮，將毛巾往肩上一搭走向飯廳，在長火盆旁悠然坐下。提起長火盆，各位讀者也許會想像：山毛櫸原木製作的外層，黃銅打造的內裡，小姐披散著剛洗過的頭髮，半蹲半坐，拿著長煙管，在黑柿木邊上敲打……

可是我家苦沙彌先生的長火盆卻沒有那樣的排場，它已經古樸得讓外行人看不出是什麼材料做的。長火盆本應擦得閃閃發亮，但主人不知是櫸木、櫻木、還是桐木做的，從沒擦過，所以它陰沉沉的很不顯眼。若問是從哪兒買來的，絕不是花錢買的。是別人送的？又好像沒人送過。或許有人會說，難道是偷的不成？這話實在曖昧。

以前親戚中有個老人家，死前曾拜託主人看門。後來主人自己成家，有意無意地將用之如己物的長火盆也帶走了，品性似乎有點不好。但這種事，世上還是常有的。銀行家整天處理別人的錢，漸漸就將別人的錢看成了自己的。官吏本是人民的公僕，因為讓他們幫忙辦事，才給了他們一些代理的權力，他們每天拿著受託的權力處理事務，後來卻認為那權力是自己本來就有的，而不容人民置喙。既然這種人充斥世間，便不能因為長火盆事件就斷定主人有偷竊癖。

假如主人有偷竊癖，那麼天下人都有偷竊癖了。

主人盤踞長火盆旁，前面是餐桌。餐桌三面環坐著剛用抹布擦臉的寶寶，上御茶味噌女校的大小姐，和將手指伸入粉瓶裡的二小姐，三人正在用餐。主人公掃視三人一圈。大小姐的臉，輪廓很像南洋刀鞘；二小姐因是妹妹，多少帶點姐姐的樣子，有如琉球漆朱盆；只有寶寶獨放異彩，長了一張長臉，如果是上下長，世上還不乏其例，但她的卻是左右長。

不管時尚怎樣多變，橫長臉大概不會流行吧！雖是自己的孩子，主人有時也邊看邊感嘆。孩子必然成長！豈止成長，其速度之快，必如禪廟竹筍轉眼變成嫩竹之勢。每次想到孩子又長大了，主人就覺得後有追兵似地惶惶不安。不管主人多愚昧，總還知道三位小姐都是女的。

既然是女的，總要嫁人。雖要嫁人，但自己卻沒本事讓她們出嫁，這一點也有自知之明。雖然是自己的骨肉，卻覺得有些難以應付。既然難以應付，就不該生下她們。但這就是人！若要定義人是什麼，很簡單，製造不必要的麻煩來折磨自己，便足以說明。

孩子們果然了不起！她們做夢也不會想到老爹對她們已經如此窮於應付了，仍然津津有味地用餐。不過，最難應付的是寶寶！寶寶已經三歲。媽媽給了她一套三歲用的小筷子小碗。可是寶寶不答應，一定要搶姐姐的碗，硬要用那難拿的碗吃飯。環顧世間，愈是無能之人愈是橫行霸道，一心要佔據並不稱職的官階，這種性格早在寶寶時期就已經完全萌芽了。因襲已久，絕非靠教育和薰陶便可根除，還是趁早認命的好。

風。

寶寶從旁掠奪了大碗大筷之後，更加橫行，想要使用自己無法指揮的東西，因此大逞威風。

寶寶先將兩隻筷子握在一起，插進碗裡，碗裡盛了八分滿的飯，上面還泡滿味噌湯。碗承受了筷子的壓力，由於遭到突然的襲擊而傾斜三十度，味噌湯毫不留情地流向她的胸前。但這麼點小事，寶寶是不會在乎的。

寶寶是一個暴君！接著又把插進碗裡的筷子用力向上一挑，同時把小嘴湊近碗邊，飯粒有些跳進嘴裡，剩下的米粒與湯汁一同飛向鼻頭、臉頰和下巴。失誤的全落在榻榻米上。連吃飯的知識都不懂，我謹向大名鼎鼎的金田先生，以及普天下權貴者發出忠告：諸公處事待人，若是像寶寶用碗筷一般，那麼真正進入諸公口裡的必定極少，並非以必然之勢進入，而是誤入口中而已，請三思。

大小姐被搶走了碗筷，只好勉強用著小筷子和小碗。但實在太小，即使盛得滿滿也三兩口就吃光。因此頻頻伸手向飯桶。已經吃了四碗，現在是第五碗了。

她揭開鍋蓋，拿起大杓，看了半天似乎拿不定主意，要不要再盛呢？終於下了決心，在沒焦的地方再盛一杓飯。這沒問題，但反過手來將杓裡的飯往碗裡扣時卻沒有裝進碗裡，成團落在榻榻米上。她毫不驚慌，將灑落的米飯小心撿起。撿起來做什麼？全扔進飯桶裡了！看起來有點髒。

大小姐添完了飯，寶寶又要大顯身手，她挑起筷子來。姐姐不愧是姐姐，她看不慣寶寶臉上亂糟糟「哎呀，寶寶，真糟糕臉上全是飯粒！」說著急忙清理寶寶的臉。首先除掉黏在鼻尖的飯粒，本以為她會將飯粒扔掉，想不到她竟送進自己的嘴裡，真令人吃驚！接著清理臉頰。這裡的飯粒成群結隊，兩邊相加約有二十粒。姐姐仔仔細細地，拿一粒吃一粒。終於，妹妹臉上一粒米也沒有了。

這時一直靜靜吃著黃蘿蔔的二小姐，突然從湯中發現一塊地瓜，一口塞進了嘴裡。各位大概都知道，湯煮地瓜之燙，是不能隨便放進嘴裡的。就算是大人，一不小心也會燙傷，更何況是像二小姐這樣對地瓜缺少經驗之人，當然要吃苦頭了。

她「哇！」地一聲，將嘴裡的地瓜吐在桌上。其中兩、三塊不知怎麼搞地滾到寶寶面前，在適當距離停住。寶寶本來就愛吃地瓜，既然地瓜飛到眼前，她便立刻放下筷子，伸手抓起地瓜吞下。

這些情景主人一直看在眼裡，但他一言不發，專心吃著自己的飯，喝自己的湯，此時正用牙籤剔著牙。看來主人對於女兒的教育，似乎採取了絕對的放任主義。就算三位小姐立刻變成海老茶式部或鼠式部，而且通通跟情夫私奔，主人大概也照樣裝模作樣吃他的飯、喝他的湯。真是無為！

然而，在世上號稱有為之人，卻只知道說謊騙人、逢迎欺人、虛張聲勢嚇唬人，以及設陷害人。連中學生小輩也有樣學樣，誤以為這樣才能有權有勢，以為只有洋洋得意地幹那些理應沒臉見人的勾當，才算得上未來的紳士。這不是有為之士，是流氓無賴。

我是隻日本貓，多少有點愛國心。每每看見這種人，就想撲過去揍他們一頓。這種人多一個，國家就會衰弱一分。有這樣的學生，是學校的恥辱。有這樣的人民，是國家的恥辱。儘管是恥辱，這種人卻還是源源不斷地出現，真難以理解！日本人連貓的氣概都沒有，真可憐。比起來主人實在高貴多了，窩囊是高貴，無能是高貴，不耍小聰明也是高貴。

主人以無為的方式，平安吃完早餐，不久便穿上西裝，搭車到日本堤分局去。當他拉開紙門，告訴車夫到日本堤時，車夫嘿嘿笑道「是有妓院的吉原附近的日本堤吧？」聽起來真有點滑稽。

主人搭車出門了。

隨後妻子照例吃完早餐，催促小姐們：「喂，上學了！要遲到了！」

小姐們慢吞吞地，根本沒有要上學的意思。

「啊，今天放假呀！」

「放什麼假？快上學！」她斥責了幾句。

「昨天老師說，今天放假呀！」姐姐仍不為所動。

媽媽這時才覺得有些奇怪，便從壁櫥裡拿出日曆，果然發現印著「節日」兩個紅字。主人大概不知道今天是節日，才給學校寫了假條。妻子也不知今天是節日，把假條給投進了郵筒。至於迷亭，是真的不知道，還是明知卻裝蒜，太可疑了。女主人對這個發現頗為驚訝，要孩子們乖乖玩，自己卻像往常一樣，拿出針線盒開始工作。

此後半小時，全家平安無事，沒有發生足以當題材的事件。此時突然有客來訪！一位十七、八歲的女學生，穿著一雙歪跟的靴子，拖著紫色的裙子，頭髮捲曲得像算盤珠，不說一聲便從便門走了進來。

她是主人的侄女。據說還在學校裡唸書，有時星期天來，和叔父大吵一架便回去。這位小姐名叫雪江，名字很美，模樣卻不如其名。只要上街走上五、六百尺，隨時可以看見這種普通的面孔。

「嬸嬸，你好！」她說著便一逕跨進客廳，坐在針線盒旁。

「呵，來得這麼早！」

「今天是節日，就想早上來一趟，所以八點半就急忙出門了。」

「真的，有什麼事嗎？」

「沒什麼。只是好久沒來，想過來看一下。」

「只是一下？多玩一會兒吧！叔叔馬上回來。」

「叔叔去哪兒啦？真稀奇。」

「噢，今天到一個不尋常的地方去啦……到警察局去了。奇怪吧？」

「啊？為什麼？」

「今年春天闖進家裡的小偷被捉到了。」

「去對質嗎？真麻煩。」

「不，是領回失物呀！昨天警察特地過來，說失物找到了要我們去認領。」

「喔，怪不得。難怪叔叔這麼早就出門，要是平常現在一定還在睡覺！」

「沒有比你叔叔更貪睡的了……叫他起床就氣呼呼。本來事先叫我今天早上七點鐘一定要叫醒他，結果他鑽進被窩，硬是不回答。我放心不下，才又叫了一遍，他竟從睡衣袖子口不知說些什麼。真拿他沒辦法！」

「他為什麼那麼愛睡呢？一定是神經衰弱。」

「什麼？」

「他真是個愛發脾氣的人，竟然還能在學校教書。」

「聽說在學校很老實。」

「那更糟，簡直是蒟蒻閻羅王[32]。」

「為什麼？」

32 蒟蒻閻羅王：東京文京區初音町附近源覺寺所供奉的閻羅王，進香者常奉以蒟蒻，故有此名號。

「不為什麼，就是蒟蒻閻羅王嘛！不像嗎？」

「他可不只是發脾氣呢！叫他向右他偏向左，叫他向左他偏向右，就是不聽別人的話。頑固吧！」

「是彆扭吧？叔叔就愛這樣。所以若想叫他幹什麼，就要反過來說，他一定會照你的意思。前幾天我要他給我買把雨傘，我就故意說不要。他說怎麼會不要呢？立刻就買給我了。」

「哈哈哈……真厲害！我以後也照著做。」

「就這麼做吧！不然就虧大了。」

「前幾天保險公司的人來，勸他一定要保險，說了一大堆理由，這個那個好處等等，差不多說了一個鐘頭，他就是不肯參加。家裡既沒有存款，又有三個孩子，加入保險不是放心多了？他卻一點兒都不關心。」

「是啊！萬一出了什麼事可就糟了。」真不像十七、八歲姑娘說的話，婆婆媽媽的。

「偷聽了他們的談話，真有意思。『當然保險的確存在的必要。因為有必要，所以保險公司才存在。但我既沒死，就沒有參加保險的必要。』」

「叔叔這麼說？」

「是呀！於是那個人就說『人若不會死，當然就不需要保險公司。然而人的生命看似強壯，其實很脆弱，不知不覺中危險已近。』你叔叔便說『沒關係，我已經下定決心不死了！』

簡直蠻不講理。」

「即使下定決心，也難免一死。像我儘管決心考試及格，但還是沒及格。」

「保險公司的職員也是那麼說的呀！他說『壽命不是人的意志可以決定的。如果只要下決心就可以長生不老，就不會有人死了。』」

「保險公司的人說的對。」

「對呀！可你叔叔卻神氣地說『那可不一定，不，我絕對不死！我發誓不死！』」

「真怪！」

「就是怪啊！太怪啦！他還說『要是拿得出保險費，倒不如存在銀行。』」

「他在銀行有存款嗎？」

「哪裡有。他自己一走，後事全不管。」

「真叫人不放心。為什麼那樣呢？就是常常到這兒來的人，也沒有一個人像叔叔那樣的。」

「怎麼會有。他空前絕後！」

「不妨跟鈴木先生談談，求他給叔叔一點意見。人家那樣穩重，一定過得很舒服。」

「不過你叔叔對鈴木先生的評價不好呀！」

「大家的說法可真不同。那麼，那一位可以吧……就是那個很鎮靜的……」

「八木先生？」

「對呀！」

「八木先生倒是很叫他心服口服。不過昨天迷亭來說了八木的壞話，也許不會那樣管用了。」

「八木很不錯啊，從容穩重。……不久前還來學校演講過呢！」

「八木先生？」

「是啊！」

「八木先生是你們學校的老師？」

「不，不是老師。不過淑德婦女會邀請他去演講呢。」

「講得有趣嗎？」

「這……倒不怎麼有趣。可是，那位先生是個大長臉吧？還留著天父一般的鬍鬚，所以大家都很敬佩地聽著。」

「講了些什麼呀？」女主人問著，這時，三個女孩已經在走廊下聽見雪江的談話聲，一起闖進飯廳，剛才大概在籬外空地玩耍吧！

「啊，雪江姐姐來啦！」兩個姐姐高興地大聲嚷道。

「別這麼吵！安靜坐下！妳雪江姐姐正要講有趣的故事呢！」說著媽媽把針線活收在牆

角。

「雪江姐姐，妳講什麼故事？我最愛聽故事了。」說話的是老大。

「還是講《兔子復仇記》？」問話的是老二。

「寶寶也要講！」老三從兩位姐姐之間伸出腿去。她說的不是聽故事，而是她要講故事。

「啊？寶寶也講？」姐姐笑著說。

「寶寶等等再講，讓妳雪江姐姐先講。」媽媽哄著說。

但寶寶不肯「不……要，笨嚕！」她大聲叫喊。

「算啦算啦！那就寶寶先講。什麼故事？」雪江表現得很謙遜。

「這個，是說寶寶、寶寶、要到哪兒去？」

「很有趣啊！然後呢？」

「我們到田裡割稻去。」

「對啊！我們都知道唷！」

「妳落了，會打擾的！」

「不是落，是來！」老大插嘴說。

寶寶又大叫一聲「笨嚕！」嚇退了老大。但是被打斷後寶寶忘了下文，講不下去了。

「寶寶，故事就這些？」雪江問道。

寶寶說：「那個，肚肚要說對不起。噗！噗！噗！」

「哈哈哈真討厭，誰教妳的？」

「女傭。」

「女傭真壞！教她這種話！」女主人苦笑，「好吧，現在輪到雪江姐姐啦！寶寶要乖乖聽喔！」暴君總算答應了，這時已經保持沉默。

「八木先生的演講是這樣……」雪江終於開口了。

「從前有一個十字路口，中間有一座石地藏菩薩。偏偏那地方是車水馬龍的熱鬧場所，石像實在有礙交通。於是街上很多人聚在一起商量，想把石像遷到某個角落去。」

「這是真的故事嗎？」

「不知道，關於這一點他也沒說……大家商量了很久，街上有位大力士說『這很簡單，我一定能把石像搬走！』便隻身來到十字路口，雙臂用力，大汗淋漓，可是那石像一動也沒動。」

「石像真重！」

「那個男子筋疲力盡，回家睡覺去了。街上的人們又商量起來，這次一位最聰明的男子說『交給我吧！我來試試！』他在方盒裡裝滿了豆餡年糕，走到石像面前說『請到這兒來！』他以為地藏菩薩一定會嘴饞，所以想用豆餡年糕讓祂上鉤。石像還是文風不動。那個聰明的男子覺得此技不通，於是他又拿了一壺酒，另一隻手端著酒杯，走到菩薩像前說『喂，不想喝嗎？想喝就請到這兒來！』他花了三個小時，那菩薩像依然不動。」

「雪江姐姐，地藏菩薩不餓嗎？」老大問。

老二卻說：「我想吃豆餡年糕。」

「聰明人失敗兩次後，又弄了一些假鈔『喂，想要嗎？來呀！』說著將假鈔晃來晃去，但這一招也不靈，地藏菩薩十分頑固。」

「是嗎？有點像你叔叔。」

「簡直一模一樣。最後聰明人也放棄了，不再理睬。接著一個吹牛大王出來說『交給我吧！請放心！』他似乎覺得很容易。」

「那個吹牛大王做了什麼？」

「可有意思了！他先穿上警察制服，黏上假鬍子，走到菩薩面前說『喂喂，你再不動對你可沒好處，我們警察不會置之不理的！』可是當今世上，即使裝出警察腔調也不會有人理的。」

「是啊！那麼菩薩像動了嗎？」

「怎麼會動！和叔叔一樣嘛！」

「可是你叔叔非常怕警察呀！」

「哦是嗎？叔叔原來露出那種表情啦？可是也沒那麼可怕啊！總之地藏菩薩可一動不動，泰然自若。於是那個吹牛大王勃然大怒，脫下警察制服，把假鬍子扔到垃圾桶，然後穿上有錢人的服裝走來。以現代來說，就是以一副岩崎男爵的樣子出場，多好笑！」

「岩崎的樣子究竟是什麼樣？」

「擺擺架子不言不語，只叼著大雪茄，在地藏菩薩旁噴著煙。」

「這又怎樣？」

「為了用煙霧將地藏菩薩蒙起來呀！」

「簡直像在說相聲俏皮話一樣。那麼順利把菩薩像蒙在煙霧裡了嗎？」

「沒用！那是石頭嘛！騙人而已。他後來又喬裝起親王殿下，真無聊！」

「咦，那時候有親王嗎？」

「有吧？八木先生是這麼說的。據說那個人真的化裝成親王了，雖然冒犯還是裝了，以吹牛大王的身分，首先就犯了不敬之罪。」

「光說是親王，是哪位親王呀？」

「哪位？不論是哪位都一樣是冒犯！」

「說得也是。」

「變成親王也不靈。吹牛大王毫無辦法只好認輸，承認技窮。」

「真活該！」

「是啊！該順便懲罰一下……且說街上的人更加煩惱，又接著商量，但沒有人再去試，不知如何是好。」

「故事就這樣結束？」

「還有！最後雇了好多車夫和無賴，在地藏菩薩周圍亂叫騷擾。他們拚命要刁難菩薩讓他待不下去，於是日夜不停吵嚷。」

「真辛苦。」

「這樣還是沒用，地藏菩薩相當頑強。」

「後來又怎樣？」老大熱心問道。

「後來呀，天天吵鬧也沒有用，人們都有些厭倦了。可是車夫和無賴不管做多少天都有津貼，就高高興興地吵了下去。」

「雪江姐姐，津貼是什麼？」老二問道。

「津貼就是工錢呀！」

「領了錢做什麼用？」

「領了錢……哈哈哈，老二真是個討厭鬼……嬸嬸，那些人日日夜夜吵鬧啊！當時街上有個傻子什麼都不懂，誰也不理他，大家叫他傻子竹。這個傻子見了這番騷鬧情景問道『你們吵什麼？不管多少年，地藏菩薩也動不了吧？真可憐。』」

「別看他傻，倒很了不起！」

「是個了不起的傻子啊！大家聽了他的話，都說雖然他一定不行，但不妨叫他試試，於是就拜託傻子。傻子竟立刻答應了，但要那些腳夫和無賴別再那麼吵鬧，然後飄然來到地藏菩薩面前。」

「雪江姐姐，飄然是傻子竹的朋友嗎？」老大在緊要關頭發出奇問，媽媽和雪江爆出一陣笑聲。

「不，不是朋友。」

「那麼是什麼？」

「飄然……唉，說不清楚。」

「飄然，就是說不清楚？」

「不是。飄然是……」

「咦？」

「喂，妳知道多多良三平先生吧？」

「知道，給我們山藥那個人。」

「就是像他那樣的。」

「多多良叔叔就是飄然？」

「是啊！於是那傻阿竹來到地藏菩薩面前，他揣著手說『地藏菩薩！街上的人都希望你搬個地方，請動動吧！』地藏菩薩突然答道『真的嗎？既然如此，早點說不就好了。』於是菩薩像就動了。」

「真是個奇怪的地藏菩薩！」

「下邊介紹一下演說。」

「還沒完？」

「是啊！八木先生繼續說『今天是婦女聚會，我特地說了這個故事是有原因的。這麼說也許很失禮，但是婦女們有個毛病，遇事常常不從正面走捷徑，反而採取繞遠路的方法。當然並不單婦女如此，在這明治年代，即使是男子，受到文明的不良影響後，多少也有些女性化，常常浪費不必要的過程和精力，反而誤以為這才是正規、才是紳士應該採取的方針。但這些人都是文明束縛下的畸型兒，這點毋須贅言。而對婦女們來說，希望能記住我剛才講過的那個故事，在重要關頭，請以傻阿竹的直爽態度去處理問題。如果成了傻阿竹，夫妻之間、婆媳之間，一定會減少三分之一的糾葛。人的計謀愈多，計謀就更是作祟，進而形成不幸的源泉。許多婦女比男人不幸，就是因為計謀太多了。請各位都變成傻阿竹吧！』」

「那麼雪江姐姐，妳想成為傻阿竹嗎？」

「什麼傻阿竹我才不想當呢！金田富子小姐覺得很失禮，氣得要死呢！」
「金田富子小姐？就是對面街口那家的？」
「是呀！就是那位時髦小姐。」
「她也在妳們學校上學？」
「不，是婦女會，她去旁聽的。真夠時髦，簡直嚇死人了。」
「據說很漂亮。」
「普通而已，沒什麼。只要像她那樣化妝，誰都能變好看。」
「那麼雪江姐姐若是像金田小姐那樣化妝，會比金田小姐漂亮一倍吧？」
「哎呀討厭！大概吧我不知道。不過金田小姐裝扮得太過火了，儘管她有錢……」
「雖然裝扮得過火，也還是有錢好吧！」
「話是沒錯啦！不過她要是稍微像傻阿竹就好了，實在太愛吹噓了。聽說最近有個叫什麼的詩人獻給她一本新體詩集，她在所有人面前大肆炫耀。」
「是東風先生吧？」
「啊？是他送的？真閒啊！」
「東風先生可是非常認真的呢！甚至認為他那樣做是理所當然。」
「就是因為有這樣的人事情才糟……聽說最近有人給她送了一封情書。」

「喔，真是的！誰做出那種事來？」

「不知道是誰！」

「沒寫姓名嗎？」

「姓名倒是寫得一清二楚，卻是個無人知曉的陌生人。而且那封信寫得好長好長，足足有六尺呢！還寫了好多怪東西，什麼我愛慕妳，宛如宗教家仰慕神靈啦。我願為妳變成祭壇上的小羊任妳宰割，這將是我無上的光榮。我的心臟是三角形，三角形的中心插著邱比特的箭。如果是吹箭那就百發百中了……」

「這是正經的嗎？」

「說得很正經。我的朋友中就有三個人看過這封信。」

「討厭，那種東西還拿出去炫耀？她想嫁給寒月先生，那封信若被人們傳開豈不糟糕？」

「有什麼糟糕的，她才得意哩！下回寒月先生來可以告訴他。寒月先生還不知道吧？」

「那位先生整天到學校去磨玻璃球，大概不知道吧！」

「寒月先生真的想娶她？真可惜！」

「為什麼？她有錢，一旦有事就有了幫助。這不是很好嗎？」

「嬸嬸開口閉口錢呀錢！多俗氣！難道愛情不比金錢更重要嗎？沒有愛夫妻關係就不成立啊！」

「是啊！是啊！那麼雪江，妳想嫁給誰？」

「這種事天曉得，八字都沒一撇呢！」

雪江小姐和嬸嬸就婚姻大事發生舌戰，一直顯得不解卻又洗耳恭聽的老大突然開口：「我也想嫁！」對於這大膽的期望，就連洋溢著青春氣息、理應深表同情的雪江都嚇了一跳。

媽媽還算比較冷靜，笑著問道：「妳想嫁給誰？」

「我呀！說真的我想嫁到招魂社，可是我討厭過水道橋，正在煩惱。」

媽媽和雪江聽了這不平凡的回答，連再問的勇氣都沒有，笑得前仰後合。

這時老二對姐姐商量：「姐姐也喜歡招魂社？我也非常喜歡。我們一同嫁到招魂社吧！嗯？不喜歡？不喜歡就算了，我自己坐車去。」

「寶寶也要去！」最後寶寶也決定嫁到招魂社了。

三人一起嫁到招魂社，主人一定很高興。

忽聽車馬聲止於門前，有人傳來聲音：「我回來啦！」大概是主人從日本堤分局回來了。

車夫遞出一個好大的包袱給女傭接過，主人便悠然走進了飯廳。

「啊，妳來啦！」他邊和雪江打招呼，邊將手裡一個酒瓶似的東西扔在那著名的長火盆旁。

說是類似酒瓶，當然不是真的酒瓶，可也不像花瓶，不過是個奇怪的陶器罷了。無以名之，不得不這麼稱呼它。

「好奇怪的酒瓶啊，從分局拿來的？」雪江將那倒下的東西扶起，並問道。

叔叔望著雪江自豪地說：「怎麼樣？美吧？」

「美？這個？不怎麼樣。拿一個油壺回來幹什麼？」

「什麼油壺？說那種無趣的話，真糟糕！」

「那是什麼？」

「花瓶啊！」

「花瓶的話，口太小，肚子又太大。」

「所以才有意思嘛！妳真不懂風雅，和妳嬸嬸一樣，真糟糕！」他自己拿起油壺，對著紙門觀看。

「反正我不風雅，不會從警察局拿回來個油壺。是吧！嬸嬸？」

嬸嬸哪顧得了風雅，已經打開包袱，瞪大眼睛盤點失物。

「啊真意外，小偷也進步了，全部解開來洗過了。喂你看呀！」

「誰說是從警察分局拿回來的？是因為等得太無聊，就到處晃晃，撿到了便宜。你們不懂，那可是件珍品啊！」

「真是稀罕啊！叔叔到底在哪兒閒晃啊？」

「日本堤附近啊！還到吉原去了。那兒真熱鬧。妳看過那大鐵門嗎？沒有吧！」

「我怎麼會看過？沒有必要到吉原那種下賤女人住的地方。叔叔身為教師，竟然去了那種地方，真是意外，是吧？孀孀？」

「是啊！失物件數好像不夠。全都追回了嗎？」

「沒追回的只有山藥。本來叫我九點鐘去領取，居然讓我等到十一點。日本警察真不像話！」

「日本警察不像話，那到吉原閒晃就更差勁了。這種事要是傳開，會被免職的，是吧！孀孀？」

「是吧！啊，我那條腰帶缺了一面，難怪老覺得怪怪的。」

「腰帶缺一面就算了，我等了三個小時，大半天寶貴時間都糟蹋了。」主人說著邊換上了和服，靠在火盆上，從容玩賞那個油壺。

妻子也只好算了，將失物放進壁櫥，再回到自己的座位。

「孀孀，還說這個油壺是珍品哪，多髒啊！」

「是在吉原買的？哇……」

「哇什麼！還不懂就……」

「這種壺何必到吉原去買，到處都有啊？」

「不可能！這可是很罕見的！」

「叔叔真是個地藏菩薩。」

「小孩子口氣這麼狂妄，真不像話！近來女學生嘴巴真會罵人，真該讀一讀《女大學》。」

「叔叔討厭保險吧？女學生和保險，討厭哪個？」

「保險我並不討厭，那是必要的。凡是為未來著想的人都會參加，而女學生卻是沒用的東西。」

「沒用就沒用吧！可你還沒有保險呀！」

「下個月就加入。」

「一定？」

「一定！」

「保險？算了吧！不如用那筆錢買點什麼好。是吧！嬸嬸？」雪江說。

嬸嬸笑瞇瞇的，主人可一臉正經起來。

「你是以為可以活一百年、二百年才那麼不在乎。如果有點理性，一定會知道參加保險的必要。下個月我一定保險。」

「真的，那就沒話說了。上次有錢給我買傘，還不如拿去保險比較好。人家都說不要了，還硬買給人家。」

「妳那麼不想要嗎？」

「嗯，我才不要傘呢！」

「那還給我好啦！剛好老大想要把傘，就送給她吧！」

「啊？太過分了，買給人家的東西，還要人家還。」

「妳自己說不要，我才叫妳還的呀！一點也不過分。」

「我是不要。但你還是太過分了。」

「真是莫名其妙！妳說不要我才叫妳還給我，到底哪裡過分了？」

「可是……」

「可是什麼？」

「可是很過分。」

「真蠢，一句話翻來覆去。」

「叔叔不也是一句話翻來覆去的嗎？」

「那是因為妳一句話翻來覆去，我有什麼辦法。現在還說不要嗎？」

「我是這麼說啊！不要是不要，但不想還你。」

「真怪！不講理又頑固，真沒辦法。妳們學校不教邏輯嗎？」

「教啊！反正我沒教養，隨便你說吧！叫人家還東西，即使外人也不會說出這種無情的話。你像傻阿竹就好了。」

「叫我像什麼？」

「叫你直率一點啊！」

「妳笨又頑固，難怪不及格。」

「不及格也不會要叔叔出學費！」

雪江說到這裡似乎不勝感慨，一掬清淚潸然滴在紫裙上。主人好像在研究那淚水是源於何種心理，茫然凝視著雪江的裙子和她垂下的臉。

這時女傭從廚房過來，將紅手伸到門內說：「有客人來了。」

「誰來了？」主人問道。

「是學生。」女傭斜眼看著雪江含淚的臉說。

主人到客廳去了。我為了取材並研究人類，也隨著主人去。

為了研究人類，若不選擇波瀾乍起的時機就不會收效。平常時候人都很一般，無不庸庸碌碌、平平凡凡。然而到了緊要關頭，那些平凡的現象會突然因為某種神秘作用，源源出現一些奇特、怪誕、玄妙、荒謬的景象，足夠我們貓類日後參考。像雪江的眼淚，便是其中之一。

雪江有一顆不可思議、變換莫測的心。這一點在她和女主人的談話中看不出來，但當主人回來扔下油壺時，便像用蒸氣筒注入一條死龍似的，她那深不可測的巧妙、美妙、奇妙、玄妙的靈質，便發揮得淋漓盡致。

這種靈質是天下女子皆有的，可惜平日不輕易發揮。不，其實日夜不停發揮，只是沒那麼光彩奪目淋漓盡致而已。幸好我有一個動不動就逆貓毛撫摸的怪主人才欣賞得到。只要跟著主人走，不論到什麼地方，台上演員肯定會不知不覺中表演起來。有這樣一位有趣的主人，我這短暫一生中才能有如此豐富的經歷，真是萬分感謝。這回的客人又是什麼樣的？

一看，他是個年約十七、八歲，和雪江年齡相仿的學生。

他坐在屋裡的一角，好大一個頭，頭髮剃得幾乎見底，圓圓鼻子盤踞著臉部中央。此人沒有什麼特徵，就是腦袋特別大。剃個光頭已經顯得大，若是像主人那樣蓄起長髮，一定更引人注目。主人常說，凡是長了這種腦袋的人一定沒什麼學問。也許真是如此，不過乍看之下很像拿破崙，真是奇觀。

他的衣著和一般學生一樣，看不出是薩摩產的還是久留米或伊予產的花紋布，總之是花紋布。他穿著花紋夾袍，袖子很短，裡邊好像既沒穿襯衫也沒有穿背心。雖說只穿夾袍光著腳是自信的展現，但是他給人的感覺是骯髒。他像個小偷似的，在榻榻米上清楚留下三個腳印，這一定是他那雙光腳幹的好事。他在第四個腳印上端坐，畏畏縮縮地。假如本來就是個膽小老實的人，倒也不必大驚小怪。然而像他這個頭理得光亮、衣服又不合身，看起來像個粗暴傢伙的人，竟表現得如此誠惶誠恐，總有點不大協調。這種傢伙即使在路上遇見主人也不會行禮，還會以此而自豪。但現在卻和一般人一樣坐上半個小時，一定很難受。

他坐在那裡，彷彿是個天生的謙恭君子或盛德長老，不管他自己是否覺得苦，從旁看來卻是非常滑稽。一個在教室或操場上那麼吵鬧的傢伙，怎麼會有這麼大的能力約束自己？想起來既可憐又滑稽。這樣一對一相對而坐，主人再怎麼愚鈍，對於學生來說多少有些壓力。

主人必定也很得意吧！所謂積土成山，學生大量聚集起來，也會成為不可忽視的團體，說不定搞起抗議運動或罷課。這和膽小鬼喝下酒去就變得大膽是一樣的，恃眾鬧事不過是沉醉在人群中，喪失了清醒理智。否則那名學生不會這樣誠惶誠恐，變成自動貼在紙門上的花紋布，不敢輕視雖老朽但畢竟被稱為老師的主人。

主人邊推著座墊邊說請坐，光頭卻僵著身子，只「嗯」了一聲一動也不動。那個褪色的花布座墊等不到人坐，乖乖待在自己的位置上，它後頭呆呆坐著一位大頭，這場面真是妙哉！

那座墊是為了給人坐的，女主人絕不是為了供人欣賞才買來的。對座墊來說，如果不是給人坐就有損它的名聲，勸坐的主人也會丟了面子。那光頭卻寧肯瞪著座墊，讓主人沒面子也在所不惜。

他絕不是討厭座墊。說實話，除了爺爺的奠禮外，他有生以來很少在座墊上端坐過。他早已坐得兩腿發麻，腳趾也受不了了，卻還是不肯鋪上座墊。座墊等得不耐煩了，他還是不肯坐。真是個難纏的光頭。假如真的這麼客氣，那麼人數多時，或在學校、在宿舍，也那麼客氣就好了。用不著客氣的時候那麼拘束，該客氣的時候卻毫不謙讓，甚至大吵大鬧，真是個本性惡劣的光頭。

這時身後的紙門嘩地一聲開了。雪江有禮地端了一杯茶給光頭，若是平時光頭一定會嘲弄地說「喔，savage tea來了。」但現在連面對主人都惶惶不安，何況這位小姐用了在學校學會的小笠原流，以裝模作樣的手法遞上茶杯，光頭顯得十分尷尬。雪江關上門，在門後嗤嗤笑。可見即使同年齡，還是女子厲害。比起光頭，雪江有膽色多了。她剛流過一鞠熱淚，這嗤嗤一笑顯得更加嫵媚。

雪江退下之後，二人一時默默無語。

主人忽然意識到自己的職責，便開口問道：

「你叫什麼名字？」

「古井……」

「古井？古井什麼？名字呢？」

「古井武右衛門。」

「古井武右衛門？原來如此。名字真長，舊式的名字。四年級嗎？」

「不……」

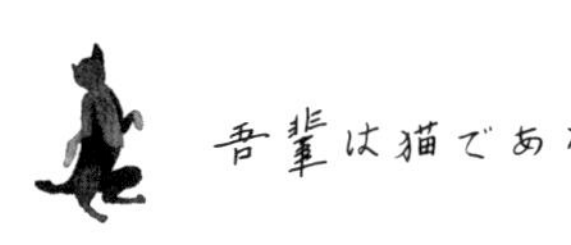



「三年級？」

「不，二年級。」

「甲班嗎？」

「乙班。」

「乙班，我班上的？是嗎？」主人激動起來。

其實這個大頭學生，從入學那天起主人就見過，絕不會忘記。何止如此，那是主人銘刻在心、時常夢見的大頭啊！但粗心的主人卻沒把大頭和舊式的名字連起來，也沒和二年級乙班連起來。因此一聽見夢中相會的大頭原來是自己班的學生時，不由得內心大喜「是嗎？」但這個古老名字的大頭，又是本班學生，究竟為什麼事而來，這就完全無法推測了。

主人本來就不受歡迎，學生們不論年初歲末幾乎不曾登門造訪，第一位便是這位古井武右衛門。不知貴客來意，主人忐忑不安。他不會是來如此無趣的人家來玩耍的；假如是來要求主人辭職，應該更強硬一些才對；也不可能是來商量他自己的私事。想來想去還是想不清楚，看武右衛門的樣子，說不定連他自己也搞不清究竟為何而來。

沒辦法，主人只好開門見山問：

「你是來玩的嗎？」

「不是。」

「有事？」

「嗯……」

「學校的事？」

「嗯，有話想說……」

「喔！什麼事？說說看。」

武右衛門卻低頭不語。本來武右衛門在二年級是個能言善道的傢伙，雖然腦力不像頭的尺寸那麼發達，但論口才卻是乙班的佼佼者。之前要老師把哥倫布翻成日文而難倒主人的，正是這個武右衛門。這麼一個能言善道的男子，卻一直唯唯諾諾像個口吃公主似的，一定有什麼原因，不能單純地理解為客氣，主人也覺得有些奇怪。

「既然有話就快說吧！」

「有點難以啟齒……」

「難以啟齒？」主人說著，望了一眼武右衛門的臉。他依然低著頭，什麼也看不出來。

主人只好稍微改變口氣，溫和地說：「沒關係儘管說吧！沒有其他人會聽到，我也不會告訴別人。」

「可以說嗎？」武右衛門舉棋不定。

「可以！」主人順口答道。

「好，我就說了！」說著猛地抬起頭，望著主人。那雙眼睛是三角形的。

主人鼓起雙頰，噴出「朝日」煙霧，稍稍扭過頭去。

「老實說……很為難……」

「什麼事？」

「相當為難，所以才來。」

「唉，到底是什麼事呀？」

「我本來沒這個意思，可是濱田一直說借我借我……」

「濱田？就是濱田平助嗎？」

「是的。」

「你借濱田宿舍費嗎？」

「不是。」

「那麼你借給他什麼？」

「借給他名字了。」

「濱田借你的名字幹什麼？」

「送了一封情書。」

「送了什麼？」

「我說別借名字，我可以當送信人。」

「我還沒搞清楚啊？到底是誰做了什麼？」

「送情書啦！」

「送情書？給誰？」

「所以我說很難啟齒嘛！」

「是你送了情書給某家女子？」

「不，不是我。」

「是濱田送的嗎？」

「也不是濱田。」

「那麼，是誰送的？」

「不知道是誰。」

「簡直亂七八糟！沒有人送嗎？」

「只是用了我的名字。」

「只是用了你的名字？聽不懂說清楚些！收情書的是誰？」

「住在對面街口的一個叫金田的女人。」

「是那個實業家金田嗎？」

「是的。」

「那麼，借了名字是怎麼回事？」

「那小姐又時髦又驕傲，所以送了情書給她。濱田說沒有名字不行。我說那就寫上你的吧！他說『我的名字沒意思，還是古井武右衛門這個名字比較好……』就這樣，最後我的名字就被借用了。」

「你認識那小姐嗎？有來往過嗎？」

「沒有來往過，也沒見過面。」

「簡直胡鬧，竟然給一個沒見過的女子送情書。到底為什麼要做出這種事呢？」

「只因為大家都說她驕傲、愛擺架子，才捉弄她的。」

「愈說愈胡鬧了。你公然簽上自己的名字寄出去？」

「是的。文章是濱田寫的，我借名字，遠藤晚上送去她家。」

「三人合夥？」

「是的。可是後來一想，若是事情暴露被學校開除，那可糟了。所以非常擔心，兩、三天都睡不著，昏昏沉沉的。」

「真蠢！你是寫『文明中學二年級古井武右衛門』嗎？」

「不，沒有寫校名。」

「沒寫校名那還好。若是寫上校名就糟了，那可是關係到學校的名譽。」

「怎麼辦？會被開除嗎？」

「會吧！」

「老師，我爹非常嚴厲，而且我娘是個繼母，如果我被開除就慘了。真的會被開除嗎？」

「既然如此，就不該做傻事。」

「我本來沒這個意思的，但還是做了。真的會被開除嗎？」武右衛門哭泣似地苦苦哀求。

女主人和雪江早已在紙門後笑個不停。

主人始終裝模作樣，一再重複「會吧！」。真有趣。

我說有趣，也許有人要問什麼地方有趣，問得真好。不論人還是動物，自知之明是平生大事，只要有自知之明，人就有資格比貓更受尊敬。到那時我也就不忍再寫這些了，一定會立刻停筆的。

然而正像自己看不見自己的鼻子有多高一樣，人對自己是什麼樣的人似乎也難以認清——即使對他們平時看不起的貓，也會提出這樣的質疑吧！人看來神氣，但總有昏庸之處。說什麼萬物之靈，到處扛著這塊招牌卻連上述那麼點小事都不懂。至於大言不慚者就更引人發笑了！扛著萬物之靈的招牌，卻吵吵鬧鬧問別人「我的鼻子在哪裡？」你以為他們會因此辭掉萬物之靈的頭銜嗎？不，不可能！死也不會。他們在如此明顯的矛盾中，卻活得心平氣和，變得一派天真，既是顯得天真爛漫，但換句話說，就不得不甘心承認人類的愚蠢了。

此時此刻，我之所以覺得武右衛門、主人、女主人和雪江有趣，並不單純是因為外部事件互相衝擊的波紋，延伸向了微妙之處。老實說是因為衝擊在人的心裡撩撥出不同的聲音。

首先主人對這件事毋寧是冷淡的。關於武右衛門的爹如何嚴厲，他娘如何待他如繼子，主人都不吃驚，也沒理由吃驚。開除武右衛門，和他本人被革職毫不相關。假如上千的學生都退學了，當教師的也許會為衣食之計陷於苦惱，但是僅僅武右衛門一個人，不管他命運如何都和主人毫不相干。關係既淡，同情自然微薄。為人皺眉、流淚或嘆息，都絕非自然傾向。

我很難認為人類是那麼情深意重、富憐憫心的動物。他們只不過是因為生在世上，才不時為了交際流幾滴淚、裝出同情的樣子。說起來不過是敷衍的表情罷了。但這也是很費力的一種藝術！擅於敷衍的人，就被稱為有良心的人，受人敬重，所以最受敬重的人最靠不住。試試看就知道了！在這方面，主人毋寧是屬於拙者之流。既拙，便不被敬重；不被敬重，所以毫不掩飾地表現出內心的冷漠。他對武右衛門反覆說著「會吧！」，從中便可以聽出他的心聲。各位千萬不要因為主人態度冷漠，就討厭他這樣的好人。

冷漠乃人類本性，不加掩飾才是誠實的人。假如這時候各位還期望能有跳脫冷漠的情況，那就太高估人類了。在這缺乏誠實的世上，如果還要求冷漠之外的東西，無異是要求馬琴的小說中的志乃和小文吾走出書本，八犬傳裡的人搬到隔壁來居住，完全是荒誕無理的要求。

再說說在飯廳裡大笑的女流，她們將主人的冷漠向前推進了一步，進入滑稽的領域，而引以為樂。對於讓武右衛門頭疼的情書事件，卻像得到菩薩的福音一樣高興。沒有理由就是高興！非要解釋，就是因為武右衛門難得苦惱，才覺得高興。不信問問女人「妳是否因為別人的煩惱而開心？」被問的人一定會罵提問者愚蠢，即使不罵愚蠢，也會說是故意侮辱淑女的品格。侮辱也許是真的，但因別人的煩惱而開心也是事實。也就是說，做出侮辱自己品格的事，卻又不許別人說。就像，我偷竊，但是絕不許別人說我不道德，如果說我不道德，就是往我臉上抹泥巴，侮辱了我。

女人就是伶牙俐嘴，怎麼說都有理！既然生而為人，就不論被踢被打，甚至受到冷落，都要有處之泰然的決心。即使被吐口水、潑糞，也要大笑、欣然接受。否則便不能和伶牙俐嘴的女人打交道。

武右衛門先生一時疏忽鑄成大錯，因而表現得忐忑不安。嘲笑這種忐忑不安，說來實在失禮。但若這麼想，必是因為年少幼稚，為別人的失禮而生氣，會被人家說成是小心眼。若是不願有這種名聲，還是別生氣的好。

最後介紹一下武右衛門的心聲。他是憂慮的化身，他那顆偉大的頭裝滿了憂慮，一如拿破崙的頭裡裝滿了功利。他的圓鼻子不時抽動，像是憂慮的反射，沿著顏面神經活動。他像吞下了一顆大炸彈，肚裡有一個大凹洞，兩三天來一籌莫展，痛苦之餘又想不出什麼好主意，只好到級任老師家，覺得也許能有點幫助。於是將自己的大頭硬推到討厭的人家裡，忘記他平時在校嘲笑主人，以及煽動同學為難主人的事。甚至堅信不論曾經怎麼嘲笑或為難老師，既然是級任老師，肯定會幫他的。真是天真！

級任老師並不是主人自己喜歡當的，是因校長任命才不得已接受的。就像迷亭伯父頭上的那頂大禮帽，徒有其名而已。既然徒有其名，當然無用。如果名稱在關鍵時刻也能有用，那雪江光靠一個名字也可以去相親了。武右衛門不但任性，而且高估人類，以此假設出發，認為別人非愛護他不可，做夢也沒想會遭到嘲笑。他這次到級任老師家來，想必發現了一個人類的真理。因為這個真理，他一定會逐漸成長為一個真正的人，對別人的憂慮表現出冷漠，對別人的煩惱高聲大笑。如此，未來的天下將充滿了武右衛門，將到處是金田老闆和金田夫人。

我衷心期望武右衛門盡早醒悟，成為一個真正的人。否則不論他如何憂慮、如何後悔、如何一心向善，終究不可能像金田老闆那樣成功。甚至要不了多久就會被流放到無人之境，豈止被文明中學開除而已。

我正在思考，覺得很有意思。忽然聽見紙門嘩一聲開了，露出半個臉來。

「老師！」

主人正不斷重複對武右衛門說「會吧！」忽然聽見有人喊他。誰呢？一看，從紙門後探出半張臉的正是寒月。

「喔，請進！」主人說著，依然坐著沒動。

「有客人嗎？」寒月露出半張臉問。

「沒關係，請進！」

「我是來邀請您的。」

「去哪兒？又是赤氣？那就不用了。前幾天亂走一通，腿都僵了。」

「今天不會了。好久沒出門，走走吧？」

「去哪裡啊？進來呀！」

「想去上野聽虎嘯。」

「多無聊。你先進來吧！」

寒月先生覺得遠距離談判不方便，就脫了鞋緩緩走進來。他依然穿著那條屁股補釘的深灰色褲子。那不是因為屁股太沉才磨破的，據本人說是因為最近開始學騎自行車，摩擦過多所致。他做夢也沒想到，寫情書給他未來妻子的情敵也在這裡，對武右衛門微微點頭，便坐在靠近走廊的地方。

「聽虎嘯多沒意思！」

「嗯，現在聽不到。我們先四處走走，晚上十一點才去上野。」

「咦？」

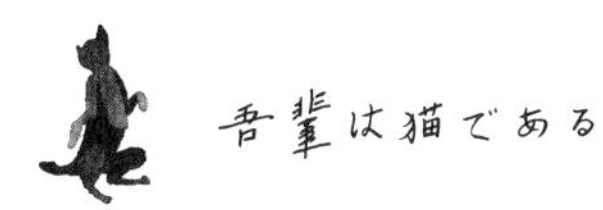


「公園裡的古木森森很不錯呢！」

「是嗎？比起白天可淒涼多了。」

「我們找林木茂密、白天人少的地方走走，肯定會不知不覺改變心情，忘卻身在萬丈紅塵的都市，彷彿在山中徜徉。」

「心情變成那樣，又如何？」

「心情變成那樣，稍微走走，就會忽然聽到動物園裡的虎嘯。」

「老虎一定會叫嗎？」

「沒問題的，一定會叫。即使白天在理科大學也聽得見。到了夜深人靜四下無人，鬼氣襲身、魑魅沖鼻之際……」

「魑魅沖鼻是什麼意思？」

「形容嘛，恐怖的意思。」

「是嗎，沒聽說過。然後？」

「然後老虎的吼聲會將上野杉葉全都震落，不錯吧！」

「是不錯！」

「怎麼樣？去冒個險吧？一定很舒服。我想無論如何，若沒在深夜聽虎嘯，就不能說聽過真正的虎嘯。」

「是嘛……」主人對寒月先生的探險很冷淡，就像對武右衛門的懇求表示冷漠一樣。

武右衛門一直羨慕地默默聽講老虎的事，主人一句「是嘛……」似乎讓他想起自己的事，便又問道「老師，我很擔心，怎麼辦呢？」

寒月先生露出不解之色，望著那個大頭。我突然起了個念頭，暫時失陪退下飯廳。

飯廳裡，女主人正嗤嗤笑著，往便宜的京瓷茶碗裡斟茶，然後放在一個鉛製茶托上說：「雪江，麻煩將這個端出去。」

「我不要！」

「為什麼？」女主人有點驚訝，猛然收住笑容。

「不為什麼。」雪江立刻露出扭扭捏捏的樣子，目光低垂，彷彿在看身旁的《讀賣新聞》。

女主人又開始進行協商：「哎呀，真奇怪！是寒月先生呀！沒關係！」

「我……我不要嘛！」她的視線依然不肯離開《讀賣新聞》。這時候，她一個字也讀不下去。假如揭穿她並沒在讀報，她一定會哭的。

「沒什麼好害羞的啊！」女主人笑著，故意把茶杯推到《讀賣新聞》上。

雪江小姐說：「哎呀！真壞！」

她想把報紙從杯下抽出，卻碰翻了茶托，茶水毫不留情地從報紙流到榻榻米上。

「看！」女主人說。

「糟糕！」雪江向廚房跑去，是要拿抹布吧？我覺得這段滑稽對話很有趣。

寒月先生不知道裡面的事，正在客廳裡大發奇怪言論。

「先生，紙門重新貼啦？是誰貼的？」

「女人貼的。貼得很好吧？」

「是啊！相當好。是常來的那位小姐貼的嗎？」

「嗯，她也幫了忙。她還神氣地說『能把紙門貼得這麼好，有資格出嫁了。』」

「嗯，不錯！」寒月邊說邊盯著那紙門「這邊很平，右邊紙太長了，有褶痕。」

「貼那邊的時候，還沒經驗嘛！」

「難怪，有點不穩。那厲害的曲線，可是一般的方程式無法表現的呀！」理學家的話實在深奧。

「可不是嘛！」主人信口應著。

武右衛門想，不論怎麼哀求都沒希望了，便突然將他那偉大的頭蓋骨頂在榻榻米上，無言中表示了訣別之意。

主人說「要走啦？」武右衛門無聲無息地趿著木屐走出門去。真可憐！受到這種打擊，說不定會寫出《岩頭吟》，跳進華岩瀑布自盡。追根究柢都是金田小姐的時髦和驕傲惹的禍。

武右衛門若死了，應該化為幽靈追殺金田小姐。那種女人消滅一、兩個，對於男人來說一點也不可惜，寒月可以另娶一位像樣一點的小姐。

「老師，他是學生嗎？」

「嗯！」

「頭好大呀！書讀得好嗎？」

「比不上他的頭。不過常常提些奇怪的問題。不久前就叫我把哥倫布譯成日文，使我非常尷尬。」

「全怪頭太大，才會提出那種無聊的問題。老師你怎麼回答？」

「我胡亂翻譯了一下。」

「要翻譯就能翻譯，真了不起！」

「小孩子嘛，要是翻不出來他就不相信你了。」

「老師真是了不起的政治家。不過看他剛才的樣子非常沮喪，看不出他會為難您的樣子。」

「今天比較乖。真是個混小子！」

「怎麼啦？乍看之下很可憐呢！到底怎麼啦？」

「做了傻事，他給金田小姐送了情書。」

「咦？就那大頭？近來學生們可真厲害，真叫人吃驚。」

「你也許有點擔心吧……」

「一點兒也不擔心，反而覺得有趣。情書再多也沒事的。」

「你放心就好了……」

「沒關係，我一點也不在乎。不過那個大頭竟然寫了情書，真叫人意外。」

「是開玩笑的。金田小姐又時髦又驕傲，就想捉弄她一番。於是三人合夥……」

「三人合夥給金田小姐寫一封情書？您愈說愈離奇。好像三個分食一人份西餐似的。」

「他們分工合作，一個寫信，一個送信，一個借名字。剛才那個就是借名字的，他最蠢，還說不曾見過金田小姐呢！怎麼會搞出這種荒唐事？」

「這可是近來的大成就啦！傑作呢！那個大頭居然會給女人寫情書，多麼有趣啊！」

「真是意外的亂子。」

「有什麼關係，對方是金田小姐嘛！」

「不過你說不定要娶她呀！」

「正因如此所以才沒關係嘛！」

「你沒關係，可……」

「怎麼？金田小姐也不會在乎的，沒事。」

「那就沒什麼了。可是他事後良心發現，害怕得很，誠惶誠恐地跑到我家來商量。」

「唉，為了這麼點事就那麼喪氣，真沒氣魄。您怎樣對他說？」

「他自己說一定會被學校開除，非常擔心。」

「為什麼開除？」

「因為做了那麼惡劣不道德的事情。」

「什麼？不至於不道德吧？沒什麼，金田小姐倒覺得光榮，到處宣揚哩！」

「真的？」

「真可憐！雖說做那種事並不對，但是讓他那麼擔心，豈不等於害了一個年輕人。他的頭雖大了些，可是長得也不怎麼醜，鼻子不時抽動很討人喜歡。」

「你說得蠻不在乎，真像迷亭。」

「不，這是時代潮流。老師你太古板了，所以什麼事情都說得很嚴重。」

「可是這不是很蠢嗎？給一個根本不認識的人送情書惡作劇，簡直缺乏常識不是嗎？」

「惡作劇大多因為缺乏常識，救救他吧！也是功德一件啊！看他那樣子，可能會去跳華岩瀑布。」

「這樣啊？」

「就這樣吧！假如是年紀再大些、再懂事些的孩子，就不會這樣了。就算幹了壞事還會裝作若無其事呢！如果要把這個孩子開除，那麼不如把那些大一點的孩子通通趕出去。」

「說得也是。」

「那麼，怎麼樣？我們去上野聽虎嘯吧？」

「虎嘯？」

「嗯，去聽吧！這兩三天我要回一趟老家，有好一陣子不能奉陪，今天是特地過來陪你散步。」

「是嗎？要回去啊？有事？」

「嗯，有點事。總之，走吧？」

「唔，現在就走？」

「現在就走！今天我請你吃晚飯。然後到上野去，時間剛剛好。」寒月頻頻催促，主人動了心，於是一同出發了。隨後，女主人和雪江肆無忌憚地哈哈大笑。

若從棋子的命運可以推論出人之本性，那麼便不能不斷定，人類喜歡將海闊天空的世界縮小，劃割出自己的地盤。最後僅存的立足之地，誰也不能越雷池一步。一言以蔽之，人類是自尋煩惱的動物！

## 11

在壁龕前，迷亭和獨仙隔著一張棋盤，相對而坐。

「光下棋太無趣了。輸的人請客好不好？」迷亭問。

獨仙依然捻著山羊鬍說：「那樣一來，難得的高尚遊戲就俗氣了。為輸贏而執迷，多沒意思。只有將勝敗置之度外，如白雲無心而出岫，悠然地下完一局，才能體會其中奧妙。」

「又來啦！與如此仙骨之人下棋，真是累煞人也，真像《列仙傳》的人物呢！」

「彈無弦素琴。」

「打無線電報嗎？」

「別說了，下吧！」

「你用白子？」

「黑白都行。」

「不愧是仙人，真大方。你用白子，按自然順序，我就用黑子囉！好，來吧！誰先走都行。」

「黑子先走是規矩。」

「是嗎?如果你這麼謙虛,那麼最佳路數就是從這兒先走。」

「這一步最好的走法不是這樣的。」

「有什麼關係?這是我的新發明。」

世界雖小,但棋盤這種東西我也是最近才見過。愈想愈覺得怪!在一個不大的方盤上擺滿黑子與白子,令人眼花撩亂!然後下棋的人汗流浹背,吵吵嚷嚷論輸贏。那棋盤不過一尺見方,只要貓爪一撥就全亂了。結則為草廬,解則成荒原,實在沒必要。還不如袖手旁觀,自在得多!

開頭三、四十顆棋子擺來還不怎麼礙眼,可是到了決定勝負的關鍵時刻,看來就實在可憐了。白子黑子密密麻麻,彼此推擠,幾乎要從棋盤上摔下去;但又不能因為太擠,就要其它棋子讓開,也沒有權力因為擋在前頭而要求前邊棋子退下。棋子除了認命一動不動停在那裡,別無他法。

發明棋盤的是人類。假如人類將癖好反映在棋盤上,那麼棋子受束縛的命運正代表著人類狹隘的本性。

若從棋子的命運可以推論出人之本性,那麼便不能不斷定,人類喜歡將海闊天空的世界縮小,劃割出自己的地盤,最後僅存的立足之地,誰也不能越雷池一步。一言以蔽之,人類是自尋煩惱的動物!

逍遙自在的迷亭和神機妙算的獨仙，不知為何偏偏在今天從壁櫥裡拿出這個舊棋盤，玩起這種令人窒悶的遊戲。

的確棋逢對手，一開始雙方都自由活動，棋盤上的白子和黑子交互飛舞。但棋盤大小有限，每下一顆棋子，橫豎格就減少一個位置，再怎麼逍遙自在、神機妙算，也不免陷於痛苦。

「迷亭兄，你棋下得太野蠻了，哪有人這樣下的？」

「也許禪修高僧下棋沒有這樣，但本因坊流派就可以這樣，那也沒辦法！」

「那只有死路一條。」

「『臣死且不避，彘肩安足辭』我就這麼下了。」

「喔，好吧！『薰風自南來，殿閣生微涼』這樣走就沒事了。」

「哎呀果然厲害！我還以為你不會跟上來呢！『煩請接兮八幡鐘』，我這麼走如何？」

「沒什麼如何不如何……『一劍倚天寒』……咦？討厭！我決心殺吧！」

「啊！糟糕糟糕！這一下我可死定了。喂，別開玩笑，讓我悔一步吧！」

「不是早就叫你不要下這裡了。」

「抱歉抱歉……把白子拿掉吧！」

「又要悔棋？」

「順便把旁邊那顆白子也拿掉吧！」

「喂，你臉皮也太厚了。」

「唉，我們不是有交情嘛！別說這麼見外的話，快給我拿掉。這可是生死關頭！等等！刀下留人！刀下留人！馬上就有好戲上場了。」

「你說的這套我可不懂。」

「不懂也無所謂，把那顆棋子拿掉。」

「你從剛剛已經悔了六步棋啦！」

「你記性真好。往後還要加倍，請多包涵！所以叫你把那顆棋子拿掉嘛！真固執！既然坐禪，就該超脫點。」

「不吃掉這一子，我可就輸了。」

「你不是從一開始就不在乎輸贏的嗎？」

「我是不在乎輸贏，但不想讓你贏。」

「真是了不起的悟覺！到底是春風影裡斬電光啊！」

「不是春風影裡，是電光影裡，你說反了！」

「哈哈哈，我還正想這句話大概顛倒過來會比較好呢！想不到顛倒了才正確！那麼無話可說，我認了！」

「生死事大，轉眼變換。投降吧！」

「阿門！」迷亭先生猛地在毫不相干的地方下了一子。

迷亭和獨仙正在壁龕前爭輸贏，寒月與東風並列坐在客廳門口，旁邊坐著主人，臉色臘黃。

寒月面前放著三條松魚乾，赤條條整整齊齊排列在榻榻米上，實在壯觀。這魚乾是從寒月懷裡拿出來的，取出時還熱熱的呢！赤條條的魚身暖乎乎。主人和東風以怪異的目光望著魚乾。

隔了一會兒寒月說：「老實說，四天前我已從故鄉回來了。因為有很多事要忙，四處奔波才一直沒能來。」

「不必急著來嘛！」主人照例說些失禮的話。

「是可以不必急著來，但不早點把禮物送上不放心啊！」

「松魚乾嗎？」

「是啊！我故鄉的名產。」

「雖是名產，但東京好像也有。」主人說著，拿起最大一條放在鼻下聞。

「鼻子是聞不出魚乾好壞的。」

「稍微大一點，便是成為名產的理由嗎？」

「你嚐嚐看就知道了！」

「當然要嚐嚐！可是這條魚好像缺了什麼啊？」

「所以說不早點送來放心不下呀！」

「為什麼？」

「為什麼？怕被老鼠吃了。」

「這可危險，亂吃的話會患鼠疫的呀！」

「哪裡，沒事的。只咬了那麼一點點，不會有事的。」

「到底是在哪兒被咬的？」

「在船上。」

「船上？怎麼回事？」

「因為沒地方放，松魚乾只好和小提琴一塊裝進行李袋裡，上船當晚就被咬了。如果光是咬了松魚乾還好，偏偏老鼠將小提琴的琴身當成了松魚乾，也咬了一些。」

「這老鼠太冒失了，在船上就能那麼不辨真假嗎？」主人依然望著松魚乾，說著沒人懂的話。

「老鼠不管住在哪兒，都一樣冒失。我把魚乾帶到宿舍，又被咬了。我看危險，夜裡就帶進棉被裡睡了。」

「這不太乾淨吧！」

「所以吃的時候要洗一洗。」

「洗一洗大概也洗不乾淨。」

「那就泡進鹼水裡，用力搓一搓。」

「那把小提琴你也抱著睡嗎？」

「小提琴太大沒辦法抱著睡。」

遠處的迷亭先生也加入了這邊的對話，高聲說道：「什麼？抱著小提琴睡覺？這才風雅呢！『春辭人間，心懷琵琶重幾許』這是古老的事了。明治年代的秀才若不抱著小提琴睡覺，就無法超越古人。『薄衫幽怨，獨抱提琴度長夜』這句怎麼樣？東風君，你能用新體詩表達這種內容嗎？」

「新體詩與俳句不同，很難這麼快寫出來，一旦寫成，就會發出觸動生靈深處的妙音。」東風嚴肅地說。

「是喔！我還以為生靈要焚燒麻桿來迎接才行，原來作新體詩就行了呀！」迷亭又不顧下棋，只顧嘲笑。

「你再胡說就要輸了。」主人提醒迷亭。

迷亭滿不在乎地說：「別管我輸還是贏，反正對方已經像鍋裡的章魚動彈不得了。我就是覺得無聊才加入小提琴陣營的。」

「該你走了，在等你呢！」

「咦？你已經下啦！」

「下啦！」

「下在哪兒？」

「這裡斜著下了顆白子。」

「不錯，這顆白子斜著這麼一下是會輸的。那麼，這裡……這裡……日暮西山了。怎麼沒半條好出路？喂，讓你再下顆棋子，隨便放哪兒都行！」

「哪有這麼下棋的？」

「有這麼下棋的嗎？既然這麼說我就下啦……那麼延伸到此下一棋子……寒月君你的小提琴就是太廉價了老鼠才會咬。乾脆再買把好一點的！我從義大利給你訂購一把三百年的古董吧？」

「那就麻煩你啦！順便連錢也一起付了吧！」

「那種古董有用嗎？」什麼也不懂的主人，大喝一聲訓斥了迷亭。

「你把人類的古董和小提琴的古董搞混了吧？人類的古董只有金田者流至今依然流行。至於小提琴卻是愈舊愈好……喂，獨仙啊！快下呀！這可不是在演慶政的戲，秋陽易薄啊！」

「和你這樣囉唆的人下棋真是受罪！連思考的時間都沒有！沒辦法就在這下個子吧！」

「哎呀，起死回生了！真可惜，我就怕你把棋子下在那兒，才瞎聊幾句。白費心機了啦！」

「當然！你根本不是在下棋，是在搗蛋！」

「這就是本因坊流、金田流、當代紳士流啊！喂苦沙彌先生，獨仙不愧到鐮倉去吃過泡菜，泰山壓頂而面不改色，實在佩服之至！棋下得不怎麼樣，但膽子可真大。」

「像你這種膽小鬼，能多少學著點就好了。」主人轉頭回答，迷亭猛吐舌頭。獨仙毫不介意，又催促迷亭：「該你下啦！」

「你什麼時候開始學小提琴的？我也想學，聽說很難。」東風問寒月。

「嗯！不過只要持之以恆，誰都能學會。」

「既然同樣是藝術，那麼愛好詩歌的人學起音樂來，一定會學得很快吧！因為暗中有可以相借之處，對吧？」

「應該是吧！如果是你一定會學得很好。」

「你是何時開始學琴的？」

「高中時期……老師，我曾跟您說過我學小提琴的始末嗎？」

「沒有，沒聽過。」

「高中時期跟老師學的嗎？」

「哪裡，不是老師，是我自己學的。」

「真是天才！」

「自學的人不一定就是天才。」寒月板起臉來。

被稱為天才還板著臉的，也只有寒月了。

「這倒無所謂。你說說怎樣自學法，給我做個參考！」

「可以說說。老師，我就說說吧？」

「說吧！」

「現在常常看見年輕人提著個提琴盒在大街上走來走去，可是那時候高中生幾乎沒有人學西洋音樂，尤其我們那個學校簡直是鄉下中的鄉下，連穿麻裡草鞋的人都沒有，非常純樸。學校裡當然沒有人拉小提琴……」

「啊，那邊好像在講什麼有趣的事。獨仙兄，這盤棋就到此為止吧！」

「還有兩、三處還沒收棋子呢！」

「沒收就沒收，都送給你好了。」

「雖然這麼說，我也不能要。」

「看你這樣真不像個禪學家。那就一氣呵成，快下吧！寒月，講得太有趣了。就是那個高中吧？學生都光著腳上學……」

「沒那回事！」

「可是聽說學生都光著腳上軍訓，練習向右轉，把腳皮都磨得很厚很厚。」

「真的？誰說的？」

「管它誰說的？還聽說飯盒裡帶著一個好大的飯糰，夏天還像個袖子似的掛在腰上，帶到學校吃。與其說是吃，不如說是啃，啃到中間就露出一粒梅乾。就是為了那個梅乾，才專心地啃光周圍沒有鹹味的飯。真是精力旺盛！獨仙，這故事你應該會喜歡吧？」

「蠻質樸剛健、值得嘉獎的風氣啊！」

「還有比這更值得嘉獎的故事呢！聽說那裡沒有菸灰缸。我的一位朋友到那裡就職時，想買一個有吐月峰商標的菸灰缸，結果不要說吐月峰，根本就沒有菸灰缸這種東西。他覺得很奇怪，一打聽才知道只要到後邊竹林裡去砍一節竹子，誰都能自己做，因此沒必要買。這也稱得上質樸剛健吧？是不是啊獨仙？」

「嗯！的確不錯！這兒要補上一子才行。」

「好，補補補。可以收子了吧！我聽了這故事，實在吃驚。在那種環境裡自學小提琴，太令人敬佩了。楚辭有云『煢獨而不群』寒月君簡直就是明治時期的屈原！」

「我不想當屈原！」

「那麼就是二十世紀的維特……什麼？你還在數？真是太正經了，不必數也知道是我輸了。」

「不過還沒確定啊……」

「那你就數吧！我可不要數。我不想漏掉一代才子維特先生自學小提琴的軼事，否則對不起列祖列宗。失陪了。」說罷離席，膝行至寒月身邊。

獨仙小心翼翼地拿起白子，填在白空上，再拿起黑子，填在黑空上，口裡不停數著。寒月繼續說：「當地風俗本就如此，故鄉的人都非常頑固，只要有人軟弱一點兒，就覺得會被外縣的學生看不起，從嚴懲處，很糟糕！」

「你們家鄉的學生真奇怪！不知道為什麼全穿那種素青的褲子，光是這點就很奇特了。而且不知道是不是海風撲面鹽分侵蝕的關係，膚色總是那麼黑黝黝，男子倒無所謂，女孩子可就糟了！」迷亭一加入，話題重點就不知扯到哪兒去了。

「女人也是那麼黑啊！」

「有人要嗎？」

「全鄉都那麼黑，有什麼辦法。」

「真不幸！是不是啊？苦沙彌兄。」

「還是黑臉比較好。皮膚白的一照鏡子就孤芳自賞了，那才糟糕！女人是很難應付的！」

主人喟然長歎。

「可是假如全鄉的人臉都是黑的，難道不會以黑臉為傲嗎？」東風問得有理。

「總而言之，女人全是多餘的！」

迷亭邊笑邊警告主人說：「你這麼說嫂夫人會不高興。」

「沒關係！」

「不在家嗎？」

「剛才帶孩子出去了。」

「怪不得這麼安靜。去哪兒啦？」

「不知去哪兒，隨便走走吧！」

「隨時會回來囉？」

「是啊！你還是單身真好啊！」這一說東風有點不高興，寒月卻嗤嗤笑著。

「娶了老婆的人都愛說這種話。獨仙兄，你大概也有老婆的煩惱吧？」迷亭說。

「咦？等等！四六二十四、二十五、二十六。以為地方不大，可是有四十六顆棋子。本以為只贏你一些，排起來竟有十八顆棋子……呀！你說什麼？」

「我說你也有老婆的煩惱吧！」

「哈哈哈，倒也沒什麼煩惱。我老婆本來就很愛我。」

「那真抱歉，獨仙嘛！果然與眾不同。」

「豈止獨仙一人，這種例子多得很。」寒月為天下妻子辯護。「我也擁護寒月兄的看法。依我看，人要進入絕對的境界只有兩條路：藝術和愛情。夫妻之愛便是其中之一。所以人必須結婚，實現那種幸福，否則有違天意。不是嗎？先生。」東風依然認真，面對迷亭先生說。

「高見！我畢竟是不可能進入那絕對的境界了。」

「一旦娶了老婆，就更進不去了。」主人露出嚴肅的表情說。

「總之，我們未婚青年必須接近藝術的靈性，開拓向上的道路，否則不能了解人生的意義。所以我認為必須從小提琴學起，剛才才會請寒月君談談經驗。」

「是呀是呀！應該聽維特先生講小提琴故事。說吧！不再打岔了。」迷亭這才收斂鋒芒。

「向上之路不是小提琴所能開展的。那種遊戲焉能認識宇宙真理！如果想認識其中道理，必須有撒手懸崖，絕後復甦的氣魄！」獨仙煞有介事地對東風訓戒一番。

可惜東風不懂禪學，他無動於衷地說：「也許你說得對。但藝術才是表現人們渴望的最高境界，我無論如何也不會放棄的！」

「如果不肯放棄，那就照你的希望。講講我學小提琴的經驗吧！像剛才說過的那樣，我開始學小提琴的時候，也費了千辛萬苦。首先光是買小提琴就很傷神了。」

「可以想像。在沒有麻底草鞋的地方是不會有小提琴的。」

「不，小提琴倒是有，錢也準備好了，不成問題。但就是不能買！」

「為什麼？」

「地方太小，如果一買立刻就會被發現。一旦被發現，人們就會覺得你很驕傲，會被惡整的。」

「天才自古以來就常受到迫害！」東風深表同情。

「又是天才！請別再叫我什麼天才了吧！後來我天天散步，路過賣小提琴的商店時總是想著：能買的話多好啊！手上抱著小提琴是什麼滋味？啊，真想要一把！每天都這麼想著。」

「可以理解！」迷亭評道。

「太著迷了吧！」主人質疑。

「不愧是天才！」東風敬佩。

只有獨仙超然度外地捻著鬍子。

「也許大家會覺得奇怪，那麼個小地方怎麼會有小提琴？但想想就會覺得理所當然，因為那裡也有女子學校，女學生必須天天練琴，因為是功課，因此自然有賣小提琴。不過品質不是很好，只有堪稱為小提琴的東西罷了。因此商店也不重視，將兩、三把琴綁在一起吊在門前。我時常散步經過店門前，因為風吹或小孩子手一碰就發出聲音。一聽到那種聲音，我的心就像碎了似的，很難受！」

迷亭冷言道：「真危險！瘋病有很多種，水瘋、人瘋等等，你既是維特，那就是小提琴瘋了。」

「啊！感覺若不是那麼敏銳的話，是不可能成為藝術家的，不愧是天才呀！」東風益發感動。

寒月說：「唉，也許真的是瘋了。不過那音色實在妙呀！之後直到今日，我拉了這麼久，但再也沒有聽過那麼美妙的聲音。不知如何形容才好，不可言喻啊！」

「『璆鏘鳴兮琳琅』嗎？」獨仙說出了艱深晦澀的字句，但沒人理，很可惜。

「我每天散步從店前走過，三次聽見那種妙音。第三次聽到時，便下定決心非買下小提琴不可，即使鄉親譴責、外鄉人輕蔑、飽受鐵拳而沒命……就算犯錯而被開除……我非買不可！」

「這才是天才。如果不是天才，不會這麼堅定。真是太羨慕了。這一年來，我總盼望自己也能夠有那麼剛烈的情感，但總是不成。參加音樂會的時候，即使努力專心聆聽，也總是激不起這種熱情。」東風羨慕不已。

寒月說：「激不起這種熱情，那才幸福呢！如今雖然能夠心平氣和地說，可那當時的痛苦難以想像呀！後來，先生，我鼓起勇氣，終於買下。」

「嗯！怎麼買下的？」

「剛好是十一月天長節的前夕，鄉親全都到溫泉去外宿，一個人也沒有。我裝病，那一天連課也沒去上在床上躺著。我躺在床上一心想著，今夜終於可以把夢寐以求的小提琴買到手了。」

主人問：「你裝病連課都不上？」

寒月說：「正是如此。」

迷亭也有些意外：「不錯，的確有點天才。」

「我從被窩裡探出頭，見離天黑之際還早，等得不耐煩了。沒辦法，只好把頭又縮進被窩閉眼等待。但還是受不了！我又探頭一看，秋日烈陽灑滿了六尺紙門，像發火似的。只見紙門上端有個細長黑影，不時在秋風中搖曳。」

主人問：「那細長黑影是什麼？」

「是掛在屋簷下剝了皮的澀柿子。」

「喔，然後呢？」

「沒辦法，我跳下床拉開紙門，到了走廊，拿了柿子吃。」

「好吃嗎？」主人提出孩子般的問題。

「那一帶的柿子可好吃啦！東京人畢竟不會懂的。」

「柿子的事就先擱在一旁吧！後來怎麼樣了？」東風問。

「後來我又鑽進被窩，閉上眼睛，默默向神佛祈禱，希望快些天黑。以為已經過了三、四個小時，又伸出頭，怎知秋日烈陽依然灑落在六尺紙門上，上端還是有個細長黑影搖曳。」

「這一段聽過了。」

「可是有好幾回呢！後來我下了床拉開紙門，吃了柿子，又鑽進被窩，默默對神佛祈禱，希望快些天黑。」

主人說：「不是重複了嗎？」

「先生稍安勿躁，往下聽啊！後來我在被窩裡忍了大約三、四個鐘頭，以為可以了，又探出頭來，怎知秋日烈陽依然灑在六尺紙門上，上端還有個細長黑影搖曳。」

主人說：「說來說去還是一樣啊！」

「後來我下了床拉開紙門，到了走廊，吃了柿子……」

「又吃柿子？你老在吃柿子，這不是沒完沒了嗎？」

「我也不耐煩啊！」

「聽的人比你更不耐煩。」

「先生這樣性急故事就講不下去，真為難！」

「聽的人也有點為難呢！」東風也暗暗表示不滿。

「各位既然覺得煩，那就只好簡單說說了。總之我吃了柿子就鑽進被窩，鑽進被窩以後又出來吃柿子，終於把吊在屋簷下的柿子全都吃光了。」

「既然全吃光，天也該黑了吧？」

「並非如此。我吃了最後一個柿子，以為差不多了，探頭一看，依然秋日烈陽灑滿六尺紙門……」

「我不聽了，真是沒完沒了！」

「連我自己說起來都覺得厭煩。」

「不過有那麼大的耐性，什麼事都可以成功的。假如一直聽下去，說到明天早上，秋陽恐怕還是那麼熾烈，你到底打算什麼時候才買小提琴呀？」迷亭似乎也有些不耐煩。惟有獨仙泰然自若，哪怕講到明天早上、後天早上，秋陽依舊那麼熾烈，他也絲毫不為所動。

寒月還是從容不迫地說：「你問我什麼時候去買嗎？我是想天一黑立刻出去買。遺憾的是，每次探頭一看，秋陽依舊那麼熾烈……唉，我當時的痛苦，不是現在各位的焦急可以相擬的。我一看，吃完了最後一個柿子，太陽依然不下山，不禁泫然欲泣。東風君，我是真的落淚了呀！」

「我相信，藝術家本來就多愁善感。你落淚我很同情，但請你說快一點呀！」東風是個好人，總是嚴肅又滑稽地回答。

「我也希望能夠說快一點。可是太陽怎麼也不下山，怎麼辦？」

主人終於忍無可忍，說：「太陽不下山，聽眾也難受，那就別說了吧！」

「不說更難受，眼看就要進入佳境了。」

「那就聽下去，你快點說太陽下山了，不就行了嗎？」

「這個要求太令人為難了，但是既然先生這麼說，就當作已經天黑了吧！」

「這就對了。」獨仙板著面孔說，大家不由得噗嗤大笑。

「終於天黑了，我總算放下心來，走出鞍懸村宿舍。因為我喜歡安靜，才特地遠離交通便利的市內，在人跡罕見的荒村結蝸牛庵……」

「什麼人跡罕見，太誇張了吧？」主人提出抗議。

「蝸牛庵，也太誇張了。不如說是沒有客室的四疊半房間，倒也寫實有趣。」迷亭也抱怨了。

只有東風讚揚道：「事實如何無所謂，這語言倒是蠻有詩意的，很好。」

獨仙則一本正經地問：「住在那裡，上學一定很麻煩吧！幾里路？」

「距學校不過一千多尺。學校本來就在村裡……」

「那麼學生大多數住在那裡吧？」獨仙不放過。

「是啊，大部分的農家都住了一、兩名學生。」

「那怎麼算是人跡罕見呢？」獨仙當頭一棒。

「唉，假如沒有學校，那就人跡罕見了……說起當晚的服裝，我穿著手織棉襖，外加銅鈕扣學生外套，小心翼翼地用風帽將頭蒙住，盡可能不被人發覺。那正是柿樹落葉時節，從我家走到南鄉，一路上都是樹葉。每走一步，便發出沙沙聲響，使我忐忑不安，總像有人跟在身後。回頭一看，東嶺寺的森林一片陰暗，在黑暗中顯得更黑。這東嶺寺本是松平氏家廟，在庚申山麓，距我宿舍只有三百多尺，是個相當幽靜的古剎。林木上空是繁星點點的夜空，銀河劃過長瀨川，尾巴……對了，銀河的尾巴流向了夏威夷……」

「夏威夷？太離奇了！」迷亭說。

「我在南鄉大路上走了七百尺，從鷹台町進入市區，跨過古城町，繞過仙石町，越過食代町，依次穿過通町一巷、二巷、三巷，然後穿過尾張町，名古屋町、虎鉾町、蒲鉾町……」

「何必走那麼多町？到底買到小提琴沒有？」主人不耐煩地問。

「賣樂器的商店是金善，也就是金子善兵衛家，所以還遠得很呢！」

「管他遠不遠，快點買吧！」

「遵命！於是我來到金善商店一看，店裡燈火明亮熾烈……」

這回迷亭布下了防線。他說：「又是熾烈，看來你的熾烈是說不完了。真麻煩啊！」

「不，這回的熾烈只有一次，請別擔心……我在燈影裡一看，只見那小提琴微微反射著秋燈，相連排列的圓形琴身泛著寒光，只有繃緊琴弦的部分白亮亮地映在眼中……」

「多美的敘述啊！」東風稱讚。

「一想到就是那小提琴，突然激動得兩腿顫抖……」

「哼，哼……」獨仙鼻子暗笑。

「我不禁跑了進去，從衣袋裡掏出錢包，從錢包裡拿出兩張五圓鈔票……」

「終於買了？」主人問道。

「本想買，可是關鍵時刻，萬一莽撞就會失敗。且慢！於是我在關鍵時刻，又改變了主意。」

「什麼？還沒買？不過是買把小提琴，實在太拖拖拉拉了。」

「倒不是拖拖拉拉，是買不成嘛！」

「為什麼？」

「天剛黑，還有很多人經過嘛！」

主人氣哼哼地說：「即使有二、三百人經過，又有什麼關係？你這人太怪啦！」

「如果是一般人，二、三千人也無所謂。可是有很多學生挽著袖子、拿著大手杖在徘徊，這就不能輕易下手了。其中有的號稱『沉澱黨』，永遠在班上墊底還以此為榮，他們都精通柔道，我絕不能草率出手買小提琴。我當然想要小提琴，可是命更重要啊！與其拉小提琴而被殺，不如不拉琴而活著比較好。」

「那麼終於還是沒買囉？」

「不，買了。」

「你真折磨人！要買早點買，不買就拉倒，快些決定就對啦！」

「嘿嘿，世事就是這樣，哪有那麼容易的。」寒月說著，鎮靜地點起朝日牌香菸噴出煙霧。

主人有些厭煩，突然站起走進書房，拿出一本舊洋書，趴在榻榻米上開始閱讀。獨仙不知何時已經跑到壁龕前獨自下棋了。

雖是難得的軼聞，但過於冗長，以至聽眾一個個減少，剩下的只有忠於藝術的東風，和不怕冗長的迷亭。

寒月毫不客氣地噴著長煙，然後又以原有的節奏繼續：

「東風君，當時我想：天剛黑畢竟不能買，若是深夜，金善睡了，那更不行，所以一定要趁學生們散步歸去而金善尚未入眠之前去買，否則苦心安排的計劃就要泡湯了。然而要算準這個時間，可不容易！」

「的確是不容易！」

「我預計最好的時間是十點鐘左右。那麼到十點鐘之前，必須找個地方打發時間，回家一趟再回來太累了，到朋友家去聊天又心不在焉，沒意思。只好在街上閒晃。若是平常，兩、三

個小時不知不覺就過去了。可是那天晚上時間過得非常慢……一日三秋，大概就是這樣了。」寒月似乎說得如臨其境，還特地轉身望著迷亭。

「古人有云：等人之苦如罩被暖爐。又云：等待比被等待更苦。我想那簷下的小提琴一定等得很辛苦。但你像個漫無目標的偵探一樣到處徘徊，一定更辛苦，茫然如喪家之犬。真的，再也沒有比無家可歸的狗更可憐的了！」

「把我比作狗太刻薄了，從來沒有人把我比作狗呢！」

「聽你講故事，就像以前讀藝術家傳記，不勝同情。將你比作狗，那是迷亭先生的玩笑，不要介意，繼續講下去吧！」東風安慰著。

即使東風不安慰，寒月也要接著講下去的。

「然後，從徒町穿過百騎町，再從兩替町來到鷹匠町，在縣政府門前數罷枯柳，又在醫院旁算過了窗燈，在紺屋橋上抽了兩支菸，然後看錶……」

「到了十點鐘沒有？」

「可惜，還不到。渡過紺屋橋，沿河向上，遇見三個盲人，而且有狗不停吠叫……」

「秋夜漫漫，在岸邊聽犬遠吠。還真有點戲劇性呢！你是演逃犯吧！」

「我做了什麼壞事嗎？」

「你是正要做壞事。」

「真可憐，假如買小提琴是做壞事，音樂學校的學生就都是罪犯了。」

「只要別人不認可，就算做了天大的好事也都是罪犯。因此世上再也沒有比罪犯更難預防的了。耶穌在那個時代也是個罪犯，美男子寒月在那種地方買小提琴，當然是個罪犯。」

「我服了，就算是個罪犯吧！當個罪犯倒沒什麼，但是十點鐘一直不到，真是受不了。」

「不妨再算一遍町名呀！假如還不夠，就再一次秋陽熾烈。還不夠，就再吃三打澀柿子呀！你講什麼都行，總會到十點鐘吧！」寒月聽了莞爾一笑。

「你都搶先說了，我只好投降。那麼就跳到十點鐘吧！到了預定的十點鐘，我來到金善商店一看，因為夜已冷，繁華的兩替町幾乎不見人影，連迎面走來的木屐聲都顯得淒涼。金善已經關了大門，只留下個小門。當我從小門進去時，竟覺得被狗跟上，有點害怕……」

這時，主人從那本髒髒的書上抬起頭來問：「喂，買到小提琴了嗎？」

「快要買了。」東風回答說。

「還沒買啊？太久了。」主人獨語似的，又看起書來。

獨仙依舊默默無語，白黑棋子已擺滿了半盤。

「我毅然決然闖了進去，風帽也沒脫便說『給我一把小提琴！』這時火爐旁有四、五個小夥計和年輕人，嚇了一跳，不約而同朝我看。我不由得抬起右手將帽子往前一拉，又說了一次『喂，給我一把小提琴。』坐在最前邊盯著我的臉的那個小夥計，曖昧地應了聲『嗯！』便站起來，把吊在店前的三、四把小提琴全都拿下來。我問他多少錢，他說五圓二十錢……」

「有那麼便宜的小提琴嗎？是玩具吧？」

「我問他每一把都一樣價格嗎，他說都是一樣價格，還說都做得很好。我便從錢包裡掏出五圓二十錢，並用準備好的大包巾將小提琴包了起來。這時所有的人都不說話，盯著我的臉。我的臉因為有風帽遮著，看不清的，但總覺得忐忑，恨不得早點離開。好不容易將包袱藏在外套裡，走出店門時，掌櫃大喊『謝謝！』我嚇了一大跳。到大街上四周一瞧，幸好沒人。三百尺遠迎面走來兩、三個人，邊走邊吟詩，聲音幾乎傳遍全鎮，我心想這下糟了，便急忙從金善商店往西拐，從河邊走到藥王師路，從榛樹村走到庚申山麓，終於回到住處。一看已經是深夜一點五十分。」

「真是徹夜行路！」東風同情地說。

「終於結束了。這可真是好長的一段道路大富翁啊！」迷亭鬆了一口氣。

「接下來才值得一聽呢！剛剛那些不過是序幕罷了。」

「還有？真不簡單。一般人碰上你都只好投降。」

「當然要堅持，假如就此收場等於畫佛不點睛。我就再說幾句吧！」

「說不說當然隨你，我是要聽的。」

「苦沙彌老師也聽聽吧？小提琴已經買了。」

「那麼是要賣小提琴吧？那就不必聽了。」

「還不到賣的時候呢！」

「那就更不用聽了。」

「真糟糕，東風君，只有你一人熱心聽，真有點洩氣。沒辦法，那就快快說完算了。」

「不必快，慢慢講也行，非常有趣。」

「好不容易把小提琴買到手，最麻煩的是沒有地方放。我的宿舍常有人來玩，如果隨便掛著或放著，立刻就會被人知道。挖個洞埋起來，又怕麻煩。」

「的確。那麼是不是藏在天花板上了？」東風說得輕鬆。

「哪裡有天花板，那是農家啊！」

「真麻煩！那麼你放在什麼地方啦？」

「你猜我放在什麼地方？」

「不知道。是放在收套窗的地方嗎？」

「不是。」

「捲在棉被裡，放進壁櫥？」

「不對。」

當東風與寒月在談論小提琴的藏身處時，主人和迷亭也在說話。

「這是什麼？」主人問。

「哪裡？」

「這兩行。」

「什麼？Quid aliud est mulier nisi amiticiae inimica……這不是拉丁文嗎？」

「我知道是拉丁文，什麼意思？」

「你平時不是說懂拉丁文？」迷亭覺得不妙，敷衍起來。

「當然懂。懂是懂，但不知道是什麼意思。」

「懂是懂但不知道是什麼意思？這是什麼話？太過分了！」

「隨便你吧！用英文翻譯給我聽。」

「這口氣太大，又不是在命令僕人。」

「僕人就僕人吧！到底什麼意思？」

「拉丁文等等再說吧！不是要聽寒月說話嗎？現在正是高潮，到了即將被發現的千鈞一發之際……寒月兄後來怎樣了？」迷亭突然興致大發又加入小提琴陣營，拋下主人孤單一人。

寒月更起勁地說起小提琴的藏身處。

「最後藏在一個舊藤箱裡。這藤箱是我離開家鄉時祖母送給我的，據說還是祖母的嫁妝。」

「真是一件古董，似乎和小提琴不大協調，是吧東風？」

「是啊！有點不大協調。」

「如果放在天花板，不也不大協調嗎？」寒月回敬東風。

「雖不協調，但仍可寫成俳句，請放心。『秋風瑟瑟，提琴箱中藏』這一句怎麼樣啊二位？」

東風說：「迷亭先生今天真是俳興大發。」

「豈止今天，我平時也是滿腹俳句。我做俳句的造詣，就連已故的正岡子規先生也讚不絕口呢！」

「迷亭先生，你和子規先生很熟嗎？」坦率的東風問得直接。

「雖然不認識，卻一直通過無線電報肝膽相照呢！」迷亭胡說八道，東風只好沉默不語。

寒月卻笑著說下去：「藏小提琴的地方是有了，可是要拿出來可又難了。如果拿出來也只能背著人們看看，只是看看又有什麼意思呢？不能拉就沒用了。拉則發聲，發聲則被發現。何況只隔一道木槿籬笆，南鄰就住著沉澱黨員，多危險啊！」

東風同情地附和：「真糟糕！」

迷亭說：「的確，真糟糕！事實勝於雄辯，小督局就是因為發出了琴音才敗露了。如果是偷吃或偽造假鈔，那還不難遮藏；發出琴音可就瞞不了人了。」

寒月說：「只要不出聲，就不會被發現了……」

迷亭說：「且慢，你說只要不出聲……有時候不出聲也瞞不住。以前我們在小石川的寺廟裡自炊時，有個叫鈴木藤的非常喜歡糯米酒。他常把糯米酒裝進啤酒瓶裡，高高興興地自我享受。有一天藤兄出去散步，苦沙彌便偷喝了……」

主人突然大聲說：「怎麼是我偷喝的？喝的是你啊！」

「喔，我以為你在看書不會有事的，沒想到你還是聽見了。你這人真是不防著點不行啊！的確有耳聽八方的能力。沒錯，我也喝了。我是喝了，但被發現的可是你啊！你們兩位聽著，苦沙彌先生本來不會喝酒，但一想到是別人的酒，就拚命喝，喝得滿臉通紅，簡直連睛睛都看不見……」

「閉嘴！連拉丁文都不懂……」

「哈哈哈……後來藤兄回來，晃了晃酒瓶發現少了一半，一定是有人偷喝了。四周一看，只見這傢伙縮在牆角，活像個紅土泥偶……」

三人不禁哄堂大笑。主人也邊看書邊笑。惟有獨仙，似乎由於過分勞神，有些累了，趴在棋盤上，不知不覺已經睡著。

「不出聲也會被發現。我以前去姥子溫泉，和一個老頭住在一起。據說他是東京一家和服店退休的老闆。反正只是住在一起，和服店還是舊衣店不重要。然而有一件事可傷腦筋了，因為我到姥子溫泉後第三天，菸就抽光了。你們大概也都知道，那個姥子溫泉只有山裡一棟房子，除了洗澡、吃飯，什麼也買不到，很不方便。在這裡斷了菸那可是災難呀！愈是沒什麼，就愈想要什麼。一想到沒有菸，就更是想抽菸，但其實平常也沒有那麼大的菸癮。偏偏倒楣，那老頭帶了一大包菸，他總是一點點地拿出來，盤腿坐著呼呼地抽了起來，也不問人家要不要。只抽菸還好，後來竟吐起煙圈，橫著吐豎著吐，甚至弄成邯鄲夢枕，還像獅子奔進奔出似的從鼻孔出出入入。總之就是炫抽啊！」

「什麼炫抽？」

「要是服裝飾物就叫做炫耀，既然是抽菸，只好叫做炫抽了。」

「唉，竟然那麼想抽菸，何不要一點來抽？」

「不能要！我是男子漢嘛！」

「咦？男子漢就不能要嗎？」

「也許能要，但我沒要。」

「那怎麼辦？」

「不是要，而是偷！」

「哎呀！」

「我看那老頭拿著條毛巾到溫泉去了，心想要抽就趁現在。我便不顧一切地猛抽起來，啊！真過癮！不久突然紙門嘩一聲開了。我大吃一驚地回望，正是菸的主人。」

「不是去洗澡了嗎？」

「剛要進去，忽然發現忘了拿錢包，又從走廊折了回來。為了錢包而折返，真是莫可奈何。」

「看你連菸都偷了，還有什麼好說的？」

「哈哈哈，那老頭真有眼力，錢包的事就算了。老頭拉開紙門一看，我一口氣抽了兩天份，濃濃煙霧彌漫了整個房間。真是壞事傳千里，一下子就事跡敗露了。」

「老頭怎麼說？」

「到底是年高德劭，他什麼也沒說，把捲好的五六十根香菸遞給我說『如果這粗菸您不嫌棄，就請用吧！』說完又回澡堂去了。」

「這就是所謂的江戶風情吧？」

「誰知道是江戶風情還是和服店風情，總之此後我和老頭肝膽相照，逗留了兩個星期才回來，非常愉快。」

「這兩個星期，菸都是老頭請客的吧？」

「沒錯，正是如此。」

主人終於闔上書本，起身投降說道：「小提琴的事結束了吧？」

「還沒……接下來才熱鬧呢！你就過來聽聽吧！順便叫一下在棋盤上睡覺的那位，叫什麼啊？對了！獨仙先生……獨仙先生也請聽聽吧！那種睡法對身體不好。叫他起來！」

迷亭喊道：「喂獨仙兄，起來起來！要講有趣的故事了。起來吧！人家說你那種睡法對身體不好，太太會擔心的。」

「嗯……」獨仙嗯了一聲抬起頭來，沿著山羊鬍流下長長的口水，像蝸牛爬過似地閃閃發亮。

「啊，好睏！山上白雲似我懶，睡得真舒服！」

「大家都知道你睡啦！快起來吧？」

「起來也好。有什麼有趣的故事嗎？」

「苦沙彌兄，你覺得小提琴接下來會怎樣？」

「怎樣？我可不知道。」

東風說：「馬上就要拉琴啦！」

迷亭說：「馬上就要拉琴啦！到這兒來聽呀！」

獨仙說：「還是小提琴？真受不了！」

迷亭說：「你是拉無弦之素琴的人，有什麼受不了的？寒月的小提琴恐怕要吱吱嘎嘎傳遍附近，那才受不了呢！」

獨仙說：「是嗎？寒月兄難道不懂拉琴卻不擾鄰的方法嗎？」

寒月說：「不懂！如果有這種方法，倒要請教。」

「何須請教，只要看一眼露地白牛，就會懂了。」獨仙又說出難懂的話。

寒月斷定這是夢話，故意不搭理地接著說：「好不容易想出了妙計。第二天是天長節，從早到晚都在家，對著藤箱，開了關、關了開，就這樣心神不寧了一整天。終於天黑了，藤箱下蟋蟀嘶鳴，我下定決心，將小提琴和琴弓拿了出來。」

東風說：「終於拿出來啦！」

迷亭警告：「率爾操琴，可危險囉！」

寒月說：「我先拿起琴弓，從尖端到握把都檢查一遍……」

迷亭譏諷道：「你是技術拙劣的刀匠嗎。」

寒月說：「當我想到這琴便是我的靈魂時，心情就像武士在長夜燈影中，將寶刀出鞘觀賞一般。我握著琴弓渾身發抖！」

東風說：「真是天才！」

緊接著迷亭說：「真是瘋子！」

主人說：「快拉琴就對了！」獨仙露出一副莫可奈何的表情。

寒月說：「可幸的是琴弓安然無恙。接著又把小提琴也拿到燈旁，裡裡外外仔細檢查一遍。這期間大約五分鐘，藤箱下蟋蟀一直在嘶鳴……」

迷亭說：「不管怎麼樣，你就拉吧！」

寒月說：「這時還不能拉。幸虧小提琴完整無缺，終於放心了！我猛然站起來……」

迷亭問：「要去哪？」

寒月說：「請別說話聽就是了，像你這樣一直打岔，可就沒法說下去啦……」

迷亭喊道：「喂，各位，他說別說話。噓！噓！」

寒月說：「只有你一個人在說話。」

迷亭說：「是嗎？對不起。我洗耳恭聽！」

寒月說：「我把小提琴夾在腋下，穿著草鞋，走出茅屋兩、三步。且慢……」

迷亭說：「你說出去了，說不定又是什麼地方停電了吧？」

主人說：「即使回去，也沒有柿子吃了。」

寒月說：「各位這麼打岔，實在遺憾！我只好對東風一個人講了……東風，如何？我走了兩、三步，又折回去，把離開家鄉時用三圓二十錢買的紅毯拿來蒙著頭，熄了燈。這下子一片漆黑，連草鞋都找不到了。」

「你到底想去哪兒？」主人問。

「別吵！好不容易找到草鞋，出去一看，月夜柿葉落，紅頭巾襯著小提琴。躡腳向右登上庚申山。這時東嶺寺的鐘聲透過毯子穿進耳朵，響徹腦中。你猜幾點了？」

「不知道。」

「九點啦！後來的漫漫長夜裡，我獨自走了兩千尺山路，上了一處稱為大平的地方。若在平時，我膽子很小一定嚇壞了。然而一旦專心一意，實在神奇，當時心裡完全沒想到怕與不怕，只想著要拉小提琴，真是奇妙！大平這地方位於庚申山南側，晴朗時登山遠眺，可以從紅松林間俯瞰山下城市，是絕佳的眺望平台。廣約百坪，中間一塊八席大的石板。北側是鵜沼，沼池周圍是可三人合抱的樟樹。山上只有採樟腦的人住的一間小屋，沼池附近即使白天也令人害怕，幸好工兵為了演習闢了一條路，上來時並不吃力。我上了那石板，鋪好毯子坐了下去。這麼晚登山還是生平第一次。我坐在石板上，平心靜氣一番，四周靜寂逐漸襲上心頭。此時此刻只要亂了方寸就會害怕，若能除去這種害怕，剩下的都是皎然清冽的空靈之氣了。我呆坐了二十分鐘，覺得自己彷彿住進水晶宮裡。我那獨居的身軀，不！包括心靈與神魂全像用寒冰製成的，透明極了，真不可思議。我幾乎弄不清是自己住在水晶宮裡？還是水晶宮在我心中……」

「真是愈說愈離奇了。」迷亭一本正經地奚落著。

獨仙深受感動地說：「實為玄妙之境啊！」

寒月說：「假如這種狀態持續下去，說不定直到明天早上，還是茫然坐在石上，好不容易弄到手的小提琴都拉不成了……」

東風問道：「那裡有狐狸嗎？」

寒月說：「在這種情況下已經物我不分，生死難辨。就在這時，突然聽到身後古池裡發出一聲叫喊……」

「終於出現啦！」

「那叫聲遠遠引起迴響，隨著強勁的秋風傳遍林梢。這時我才猛然驚醒……」

「總算可以放心了！」迷亭撫著心像是鬆了一口氣似的。

獨仙擠眉弄眼地說：「這叫做大死一番天地新啊！」

寒月又說：「清醒過來後我環顧四周，庚申山一片寂靜，連雨滴的聲音也沒有。我心想：剛才那是什麼聲音呢？如果說是人聲，則太尖銳；若說是鳥聲，又太高亢；若說猿猴啼叫……這一帶據說沒有猿猴。到底是什麼聲音呢？腦中一旦出現疑問便想解開，於是之前清寂的腦袋便紛然雜沓，千萬個念頭翻騰起來，宛如都城人士歡迎康諾特爵士一般的瘋狂混亂。這時全身毛孔突然張開，什麼勇氣、膽量、見識、沉著之類的貴客，一個個不知去向……心在肋骨下狂舞著、腿像風箏響笛似地顫抖起來。實在受不了！我將毛毯披在頭上，小提琴挾在腋下，從石上躍下，沿著小路一口氣跑下山去，回到住處蒙頭大睡！東風兄，今天回想起來，再也沒有碰過那麼恐怖的事了。」

「然後呢？」

「就這樣了。」

「沒拉小提琴嗎？」

「想拉也拉不成呀！不是慘叫一聲嗎？就算是你也一定拉不成的。」

「總覺得你這故事講得不太過癮！」

「事實就是如此呀！各位覺得如何？」寒月環視全場，神氣十足。

「哈哈哈，真有兩下子。能說到這裡，也煞費苦心了吧？沒想到桑德拉·貝羅尼在東方君子國出現了，我可是洗耳恭聽呢！」

迷亭以為會有人問他桑德拉·貝羅尼是什麼，而要他解釋一下，不料誰也沒問，只好自己說明。

「桑德拉·貝羅尼在月下彈起豎琴、在森林中唱起義大利情調的歌曲，這和你抱著小提琴登上庚申山可謂有異曲同工之妙呢！可惜啊，人家是驚動月裡嫦娥，老兄你卻被古池中的怪狸給嚇到！在這人生緊要處，產生了崇高與滑稽的巨大逆差，想來一定很遺憾吧！」

「也沒那麼遺憾啦！」寒月意外冷靜。

主人嚴肅評道：「想到山上去拉小提琴畢竟太洋氣，所以才嚇你啊！」

獨仙嘆息道：「好人向鬼窟裡營生計，可惜！」

獨仙說的話，寒月一句也不懂。不僅寒月，恐怕沒有人懂吧！

迷亭話鋒一轉說：「對了，你最近還到學校去磨玻璃球嗎？」

「不，最近回老鄉，暫時中止！磨玻璃球的事我已經有點厭倦了！正在考慮是否放棄。」

「可是不磨玻璃球，就當不上博士呀！」主人雙眉微蹙道。

寒月自己卻意外輕鬆：「博士嘛，嘿嘿……當不上也就算了。」

「那婚期就得拖延了，對雙方都不好吧？」

「結婚？誰？」

「你呀！」

「我和誰結婚？」

「和金田小姐呀！」

「咦？」

「咦什麼？不是已經約定了嗎？」

「哪來的約定？只是隨便說說的。要到處聲張，那也是對方的自由。」

主人說：「太胡鬧了！對不對？迷亭這件事你也知道吧？」

「是指鼻子那件事嗎？如果是，那就不只你知我知，已經是公開的祕密，天下皆知了。

還有人頻頻問我，何時才有幸能在萬朝報上，以新郎新娘的標題登載雙方的照片呢！東風君早在三個月前，就已經譜成長篇大作鴛鴦歌。只因寒月當不上博士，那嘔心瀝血的傑作就要腐朽了，擔心得很呢！東風君是吧？」

東風說：「還不到擔心的程度吧？不過是希望能把那充滿情思的作品公諸於世。」

迷亭說：「瞧，你能不能當上博士，影響所及已經四面八方，你就加把勁兒，好好磨玻璃球吧！」

「嘿嘿嘿！承蒙掛心了。不過我不當博士也無妨。」

「為什麼？」

「為什麼？我已經有個名媒正娶的老婆了。」

迷亭說：「呀，真厲害，你什麼時候祕密結婚的呀？真是不能疏忽，苦沙彌兄你聽見了嗎？寒月君說他已經有妻子了。」

寒月說：「還沒有孩子呢。結婚不到一個月就生孩子，那才是大問題呢！」

主人像預審法官似地問道：「到底是何時何地結婚的？」

「我回家鄉的時候，她一直等我回去呢。今天給先生帶來的松魚乾，就是婚禮上親友們送的。」

迷亭說：「只送三條魚乾做賀禮？真小氣！」

寒月說：「哪裡，我在一大堆裡帶了三條來。」

「既是你家鄉的姑娘，臉也很黑吧？」

「是呀！很黑！和我差不多。」

「那金田家，你打算怎麼辦？」

「沒怎麼辦！」

「這有點兒說不過去，是吧迷亭兄？」

「沒什麼。嫁給別人還不是一樣。反正所謂夫妻，不過是摸黑碰頭。本來用不著碰頭，卻硬拉著碰頭，多此一舉。既是多此一舉，誰和誰相碰都無所謂。只是做鴛鴦歌的東風君就可憐了。」

「唉，鴛鴦歌可以伺機而變，金田小姐結婚時，我可以再另做一首。」

「不愧為詩人，多麼大方。」

「你通知金田家了嗎？」主人還是很關心金田。

「沒有！沒有通知的必要。我又沒向對方求過婚，還是默不作聲就好……其實何必默不作聲，他現在就有一、二十名密探盯著，知道得清清楚楚啦！」

主人一聽密探二字，立刻板起臉來：「哼！那就默不作聲吧！」

主人似乎意猶未盡，針對密探大發議論：「乘人不備，探囊取物的是扒手；乘人不備，偷竊心思的是密探；神不知鬼不覺，撬開門窗拿走人家東西的是小偷；神不知鬼不覺，誘使人家說話以窺其心的是密探；將刀插在榻榻米上，硬搶人家錢財的是強盜；出言恐嚇強迫人家意志的是密探。因此密探和扒手、小偷、強盜本是一家，而且最為卑劣。一聽見他們就教人生氣！絕對不能輸給他們！」

寒月說：「即使一、兩千名密探列隊進攻，也沒什麼可怕。我可是磨玻璃球名人理學士水島寒月啊！」

迷亭說：「真是令人佩服，不愧是新婚學士，神采奕奕！不過苦沙彌兄，既然密探和扒手、小偷、強盜都是一類，那麼雇用密探的金田是哪一類呢？」

主人說：「熊坂長範之流吧！」

「比作熊坂的確不錯！只見一個長範卻成了兩個，原來身首異處。可是對面那個長範，是以高利貸起家，貪得無厭，慾望到幾歲都不會消退。被這種傢伙纏住一輩子就完了。寒月，要當心喔！」

寒月泰然自若，以寶生派腔調神氣地說：「什麼？沒關係！這凶惡強盜，你的伎倆我早已知曉，膽敢破門而入，非讓你大禍臨頭！」

「提起密探，二十世紀的人似乎多有成為密探的傾向。這是什麼緣故？」獨仙畢竟與眾不同，提出了一個毫不相關的問題。

寒月回答說：「是因物價上漲吧？」

東風回答說：「因為不懂藝術情趣吧？」

迷亭回答說：「是因為人們長了文明的角，像金平糖似地很刺人啊！」

輪到主人發言了。

他裝模作樣地開始一番議論：「這一點我也思索過。依我之見，現代人的密探傾向，全因個人自覺意識太強所致。我說的自覺意識，並非獨仙君所說的『見性成佛』、『天人合一』等悟道之言……」

迷亭說：「唉呀！愈說愈難懂了。苦沙彌兄，既然連你都講起一番大道理，迷亭本也想說說，只好容後再將對現代文明的不滿堂堂議論一番囉！」

主人說：「想說就說吧！沒話說也可以說！」

「可是我有啊！多得很呢！你先前敬刑警如神，如今卻把密探比作小偷和盜賊，簡直前後矛盾！至於我嘛，從未出生到現在始終一貫，不曾改變過自己的學說。」

主人說：「刑警是刑警，密探是密探；先前是先前，現在是現在。不改變自己的學說，這證明沒有進步。所謂下愚不可移，指的就是你。」

「好厲害！密探如果這樣認真，倒也有可愛之處。」

「我是密探？」

「你不是密探，我才說你坦率！別吵別吵！我聽你那番大道理呢！」

「所謂現代人自覺意識，指的是太過了解人際間存在的利害鴻溝！這種自覺意識伴隨著文明進步，益加敏銳，最後連一舉手一投足都失去自然。亨萊批評史蒂文生說『他走進掛著鏡子的房間，每次從鏡前走過不看看自己的身影便不能放心，他就是那種一刻也忘記不了自我的人。』這段話很能描繪今日世界的趨勢。睡時不忘我，醒時不忘我，我無處不在，弄得舉止言行拘謹造作，作繭自縛。社會更加痛苦，天天都得用男女婚前相親那種忐忑心情度過。什麼悠閒、從容等等變得徒有其名，毫無意義。從這一點來說，現代人都有密探傾向、盜賊傾向了。密探做的是掩人耳目、自以為是的事，所以要有很強的自覺意識。盜賊時時擔心被捕或被發現，自覺意識也必須很強。現代人不論醒著或睡著，都在不斷盤算著怎樣對自己最有利，當然要像密探和盜賊一樣加強自覺意識。整天東張西望膽戰心驚，直到進入墳墓為止，都片刻不得安寧，這便是現代人的心理，文明的詛咒！愚蠢至極！」

「不錯，解釋得十分有趣。」獨仙說。碰上這類問題，獨仙決不錯過。

「苦沙彌兄的解釋深得我心。古人是教人忘我，現在的人教人不要忘記自己，完全相反。被自我占據，便時時刻刻都不太平，永遠在水深火熱的地獄。若問天下有何良藥，忘我便是了。所謂三更月下入無我，就是吟詠這種最高境界。現代人即使對人親切也不自然。英國的紳士風度，也意外強化個人自覺。聽說英國國王去印度時與印度皇族同席共餐，那些皇族不經意地使用本國的吃法，將手伸到盤裡抓馬鈴薯，隨即滿臉漲紅羞愧難當，英王則佯裝不知，也伸出兩指到盤裡抓馬鈴薯吃……」

寒月問道：「這是英國情趣嗎？」

「我聽過這樣一個故事。」主人補充說，「英國一個大軍營裡，連隊士官們宴請一名下士，餐畢端來了玻璃杯裝的洗手水。那名下士不懂禮節，喝了一口杯中水，隊長舉杯祝福下士身體健康，並將洗手水一飲而盡，同桌士官也都爭先恐後舉起洗手水祝下士健康呢！」

「還有這樣的故事啊！」

不甘寂寞的迷亭說：「卡萊爾第一次謁見女王時，由於這位先生是個不諳宮廷禮節的怪物，他突然說了聲『可以坐下嗎？』於是一屁股坐在椅子上。這時，站在女王身後的侍從和宮女都嗤嗤笑起來。不，其實沒有笑，但忍不住快笑出來。於是女王對身後做了暗號，侍從和宮女都悄悄坐在椅子上，卡萊爾才沒有丟臉。實在相當體貼！」

寒月簡評曰：「既是卡萊爾，即使眾人都站著，說不定他也滿不在乎呢！」

「體貼的自覺意識倒還好。」獨仙進一步說，「只因自覺意識而體貼親切的人，很吃力呢！真可憐。一般人以為隨著文明進步，殺伐之氣就會消失，個人之間的往來就會變得沉穩，這實在大錯特錯！自我意識這麼強，怎麼會相安無事呢？表面看來似乎相安無事，然而彼此卻都極為痛苦。就像相撲場上雙方扭成一團一動不動的樣子，看來多麼平靜，但雙方的內心卻波濤洶湧呢！」

「就說打架吧！以前打架是以暴制暴，反而沒有罪。現在卻變得非常巧妙，這更是因為自覺意識抬升了。」

輪到迷亭了「培根說過『順從大自然的力量才能戰勝大自然。』現在打架正遵循了培根的格言，有點不可思議。恰如柔道，利用敵人的力量擊倒敵人……」

「或像水力發電，順著水力，反而化為電力，發揮巨大作用……」寒月說。

獨仙立刻接著說：「所以呀！貧時為貧所束，富時為富所縛；憂時為憂所羈，樂時為樂所絆；才子死於才，智者敗於智。像苦沙彌這樣脾氣暴躁的人，只要利用你的暴躁，立刻就會飛奔出去，中敵人的計……」

「對呀對呀！」迷亭拍手叫好。

苦沙彌先生笑嘻嘻地說：「不過人們不會那麼如願以償吧？」大家聽了一起大笑起來。

迷亭問：「但是像金田那種人，會因何而亡呢？」

獨仙說：「老婆因鼻子而死，老闆因罪孽而亡，嘍囉因當密探而斃。」

「小姐呢？」

「小姐嘛……我沒見過，無從說起。不過想必是為吃穿之類而死，也許因愛而死，說不定像卒塔婆小町那樣死在路邊。」

「那太過分了！」東風因為獻上過新體詩，立刻提出抗議。

「所以，因無所住而生其心，這句話很重要！不入此種境界，人必痛苦不堪。」獨仙頻頻說出這種悟道之言。

「別那麼神氣，像你這種人，說不定還倒吊在電光影裡呢！」

主人說：「總之文明以這種趨勢發展下去，我是不想活下去了。」

「去死吧！不必客氣！」迷亭立刻一語道破。

主人倔強道：「可是我更不想死！」

「生時，無人是經過深思熟慮而被生；死時，卻個個煩惱。」寒月說了一句冷冰冰的格言。

這時只有迷亭能對答如流：「就像借錢時漫不經心借到手，還錢時卻心疼不已。」

獨仙依舊超然出世：「借錢不想還的人覺得幸福，同樣地視死如歸的人也很幸福。」

迷亭說：「照此說來，神經大條一點的人才能悟道囉？」

獨仙道：「是呀！禪語有云：鐵牛面鐵牛心，牛鐵面牛鐵心。」

迷亭問：「那麼你是要以此為典範了？」

「倒也不是！不過以死為苦，是神經衰弱出現後才有的事。」

「的確。你怎麼看都像出現神經衰弱症之前的人。」

迷亭和獨仙不斷進行莫名其妙的問答時，主人正對著寒月和東風抨擊文明。

「怎樣才能借錢不還，這是個問題。」

「這不是問題。借錢非還不可。」

「喂，這是議論，靜靜聽著。正如怎樣才能借錢不還，怎樣才能長生不死也是個問題。煉金術正是為此而發明的，但所有的煉金術都失敗了。人無論如何總是要死的，這很清楚！」

「發明煉金術之前，就已經很清楚了吧。」

「喂喂！這是議論，靜靜聽著好嗎？當無論如何非死不可時，就出現了第二個問題。」

「哦？」

「反正非死不可，那要怎樣死才好呢？這是第二個問題。自殺俱樂部就是和這第二個問題同時產生的。」

「的確！」

「死雖痛苦，但死不成更痛苦。神經衰弱的國民認為活著比死更痛苦萬分，因此以死為苦，並不是因為怕死，而是苦惱怎樣死才好。一般人智慧不足便聽天由命，在世上讓自己被虐殺而亡。可是有些人不願被世間零碎割殺，必然想出妙計。因此未來的趨勢，必然是自殺者持續增加，而自殺者必然依其獨家發明的方式離開人間。」

「真夠熱鬧的了。」

「是啊，一定會的。亞瑟·瓊斯的劇本裡，就有一個主張自殺的哲學家……」

「他自殺了嗎？」

「可惜他並沒有自殺。不過今後再過一千年，大家一定會付諸行動的。萬年以後一提到死，必定是自殺。」

「那還了得！」

「必然如此！這樣一來，自殺研究必能成為一門學問。落雲館之類的中學，就會以自殺學作為一門正課，代替倫理學。」

「妙極了，值得去旁聽。迷亭先生，你聽見苦沙彌先生的高論了嗎？」

「聽見了。那時落雲館倫理老師會說：各位不能墨守所謂公德這種野蠻作風，作為世界青年，各位首要重視的義務是自殺。己所欲施於人，自殺前還可以殺人。尤其眼前這位窮酸的珍野苦沙彌先生，活得十分痛苦，早一天殺了他便是各位的義務。不過今昔不同，現在是開明時期，不能用刀槍箭矢等卑鄙武器，只能用諷刺的高尚技巧而置之死地，這不但是功德一件，也是各位的光榮……」

「真是有趣的課！」

「還有更有趣的。現代警察以保護人民生命財產為首要之務。但到那時，警察就會用打狗棍棒，到處撲殺天下公民……」

「為什麼？」

「為什麼？因為現在的人珍惜生命，所以要警察保護。到了那時，因為國民活得痛苦，警察慈悲為懷，便進行撲殺。當然聰明一點的人大多已經自殺，需要警察動手的傢伙都是優柔寡斷、沒有自殺能力的白痴或殘廢。那些自願被殺的人會在門口貼上紙條，只要註明有男或女自願被殺，警察在方便的時候巡邏到此，就會依其志願辦理，屍體就由巡警拖車撿取。還有更有趣的事呢……」

東風非常敬佩地說：「先生笑談真是了無止盡！」

獨仙捻著山羊鬍緩緩辯道：「若說笑談，的確是笑談，若說是預言，也許真是預言。不能徹底了解真理的人，總是被眼前表象所束縛，把泡沫般的夢幻認定為永恆的事實，所以稍微說到超脫一些的事，就立刻被認為是笑談。」

寒月肅然起敬地說：「就是麻雀焉知鴻鵠之志吧？」

獨仙以神色表示正是如此，又接著說：「以前西班牙有個叫作哥多華[33]的地方……」

「現在還存在嗎？」

「也許吧，暫且不管今昔的問題。依當地風俗，黃昏時寺院一敲鐘，家家戶戶的女人都要出門，跳進河裡沐浴……」

「冬天也一樣嗎？」

33 哥多華：Cordoba，西班牙城市。

「這就不知道了。總之不論老少尊卑，都要跳進河裡。但是男人一個也用不參加，只遠遠眺望著。但見暮色蒼茫的波濤上，白膚在朦朧中晃動……」

東風一聽說有裸體出現，便往前挪動說：「多富有詩意呀！可以寫成一首新詩了。在什麼地方？」

「哥多華呀！當地的年輕人不能和女人一同下水，又不能遠遠看清女人們的身姿，覺得很遺憾便開了個玩笑……」

迷亭一聽開了個玩笑，非常高興地說：「什麼玩笑？」

「他們賄賂寺院裡的敲鐘人，將日落敲鐘提前了一個小時。女人們見識淺薄，一聽鐘響便紛紛聚集河邊，只穿著短內衫、短內褲就跳進水裡。水裡是跳進去了，但和往常不同，太陽還沒下山。」

「又是秋陽依舊熾烈？」

「她們往橋上一看，許多男人正站在那裡看，覺得害羞又不知如何是好，個個滿臉通紅呢！」

「然後？」

「然後嘛！這說明人只被眼前習俗所迷惑，忘了根本原理。不當心一點可不行喔！」

迷亭說：「果然是難得一聞的教誨！像這種被眼前習俗所迷惑的故事，我也來講一個吧！

最近閱讀一本刊物，有篇小說寫了一個騙子。假設我在這兒開了間書畫古董店，陳列著名人書畫器具。裡面當然沒有贋品，全是道道地地的真貨，不折不扣的上品。既是上品，價格自然高。一個好奇的顧客進來，問元信畫軸多少錢，我說標價六百元，就六百元。顧客說很想買，只是手頭沒帶那麼多錢，很遺憾，只好算了。」

「能肯定是這麼說的嗎？」主人依舊不擅逢場作戲。

迷亭佯作不知說：「這是小說，就假定這麼說吧！於是我說，算了，如果中意，就拿去吧！顧客說這怎麼行呢！有些猶豫……我便讓他分期付款，分期很細、為期甚久，此後必蒙關照，一點兒也不用客氣。每月付十圓怎麼樣？不然每月付五圓也行。再三磋商後，以六百元價格分期付款，每月十圓，並將法眼狩野元信的畫賣給他。」

寒月說：「簡直像《泰晤士百科全書》的賣法。」

迷亭說：「《泰晤士百科全書》是這樣賣，我可不是。以下便是巧妙行騙。好好聽著，每月十圓，六百圓要多少年才能付清？寒月你算算！」

「當然是五年吧？」

「是的，要五年。獨仙君，你認為五年是長還是短？」

「一念萬年，萬年一念。是短也是長啊！」

「什麼啊？是宗教詩詞嗎？真是缺乏常識。五年當中每月付十圓，要付款六十次才行，但這裡有個可怕的習慣問題。假如同一件事做了六十次，那麼，第六十一次，大概也會來付十圓，第六十二次也還會付十圓。六十二次，六十三次，次數愈多，一到日期便非付十圓不能放心。人似乎聰明，但卻有迷於舊習忘卻根本的大弱點。利用這種弱點，我每個月都能賺十元。」

「哈哈哈是嗎？不至於那麼健忘吧？」寒月一笑，主人有點嚴肅地說：

「這種事真的存在。我就曾月月按期寄還大學時期的貸款，到最後對方拒收。」他把自己的蠢事當成人類普遍的蠢事來公布。

「哈，這種人剛好在場，可見千真萬確呀！所以對我剛才敘述未來文明記視之為笑談的人，一定是認為分六十次付款才對的人。尤其是寒月東風這樣缺乏經驗的青年，更要牢記我的話，以免上當！」

寒月說：「記住了！分期付款一定以六十次為限。」

「唉，聽起來好像是開玩笑，其實發人深省啊！」

獨仙對著寒月說：「譬如說，現在苦沙彌兄或是迷亭兄勸你說，你擅自和別人結婚有欠妥當，快到金田家去道歉。你會如何？會去道歉嗎？」

寒月說：「道歉不可能，如果對方向我賠禮那就另當別論。我自己可沒有這個意思。」

獨仙又問：「若警察命你去賠罪，怎麼辦？」

寒月說：「那更是對不起。」

「如果是大臣貴族呢？」

「那更難以從命了。」

獨仙說：「你看看，過去和現代人完全不同了。過去是單憑長上權勢便無所不能的時代，現在就算是殿下或將軍，都不能過分侮辱人格。說得嚴重些，如今壓迫者的權勢愈大，被壓迫者就愈覺得討厭而加以反抗。今非昔比，這是一個權勢無法施展的時代。古人看來幾乎不敢相信的事情，現在竟然毫無非議地進行，世態人情實在變幻莫測。迷亭君的未來記，若說是笑談倒也是笑談，但也足以啟示，豈不相當有意思嗎？」

迷亭說：「有此知音，我就非將未來記繼續講下去不可！如同獨仙所言，在今日如果還有人藉長上權勢，仗著二、三百根竹槍橫行霸道的人，就是坐上轎子和火車賽跑的落伍頑固分子，是無知的典範，是高利貸的長範先生。對這些人，只要靜觀其變就是了。不過我的未來記並非應付小事而已，而是與全人類命運攸關的社會現象。仔細觀察目前文明傾向，預卜未來發展趨勢，便可知結婚將成為不可能。無須訝異，我說結婚不可能的理由如上所述，現在是以個性為中心的時代。從前是家長代表全家，郡守代表一郡，領主代表一國，除了代表人之外的人們都沒有人格，就算有也不被承認。如今煥然大變，人人強調個性，個個表現出你是你、我是我。兩人在路上相遇，也會各自在心裡吵架：你是人，我也是人。在對罵中擦肩而過。個人益加剛強，個性普遍增強，事實上等於個性普遍減弱！別人不容易加害於我，從這一點來看，個人的確增強了。然而對別人也不得任意干涉，從這一點來看，個人又明顯比以前弱了。強則高興，弱則人人掃興。於是一面固守強處，不願他人動自己一根汗毛，同時又不敢侵犯別人，弱便因此擴大。這樣一來，人與人之間便缺乏空間，生活變得窘迫，人都盡可能自我膨脹，以致於脹得痛苦不堪，而這樣生存下去，便企求在個人與個人之間爭取空間。

「痛苦之餘想出的第一個方案，便是父子分居制。在日本，可以到山裡看看，一家人散居一棟房子，沒有強調個性，即使有也不強調，就順利地生活下去。但是對於文明人來說，即使是親子之間，如不能恣意行事都會覺得有所損失。為了保證雙方的安全，勢必分居。歐洲文明更發達，比日本更早實行這種制度。即使偶有父子同居，兒子跟父親借錢也要收利息，或像別人一樣付房租。父親承認並尊重兒子的個性，如此良好風俗方能成立。這種良好風俗早晚會傳到日本。親戚早已分離，父子如今分居，一直被壓抑的個性得以舒展。等到個性的發展和尊敬無限擴展，父子再不分居就會不舒服。到了父子、兄弟都已分居的時候，再也沒有可以分的，最後的方案就是夫妻分居。」

「以現代人的觀點，因為同居所以是夫妻，這是極大錯誤！想要同居，必須個性相合才行！若是從前倒毋須贅言，當時是異體同心，看起來好像是夫妻二人，其實合而為一人，才號稱什麼偕老同穴，也就是說，死了都要變成一穴之狐，真夠野蠻的。今天就行不通了，因為丈夫永遠是丈夫，妻子也永遠是妻子。為人妻者，都是在學校裡穿著燈籠裙，練就堅強個性，梳著西式髮型嫁過來的，自然不會對丈夫百依百順。如果對丈夫百依百順，那就不是妻子，而是玩偶了。愈是賢妻，就愈要將其個性發展到至極，愈極致就愈與丈夫不相合。不相合，則勢必和丈夫發生衝突。既名之為賢妻，就要從早到晚和丈夫衝突。這是無可厚非的事！但娶了個賢妻，雙方的痛苦就愈多。夫妻就像水和油，格格不入。如果不在乎，那油水之別就能保持一定的平衡。但是油水雙相發動，家裡就會像大地震一樣七上八下。於是人們逐漸了解，夫妻同居對雙方都不利……」

寒月說：「如此說來，夫妻都要分離？真令人擔心！」

迷亭說：「要分，一定要分。天下夫妻都要分。從前住在一起才是夫妻；今後世人會認為，同居之人沒有做夫妻的資格。」

寒月在關鍵時刻說起自己的事：「這麼說來，我應該被打進沒有資格的一類囉！」

迷亭說：「生在明治時代實在幸運！像我因為做未來記，頭腦比時勢超前了一、兩步，打算過著單身生活。有些人說我是因失戀的緣故，目光真是短淺得可憐！這且不提，還是繼續談未來記吧！那時一位哲學家從天而降，宣揚破天荒的真理。他說：人是有個性的動物。消滅個性，結果便是消滅人類。為了保存人類，必須不惜任何代價發展個性。為了習俗而非兩廂情願的婚姻，實在是違背自然的野蠻風俗。在個性不發達的未開化時期也就算了，在文明的今日卻沉淪於此陋習，恬然不顧，實在荒謬絕倫。在文明發展已達顛峰的今日，兩種不同的個性無法超乎一般狀況而親密結合。儘管道理顯而易見，但沒有受過教育的青年男女，在一時劣情的驅使下，舉行合巹之禮，悖德犯倫，莫此為甚。吾等為了人道、文明，為了保護青年男女的個性，不能不全力反抗這歪風……」

「迷亭先生，我反對這種學說。」東風君這時以破釜沉舟的姿態拍了一下膝蓋說道。

「我認為世界上最珍貴的，莫過於愛與美。因為愛與美，我們才獲得慰藉，得到幸福，生活才完美。因為愛與美，我們才有高雅的情操、高潔的品格，並具有高貴的同情心。所以不論生在什麼時候、什麼地方，都不能忘記這兩者。這兩者一旦展現於世，愛就成為夫妻關係，美就成為詩歌音樂等藝術。因此我想，只要人類還生存在地球上，夫妻與藝術決不會消失。」

「如果這樣當然很好。然而依哲學家所言，萬物都會徹底消失的，沒有辦法。只好放棄啦！什麼藝術？藝術終究會落得和夫妻相同命運。所謂個性發展，就是個性自由的意思，如此一來藝術豈會存在？藝術所以興盛，是因為藝術家和欣賞者之間個性有共同點。不管你是多麼努力的新體詩人，如果沒有一個人讀你的詩會覺得津津有味，那麼你的詩除了自己，是不會有人讀的，多可憐。任憑你作了多少篇鴛鴦歌也無濟於事。幸好你生在明治時期，所以全天下都愛讀吧……」

「哪裡，差得可遠了！」

「假如現在還差得遠，那到了文明發達的未來，亦即大哲學家提倡非婚論之時，就更沒人讀了。並非因為是你寫的所以沒人看，而是因為人人都有自己的獨特個性，所以對別人的詩文是不會感興趣的。現在英國已經有這種傾向了。你讀讀梅瑞狄斯和詹姆斯的小說就知道，他們的作品極具個性，但讀者不是少得可憐嗎？當然會少！那種作品如果不是那種個性的人讀，是不會感興趣的。這種傾向日漸發展，到了結婚不道德的時候，藝術也就徹底滅亡了。是吧？你寫的東西我不懂，我寫的東西你不懂，到了那一天，你我之間，還有什麼藝術可言呢？」

東風說：「說得有理！不過我直覺認為不會這樣。」

迷亭說：「你的直覺認為不會這樣，而我就是認為會這樣。」

「也許是單方面認為。」這次是獨仙開口，「總之愈個性自由，人與人之間就愈侷促。尼采之所以搬出超人哲學，就是因為這種侷促感無法排解，不得已化身於哲學。乍聽之下彷彿是尼采的理想，但那不是理想，是不滿。侷促個性而得到發展的十九世紀，連對鄰居都不能放心，他才自暴自棄，胡說八道起來。讀了超人論，與其說痛快不如說可憐。那不是奮勇前進的聲音，而是深惡痛絕的聲音。這也是理所當然的，古時候是聖人一出，天下翕然匯於旗下，多痛快！如此快事若真成為現實，又何須像尼采那樣靠著紙筆的力量表現在書本上。所以不論是荷馬，還是查維狩獵記，都同樣描寫超人性格，但感覺截然不同，寫得很明朗快活！這是因為有快活的事，再把這些快活寫在紙上，所以沒有苦澀味。到了尼采的時代可就做不到了，沒有一個英雄出現，即使有也沒有人承認！以前孔子只有一人，所以孔子很有權威，現在卻有好幾個孔子，說不定全天下人都是孔子。所以就算你自稱孔子也沒有用。於是覺得不滿，因為不滿，所以在書本上大談超人哲學。我們盼望自由而得到了自由，結果卻又覺得不自由。因此西方文明似乎可取，但終究無用。反之東方自古講求修身養性，這樣才正確。看看個性發展的結果，大家都患了神經衰弱症，不可收拾！這時才發現『王者之民蕩蕩焉』的真正價值，才能悟到『無為而治』的道理。但縱然悟道，卻無能為力，就像酒精中毒以後才明白不喝酒多好一樣。」

寒月說：「各位說的似乎都是厭世哲學，但我這人真怪，聽了那麼多卻沒有感覺，這是怎麼回事？」

迷亭立刻說明：「那是因為你娶了老婆嘛！」

主人突然說：「娶了老婆就認為女人好，這是天大的錯誤！為了供各位參考，我念一段有趣的文字給你們聽，好好聽著啊！」

說著便拿起剛從書房帶來的一本古書：「這是一本古書，但是從那時起，就已經明顯知道女人的缺點了。」

寒月一聽，說道：「啊，真令人意外，是什麼時候的書？」

「十六世紀，湯瑪斯·納什[34]的著作。」

「更意外了，那時候就已經有人說我老婆壞話啦？」
「說了各種女人的壞話，其中一定包括你妻子。你就聽下去吧！」
「我會聽。真是難得啊！」
「書上說，首先應該介紹一下自古先賢的女性觀。注意囉，有在聽嗎？」
東風說：「都在聽啊，連我這個單身的也在聽啊！」
主人讀道：「亞里斯多德說：女子皆不正經，則娶妻當娶其小，勿娶其大，小不正經比大不正經為患少也……」
迷亭問：「寒月君的妻子是大還是小？」
「屬於大的。」
迷亭笑起來：「哈哈哈，這本書真有趣，往下念！」
「有人問：何為最大奇跡？賢者曰：貞婦……」
「賢者是誰？」
「沒寫名字。」
「反正一定是個被女人甩了的賢者。」

34 湯瑪斯・納什：Thomas Nashe，英國諷刺作家。

「接著是戴奧基尼斯[35]，有人問『應該何時娶妻？』他說『青年還太早，老年則太遲。』」

「他是在酒桶裡思考的吧？」

「畢達哥拉斯說：天下可畏者三，火、水、女人。」

「希臘的哲學家們竟光說些蠢話呢！依我說：天下無可畏者，入火不焚，落水不溺……」獨仙只說到這裡就接不下去了。

迷亭充當支援說：「見色不迷！」

主人接著讀下去：「蘇格拉底說：駕馭女人乃人間最大之難事。狄摩西尼[36]說：欲困其敵，莫若贈以女子，最是上策，可使其日夜疲於家庭風波，一蹶不振。辛尼加將婦女與無知視為世界二大災難。馬可．奧里略[37]說：女子如船舶難以駕馭！普勞圖斯[38]說：女人愛穿綾羅綢緞，以遮掩天賦醜態。瓦萊里烏斯[39]致書友人說：天下一切事，女人無不暗中為之，但願皇天垂憐，勿令君墜入圈套。他又說：女子者何也？豈非友誼之敵乎？豈非無可避免之苦乎？豈非必然之災害乎？豈非自然之誘惑乎？豈非如蜜之毒乎？若拋棄女人是不德，則不棄女人更應受譴責……」

寒月說：「夠了先生。聽了這麼多罵我老婆的話，已經夠了！」

主人說：「還有四、五頁，順便聽聽如何？」

迷亭開玩笑說：「大概唸唸就算啦！嫂夫人快回來了。」

這時忽聽夫人在飯廳裡呼喊女傭：「阿清！阿清！」

迷亭說：「這下糟了，嫂夫人在家呢！」

「嘿、嘿、嘿……」主人笑著說，「管她啊！」

「大嫂，什麼時候回來的？」飯廳裡悄然無聲，沒人回答。

「大嫂，剛才念的文章妳聽見了嗎？嗯？」依然沒人回答。

「剛才念的不是妳先生的想法，是十六世紀納什的話，妳放心好了。」

「不知道！」夫人遠遠回答，冷冰冰的。寒月噗嗤笑著。

迷亭也大笑起來：「我也不知道，對不起，哈哈哈……」

這時房門嘩一聲拉開，有人不通報一聲就不客氣地踩著沉重腳步聲，把客廳紙門粗暴一開。多多良三平的臉在門口出現。

三平君今日與往常不同，身穿潔白襯衫、新買的禮服，令人有些另眼相待。右手沉甸甸地

35 戴奧基尼斯：Diogenes，古希臘哲學家，犬儒學派代表人物。粗衣粗食，在木桶裡生活。

36 狄摩西尼：Demosthenes，古希臘著名的演說家。

37 馬可・奧里略：Marcus Aurelius Antoninus，羅馬皇帝。

38 普勞圖斯：Titus Maccius Plautus，古羅馬喜劇作家。

39 瓦萊里烏斯：Valerius Maximus，一世紀時的羅馬史家。

拎著繩綁的四瓶啤酒，往松魚乾旁一放，不打招呼就一屁股坐下，兩腿伸開，一副引人注目的武士模樣。

「老師的胃病好些了嗎？總是悶在家裡可不行啊！」三平說。

「還好！」主人說。

「雖這麼說，可是臉色不好，發黃呢！近來正好可以釣魚。從品川租一條小船……上星期天我才去過。」

「釣了些什麼？」

「什麼也沒釣到。」

「釣不到也好玩嗎？」

「養吾浩然之氣呀！怎麼樣？你去釣過魚嗎？釣魚太有意思了。在廣闊大海上駕著小船，四處優游……」三平毫不客氣地說個不停。

迷亭搭話說：「我想在小小海上駕著大船四處悠遊呢！」

寒月說：「既然釣魚，不釣些鯨魚或是美人魚那就沒意思了。」

三平說：「能釣到那些東西嗎？文學家真沒常識！」

「我可不是文學家。」

「是嗎？那你是幹什麼的？像我這種實業家常識最重要！老師，近來我相當有常識，在那種地方耳濡目染，自然而然就這樣了。」

「就怎樣了？」

「就拿抽菸來說吧！抽『朝日』和『敷島』香菸不夠體面，沒有身價。」說著抽出一支金嘴的埃及香菸，呼呼抽了起來。

主人問：「你有那麼多錢花嗎？」

三平說：「錢倒是沒有，但非如此不可。抽這種菸信用就大大提高了。」

「比起寒月磨玻璃球，信用來得還真簡單，不費事，實在是輕便信用啊！」

迷亭對寒月說，寒月還沒回答三平就說：

「您就是寒月先生嗎？沒當上博士吧？因為您沒當上博士，所以我就決定了。」

「決定當博士？」

「不，決定娶金田家小姐。其實我覺得很不好意思。可是對方一再求我娶，我終於下定決心娶她了。不過我總覺得對寒月先生過意不去，心裡不安！」

「不必介意！」寒月說。

主人的回答很曖昧：「如果真想娶，可以娶她！」

迷亭依舊很起勁：「可喜可賀！所以說不論什麼樣的女兒，都不必擔心，剛才我就說過了，總會有人要的，這不是就有一位傑出紳士要做女婿了嗎？東風君你又有新體詩的材料了，快動筆吧！」

三平說：「您就是東風君嗎？我結婚時麻煩你寫點什麼吧！我會立刻送去鉛印，四處發放，也請《太陽》雜誌登出來。」

「好，一定寫點什麼，您什麼時候要？」

「都可以，以前寫的也行。請你喝喜酒作為報酬！還請你喝香檳！喝過香檳嗎？香檳很好喝哪……老師，婚禮時我打算請樂隊來，將東風君的詩譜成曲子演奏，如何？」

「隨你的便！」

「老師，能為我譜個曲嗎？」

「胡鬧！」

「屋裡各位有人會譜曲嗎？」

迷亭說：「落選人寒月君可是個小提琴高手喔！好好拜託他，他可不是香檳可以打發的。」

「雖說是香檳，但可不是四、五圓一瓶的，我請的可不是便宜貨。您能為我譜一曲嗎？」

寒月說：「可以！即使兩角錢一瓶的，我也譜。如果必要，免費都行。」

「不能免費，會報答你的。如果不喜歡香檳，這種行嗎？」

三平說著，從上衣口袋裡掏出七、八張照片，扔在榻榻米上。有的是半身像，有的是全身像，有的站著有的坐著，有的穿裙子，有的穿長袖和服，有的挽高島髮髻。全是妙齡女郎。

「老師，有這麼多候選人，為了表達謝意，我可以替寒月君和東風君各介紹一位。這樣如何？」說著遞給寒月一張照片。

寒月說：「可以，一定請你介紹。」

「這個呢？」三平又遞過去一張。

「這個也可以，一定請你介紹。」

「到底哪一位？」

「哪一位都行。」

「你可真是多情。老師，這位是博士的侄女啊！」

「是嗎？」

「這一位性情特別溫柔，年紀也輕，才十七歲……這位有上千元的嫁妝哪……這一位是知事的女兒。」三平自言自語。

寒月說：「我都要了，行嗎？」

三平說：「都要？太貪心了。你是一夫多妻主義嗎？」

「那倒不是，我是個肉食論者。」

主人斥道：「怎樣都好，把那些東西趕快收起來。」

三平說：「那麼，你一位也不要？」他邊問邊將照片一張張收進口袋裡。

主人問：「那啤酒是幹嘛的？」

三平說：「我帶來的禮物。為了提前祝賀，在路口酒店買的。喝一杯吧？」

主人拍拍手叫來女傭開了瓶蓋。主人、迷亭、獨仙、寒月、東風，這五位恭恭敬敬捧起酒杯，祝賀三平君的艷福。

三平似乎非常高興地說：「我要邀請今天在場諸位都來參加我的婚禮，大家都會賞光嗎？」

主人立刻回答說：「我就不用啦！」

「為什麼？這可是我終身大事呀，你不去嗎？未免有點不通人情！」

「不是不通人情，不過我不去。」

「沒有衣服嗎？有外褂、褲子就夠了。老師多和人接觸比較好啊！我會給你介紹些名人。」

「礙難從命！」

「胃病好了吧？」

「跟胃病沒關係！」

「既然如此頑固，也就不勉強了。您怎麼樣？會來嗎？」

迷亭說：「我呀！一定去。可能的話，巴不得當媒人呢！香檳交盞鬧春宵……什麼？媒人是鈴木藤？不錯，我心想也是他，太遺憾了，但也沒有辦法，兩個媒人的確太多。就以普通客人的身分出席吧！」

「您呢？」

獨仙說：「我呀，一竿風月閒生計，人釣白蘋紅蓼間。」

「什麼意思？是唐詩嗎？」

「我也不知道是什麼！」

「不知道？真糟糕。寒月君會來吧？也算是有淵源了。」

「一定出席。如果聽不到樂隊演奏我作的曲子，那就太遺憾了。」

「就是嘛！東風君你呢？」

「我也很想出席，在新人面前朗誦我的新詩。」

「太高興了！老師，我有生以來沒這麼高興過，所以再喝一杯吧！」他咕嚕咕嚕喝著自己買來的啤酒，喝得滿臉通紅。

秋日晝短，轉眼天黑。看看胡亂插些煙蒂的火爐，才發現爐火早已熄滅。這些無憂無慮的傢伙們似乎也盡興了。

獨仙首先說：「晚了，該走啦！」

接著一個個說：「我也要回去了。」像雜耍散場似的，客廳漸漸變得冷清。

主人晚餐後進入書房。夫人覺得寒冷，拉了拉領子，正在縫補一件洗好的上衣，孩子們並枕而眠，女傭洗澡去了。

人們似乎無憂無慮，但內心深處總發出悲淒的聲音。

獨仙彷彿已經得道，但兩腳依然離不開大地；迷亭也許逍遙，但他的世界畢竟不是畫中美景；寒月不再磨玻璃球，從家鄉帶來了老婆。這很正常，然而正常生活過得太久，也會無聊吧！東風十年後一定會懊悔今日胡亂獻詩的錯誤。至於三平，是住在水上還是山上無法確定，但只要終生都覺得喝香檳很得意，也就滿足了。鈴木藤先生會到處打滾，沾污泥。即使沾了污泥，也比不打滾的人神氣！

我生而為貓來到人間，轉眼已經兩年多了，自以為見多識廣，想不到前陣子有個叫雄貓姆魯的陌生同胞，突然高談闊論起來，令我吃了一驚。仔細打聽，才知道他一百多年前就已經死亡，也許因為一時的好奇心變成了幽靈，從遙遠冥土出來嚇唬我！聽說這貓曾經叼著一條魚，作為母子相逢時的見面禮。結果半路上忍不住，竟自己吃掉了，真是不孝的貓。不過他才華橫溢不亞於人類，曾作詩令主人驚訝不已。既然如此豪傑一個世紀之前就已出現，像我這樣不正經的廢物，真該早點離開人世回到虛無之鄉去才對。主人早晚會因胃病而亡，金田老闆已經因貪得無厭而死了。秋葉落盡！死亡是萬物的歸宿，生而無大用，盡早瞑目才算聰明。

依諸位先生的說法，人的命運終將走向自殺。不小心的話，貓也會生存在束縛太多的世界，多可怕呀！我心中不由得悶悶不樂，還是喝點三平的啤酒，解解悶吧！

我繞到廚房，秋風搖晃屋門，開了一道縫隙。燈已滅了，想必是月明之夜。窗外掩映清輝，茶盤上並排著三只玻璃杯，其中兩只杯裡還殘留著半杯茶色的水。放在玻璃杯裡的東西，即使是開水也讓人覺得冰冷，何況在寒夜冷月的映照下，靜靜靠著一個滅火罐，尚未沾唇已覺得冷，不想喝了。

可是不試怎麼知道？三平喝了滿臉通紅，呼吸熱呼呼的。貓喝了不會不快活吧！反正終須一死，還活著時不體驗一下，等死了躺進墳墓才覺得遺憾也是枉然。

我決心嚐嚐，便鼓起勇氣伸進舌頭，吧噠吧噠舔了幾下，不禁大吃一驚，舌尖像針扎似的刺痛不堪。真不懂人類為何有此怪癖要喝這種臭東西，貓是喝不下去的。

不管怎麼說，貓與啤酒八字不合，真受不了。我把舌頭縮了回來，想了一想。人們常說：良藥苦口。每當感冒風寒，便皺著眉頭喝些奇怪東西。到底是喝了才好？還是為了好才喝？至今仍是疑問！不過這正是一個好機會，就用啤酒來解開問題吧！要是喝下之後覺得肚裡發苦也就罷了，如果像三平那樣快活得忘了一切，那便是空前的收獲，還可以對附近的貓兒們教導一番。唉，就這樣吧！下定決心，便又伸出舌頭。睜著眼睛很難喝得下去，便閉上眼睛，吧噠吧噠舔了起來。

我拼命忍耐，終於喝光一杯啤酒了。這時出現一種奇怪的現象。起初舌頭刺痛，嘴裡像受外力壓迫痛苦得很，但喝著喝著，逐漸舒服起來，喝光第一杯酒時已經不怎麼難受。心想沒事了，第二杯就輕而易舉地喝光。順便又把灑在盤子裡的啤酒，也舔乾淨，像擦洗盤子一樣。

之後為了觀察自己的變化，我一動也不動地蹲著。身體逐漸發熱，眼圈發紅，耳朵發燒。很想唱歌，很想跳舞，很想大罵主人、迷亭和獨仙。想打金田老爺，咬掉金田老婆的鼻子……最後我搖搖晃晃地站起來，站起來又搖搖晃晃地走路。太有意思了。我不由得地想出門，一出門，便想跟月亮打個招呼：「月亮姐姐，妳好！」

所謂陶然，大概就是這樣吧！我到處亂走，似散步，又非散步，胡亂移動著軟綿綿的腿。搞不清我是在睡覺，還是在走路。想睜開眼睛，但眼皮重得很。管它高山大海，只管不停邁著腿向前。漸漸發出吧噠吧噠的聲音，突然間覺得糟了！為什麼糟了我連想都來不及，剛剛意識到糟了便一片模糊了。

清醒過來時，我已漂在水上了。難受之餘用爪亂抓一氣，抓到的只有水。我一抓就沉進水裡。沒辦法只好用後腳一蹬，用前爪抓。這時聽到嘎一聲，終於露出頭來。到底是什麼地方啊？四周一看，原來掉進大缸裡。這大缸夏天之前長滿了雨久花，後來烏鴉飛來，吃光了雨久花，就在這裡洗澡，洗澡後水就變淺，水淺烏鴉就不再來了。最近才在想這裡水太淺，烏鴉也不見了，想不到如今我卻代替烏鴉在這裡洗起澡來。

水面距缸緣四寸以上，我伸長爪子也搆不到，跳也跳不出去，一鬆懈便往下沉，拚命掙扎也只有爪刮過缸壁的聲音嘎嘎地響。碰到缸壁時，好像浮了起來，但爪一滑，立刻又往下沉。往下沉太難受，便又嘎嘎地抓。一直這樣反覆，便開始累了。心裡焦急，雙腳卻漸漸不管用。終於自己也弄不清是為了下沉而抓缸，還是因為抓缸而下沉。

這時雖然痛苦，但我邊想，會遭到如此折磨，全因我一心想從水缸裡爬出去。很想爬出去卻擺明了爬不出去。

我的腿不足三寸，就算浮上水面，從水面處盡最大努力伸出腿去，也無法搆到四寸多高的缸緣。既然搆不到，不管怎麼亂抓，怎麼焦急，花上一百年力氣也不可能逃出去。明知逃不出去，卻還想逃出去，這未免太勉強。勉強硬拚，是自討苦吃。真是自尋煩惱，自尋折磨，太愚蠢了！

算了！隨他去吧！也不再嘎嘎響了！於是我前腳、後腳、頭部和尾巴，全都順其自然，不再抵抗。

我逐漸變得舒服了，分不清是痛苦，還是慶幸，也分不清在水中，還是在客廳裡。在哪裡都無所謂了，只覺得舒服。不，連舒服也感覺不到了。

我斬斷歲月，粉碎天地，進入不可思議的太平世界。我死了，死後得到太平。太平之境，非死無法達致。南無阿彌陀佛，南無阿彌陀佛。謝天謝地，謝天謝地。

## 夏目漱石生平年譜

| | | |
|---|---|---|
| 1867 | 0 | ■一月五日，出生於牛込馬場下橫町（現東京都新宿區喜久井町）。為夏目小兵衛直克（五十歲）與其妻千枝（四十一歲）所生下的第五位兒子（共育有五男三女）。取名為夏目金之助。夏目家代代雖為當地小官，但當時已逐漸沒落，因此金之助出生後便被送到位於四谷的舊傢俱店寄養。 |
| 1868 | 1 | ■十一月時，過繼給鹽原昌之助作養子，改姓鹽原。 |
| 1870 | 3 | ■因種痘而引發皰瘡。 |
| 1872 | 5 | ■養父以鹽原家長男的名義，替金之助申報戶籍。 |
| 1873 | 6 | ■養父被任命為淺草鎮長，於是舉家搬至淺草諏訪町。 |
| 1874 | 7 | ■因養父母感情不和，養母與金之助暫時返回夏目家居住。金之助進入淺草壽町戶田小學就讀第八級。 |
| 1875 | 8 | ■四月，養父母正式離婚。<br>■五月，完成第八級與第七級的學業。 |
| 1876 | 9 | ■夏季時，與養母同時被夏目家收留，但戶籍仍設在鹽原家。金之助轉學至牛込市谷山伏町的市谷小學。 |
| 1877 | 10 | ■一月，養父遷居下谷西町。 |

| | | |
|---|---|---|
| 1878 | 11 | ■二月，與島崎柳塢等友人，所創辦的傳閱雜誌上發表《正成論》一文。<br>■四月，自市谷小學畢業後，就讀神田猿樂町的錦華小學，並於十月畢業。 |
| 1879 | 12 | ■於三月進入東京府立第一中學就讀。 |
| 1881 | 14 | ■一月，生母千枝去世（五十四歲）。轉學至二松學舍學習漢學。 |
| 1882 | 15 | ■欲以文學為志業，但遭長兄大助勸阻。 |
| 1883 | 16 | ■秋天，為了考大學預備科，進入駿河台的成立學舍學習英語。 |
| 1884 | 17 | ■與橋本左五郎在小石川極樂水旁的新福寺二樓賃居。<br>■七月，養父擅自將金之助名下的房屋變賣，後因未交出該屋，而被提出必須撤離的告訴。<br>■九月，考進東京大學預備科，同年級的友人有中村是公、芳賀矢一、橋本左五郎等人。入學後不久罹患盲腸炎。 |
| 1885 | 18 | ■與中村是公等十人，賃居於猿樂町末富屋，過著書生般的生活。 |
| 1886 | 19 | ■七月，因腹膜炎無法考試，成績落後而被留級。因留級的教訓，從此發憤用功，直至畢業都名列前茅。為了自立更生，與中村是公在本所江東義塾任教，並遷居至義塾宿舍。後因罹患急性砂眼，而開始從自家通學。東京大學預備科改名為第一高等中學。 |
| 1887 | 20 | ■長兄大助、次兄榮之助因罹患肺病，先後於三月、六月去世。 |

| 年份 | 年齡 | 事蹟 |
|---|---|---|
| 1888 | 21 | ▪一月，復籍改回本姓夏目。<br>▪七月，自第一高等中學預科畢業。<br>▪九月，就讀同校的本科第一部（文科）。 |
| 1889 | 22 | ▪一月，與正岡子規結交。當時的同學有山田美妙，學長有川上眉山、尾崎紅葉、石橋思案等人。<br>▪五月，寄給子規的信中，首次附了一首俳句。於子規《七草集》的評論文中，首次使用筆名—「漱石」。<br>▪八月，與同學至房總旅行，並於九月時，執筆以漢詩記錄此行的遊記，寫成《木屑錄》一書，邀請松山的子規寫書評。 |
| 1890 | 23 | ▪七月，自第一高等中學本科第一部畢業。<br>▪九月，進入帝國大學文科大學（現東京大學文學部）就讀英文系，獲教育部助學貸款。 |
| 1891 | 24 | ▪夏天，與中村是公、山川信次郎一起攀登富士山。<br>▪七月，獲選為獎學生。從這一年起，認真於寫作俳句。他所敬愛的嫂嫂（和三郎之妻）去世。<br>▪十二月，受J.M. 狄克生教授之託，將《方丈記》（鎌倉時代的隨筆文學）譯成英文。 |
| 1892 | 25 | ▪四月，為了躲避徵兵而分家，將戶籍遷至北海道後志國岩內郡吹上町十七番地。<br>▪五月六日，成為東京專校（現早稻田大學）的講師。<br>▪六月，撰寫《老子的哲學》（東洋哲學之論文）。<br>▪七、八月間，與子規同遊京都、堺、岡山，而在岡山時遭遇大水災，之後造訪子規的故鄉—松 |

山，並結識高濱虛子。

- 十月，於《哲學雜誌》發表評論《關於文壇平等主義的代表─華特．懷德曼（Walt Whitman）之詩作》。
- 十二月，撰寫《中學改良策略》。

**1893　26**

- 三月至六月，於《哲學雜誌》上連載《英國詩人對天地山川的觀念》。
- 七月，自帝國大學英文系畢業。繼而進入研究所就讀。同月，和菊池謙二郎、米山保三郎共同至日光地區旅遊。
- 十月，在帝大文學院長外山正一推薦下，進入東京高等師範當英文教師，年薪四百五十圓。

**1894　27**

- 春天，因疑罹患肺病，專心療養身體。
- 八月，至松島旅行，訪瑞嚴寺。
- 十月，遷居至小石川表町七三法藏院。
- 十二月，至鎌倉圓覺寺釋宗演門下參禪。於此年開始為神經衰弱所苦，有厭世主義的傾向。

**1895　28**

- 四月，辭掉高等師範教職，遠赴愛媛縣松山中學任教。輾轉搬了一、兩次家後，遷居至二番町上野老夫婦家。
- 十二月，返回東京。與當時擔任貴族院書記官長的中根重一之長女鏡子相親。從此時開始專事俳句創作，逐漸在俳句文壇嶄露頭角。

**1896　29**

- 四月，辭掉松山中學的教職，轉赴九州熊本任第五高等學校講師。後於室內光琳寺町賃屋而居。

■六月與中根鏡子結婚。

■七月，升任教授。

■十月，於五高校友會誌《龍南會雜誌》上發表《人生》一文。

| 年份 | 年齡 | 事項 |
| --- | --- | --- |
| 1897 | 30 | ■三月，於《江湖文學》發表《項狄傳》，以介紹英文小說《項狄傳》。<br>■六月，生父直克去世（八十一歲）。<br>■七月，和鏡子一同返回東京。鏡子於虎門貴族院書記官長官宿舍停留期間流產，為療養之由，短暫停留鎌倉。這期間曾經多次去探望病中的子規。<br>■九月，獨自返回熊本，遷居至大江村四〇一。<br>■十月，鏡子回到熊本。 |
| 1898 | 31 | ■開始創作漢詩。<br>■四月起，妻子的歇斯底里趨於嚴重，更一度企圖投水自盡。<br>■十一月，於《杜鵑》發表《不言之書》。學生寺田寅彥經常來訪。妻子苦於嚴重的孕吐，而漱石本身則惱於神經衰弱的毛病。 |
| 1899 | 32 | ■一月，赴宇佐八幡、耶馬溪、豐後日田地區旅行。<br>■四月，於《杜鵑》上發表《英國文人與新聞雜誌》一文。<br>■五月，長女筆子誕生。<br>■八月，於《杜鵑》發表《評小說《李爾王》》一文。<br>■九月上旬，與山川信次郎攀登阿蘇山。 |

| 1900 | 33 | ■三月，遷居至市內的北千反畑町。<br>■六月，奉命留職前往英國留學，進行為期兩年的英語研究工作。<br>■七月，為了準備留學而離開熊本，返回東京。<br>■九月，搭乘德國輪船普羅伊森號出航。同行的留學生有芳賀矢一、藤代禎輔等人。<br>■十月，於巴黎停留一週，參觀當地所舉行的萬國博覽會。月底抵達倫敦，借住在S.E.伯瑞特夫人的家。 |
|---|---|---|
| 1901 | 34 | ■一月，次女恆子誕生。<br>■四月，和房東一同遷居至圖庭（Tooting）。結識長尾半平。<br>■五月，池田菊苗自柏林前來探訪，受其影響開始構思《文學論》的著作。<br>■五月、六月，於《杜鵑》雜誌發表《倫敦消息》。 |
| 1902 | 35 | ■三月，執筆撰寫《文學論》。與老友中村是公會面。<br>■九月，子規在根岸的自宅過世（三十四歲）。此時漱石神經衰弱症狀加重。<br>■十月赴蘇格蘭旅遊。同時日本國內謠傳他發瘋的消息。<br>■十二月，自倫敦返國。 |
| 1903 | 36 | ■一月，抵達神戶港，返回東京。<br>■三月，遷居至本鄉千駄木町五十七番地。<br>■四月，就任第一高等學校教授，並兼任東京帝國大學文科的大學講師，講授「文學形式論」和「沙伊拉斯．瑪那」。 |

■六月，於《杜鵑》發表《單車日記》。神經衰弱症愈趨嚴重，與妻子分居約兩個月。

■九月，開始在東京大學講授「文學論」，此課程維持了大約兩年。另外也教授「莎士比亞」文學。

■十月，開始學習水彩畫。

■十一月，三女榮子誕生，神經衰弱再度復發。

1904　37

■一月，在《帝國文學》發表《關於馬克白的幽靈》一文。

■二月，於《英國文學會叢誌》發表譯作《索魯瑪之歌》。

■九月，任明治大學講師。

■十二月，在高濱虛子建議下，於子規門下的文章會「山會」發表《我是貓》一作。

1905　38

■一月，於《杜鵑》發表《我是貓》第一部，深受好評。在《帝國文學》發表《倫敦塔》；在《學鐙》雜誌上發表《卡萊爾博物館》。

■二月，於《杜鵑》發表《我是貓》第二部。

■四月，於《杜鵑》發表《我是貓》第三部及《幻影之盾》。

■五月，於《七人》之雜誌上發表《琴之幻音》；於《新潮》上發表談話筆記《批評家的立場》。

■六月，於《杜鵑》發表《我是貓》第四部。結束「英國文學概說」課堂

■七月，於《杜鵑》發表《我是貓》第五部。結束「文學論」課堂。

■九月，在東京大學開了一門「十八世紀英國文學」的課。在《中央公論》發表《一夜》。

■十月，由大倉書店出版《我是貓》上集。

■十一月，於《中央公論》上發表《薤露行》一文。

■十二月，四女愛子誕生。寺田寅彥、鈴木三重吉、野上豐一郎、小宮豐隆等人，開始在漱石住處出入。

**1906　39**

■一月，於《帝國文學》發表《興趣的遺傳》；於《杜鵑》發表《我是貓》第七、八部。
■三月，於《杜鵑》發表《我是貓》第九部。
■四月，於《杜鵑》發表《我是貓》第十部，以及《少爺》。
■五月，出版《漾虛集》。
■八月，於《杜鵑》發表《我是貓》第十一部。
■九月，於《新小說》發表《草枕》。岳父中根重一去世。
■十月，於《中央公論》發表《二百一十日》。
■十一月，出版《我是貓》中集。
■十二月，遷居至本鄉西片町十番地。

**1907　40**

■一月，出版《鶉籠》，並在《杜鵑》發表《野分》。
■四月，辭去所有教職，進入朝日新聞社。
■五月三日，於朝日新聞發表《入社之辭》。同月，由大倉書店出版《文學論》及《我是貓》下集。
■六月，長子純一誕生。六月二十三日起至十月二十九日止，在朝日新聞連載《虞美人草》。
■九月移居早稻田南町第七番地，為胃病所苦。
■十月，於讀賣新聞上發表《寫生文》。約從此年開始，將和文友見面的日子定在每週四，因而稱之為「木曜會」。

1908 41

■自一月一日至四月六日，在朝日新聞上連載《礦工》，並出版《虞美人草》。

■四月，於《杜鵑》發表《創作家之態度》。

■六月，在大阪朝日新聞上發表《文鳥》。

■七月二十五日至八月五日，於朝日新聞上連載《夢十夜》。

■自九月一日至十二月二十九日，於朝日新聞連載《三四郎》，並由春陽堂出版《草枕》。

■十月，於《早稻田文學》發表了談話筆記《文學雜誌》。

■十一月，於《國民新聞》發表《答田山花袋君》。

■十二月，次男伸六誕生。

1909 42

■一月，於朝日新聞上發表《元旦》；分別於大阪朝日新聞和東京朝日新聞連載《永日小品》散文二十四篇。

■三月，由春陽堂出版《文學評論》。

■五月，由春陽堂出版《三四郎》。

■六月至十月於朝日新聞上連載《之後》。

■九月，應滿州鐵路總裁中村是公的招待至滿州各地旅行。

■十月，返回東京；十月至十二月，在朝日新聞連載《滿韓風光》。

■十一月，朝日新聞設「文藝欄」，由漱石主持。

1910 43

■二月，於朝日新聞發表《客觀描寫與印象描寫》一文。

■三月，五女雛子誕生。自三月至六月，於朝日新聞連載小說《門》。

■五月，由春陽堂出版作品集《四篇》。

■六月，因胃潰瘍住院，七月底出院。

■八月六日，至修善寺溫泉菊屋旅館療養。同月的二十四日晚上，大量吐血，病情一時惡化，陷入昏迷狀態。

■十月十一日返回東京，住進長與胃腸醫院。同月二十九日至隔年二月二十日，於朝日新聞連載《回憶錄》。

1911　44

■一月，出版《門》。

■二月，獲頒文學博士學位，但是他堅辭；二十四日於東京朝日新聞發表《博士問題》談話筆記；二月出院。

■五月，於朝日新聞發表《文藝委員的任務》。

■六月，於朝日新聞發表《坪內博士與哈姆雷特》。

■七月，《我是貓》的縮刷版出版。

■八月，在大阪因胃潰瘍復發而住進湯川胃腸醫院。

■九月出院返回東京。

■十月，因朝日新聞文藝欄被廢除，而提出辭呈。後因報社挽留而撤回辭呈。

■十一月，出版《朝日演講集》。同月，五女雛子去世。

1912　45

■自一月一日至四月二十九日，於朝日新聞上連載《彼岸過迄》。

■三月，發表《三山居士》。

- 六月，寫下《我與鋼筆》一文。
- 七月，明治天皇駕崩，更改年號。受中村是公邀請，至鹽原、日光、輕井澤、上林溫泉、赤倉等地旅行。
- 九月，出版《彼岸過迄》。在神田佐藤醫院接受痔瘡手術。此時開始畫水彩畫並鍾情於書法。
- 十二月，於朝日新聞連載《行人》。

**1913　46**

- 自一月起連續數月，受神經衰弱之舊疾折磨，相當痛苦。
- 二月，出版《社會與個人》一書。
- 三月，因胃潰瘍而纏綿病榻。
- 四月，中斷《行人》的連載。
- 九月，《行人》之續稿再度連載，十一月連載完畢，完稿後因醉心水彩畫，與畫家津田青楓往來頻繁。

**1914　47**

- 一月七日至十二日，於朝日新聞連載《門外漢與專家》之評論文；《行人》一書由大倉書店出版。
- 四月二十日至八月十一日，在朝日新聞上連載《心》一文，並於十月，由岩波書店出版。
- 九月，因胃潰瘍第四度復發，在病榻休養了約一個月。

**1915　48**

- 一月十三日至二月二十三日，於朝日新聞上連載《玻璃門內》。此時，醉心於良寬的書法。
- 三月，於《輔仁會雜誌》上發表《我的個人主義》；岩波書店出版《玻璃門內》。遊京都時，因舊疾復發再度臥床。

■四月，返回東京。

■六月三日至九月十日，於朝日新聞連載《道草》，十月由岩波書店出版。

■十一月，與中村是公至湯河原旅行。經由林原耕三引薦，久米正雄、芥川龍之介等人入漱石門下。

1916　49

■自一月一日至二十一日，於朝日新聞連載《點頭錄》。十八日至湯河原療養，約停留至二月。

■四月經真鍋嘉一郎診斷，得知罹患糖尿病，而接受了為期三個月的治療。

■五月二十六日至十二月十四日，於朝日新聞上連載《明暗》。

■十一月二十二日，胃潰瘍復發再次臥床，病情急遽惡化，二十八日大量內出血。十二月二日第二次大量內出血後，於九日晚上六時四十五分永眠。翌日於醫科大學病理學教室，由長與又郎執刀進行解剖。十二日於青山齋場舉行葬儀，戒名為文獻院古道漱石居士。二十八日葬於雜司谷墓地。

1917

■一月，由岩波書局出版《明暗》一書。

■十一月，由岩波書局出版《夏目漱石俳句集》。

日本經典文學：我是貓 / 夏目漱石著；卡絜譯.
-- 初版. -- 臺北市：笛藤，2018.06
面；　公分
ISBN 978-957-710-727-5(平裝)
861.57　　107008741

日本經典文學
# 我是貓

2023年5月8日　初版5刷　定價420元

| | |
|---|---|
| 著者 | 夏目漱石 |
| 總編輯 | 洪季楨 |
| 編輯 | 葉雯婷 |
| 譯者 | 卡絜 |
| 封面/內頁設計 | 王舒玗 |
| 素描插畫 | 王舒玗 |
| 編輯協力 | 劉建池 |
| 編輯企劃 | 笛藤出版 |
| 發行所 | 八方出版股份有限公司 |
| 發行人 | 林建仲 |
| 地址 | 台北市中山區長安東路二段171號3樓3室 |
| 電話 | (02)2777-3682 |
| 傳真 | (02)2777-3672 |
| 製版廠 | 造極彩色印刷製版股份有限公司 |
| 地址 | 新北市中和區中山路二段380巷7號1樓 |
| 電話 | (02)2240-0333·(02)2248-3904 |
| 總經銷 | 聯合發行股份有限公司 |
| 地址 | 新北市新店區寶橋路235巷6弄6號2樓 |
| 電話 | (02)2917-8022·(02)2917-8042 |
| 劃撥帳戶 | 八方出版股份有限公司 |
| 劃撥帳號 | 19809050 |